용사의 어머니가
되겠습니다

용사의 어머니가 되겠습니다 3

엘리아냥 장편소설

초판 1쇄 찍은 날 | 2022년 9월 19일
초판 1쇄 펴낸 날 | 2022년 9월 26일

지은이 | 엘리아냥
펴낸이 | 권태완 우천제

편집책임 | 이예린
편집 | 박가연 박은정 장현아 구정은 양별 이지아 이고은 강명은 김솔

펴낸곳 | (주)케이더블유북스
등록번호 | 제25100-2015-43호
등록일자 | 2015. 5. 4
WFN | 제3-080호

주소 | 서울특별시 구로구 디지털로31길 38-9 에이스테크노타워 1차 401호
전화 | 02-867-4626 팩스 | 02-866-4627
E-mail | cl_production@naver.com

ⓒ엘리아냥, 2020

ISBN 979-11-404-0856-6 04810
       979-11-404-0853-5 (set)

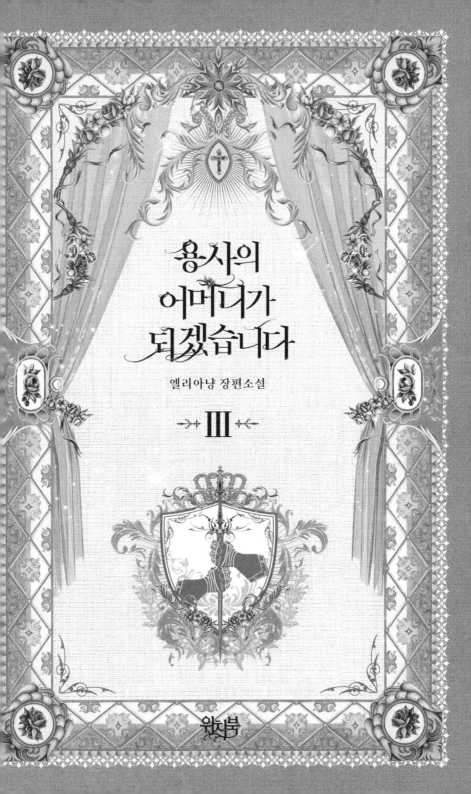

용사의
어머니가
되겠습니다

엘리아냥 장편소설

III

-->≫⊱- Contents -->≫⊱-

Chapter 11
침공

"미엘르."

포크로 케이크 귀퉁이를 자르던 미엘르가 움직임을 멈추고 맞은편에 앉은 일레나에게 시선을 주었다. 일레나가 가슴 앞으로 팔짱을 꼈다.

"결혼할 수 있도록 도와달라니……. 너, 그 말 진심이야?"

미엘르에게서 온 편지에 적혀 있었던 내용은 짧고 명료했다.

[일레나, 제발 부탁해. 내가 엠버와 결혼할 수 있게 도와줘. 이 일을 도와줄 사람은 너뿐이야! 기다릴게!]

한 자 한 자 꾹 눌러쓴 것 같은, 절박함이 느껴지는 편지였다.

그래서 일레나는 미엘르를 만나러 수도로 올라왔다.

'사실 겸사겸사 온 거긴 하지만.'

마침 시드리온이 곁에 머무르고 있었다. 공작성에서 수도까지 이동하는 일은 어렵지 않았다.

일레나는 미엘르를 만날 겸, 백작저에 들러 가족과도 간단히 시간을 보냈다. 지금은 시드리온을 백작저에 떼어놓고-릴리아나와 오붓하게 시간을 보내라는 의미로-호위기사 세 사람만 데리고 미엘르를 보러 외출한 참이었다. 미엘르는 수도까지 올라와 준 일레나를 대접하겠답시고 그녀를 유명 디저트 가게로 데려왔다.

미엘르가 고개를 끄덕거렸다.

"응, 진심이야."

"왜 갑자기?"

엠버와 미엘르는 사이좋은 연인이었다. 일레나도 그 정도는 알고 있었다. 하지만 결혼은 다른 문제다. 엠버는 평기사였다. 후작의 딸인 미엘르와 혼인하기엔 조건이 부족해도 한참 부족했다.

'미엘르도 알고 있을 텐데. 엠버 경이 애인 이상이 되긴 힘들다는 걸.'

실제로 미엘르는 과거, 결혼하면 남편의 영지에 엠버를 데려가겠다고 한 적도 있었다.

"그게……."

후우. 미엘르가 포크를 내려놓고 한숨을 쉬었다.

"꿈을 꿨어."

"어떤 꿈?"

"아빠가 나를 더럽고, 냄새나고, 못생긴 중년 귀족에게 시집보내는 꿈!"

일레나는 대단히 황당해졌다.

"그게 무슨 소리야?"

"생각해 봐. 난 언젠가 가문의 이익을 위해 팔리듯 시집가게 될 거라고. 그런데 그 상대가 못생긴 중년 남자라면?"

미엘르의 안색이 하얗게 질렸다.

"차라리 지금 무슨 수를 써서라도 엠버와 결혼하는 게 나아! 우리 아빠 설득하는 것 좀 도와줘, 일레나. 응?"

일레나가 잠시 침묵하며 미간을 꾹 눌렀다. 이런 허무맹랑한 이유로 그런 편지를 쓴 거였다니.

"정신 차려, 미엘르. 숙부가 너를 더럽고, 냄새나고, 못생긴 중년 남자에게 시집보낸다니……. 그럴 리가 있겠어?"

"왜 없어? 가문에 보탬이 된다면 그럴 수도 있지!"

"숙부를 어떻게 생각하는 거야? 숙부가 널 얼마나 사랑하는데. 분명 좋은 혼처를 찾아줄……."

"아, 몰라! 괴물한테도 시집보내려고 했잖아! 그런데 중년 남자한테는 못 보내겠어?"

버럭 외친 미엘르가 뒤늦게 입을 다물었다.

'아차.'

……라고 생각하는 표정이었으나, 말을 이미 뱉은 뒤였다.

"저기, 일레나. 내 말은 그게 아니라……."

"미엘르."

"으응?"

"엠버 경과 결혼하든 말든 너 알아서 해. 그리고 좋게 말할 때 앞으로 먼저 연락하지 마."

"일레나! 잠깐만!"

일레나가 뒤도 돌아보지 않고 자리를 벗어났다. 그녀가 가게의 문손잡이를 거칠게 쥔 순간이었다.

"······?"

'비명?'

잘못 들었나. 문밖에서 찢어지는 비명 따위가 들린 것 같았다.

'뭐지?'

일레나가 의아한 얼굴로 문을 열고 밖으로 나갔다.

그때였다.

"마님, 피하십시오!"

다급한 목소리가 들리더니, 단련된 기사의 몸이 갑자기 일레나를 와락 끌어안았다. 그리고 동시에 새까만 짐승이 달려들어 일레나를 감싼 사람의 등에 손톱을 박았다.

"커헉!"

"······!"

토마스가 바닥으로 스르르 허물어졌다.

일레나가 눈을 커다랗게 떴다.

"마님! 토마스! 젠장."

뒤이어 달려온 콜린이 욕설을 내뱉으며 검을 휘둘렀다.

키엑!

그의 검에 맞은 짐승이 소름 끼치는 비명을 지르며 나가떨어졌다. 콜린이 한 번 더 검을 휘둘러 쓰러진 짐승의 목을 갈랐다.

일레나는 그제야 짐승을 자세히 보았다. 그녀의 몸이 얼어붙었다. 눈을 믿을 수 없었다.

마수.

그건, 마수였다.

"꺄아악!"

일레나를 뒤따라 가게에서 나온 미엘르가 비명을 질렀다. 그 소리가 일레나의 정신을 깨웠다. 그녀가 황급히 콜린을 돌아보며 물었다.

"어떻게 된 일인가?"

"저희도 모르겠습니다. 가게 앞에서 마님을 기다리고 있었는데 갑자기 이 정체 모를 괴물들이 나타났습니다."

콜린이 입술을 깨물었다.

"수가 너무 많습니다. 우선 도망치셔야 합니다."

도망이라니. 어디로?

주변을 살피는 사이 마치 들개처럼 생긴 마수가 일레나와 미엘르에게 달려들었다. 콜린의 검이 마수의 배를 갈랐다. 그 순간 맥스가 헐레벌떡 그들 앞으로 나타나 외쳤다.

"저쪽에 마차가 있습니다!"

"가시죠. 일단 마차를 타고 여기서 벗어나는 게 좋겠습니다."

일레나가 고개를 끄덕였다. 콜린이 다친 토마스를 둘러업었다.

"이, 이, 일레나……."

"가자."

일레나는 공황에 빠진 미엘르의 팔을 잡아끌고 바쁘게 걸음을 옮겼다.

"꺄악!"

"으아악!"

걸음을 옮기는 내내 사방에서 비명이 들렸다. 와장창, 하고 유리 따위가 깨지는 소리도 났다.

"돌아보지 마십시오!"

중간중간 일레나 일행에게 달려드는 마수를 맥스가 후미에서 처리했다. 이윽고 정신을 잃은 토마스를 포함해 네 사람이 전부 마차 안에 올라탔다. 맥스는 마부석에 앉아 채찍을 쥐었다.

"이랴!"

마차가 출발했다. 말이 마수를 보고 겁을 먹었는지 두려울 정도로 빠른 속도로 내달렸다. 찢어지는 듯한 비명과 마수의 울음소리가 조금씩 멀어졌다.

"일레나…… 이게, 이게 무슨 일이야? 응? 이게 뭐야?"

미엘르가 바들바들 떨며 일레나의 옷자락을 붙잡고 물었다. 피가 통하지 않을 만큼 세게 옷자락을 잡은 미엘르의 손은 하얗게 질려 있었다.

일레나는 침묵을 지켰다. 그녀 역시 이 사태를 명확히 설명할 수 없었다. 아니, 오히려 그녀는 지금 누구보다 혼란스러웠다.

'대체 왜?'

여전히 눈이 의심스러웠다.

'왜 마수가?'

현재 수도에 나타난 것은 틀림없이 마수였다. 잘못 본 거라곤 결코 생각할 수 없었다. 마차를 타러 이동하면서 목격한 마수 중에는, 미래에서 일레나의 심장을 손톱으로 꿰뚫었던 마수와 똑같이 생긴 것도 있었다.

"……!"

"마님."

일레나는 고개 숙여 입을 틀어막았다. 그러지 않으면, 비명을 질러 버릴 것 같았기 때문이다.

"마님, 괜찮으십니까?"

"……괜찮아."

일레나는 가까스로 콜린의 목소리에 대답했다. 그 순간, 머릿속에 가족이 떠올랐다.

'아버지.'

……언니, 오빠.

순간 덜컥 공포심이 밀려왔다.

마수는 지금 이곳에만 나타난 걸까? 혹시, 그게 아니라면? 가족이 있는 곳에도 이곳과 똑같이 마수가 나타났다면?

두려움에 목이 졸리던 일레나가 이내 이성을 되찾았다. 시드리온이 백작저에 있다는 사실이 떠오른 것이다.

'아아.'

일레나는 가슴께를 그러쥐었다.

다행이다. 정말, 정말 다행이었다.

시드리온이 함께라면 괜찮을 것이다. 그러면 가족을 무사히 지켜줄 거란 믿음이 들었다. 안도감에 눈물이 왈칵 날 것 같았다.

그때였다.

"쿨럭!"

"토마스."

정신을 잃고 마차 의자에 누워 있던 토마스가 경기를 일으키며 피를 토했다.

"콜록, 콜록."

의식을 차린 건가 했는데, 그는 연신 기침만 할 뿐이었다. 기침할 때마다 죽은 피가 섞여 나왔다. 일레나의 등골이 서늘해졌다.

이제야 깨달았다.

'피 냄새가…….'

마차 안에 혈향이 너무 짙었다.

"콜록, 콜록!"

"토마스! 이런 젠장……."

"왜? 상태가 나빠? 많이 안 좋은가?"

일레나가 서둘러 물었다. 콜린이 어두운 낯으로 말을 이었다.

"출혈도 심한데…… 하필이면 폐를 다친 것 같습니다."

"폐? 폐를 다쳤다고? 그럼, 위험한 거 아닌가?"

일레나의 눈이 토마스를 살폈다. 자세히 보지 않아도 그가 호흡을 어려워한다는 것이 느껴졌다.

"당장 의원에게 보일 수 있다면 좋겠지만……."

"마차. 이 마차는 지금 어디로 가는 건데?"

다급한 일레나의 목소리에 마부석에서 대답이 들렸다.

"왕성으로 가는 중입니다."

"왕성?"

"수도에선 그곳이 가장 안전하니까요."

"왕성…… 그래, 왕성에는 의사가 있지. 그것도 아주 많이. 어의는 특히 실력이 좋으니까……."

일레나가 불안감을 떨치려는 것처럼 중얼거렸다.

"왕성은 여기서 멀지 않으니까, 금방-"

그러나 그때, 마차가 급격히 방향을 틀었다.

"꺄악!"

미엘르의 몸이 휘청하더니 마차 벽에 부딪혔다. 맥스가 마부석에서 외쳤다.

"죄송합니다! 다들 괜찮으십니까?"

"무슨 일이야? 왜 갑자기……."

"······그게, 왕성으로는 못 갈 것 같습니다."

"뭐? 왜?"

"괴물들이 길을······."

일레나가 곧바로 마차 창문을 열고 밖을 내다보았다. 그녀의 얼굴이 굳었다.

길이 막혔다. 마차가 본래 진입했어야 할, 왕성으로 가는 길목에 마수가 새까맣게 깔려 있었다. 저 사이를 뚫고 왕성으로 향하는 건 도저히 불가능해 보였다.

"왕성에 못 가면, 그럼, 우린 이제 어디로 가는 건가?"

"우선 수도를 벗어날 생각입니다. 목적지는 아직······."

"페넬 영지."

마차 한쪽에서 겁에 질려 떨기만 하던 미엘르가 입을 열었다.

"페넬 영지로 가요. 수도에서 가깝고······ 성이 요새 형태라서 아직 안전할 거예요."

일레나가 미엘르를 돌아보았다.

일레나도 페넬 영지를 알고 있었다. 영주인 페넬 백작은 미엘르의 아버지이자 일레나의 숙부, 린든 후작과 막역한 사이였다. 기별 없이 다짜고짜 찾아가도 분명 그들을 받아줄 것이다.

다만······.

"페넬 영지는, 여기서 한나절을 가야 하잖아."

"한나절이면 가깝지!"

미엘르의 말이 맞았다. 수도에서 마차로 한나절이면, 분명 가까운 거리였다. 평소라면 일레나도 동의했을 것이다.

그녀의 시선이 금방이라도 숨이 넘어갈 것 같은 토마스에게 닿았다.

"다른 영지가 있을 거야. 더 가까운……."

"그래 봐야 몇 시간은 걸릴걸. 일레나, 정신 차려! 당장 페넬 영지로 가는 게 최선이야."

미엘르가 모처럼 옳은 말을 했다. 그러나 일레나는 그 의견을 받아들일 수 없었다. 머리와 가슴이, 이성과 감정이 따로 놀았다.

"그럼 영지로 가기 전에, 수도 외곽에 들러 의원에게……."

"쿨럭!"

"토마스 경?"

경련하던 토마스가 핏덩이를 왈칵 토했다. 그게 마지막이었다. 그는 더 이상 경련을 일으키지도, 기침하지도 않았다.

마차 내부가 고요해졌다.

"……토마스 경."

"……."

"토마스, 경?"

미엘르가 눈을 가리며 고개를 돌렸다. 콜린이 몸을 움직여 일레나의 시야를 가렸다.

"보지 마십시오, 마님."

"비켜봐."

"보지 않으시는 게 좋습니다."

"비키라니까."

"마님……."

"비켜!"

일레나가 콜린을 마구 밀쳐냈다. 결국 콜린이 순순히 밀려났다.

"……."

의자에 누워, 눈을 감고 미동조차 하지 않는 토마스의 창백한 얼굴이 일레나의 시야에 들어왔다. 일레나의 손이 덜덜 떨렸다.

아니다. 거짓말이다. 그럴 리 없다.

"아니지?"

"……."

"아니잖아…… 아니지? 아닌 거 맞잖아."

"마님."

"아니……."

아닌데. 아니어야 하는데.

마차가 흔들렸다. 뒷좌석의 대화를 통해 상황을 알아차렸는지, 마차를 모는 맥스의 손놀림이 조금 거칠어졌다.

일레나는 멍하니 차게 식어가는 토마스를 바라보았다.

"마님, 피하십시오!"

디저트 가게 입구에서 토마스가 그녀를 와락 끌어안았던 것이 떠올랐다. 토마스는 그때 마수의 손톱에 등을 찔렸다.

그녀 때문이었다.

그녀를 감싸느라. 그녀를 구하느라. 나를…….

"……안 돼."

일레나가 입술을 달싹였다.

"안 돼, 제발."

쉰 듯한 목소리로 작게 중얼거렸다. 커다란 분홍색 눈에 눈물이 고여 흘러내렸다.

그리고 그 순간, 일레나의 손에서 눈부신 빛이 뿜어져 나왔다.

성스러운 느낌마저 드는, 깨끗한 백색의 빛.

"마, 마님?"

놀란 콜린의 목소리가 멀리 떨어져 있는 것처럼 희미하게 들렸다. 일레나는 그녀의 손을 휘감은 새하얀 빛에 멍하니 눈길을 주었다. 그러다 문득 손을 움직였다.

무엇을 해야 할지, 본능적으로 알 수 있었다.

빛으로 휘감긴 손이 토마스의 몸에 닿았다. 그러자 그의 신체가 마치 기다렸다는 듯 빛을 흡수하기 시작했다.

그렇게 일레나의 손에 있던 빛이 남김없이 토마스에게로 흘러 들어갔을 때.

"……쿨럭!"

토마스가 마른기침을 뱉었다. 창백하던 얼굴에 서서히 혈색이 돌아왔다.

"토마스!"

콜린이 믿을 수 없다는 듯 외쳤다.

"마님……?"

토마스가 무거운 눈꺼풀을 들어 올렸다.

일레나는 기적을 보듯 토마스를 응시했다. 기침하고, 움직이고, 말을 한다.

틀림없이 살아 있었다.

"다행……."

채 말을 맺기도 전이었다. 시야가 아찔해졌다.

"마님!"

일레나의 몸이 힘없이 옆으로 쓰러졌다.

"회의는 여기서 끝내지."

카이휜이 몸을 일으켜 막사를 나갔다. 그가 퇴장하자, 막사에 남은 이들이 약속이나 한 듯 동시에 서로를 돌아보며 떠들었다.

"역시 대장님은 오늘도 멋있으시다."

"이 자식은 당연한 걸 굳이 말로 하고 있네."

"비밀인데…… 난 사실 요즘 대장님이 사람으로 안 보여. 신으로 보여."

"너도? 나돈데."

막사가 시끌시끌했다. 지원군 중 한 사람, 데넌 트레시스가 그런 막사 내부의 풍경을 떨떠름하게 눈에 담았다.

'언제 봐도 저 태도 변화는 적응이 안 된다니까.'

데넌은 분명히 기억하고 있었다. 본래 카이휜을 향한 저들의 태도가 어떠했는지.

"괴물이 이끄는 군대라……. 에이, 재수도 더럽게 없지."

"조용히 말해. 들리겠어."

"들리면 뭐? 들리면 들으라지. 내가 뭐 틀린 말이라도 했냐? 다른 곳도 아니고 전쟁터에 나가는 건데 하필이면……."

사소한 운 하나로도 죽고 사는 것이 결정되는 전장. 그런 곳에서 목숨 걸고 싸워야 하는 이들에게 카이휜을 따라다니는 소문은 흉흉하고 불길하게만 느껴졌다.

그래서일까. 그들은 상관을 향한 불평과 불만을 감히 숨기지도 않았다. 간혹 하극상이라는 죄목 하에 군법으로 다스려져도 할 말 없을 만큼 수위 높은 발언으로 그들의 상관을 비방하기도 했다.

'그랬던 인간들이.'

데넌은 혀를 내둘렀다. 지원군의 태도가 돌변한 것은 정확히 이민족과의 첫 전투가 있고 나서였다.

"야르하다!"

"이민족이 벌써 야르하를 내보냈다!"

첫 전투에서 이민족은 그들의 핵심 전력이나 다름없는 강력한 새 장수를 바로 전장에 내보냈다. 지원군의 사기를 초장에 확 꺾어놓겠다는 속셈이 엿보였다.

실제로 효과가 있었다. 장수 야르하는 왕실이 이곳 국경으로 지원군을 보내게 만든 장본인이었다. 그의 무위에 대한 살벌한 소문은 북쪽 땅뿐 아니라 왕국의 수도에도 이미 파다했다.

"크하하! 비리비리한 왕국 놈들이 무더기로 새로 왔구나. 그래, 너희 중 감히 겁도 없이 나 야르하를 상대할 자 누구냐!"

야르하는 자신의 무위에 대한 자신감을 드러내듯 전장 한복판으로 말을 몰고 나와 쩌렁쩌렁하게 외쳤다.

그리고 그 외침은 그의 유언이 되었다.

말을 박차 자리에서 달려 나간 카이휜과 단 세 번 검을 부딪치자, 야르하의 목이 바닥으로 떨어졌다.

"지금······."

"공작님이, 야르하를······."

"우, 우와아아아!"

"와아아아!"

지원군의 사기는 하늘을 찔렀고, 반면 강력한 장수를 잃은 이민족은 완전히 갈피를 잃고 우왕좌왕했다. 그날의 전투가 왕국군의 승리로 끝난 것은 불 보듯 당연한 일이었다.

그리고 그 후. 지원군 사이에서 카이휜을 비방하던 목소리는 싹 자취를 감췄다. 대신 그 자리를 아부와 찬양이 채웠다.

어느새 호칭도 바뀌었다. 공작님이나 각하 대신 진정으로 섬기겠단 의미에서 '대장님'이 채택되었다.

"야, 우리가······ 여기 온 후 한 번이라도 전투에서 진 적 있냐?"

"없지, 없어."

"이대로라면 이 전쟁도 금방 끝나겠는데?"

"하아, 대장님. 전 평생 대장님만 따르겠습니다. 대장님 없이는 못 살아요!"

"대장님은 너처럼 변덕이 수프 끓듯 하는 놈 없이도 잘 사실 텐데."

그때 빈정거리는 목소리가 찬물을 끼얹었다.

"······뭐? 방금 뭐라고 했냐?"

"사실이잖아. 수도에서 출발하면서 네가 뭐라고 했더라? 악마의 저주를 받은 괴물이 군을 이끄니…… 재수 없어서 사기가 떨어진다고 했었나?"

"그건……!"

"무슨 염치로 이제 와 대장님, 대장님 하는 건지."

"이 새끼야, 그러는 너도 마찬가지잖아! 네놈도 그때 내 말에 맞장구 쳤으면서!"

"그땐 그냥 귀찮아지는 게 싫어서 대충 동조해 줬던 거지. 내가 너랑 같은 수준인 줄 알아?"

"뭐가 어째?"

우당탕!

순식간에 내분이 일어났다. 데넌은 그 한심한 꼴을 말없이 보다가 조용히 몸을 일으켰다.

"어디 가?"

"대장님께."

"……이 상황 보고하러?"

"뭐? 아니."

보고할 게 따로 있지. 데넌이 황당함에 미간을 좁혔다.

"그럼?"

데넌은 옆자리 동료의 의문을 군이 해소해 주지 않고 막사를 나섰다. 그가 막사를 나와 걸으며 생각했다.

'대장님, 오늘 평소와 조금 분위기가 다르셨지.'

다른 이들은 깨닫지 못한 눈치였지만, 사람을 관찰하는 데 탁월한 재주가 있는 데넌은 알 수 있었다. 그들의 상관은 오늘 미묘하게 넋이 나간 듯 보였다.

'여태 그러셨던 적 없는데.'

무슨 일이 있으신 걸까. 데넌은 순수하게 걱정이 되었다.

첫 전투 후 빵 반죽 뒤집듯 태도를 바꿔 버린 동료들과 달리, 데넌은 처음부터 카이휜에게 인간적인 호감이 있었다. 출정식에서 보았을 때부터 자연스럽게 친해지고 싶고, 따르고 싶단 생각이 들었다.

데넌의 걸음이 저절로 카이휜의 개인 막사로 향했다. 막사 입구에 도착한 그가 짧게 갈등하다 입을 열었다.

"대장님, 저 데넌입니다."

안에서 기척은 느껴지는데 답이 돌아오지 않았다.

'평상시였다면 인기척을 내기도 전에 내 방문을 알아채고 답을 주셨을 텐데.'

역시 이상했다.

"들어가겠습니다."

갈등하던 데넌이 막사 입구를 가린 천을 젖혔다. 이내 그가 흠칫하며 자리에 멈춰 섰다.

"……대장님? 어디 가십니까?"

카이휜은 막사 한가운데 서 있었는데, 마치 금방이라도 어딘가로 떠날 것 같은 낌새였다.

'착각인가?'

그때 카이휜의 입이 열렸다.

"자리를 비워야겠다."

착각이 아니었다.

"어디로 가십니까?"

"내 영지."

"예?"

데넌이 순간 장소도 잊고 목소리를 높였다. 금방 감정을 가라앉혀 목소리를 낮췄지만, 표정은 추스르지 못했다.

"그게, 무슨…… 영지라니요?"

복장 점검을 마친 카이휜이 담담히 말했다.

"남은 전투는 내가 없어도 해낼 수 있겠지?"

그야 가능하긴 할 것이다. 어차피 이민족과의 전쟁은 슬슬 끝을 앞두고 있었으니까.

하지만, 그게 문제가 아니라…….

'탈영? 지금 탈영을 하시겠다는 건가?'

그것도 저렇게 당당히?

데넌의 눈이 흔들렸다. 가까스로 그가 입을 열었다.

"이유, 이유라도…… 듣고 싶습니다. 대체 왜 지금 영지로 가서야 한다는 건지…….."

"확인할 게 있어서."

카이휜은 거기까지만 답했다. 그의 시선이 흘긋 손목에 찬 팔찌에 닿았다. 굳어 있던 표정에 한결 그늘이 졌다.

'팔찌가 작동하지 않아.'

갑자기 벌어진 일이었다.

분명 오늘 아침까지만 해도 평소처럼 아내와 팔찌로 연락을 주고받았다. 그런데 조금 전, 예고도 없이 팔찌의 마나석에 실금이 갔다. 그러더니 아티팩트는 완전히 기능을 잃었다. 망가진 것처럼.

카이휜이 턱에 힘을 줬다. 목덜미가 서늘했다.

불안했다.

그저 단순히 아티팩트의 고장으로 치부하고 넘길 수도 있었지만, 이상하게 마음이 놓이지 않았다. 좋지 않은 예감이 들며 아내의 얼굴이 눈앞에 아른거렸다.

그래서 카이휜은 아내가 무사하다는 걸 그의 눈으로 직접 확인하러 가기로 했다. 목적지는 공작령이었다. 아내가 수도에 갔단 연락은 들었지만, 어차피 며칠은 말을 달려야 하니 그때쯤이면 아내도 영지에 돌아와 있을 테다.

[쯧쯧, 아내한테 맛이 가서 제정신이 아니네.]

카이휜의 허리춤에 매달린 성검이 신랄하게 타박했다. 물론 그 목소리를 들을 수 있는 사람은 이 자리에 아무도 없었다.

데넌은 대단히 당황스러웠으나, 이내 단념하고 물러섰다. 그가 막을 수 있는 일이 아니라는 게 느껴졌다.

"알겠습니다. 그럼 지원군에게는 제가 전달……."

그때, 데넌의 안색이 갑자기 하얗게 질렸다.

"……헉!"

"데넌?"

"허억, 헉!"

말을 이어가는 대신 데넌이 고개를 숙이고 숨을 헐떡였다. 이내 그가 경악에 휩싸인 눈으로 머리를 들었다.

"이게 무슨……!"

소수만 알고 있는 사실이지만, 데넌은 불시에 한 치 앞의 미래를 볼 수 있었다. 바로 지금처럼.

그는 방금 자신이 본 미래의 장면을 도무지 믿을 수 없었다.

"……떠나십시오."

데넌이 입술을 파르르 떨며 말을 이었다.

"어서 떠나십시오! 지금 당장 출발하……."

그 순간, 막사 밖에서 비명이 들렸다. 데넌이 이를 꽉 물었다.

늦었다. 이번에는 그의 능력이 지나치게 가까운 미래를 보여주었다. 통탄스러울 만큼.

카이휜이 미간을 좁힌 채 막사를 벗어났다. 이어 카이휜의 표정이 딱딱하게 굳었고, 성검이 검신을 가늘게 떨었다.

[저, 미친……. 저것들이 왜 갑자기 여기 나타나?]

마수 떼가 새까맣게 몰려들고 있었다.

피가 낭자한 복도.

레베카의 입술 사이로 곤혹스러운 음성이 새어 나왔다.

"공작 부인이 지금 여기에 없다고?"

그녀의 얼굴이 낭패감으로 얼룩졌다.

'하필.'

일레나가 있는 곳으로 안내하라는 말에, 레베카는 곧장 마왕을 메이하드 공작령으로 데려왔다. 그런데 하필이면 이때 상대가 자리를 비웠다니.

복도에 엎드린 하인이 오들오들 떨며 대답했다.

"예, 예……. 오늘 아침 일찍 수도로 떠나셨습니다."

레베카는 하인을 날카롭게 내려다보았다. 말의 진의를 확인하려는 듯. 그러나 하인에게선 거짓말을 하는 기색을 전혀 찾아볼 수 없었다. 그는 이미 바지를 온통 적실 만큼 겁먹은 상태였다.

'하긴.'

벽 여기저기 흩뿌려진 선혈. 바닥에 고인 피 웅덩이. 그 위를 나뒹구는 절단된 신체들.

정신을 잃지 않고 버틴 것만 해도 대견할 정도였다. 감히 거짓을 지어내 고할 겨를 따위는 없을 것이다.

'쯧.'

레베카가 조용히 입술을 씹었다.

운이 나빴다. 아니, 이 경우엔 상대의 운이 좋았다고 해야 하는 건가?

하인에게서 눈길을 거둔 레베카가 천천히 돌아섰다. 그러곤 피처럼 새빨간 눈으로 그녀를 바라보고 있는 사내에게 말을 전했다.

"죄송합니다. 제가 말씀드린 그 여자가 지금 이곳에 없다고 합니다."

사내는 바로 대답하지 않고 묵묵히 주변을 훑었다. 그의 시선이 무너져 내린 복도 한쪽 벽과 사방에 튄 피, 바닥의 시체 등을 지났다.

사내가 천천히 눈을 감았다가 떴다. 붉은 눈이 섬뜩한 안광을 뿌렸다.

'천 년.'

무려 천 년을 기다렸다.

지금으로부터 약 천 년 전, 붉은 눈의 사내, 마계의 지배자 트리제프는 인간계를 침략한 적이 있었다.

그러나 그 침략은 실패로 돌아갔다. 용사와 성녀. 그렇게 불렸던 두 인간 때문에.

'성녀……'

당시 성녀는 그에게 큰 골칫거리였다. 성녀는 마수의 힘에 전혀 영향

받지 않았으며, 죽어가는 사람을 살려냈다.

그 여자가 다 죽어가는, 아니, 심지어 정말로 심장이 멈췄던 용사를 멀쩡하게 되살려 낸 적이 대체 몇 번이더라?

과거의 일을 떠올린 트리제프의 입매가 딱딱해졌다.

그는 당시 성녀를 잡아 죽이기 위해 부단히 노력했다. 그러나 번번이 실패하고 말았다. 인간들도 알고 있었기 때문이다. 성녀가 그들의 희망이라는 걸.

그래서 그들은 목숨을 던져가며 성녀의 존재를 숨겼다. 트리제프는 성녀를 사칭하는 자들을 셀 수 없이 많이 죽였지만, 정작 진짜 성녀는 머리카락 한 올 볼 수 없었다.

종내 용사가 성검으로 그의 가슴을 꿰뚫을 때까지.

'심장이 비켜나간 것이 천운이었지.'

그날 입은 상처를 회복하느라 천 년이 걸렸다. 정확히는 천 년까지 십여 년을 남기고 웬 인간에게 소환당한 참이었지만.

하나 시일은 중요하지 않았다. 어쨌든 트리제프는 과거의 힘을 거의 다 되찾았다. 다시 인간계를 침략하기에 부족함이 없는 상태였다.

실제로 침략은 벌써 시작되었다.

트리제프는 왕의 권능을 이용해 이 땅에 마수를 불러냈다. 지금 이 순간에도 그의 부름에 응한 마수가 쉴 새 없이 공간을 찢고 넘어오고 있었다.

'반드시 성녀의 후손을 찾아 제거한다. 그리고…… 이번에야말로 인간계를 손에 넣겠다.'

트리제프의 시선이 레베카를 스쳤다. 그를 소환한 인간.

처음에는 황당했다. 마계의 유일무이한 지배자인 자신이 고작 인간한 명에게 소환되다니.

그러나 지금은 차라리 잘되었다는 생각이 들었다. 그 덕분에 현재 이 땅에 성녀의 후손이 존재한다는 것을 알았고, 해치울 수 있게 되었으니까.

트리제프가 입을 벌렸다.

"수도 어디로 갔지?"

그 물음에 바닥에 엎드린 하인이 즉각 대답했다.

"리, 린든 후작저. 린든 후작저로 가신다고 했습니다!"

"어딘지 아나?"

이번 질문은 레베카에게 떨어졌다. 레베카가 바로 고개를 끄덕였다.

"압니다."

푸확!

레베카가 대답하는 동시에, 하인의 머리가 그의 몸과 분리되었다. 잘려 나간 단면에서 피 분수가 솟았다.

"가자."

데구루루.

잘린 머리가 레베카의 발치로 굴러와 멈췄다.

"……예."

레베카가 마른침을 삼키곤 트리제프를 뒤따랐다.

"크악!"

"아악!"

"물러나! 싸우려 하지 말고 물러나라!"

비명과 고함이 사방에서 귀를 아프게 때렸다. 카이휜이 몰려드는 마수를 향해 검을 휘둘렀다. 그가 검을 한 번 휘두를 때마다 마수가 한꺼번에 여러 마리씩 베여 나갔다.

'끝이 없군.'

베고 또 베도 마수는 줄어들지 않고 계속해서 나타났다. 마치 어딘가에 이것들을 쏟아내는 구멍이 생겨난 게 아닌가 의심될 정도였다.

'일레나.'

아내의 얼굴을 생각하자 그의 턱이 단단하게 당겨졌다.

아내는 무사할까. 지금 어디에 있을까? 다른 곳도 여기와 상황이 비슷할까? 아내는…….

"대장님께서 퇴로를 열어주셨다!"

"다들 말을 몰아 도망쳐!"

카이휜이 마수를 죽여 길을 낸 틈에 살아남은 지원군이 후미로 빠져 말에 올라탔다.

카이휜은 대부분의 지원군이 도망친 것을 확인하곤 그 또한 말고삐를 잡으려다 멈칫했다.

'말은 너무 느려.'

밤낮으로 달린다고 해도 수도로 가는 데만 닷새가 넘게 걸렸다. 심지어 아내가 수도에 있을 거라고 장담할 수도 없다. 다른 곳으로 대피했을 수도, 어쩌면 영지에 있을 수도 있었다. 가봐야 할 곳은 많았고, 말의 속도는 그의 성에 차지 않았다.

'더 빠른 수단이…….'

그때, 하늘을 배회하는 새 형태의 마수가 카이휜의 눈에 띄었다.

눈을 가늘게 좁힌 카이휜이 바닥에서 아무 검이나 주워 마수에게 던졌다. 검이 날개를 살짝 스치며 마수의 깃털 몇 개를 잘라냈다.

키엑!

분노한 마수가 부리를 날카롭게 세워 카이휜에게 맹렬히 돌진했다. 카이휜은 살짝 몸을 틀어 그를 노리는 부리를 피한 뒤, 그대로 마수의 등에 올라탔다.

키익?

당황한 듯 마수가 날개를 퍼덕거렸다. 카이휜을 떨쳐내려는 듯 마수가 공중으로 떠올라 몸을 마구 흔들었다. 카이휜이 침착하게 마수의 등에 주먹을 몇 대 내리꽂았다.

키에엑!

마수가 요동쳤고, 카이휜은 다시 몇 번의 주먹질을 반복했다. 그러자 곧 마수가 잠잠해졌다. 카이휜을 등에 태운 채 마수가 얌전히 비행했다.

'됐어.'

카이휜은 마수의 목을 틀어쥐고 비행 방향을 조절했다. 원하지 않는 길로 날 때마다 마수의 목을 비틀어 버릴 것처럼 손아귀에 힘을 주자 마수가 알아서 방향을 바꿨다.

[내가 지금 뭘 보고 있는 거지…….]

성검이 황당하게 중얼거렸다. 역시나 들어줄 사람 없는 쓸쓸한 혼잣말이었다.

"마님!"

"마님, 정신이 드십니까?"

일레나는 귓가를 응웅 울리는 목소리 속에서 눈을 떴다.

눈을 뜨자 제일 먼저 생소한 천장이 보였다. 일레나가 목소리가 들려온 쪽으로 고개를 돌렸다. 그곳에는 맥스와 콜린이 감격한 얼굴로 서 있었다.

"마님…… ㄲ흑흑."

일레나가 깨어난 것이 기쁜지 둘은 함박웃음을 지었으나, 뺨에는 눈물이 줄줄 흘렀다. 일레나가 눈을 깜박이며 몸을 일으켜 앉았다.

"여긴……."

"페넬 영지의 영주성입니다, 마님."

맥스가 코를 훌쩍이며 대답했다.

'페넬 영지……. 무사히 도착했구나.'

혹시 오는 길에 무슨 일이 생기는 것은 아닌가 걱정했는데, 다행이었다.

"토마스는?"

일레나가 물었다. 콜린이 바로 답했다.

"무사합니다."

"그래?"

일레나는 한숨 돌렸다.

무사하다면서 이 자리에 토마스만 없는 것이 좀 마음에 걸리긴 했지만, 죽었다가 살아났으니 아마 따로 요양하는 중이 아닐까 싶었다.

"……."

일레나는 그녀의 손을 내려다보았다.

사람을 살렸다. 내가.

“저, 마님……”

콜린이 조심스럽게 말을 걸었다.

“마차에서 보여주신 그 빛…… 분명 신성력이었지요?”

일레나가 순순히 고개를 끄덕였다. 죽은 사람을 살린 새하얀 빛. 신성력 외에는 설명할 말이 없었다.

‘내게 신성력이 있었구나.’

일레나는 문득 그 빛을 전에도 본 적이 있다는 사실을 떠올렸다.

‘잉칸을 날려 버렸을 때.’

그때 나타났던 힘도 신성력이었던 거다.

‘가만, 그럼 혹시 레베카가 사용했던 목걸이의 보석을 부순 것도…… 성검의 힘을 깨운 것도…….’

전부 신성력이었다면? 그것이 사실이란 전제하에, 일레나는 한 가지 추측을 더할 수 있었다.

‘나, 신성력만 사용하면 기절하는 건가?’

그럴듯한 가설이었다.

그때, 닫혀 있던 침실 문이 벌컥 열리며 사람이 뛰어 들어왔다.

“기사님들, 도와주세요!”

하녀 복장을 한 여자가 급하게 달려왔는지 숨을 헐떡이며 외쳤다.

“괴물 몇 마리가 성벽을 넘었습니다!”

콜린과 맥스가 표정을 굳히며 허리춤에서 검을 빼 들었다.

“……마님, 여기 계십시오. 금방 오겠습니다.”

그러더니 그들은 붙잡을 새도 없이 도움을 청하러 온 하녀를 따라 사라졌다. 침실에 남겨진 일레나가 당혹스럽게 눈매를 굳혔다.

‘바깥 상황이 어떻기에?’

기사들이 불려가는 모양새를 봐선, 그리 좋은 것 같지는 않았다.

확인해야 할 것이 많았다. 일레나가 침대 머리에서 설렁줄을 찾았다. 그러나 설렁줄을 당기기 전, 문이 다시 열리며 일레나가 아는 얼굴들이 나타났다.

"일레나!"

"일레나, 깨어났구나."

"미엘르…… 숙부."

미엘르가 침대로 달려와 일레나를 와락 껴안았다. 일레나는 얼결에 미엘르를 끌어안은 채 그녀에게 다가오는 린든 후작을 쳐다보았다.

"숙부도 여기 계셨네요."

"그래, 수도에 난리가 나고…… 바로 이곳으로 피신했단다."

대답하는 린든 후작의 얼굴이 어두웠다.

"이럴 게 아니라, 깨어났으니 의사를 불러주마."

"아뇨, 의사는 됐어요."

"이틀 만에 의식을 찾지 않았느냐? 당연히 의사에게 진찰받아야지."

이틀…….

'내가 이틀 동안 기절했었구나.'

일레나가 고개를 저었다.

"제 몸은 제가 잘 알아요. 의사에게 보이지 않아도 되니, 걱정하지 마세요."

일레나는 이제 그녀의 몸에 흐르는 기운을 또렷하게 느낄 수 있었다. 머리부터 발끝까지 무언가가 신체를 가득 채우고 있는 느낌이 들었다.

'이게 신성력이겠지.'

신성력 덕분일까. 몸이 가뿐하고, 머리는 맑았으며, 시야는 넓은 곳까지 트였다.

린든 후작은 일레나의 혈색을 살폈다. 확실히 평소처럼, 아니, 평소보다 좋아 보이기는 했다.

"그래, 뭐…… 일레나 네가 그렇게 말한다면."

"그보다 숙부."

"응?"

"지금 바깥 상황이 어때요? 수도는요?"

"아, 그게……."

린든 후작이 머뭇거리다 입을 열었다. 벌어진 입에서 깊은 한숨이 흘러나왔다.

"밖에는 괴물이 쫙 깔려 있다. 너도 여기 오는 길에 괴물을 봤을 거야. 그놈들이 성 밖을 점령하고 있는 상태고, 수도는……."

그가 씁쓸하게 말을 이었다.

"모르겠구나. 수도, 아니, 외부와 전부 연락이 끊긴 상태라."

"네? 연락이 끊겨요?"

일레나가 눈을 동그랗게 떴다.

"그래. 밖이 저러니 인편으론 당연히 연락할 수 없고, 전서구도 하늘을 나는 괴물 때문에 무용지물인 데다가…… 마법 통신구는 갑자기 죄 먹통이 됐고."

마법 통신구가 먹통이 됐다는 말에 일레나가 서둘러 손목의 팔찌를 살폈다.

'……!'

마나석에 실금이 간 것이 보였다. 다급한 손길이 팔찌를 건드렸지만, 반응은 나타나지 않았다.

'안 돼.'

일레나의 얼굴에서 핏기가 사라졌다.

남편에게 연락해야 하는데. 이렇게 되면 무슨 수로…….

"우선은 바깥의 괴물을 모두 물리쳐야 할 텐데, 수가 워낙 많아 이곳의 병력만으론 무리라고 하는구나."

린든 후작이 착잡한 눈치로 얼굴을 쓸었다.

"왕실에서 군을 보내주길 기다리고 있지만……."

그때였다.

와장창!

요란한 소리가 나며 침실의 창문이 깨지고, 그 틈새로 커다란 부리가 비집고 들어왔다.

"꺄악!"

새, 아니.

'마수!'

새까만 깃털. 거대한 몸집. 부리 사이로 도저히 조류의 것이라고는 볼 수 없는 크고 날카로운 이빨이 번들거렸다.

"도, 도망쳐! 얼른 달아나라!"

린든 후작이 사색이 되어 일레나와 미엘르를 데리고 침실을 벗어났다.

키에엑!

푸드득!

그러는 사이 창문을 완전히 깨부수고 침입했는지 마수가 날개를 퍼덕거리며 그들을 뒤따랐다.

복도는 날개를 활짝 펼친 마수에게 비좁았다. 좁은 길목에서 날갯짓

하느라 마수의 몸이 이리저리 꼴사납게 부딪혔다. 덕분에 움직이는 속도가 느려졌지만, 그래도 그 거대한 크기를 무시할 순 없었다. 처음부터 사람의 속도로는 따돌릴 수 없었다.

"아!"

하필이면 그 순간 발목을 접질려 넘어진 미엘르가 순식간에 괴수에게 따라잡혔다.

"미엘르!"

마수의 부리가 단숨에 그녀의 몸 위로 내리꽂혔다.

"안 돼!"

린든 후작이 비명을 내지르는 순간.

일레나의 손바닥이 마수의 뺨을 강타했다.

쾅!

믿을 수 없는 소리가 나며 마수가 저 멀리 나가떨어졌다.

"……이, 일레나?"

린든 후작이 자리에 주르륵 주저앉았다. 일레나는 눈을 크게 뜨고 자신의 손을 응시했다. 새하얀 빛이 손 전체를 은은히 감싸고 있었다.

"지, 지금 무슨……."

대단히 놀랐는지 린든 후작이 연달아 말을 더듬었다. 하지만 놀란 건 일레나도 마찬가지였다.

'이건…….'

그저 마수가 미엘르를 공격하는 걸 보곤 급한 대로 손을 휘두른 것뿐이었다. 본능적으로 신성력을 사용하긴 했지만, 설마 이런 파괴력이 있을 줄은 몰랐다.

키이!

그때, 구석으로 날아간 마수가 정신을 차렸는지 꿈틀거렸다. 일레나가 긴장하며 이번엔 주먹을 꾹 쥐었다.

그때였다.

퍼벅!

퍽!

멀리서 창이 연속해서 날아와 마수의 몸에 꽂혔다.

"다들 무사합니까?"

"젠장, 괴물이 여기까지 들어오다니……!"

"안심하십시오! 저희가 왔습니다!"

곧이어 무장한 사람들이 복도로 들이닥쳤다. 그들은 마수의 숨이 끊어진 걸 확인하더니, 이어서 자리에 있는 사람들을 살폈다.

"괜찮으십니까?"

"많이 무서우셨지요?"

"이제 두려워하지 않으셔도 됩니다."

"마수는 저희가 처치했습니다. 안전하니 마음 놓으십시오."

그들은 특히 가장 가냘파 보이는 일레나를 중점적으로 살폈다.

"……."

린든 후작의 표정이 미묘해졌다.

"크흠."

그가 후들거리는 다리에 억지로 힘을 줘 일어섰다.

"우린 다 무사하네. 다만 내 딸아이가 발목을 다쳤으니 의사에게 보여 줄 수 있겠는가?"

"아, 네. 물론입니다. 이쪽으로……."

무장한 이들이 미엘르를 부축해서 사라졌다.

린든 후작은 그들을 따라가지 않고 복도에 남았다. 그가 일레나를 돌아보았다.

"일레나, 조금 전에 그건…… 대체 뭐였느냐?"

"신성력이요."

"신성력?"

린든 후작이 얼빠진 표정을 짓더니 이내 탈진한 듯 어깨를 늘어뜨렸다.

"……정신이 없구나. 일단 좀 쉬어야겠어. 그래, 유물이라도 보면서 마음을 진정시켜야……."

"유물이요?"

"아, 네겐 말하지 않았구나. 내가 전에 유물을 발굴했다고 했던 것은 기억하느냐?"

기억한다. 린든 후작은 유물이 묻힌 광산을 개발하고 있었다. 카이휜과의 거래를 통해 얻어낸 권리였다.

"이곳으로 대피하면서 발굴한 유물 중 몇 가지를 가져왔단다."

"……."

일레나는 말을 잃었다.

그녀의 숙부가 유물에 집착한다는 것은 잘 알고 있었다. 그것 때문에 딸 미엘르를 강제로 혼인시키려 했던 사람이니까.

하지만 설마 목숨 걸고 도망치면서까지 유물을 챙길 정도일 줄은…….

"그러시구나, 알겠어요. 푹 쉬세–"

'잠깐.'

순간 어떤 생각이 일레나의 머리를 관통했다.

"숙부."

돌아섰던 린든 후작이 일레나의 부름에 다시 몸을 돌렸다. 일레나가 입을 열었다.

"그 유물, 저한테도 좀 보여주세요."

"괴물이 또 성벽을 넘어온다!"

"막아!"

"절대 안으로 들어오게 하지 마라!"

서걱!

막 성으로 침입하려는 마수의 목을 잘라낸 토마스가 턱 아래 맺힌 땀을 닦았다.

이틀 전 이곳에 도착한 이후, 토마스는 성벽에서 쉴 새 없이 마수를 상대했다.

마님께서 살려주신 목숨이다. 마님을 위해 써야 한다.

그렇게 생각하니 가만히 있을 수가 없었다. 그가 할 수 있는 건 성안에 계신 마님의 안전을 위해 이곳에서 마수가 침투하지 못하게 싸우는 것뿐이었다.

"몇 마리라더니, 이건 몇 마리가 아니잖아!"

맥스가 외쳤다. 콜린이 마수를 베며 말을 받았다.

"그 몇 마리가 계속 증식하는 것 같은데."

"이것들은 어떻게 자꾸 이 높은 성벽을 넘어오는 거야?"

높은 곳에 올라 성벽을 살피던 병사 한 명이 답을 발견하곤 외쳤다.

"괴물들이 성벽에 떼로 뭉쳐서 달라붙어 있습니다! 자기들 몸으로 탑을 쌓았어요!"

"뭐?"

"자기 동족을 밟아서 올라오는 겁니다! 무너뜨려야 해요!"

'어떻게?'

세 기사의 머릿속에 동시에 같은 생각이 들었다.

화살을 비처럼 쏴서 무너뜨리는 방법은 어려웠다. 당장 남은 화살의 수도 여의치 않을뿐더러, 마수의 외피는 무척 단단해 눈처럼 무른 부위가 아니면 화살이 잘 박히지 않았다.

"……."

생각에 잠겨 있던 토마스가 몸을 돌려 잠시 자리를 벗어났다. 이내 다시 나타난 그는 웬 밧줄을 들고 있었다. 토마스가 그 밧줄을 허리에 동여매기 시작하자 맥스와 콜린이 눈을 부릅떴다.

"너 설마?"

"아니지?"

"뭉친 놈들을 최대한 와해시켜 볼게."

"이 미친 새끼가! 성벽에 매달려 괴물을 상대하겠다고? 제정신이야? 잘못하면 죽어!"

"괜찮아. 해 본다."

밧줄을 단단히 동여맨 토마스가 검을 쥐었다. 피가 통하지 않을 만큼 손아귀에 힘을 주었다.

뭐라도 해야 했다. 성안에 계신 마님을 위해. 뭐라도.

"떨어지지 않게 잘 붙잡아 줘."

"토마스!"

그렇게 토마스가 이를 악물고 성벽으로 달려나가는 찰나.

"토마스 경, 비켜!"

익숙한 목소리가 뒤에서 그의 발을 묶었다.

"마, 마님?"

일레나였다. 주춤한 토마스가 경악하며 뒤를 돌아보았다.

"마님께서 어떻게 여기……! 위험합니다!"

"내가 할 말이야, 경. 죽었다가 살아난 사람이 대체 여기서 뭐 하는 거야?"

일레나는 진심으로 기가 막혔다. 조용한 데서 요양이나 하고 있을 줄 알았더니, 성벽에서 검을 휘두르고 있어? 심지어 허리에 매단 저 밧줄은 또 뭔지.

쓴말이 목구멍까지 올라왔지만, 일레나는 우선 참았다. 지금은 태평하게 타박이나 할 때가 아니었다.

일레나가 어깨에 이고 있던 석궁으로 마수가 꾸역꾸역 넘어오는 성벽을 조준했다.

특이하게 생긴 석궁이었다. 가장 특이한 점은 화살을 걸 시위도, 화살을 고정할 홈도 없다는 점이었다. 때문에 당연히 일레나의 손엔 화살한 대조차 보이지 않았다. 그것 때문에 저것이 무기가 맞나, 하는 의문을 불러일으켰다.

"마님, 그건 대체―"

"숙여, 경."

일레나가 그렇게 말하곤 석궁에 신성력을 주입했다. 그러자 아무것도 없던 석궁에 빛 화살이 생겨나, 번개처럼 쏘아져 나갔다.

"……!"

빛 화살은 몸을 낮춘 토마스의 머리 위를 스치고 지나가 성벽에 폭발을 일으켰다.

키에에!

키익!

마수들이 한꺼번에 성벽 아래로 우수수 떨어졌다. 자리에 있던 사람들이 동시에 입을 벌렸다.

'한 번 더.'

일레나가 이번에는 석궁을 위로 올려 쐈다. 그러자 빛 화살이 포물선을 그리며 쏘아져 나가, 성벽 외부에 뭉쳐서 달라붙어 있던 마수 덩어리를 공격했다.

콰앙!

폭발과 함께 마수로 이루어진 탑이 무너졌다.

"후우."

일레나가 휘청거리며 석궁을 내려놓았다.

"마님!"

기사들이 바로 그녀에게 달려왔다. 일레나는 만족스러운 눈으로 성벽을 응시했다.

'혹시나 했는데.'

조금 전. 일레나는 복도에서 과거 린든 후작과 나누었던 대화를 떠올렸다.

"얼마 전 성공적으로 첫 유물을 발굴했단다."

"축하드려요. 어떤 유물인데요?"

"아직 조사 중이다. 정확하지 않지만, 아마 병기가 아닌가 싶은데……."

병기.

전에는 관심 없었던 말이 이제야 일레나의 주의를 잡아끌었다.

전쟁에 쓰였던 유물.

그런데 그 전쟁이, 사람과의 전쟁이 아니었다면?

그 전쟁은 어쩌면 마수와의 전쟁이 아니었을까. 그렇다면, 유물은 마수를 상대하기 위한 병기였을 것이다.

'짐작이 맞아떨어졌어.'

그리고 여기서 일레나의 추측이 한 가지 더 들어맞았다. 일레나는 신성력으로 유물 중 하나인 성검의 봉인을 풀었다. 그렇다면 다른 유물도 신성력에 반응하지 않을까?

'역시.'

예상했던 그대로였다.

'그리고……'

일레나의 몸이 허물어졌다.

'이것도 예상대로고.'

그녀를 부르는 다급한 목소리가 아득하게 멀어졌다.

유물을 사용하고 나면 일레나는 무조건 기절했다. 하지만 전처럼 오래 정신을 잃지 않았다. 길면 한나절에서 짧으면 서너 시간 안에 의식을 되찾았다.

일레나는 상황을 정리했다.

첫째.

'침공이 앞당겨졌어.'

그녀가 아는 미래대로라면 십구 년 후에 벌어져야 할 마수의 침공이 당장 이 땅을 덮쳤다. 이유는 알 수 없었다. 그저 결과만 있을 뿐.

둘째.

'상황이 점점 나빠져.'

일레나가 아무리 유물을 사용해 해치워도 마수의 수는 줄지 않았다. 아니, 끔찍한 가정이지만 오히려 조금씩 느는 것 같았다.

더군다나 시간이 지나자 처음 보는 형태의 마수도 이따금 등장하기 시작했다. 그것들은 기존 마수보다 상대하기 까다로웠다.

셋째.

'아무리 생각해도 남편에게 연락할 방법이 없어.'

모든 연락 수단이 막혔다. 기적이라도 발생하지 않는 한, 남편에게 연락을 취하는 것은 불가능해 보였다.

넷째.

'……신성력이 고갈되고 있어.'

회복되는 신성력의 양이 갈수록 줄어들고 있었다. 이제는 기절했다가 깨어나도 전처럼 몸 안에 신성력이 가득하지 않았다. 절반, 아니, 그 미만일까.

일레나가 입술을 깨물었다. 그러잖아도 좋지 않은 상황이 더욱 최악으로 치닫고 있었다.

그렇게 생각한 순간, 밖이 소란스러웠다.

"붉은 눈이다!"

"붉은 눈이 나타났다!"

일레나가 그 말에 바로 유물을 쥐고 성벽으로 나갔다.

"눈을 감아!"

"저 눈과 마주치면 조종당한다!"

"절대 보지 마!"

눈을 감고 외치는 사람들을 지나쳐 일레나가 성벽에 달라붙어 아래를 살폈다.

'저기 있다.'

새까만 마수들 사이, 형형한 붉은 눈을 드러낸 생명체가 보였다.

저 눈과 마주친 사람은 전부 이지를 잃고 조종당해 아군을 공격했다.

단 한 명, 일레나를 제외하고는.

일레나는 손에 쥔 창에 신성력을 주입한 후 던졌다.

휙!

일반 창의 절반밖에 되지 않는 길이의 창이 목표물을 향해 정확히 날아가 적의 심장을 꿰뚫었다. 그러고는 마치 의지를 가진 것처럼 일레나의 손으로 되돌아왔다.

"공작 부인께서 붉은 눈을 해치우셨다!"

"와아!"

환호 속에서 일레나가 겨우 주저앉지 않고 버텨 섰다. 다리가 후들거리고, 피가 제대로 돌지 않는 것처럼 머리가 멍했다.

'고작 유물을 한 번 쓴 것뿐인데……'

전에는 적어도 두 번, 유물에 따라 세 번까지 쓸 수 있었다. 그런데 벌써 이렇게.

일레나가 이를 악무는 찰나, 누군가가 외치는 소리가 들렸다.

"하늘을 나는 괴물이다!"

소리를 따라 일레나가 고개를 젖혔다. 그녀의 안색이 어두워졌다. 하늘에 나타난 새 형태의 마수는 어림잡아도 열 마리는 족히 되어 보였다.

"마님, 안으로 피하십시오."

"여긴 저희가 맡겠습니다."

세 기사가 일레나의 주변을 호위하듯 둘러쌌다.

일레나가 순순히 고개를 끄덕였다. 몸에 힘이 거의 남지 않았다. 아마 곧 기절할 것이다. 여기 남아 있어봤자 방해만 될 뿐이었다.

일레나가 몸을 돌려 성벽에서 벗어나려는 때, 공중을 배회하던 마수 중 하나가 일레나를 노리고 날아들었다.

"……!"

맥스가 다급히 검을 세웠다.

그 순간.

화르륵!

그들의 눈앞에서 마수가 단숨에 불덩이에 휩싸였다.

"일레나! 괜찮아?"

익숙한 목소리가 일레나의 안위를 물었다. 일레나는 커다랗게 뜬 눈을 깜박거렸다.

난데없이 공중에서 마수를 통구이로 만들어 버린 인물은 그녀가 너무나 잘 아는 사람이었다.

"앤디?"

"다친 데 없는 거지?"

일레나 앞에 내려선 앤다이튼이 그녀를 살피며 손을 휘저었다. 그러자 몇 마리의 마수가 머리 위에서 추가로 불길에 잡아먹혔다.

일레나는 멍하니 앤다이튼을 바라보았다.

"무사해 보이네. 후우, 그런데 안색은 왜 이렇게 창백해?"

"앤디, 네가 어떻게 여기……."

"널 찾아왔지."

"날 찾아와?"

"그래. 늦어서 미안하다. 가족들 대피시키고 오느라……. 좀 더 일찍 올 수 있었는데."

그런 문제가 아니었다. 일레나가 물었다.

"어떻게 알고?"

"응?"

"내가 여기 있는 걸 어떻게 알고 왔는데? 소식을 알 방법이 없었을 텐데……."

"잊었어? 나한테 실피가 있다는 걸."

실피는 바람의 정령의 이름이었다.

"실피는 바람이 있는 곳이면 어디든 갈 수 있지. 네 위치쯤이야 실피의 도움을 받으면 얼마든지-"

"앤디!"

일레나가 앤다이튼을 와락 붙잡았다.

가슴이 뛰었다. 미친 듯이.

기적. 기적이 그녀 앞에 나타났다.

너무나 보고 싶은 한 사람의 얼굴이 이 순간 일레나의 머릿속을 가득 채웠다. 눈물이 핑 돌았지만, 가까스로 감정을 눌렀다.

일레나가 앤다이튼과 눈을 마주치며 입을 열었다.

"나 좀 도와줘."

페넬 백작의 막내아들, 노엔서 페넬은 요즘 걸핏하면 가슴이 두근거렸다. 한 사람 때문이었다.

'공작 부인.'

아니.

'……일레나.'

일레나를 처음 보았을 때, 그는 심장이 멎는 줄 알았다. 너무 아름다웠기 때문이다.

달빛을 엮은 듯 부서지는 은발. 봄의 생기를 가득 머금은 촉촉한 분홍색 눈동자.

마주치는 순간 깨닫고 말았다. 자신이 평생 꿈에 그리던 이상형이라는 것을.

'첫눈에 반해 버렸어.'

그가 아득한 눈빛으로 창밖을 내다보았다. 뺨이 복숭아색으로 물들었다. 그러나 사랑의 설렘으로 들떴던 노엔서의 기분은 금세 바닥으로 꺼지듯 가라앉았다.

'어차피 이 마음을 전할 수는 없겠지만……'

그의 마음을 송두리째 앗아가 버린 일레나는 이미 다른 남자의 아내였다. 심지어 상대는 공작. 고작 백작의 아들에 불과한 노엔서 페넬과는 비교조차 되지 않는 신분이었다.

'쳇.'

창가에 팔을 걸쳐 턱을 괸 노엔서가 한숨을 내쉬었다.

"하아."

그러다 문득 우울하게 내리깔았던 눈을 반짝 떴다.

"가만."

놀라운 생각이 들었다.

'남편인 메이하드 공작은 전쟁터에 나갔잖아?'

그리고 지금, 사방에서 괴물이 쏟아지는 난리가 벌어졌다.

'……죽지 않았을까?'

전장은 그 자체로 충분히 위험했다. 그런데 그런 곳에 괴물까지 나타났다면?

'그래, 죽었을 거야!'

냉정히 생각해서 살아 있을 확률보단 이미 죽었을 공산이 컸다.

노엔서의 얼굴이 활짝 폈다. 심장이 쿵쿵 소리를 내며 뛰었다.

'이, 이럴 때가 아니지.'

노엔서가 허겁지겁 창가에서 벗어났다.

'공작 부인…… 아니, 일레나의 환심을 사야 해.'

상대는 대단한 미인이었다. 분명 그 외에도 옆자리를 노리는 사내가 많을 것이다. 그녀의 새 남편 자리를 차지하기 위해선 지금부터 노력해야 했다.

'꽃을 따서 바치자.'

노엔서는 그가 알고 있는 여성의 환심을 사는 방법 중 가장 쉽고 간단한 것을 떠올렸다.

노엔서가 희희낙락하며 빠르게 복도를 가로질렀다. 마침 복도를 걷던 하녀가 그를 발견하고 말을 걸었다.

"막내 도련님, 어디 가세요?"

"후원."

"후원이요?"

"응, 꽃을 좀 딸까 해서."

기분이 좋았던 나머지 노엔서는 신이 나서 술술 대답했다. 그러자 하녀의 표정이 단박에 굳었다.

"안 돼요. 위험해요."

"뭐?"

"괴물이 숨어 있을지도 모르잖아요. 아무리 후원이라도, 지금 밖에 나가시는 건……."

"무슨 소리야. 후원에 괴물이 왜 있어?"

하녀의 걱정이 무색하게 노엔서는 코웃음을 쳤다.

"괴물은 성벽에서 기사들이 잘 막고 있잖아. 성안까지 들어왔을 턱이 없다고."

"그래도 혹시 모르는 거잖아요. 위험……."

"아, 됐어. 잔소리하지 마. 꽃만 금방 따고 들어올 거니까, 아무 일 없을 거야."

노엔서가 성가시다는 듯 손을 휘휘 내젓고 그대로 하녀를 지나쳐 걸었다.

"도련님!"

전전긍긍하던 하녀가 이내 그를 뒤따랐다.

"고마워, 앤디."

"……됐어. 그 말 한 번 더 들으면 일곱 번이야."

"고마워."

기어이 일곱 번을 채운 일레나가 활짝 웃었다.

앤다이든은 정령을 이용해 카이휜에게 일레나의 소식을 전해주기로
했다.

일레나가 무사하다는 것. 그리고 지금 이곳에 있다는 것.

소식을 전할 방법은 간단했다. 우선 바람의 정령이 카이휜의 위치를
알아내면, 물의 정령이 바닥에든 허공에든 글씨를 써서 소식을 전할 것
이다.

'제발.'

일레나가 간절히 생각했다. 부디, 한시라도 빨리 남편에게 그녀의 소
식이 전해지길. 그리고 정령이 어서 돌아와 남편의 소식도 전해주길.

'무사하겠지?'

당연히 무사할 것이다. 남편이라면. 다른 사람도 아닌 그라면.

'보고 싶어.'

물론 소식이 닿는다 해서 바로 남편과 만날 수 있단 보장은 없었다.
남편이 당장 움직이기에 여의치 않은 상황일 수도 있고, 바깥엔 마수가
가득했으니까.

'그래도.'

그래도 기뻤다. 연락이 닿는다는 사실 하나만으로도 이전보다는 훨
씬 마음이 놓였다. 온통 절망뿐이던 상황에 한 줄기 희망의 끈이 내려
온 기분이었다.

일레나는 그 끈을 내려준 앤다이든을 보며 입을 열었다.

"고……."

"그만해! 열 번 채울 거야? 듣는 내 생각도 해줘라. 적응 안 돼서 소름
돋았거든?"

앤다이든이 과장되게 말하며 목덜미를 문질렀다.

"알겠어."

일레나가 눈을 접어 웃고는 손에 든 컵을 입에 가져다 댔다. 따뜻하게 데워 꿀을 섞은 달달한 우유가 부드럽게 목을 타고 넘어갔다.

"저, 공작 부인······. 늘 감사합니다. 영주성을 지켜주셔서."

일레나가 유물을 들고 성벽에서 마수와 싸우기 시작한 후.

그녀가 기절했다가 깨어나면, 매번 '다이나'라는 하녀가 지금처럼 그녀에게 꿀을 탄 우유를 가져다주었다. 그때마다 영주성을 지켜줘서 고맙다는 인사를 잊지 않고 꼬박꼬박 붙이는 것은 덤이었다.

'좋은 하녀야.'

일레나는 무심코 생각했다. 얼굴만 봐도 성품이 따뜻하다는 것이 절로 느껴지던 하녀였다.

'솜씨도 좋고.'

우유는 맛있었다. 뜨겁지도 미지근하지도 않은, 딱 적당한 온도. 너무 달거나 싱겁지 않게 조절한 꿀의 양.

'다 마시면 한 잔 더 타달라고 할까.'

일레나는 그렇게 생각하며 몸의 긴장을 풀어주는 따뜻한 우유를 한 모금 더 넘겼다.

그때, 밖에서 소란이 들렸다.

"어떡해, 우리 다이나 불쌍해서 어떻게 해······."

"도련님 때문에······ 막내 도련님만 아니었어도······."

'다이나?'

마침 귀에 익은 이름이 소란 틈에 섞여 있었다.

"다이나만큼 착하고 좋은 애도 없었는데……."

"그 애가 이대로 죽으면, 난……."

죽는다는 말에 일레나가 저도 모르게 몸을 일으켰다. 처소 문을 열고 복도로 나가자, 눈물로 얼굴이 엉망이 된 두 하녀와 눈이 마주쳤다.

"무슨 일이니?"

"제, 제발…… 살려……."

콰직.

트리제프가 발에 무게를 실어 그의 발아래 깔린 사람의 머리를 터뜨렸다. 잘 빗은 석고 같던 무표정한 얼굴에 점점 짜증이 깃들고 있었다.

"다음 영지는 어느 쪽이지?"

레베카는 지금 그들이 있는 곳에서 가장 가까운 영지의 위치를 가늠했다. 답은 금방 나왔다.

"페넬 영지. 여기서 서쪽입니다."

"그래."

날개를 편 트리제프가 레베카를 매달고 바로 하늘로 날아올랐다. 레베카는 아래를 보지 않으려 애썼다.

벌써 며칠째. 그들은 일레나를 찾아 수도부터 시작해 그 일대의 영지까지 모조리 뒤지고 있었다.

'부디 이번에는…….'

레베카는 초조하게 생각했다.

인내심이 줄어드는 것일까, 영지를 옮길 때마다 트리제프의 일방적인 학살이 점점 잔혹해지는 것이 느껴졌다.

이러다 그 화가 그녀에게까지 미칠지도 모른다. 레베카가 간절히 입술을 깨물었다.

이내 페넬 영지의 성이 모습을 드러냈다. 트리제프가 성벽 위에 가볍게 내려앉았다.

"그렇다니까? 네가 그걸 봤어야 해. 갑자기 빛이 번쩍하더니, 다 죽어 가던 사람이 멀쩡하게……."

"이, 이봐."

"응? 왜…… 헉!"

성벽에서 병사들이 나누던 잡담을 들은 트리제프가 입술 끝을 말아 올렸다.

"드디어 제대로 찾아왔군."

"누, 누구……!"

"당장 정체를……!"

퍽.

트리제프의 간단한 손짓에 병사 두 명의 머리가 날아갔다. 성벽 위의 공기가 차갑게 얼어붙었다.

트리제프가 입을 가늘게 찢었다. 날카로운 송곳니가 드러났다.

"사냥 시간이다."

일레나는 텅 빈 그녀의 손을 내려다보았다. 기분 탓이겠지만, 괜히 평소보다 마르고 거칠어 보였다.

일레나가 주먹을 꼭 움켜쥐었다.

'신성력을 다 써버렸어.'

조금 전, 일레나는 후원에서 죽기 직전에 달했던 사람을 살렸다.

"다이나!"

"다이나, 제발 정신 차려. 눈 좀 떠봐!"

"다이나! 아악!"

처소 앞 복도에서 만난 하녀를 따라 달려간 후원. 다이나는 그곳에서 죽어가고 있었다.

"어흐흑, 다이나……."

평소 그녀의 인망이 어땠는지 알려주듯, 수많은 사람이 다이나를 둘러싼 채 울고 있었다. 일레나는 사람들 사이에서 피투성이가 된 채 쓰러져 있는 다이나를 응시했다.

"내, 내 잘못 아니야……."

오열하는 사람들과 멀찍이 떨어진 곳에서 영주의 아들이 몸을 웅크린 채 벌벌 떨며 중얼거렸다. 그의 이가 연신 딱딱 부딪혔다.

"난 그냥 꽃만 조금 꺾으려 했을 뿐이야……. 이렇게 될 줄 몰랐어, 정말이야……."

전해 들은 상황은 이랬다.

영주의 막내아들 노엔서 페넬은 위험하다는 만류에도 불구하고 굳이 꽃을 꺾으러 후원에 나갔다. 그리고 그곳에서 마수와 마주쳤다.

문제는, 그 자리에 그를 걱정하여 따라온 다이나가 함께 있었다는 거였다.

"도련님! 피하세요!"

다이나는 지나치게 착한 여자였다. 마수에게 습격당하는 노엔서를 밀치고 대신 마수의 송곳니에 배를 찢겼다. 상처는 한눈에 보기에도 매우 깊었다.

"다이나, 죽지 마. 죽으면 안 돼, 제발⋯⋯."
"눈 떠, 다이나! 눈 좀 떠봐. 아아아!"

마수를 처리한 것으로 보이는 무장 기사들이 침통한 얼굴로 자리에 서 있었다. 의사는 가망이 없다고 판단했는지 손을 놓고 한쪽으로 물러난 상태였다.

일레나는 아주 잠깐 갈등했다. 그녀에게 남은 신성력의 양이 많지 않았기 때문이다.

하지만 고민은 길지 않았다. 손바닥에 아직도 우유 잔의 따듯한 온기가 남아 있었다.

"다들 잠시 물러나 주겠나?"

"고, 공작 부인……."

"비켜주렴."

일레나는 사람들을 헤치고 다이나에게 다가갔다. 그러곤 점점 호흡이 희미해지는 다이나의 몸에 신성력을 불어넣었다.

그렇게 다이나는 숨이 끊어지기 직전이었다고는 믿을 수 없을 만큼 멀쩡해졌고, 일레나는…….

'정말 한 줌도 안 남았네.'

신성력이 전혀 없는 몸이 되었다.

'시간이 지나면 다시 회복될 것 같긴 하지만…….'

어쨌든 지금은 텅 비었다. 마치 우물이 바닥까지 말라 버린 것처럼.

'기절도 안 하네.'

어차피 당장 기운을 회복할 수 없는 상태이기 때문일까. 신성력을 쓰고 난 후에도 일레나는 정신을 잃지 않았다.

일레나는 복잡한 심정으로 손을 쥐락펴락했다. 그리고 그런 일레나 곁에서 앤다이든이 팔짱을 낀 채 그녀를 쳐다보며 중얼거렸다. 멍한 목소리였다.

"아직도 안 믿겨."

그는 일레나가 후원에서 다이나를 살리는 것을 본 후로 줄곧 저 상태였다.

"내 친구가 죽은 사람을 살리다니……."

"죽은 사람 아니야. 죽어가는 사람이었지."

물론 죽은 사람을 살린 적도 있긴 했다.

"어쨌거나."

앤다이든의 눈빛에 미처 숨기지 못한 감탄이 담겼다.

"대체 언제부터 신성력을 쓸 수 있었던 거야? 최근이야?"

"그게……."

말하자면 조금 길었다. 신성력이라는 걸 알게 된 건 최근이지만, 처음 능력을 발휘한 건 잉칸에게 납치당할 때였으니까.

일레나가 말을 이으려 입을 열었다. 그때였다.

쾅―!

굉음이 영주성 전체를 뒤흔들었다.

"……!"

일레나가 앉아 있던 침상에서 벌떡 몸을 일으켰다. 앤다이든이 당황한 얼굴로 팔짱을 풀었다.

"……뭐야?"

"확인해 봐야지."

굳은 표정으로 처소를 나가기 전, 일레나가 습관처럼 유물로 손을 뻗었다가 멈칫했다. 갈등하는 일레나의 눈빛을 본 앤다이든이 그녀를 지나쳐 유물을 쥐었다.

"내가 가지고 갈게. 혹시 짐이 되더라도 나한텐 뭐, 가벼우니까. 나가자."

"……그래."

이내 두 사람이 복도로 나왔다.

복도는 이미 정체 모를 굉음을 듣고 나온 사람들로 가득했다. 개중에는 전투가 끝난 지 얼마 되지 않아 거처에서 휴식을 취하던 세 기사도 포함되어 있었다.

"마님!"

"마님, 무사하십니까?"

"보다시피 무사해. 그보다 방금 무슨 소리였는지 알아?"

기사들이 고개를 저었다. 그들뿐 아니라 복도에 모여 웅성거리는 모든 사람이 소리의 정체를 파악하지 못하고 있었다.

"소리가 난 곳으로 가봐야 하는 거 아닌가요?"

"위험하니 다 같이 갑시다."

"아니, 굳이 그럴 필요 있나요? 기사님들만 이동하고, 저흰 여기 남는 게……."

의견이 분분했다.

그러나 결정을 내릴 필요는 없었다. 의견을 정리하기도 전에 다시 한 번 굉음이 들렸으니까. 이번에는 아주 가까이서.

쾅—!

"꺄악!"

하녀가 비명을 질렀다. 곧 누군가가 경악하며 외쳤다.

"처, 천장이……!"

천장 한쪽이 완전히 무너져 내렸다.

자욱한 먼지가 복도에 깔려 한동안 시야가 확보되지 않았다. 천천히 먼지가 가라앉고 그 사이로 희미한 사람의 그림자가 보였을 때.

바스락.

무너진 천장의 잔해를 밟으며 한 사내가 천천히 내려섰다.

이 자리의 누구도 그 사내를 보며 인간을 떠올리지 않았다. 사람이라기엔, 사내의 등에 돋아난 날개를 설명할 방법이 없었으니까.

트리제프가 입술 끝을 말아 올렸다.

"여기 제법 모여 있군."

남자의 목소리를 듣는 순간, 일레나는 등줄기가 서늘하게 굳었다. 심장은 쿵쿵 뛰고, 반대로 몸은 얼어붙었다.

성을 부술 정도의 괴력. 사람이라곤 보기 힘든 등 뒤의 검은 날개.

'설마⋯⋯.'

한 가지 절망적인 가정이 일레나의 머리를 스치는 사이, 트리제프가 좌중을 둘러보다 입을 열었다.

"여기에."

복도는 조용했다. 많은 사람이 모여 있다고는 생각하기 힘들 만큼 말소리 하나 들리지 않았다.

적막한 가운데 트리제프의 목소리만이 또렷하게 울렸다.

"죽어가는 사람을 살린 여자가 있다던데."

술렁.

그 말에 침묵이 깨지고 동요가 퍼져 나갔다.

죽어가는 사람을 살린 여자.

지금 이 장소에 있는 모두가 사내의 말이 누구를 가리키는지 알았다.

"⋯⋯제 뒤로 물러서십시오, 마님."

콜린이 속삭이듯 말하며 허리춤의 검에 손을 가져갔다. 다른 두 기사도 마찬가지였다. 앤다이든 또한 유물을 내려놓고 긴장한 얼굴로 일레나와 간격을 좁혔다.

그리고 그때. 한 여자가 앞으로 나섰다.

"저를 찾아오셨나요?"

일레나의 눈이 커다랗게 변했다.

'다이나.'

그녀는 다름 아닌 일레나가 후원에서 살려냈던 하녀, 다이나였다.

일레나가 무심코 움직이려는 순간, 앤다이든이 그녀의 손목을 덥석 붙잡았다. 그러곤 고개를 저었다.

그사이 트리제프의 새빨간 눈이 다이나에게 향했다.

"호오. 네가 죽어가는 사람을 살렸다고?"

"네, 제가 한 일이에요."

"그런 대단한 재주를 지닌 인물로는 안 보이는데?"

트리제프의 시선이 다이나의 복장을 훑었다.

"아무것도 모르시는군요. 사람을 살리는 힘은 본디 신의 은총."

다이나는 물러서지 않았다. 자세히 살피면 목소리가 떨리고, 다리가 후들거리고 있었으나 꿋꿋이 말을 이었다.

"신은 가장 아래에서부터 굽어살피십니다. 미천한 자에게 은총이 깃드는 건 당연한 일이지요."

"아하!"

트리제프가 감탄했다는 듯 손바닥을 맞부딪혔다.

"과연 네 말이 맞다. 일리 있어. 더구나 이 나를 상대로도 주눅 들지 않는 기개를 보아하니, 사람을 살리는 대단한 재주를 지녔을 만하구나."

그러나 그렇게 말하며 트리제프가 입꼬리를 한쪽만 당겼다.

명백한 조소.

그 웃음을 보는 순간, 일레나는 찬물을 뒤집어쓴 것 같은 깨달음을 얻었다.

'다 알고 온 거야!'

"안 돼!"

일레나의 외침은 부질없이 허공으로 흩어졌다.

마치 사신의 낫처럼 날카로운 트리제프의 손톱이 다이나의 몸을 갈랐다. 피가 사방에 흩뿌려지고, 나무토막처럼 바닥으로 허물어지는 다이나의 몸이 일레나의 시야에 느리게 담겼다.

아.

"꺄아아악!"

"으, 으아악!"

죽었다. 그녀가 살린 목숨이, 저렇게 쉽게. 허무하게.

"우욱, 웩."

"히익……."

"살려줘! 사람 살려!"

비릿한 피 냄새가 사방으로 번지고, 복도는 순식간에 혼잡해졌다. 누군가는 처참한 시체를 보며 속을 게워냈고, 누군가는 주저앉아 실금했다. 몸을 돌려 달아나려는 사람도 있었지만, 어느새 나타난 마수가 그들을 쫓았다.

"아악!"

"끄악!"

절망. 체념. 공포. 아수라장 한가운데서 트리제프가 손톱에 묻은 피를 털어냈다.

"변하질 않는구나, 인간들은. 천 년이 흘러도."

트리제프의 시선이 정확히 일레나에게 향했다.

'은발에 분홍색 눈.'

들은 것과 외모가 일치하지만, 혹시 모르니 추가로 확인이 필요했다.

"저 여자가 맞느냐?"

그의 말에, 날개에 가려져 있던 사람이 모습을 드러냈다.

"……맞습니다."

레베카가 희열에 물든 눈으로 일레나를 응시했다.

드디어. 마침내 이 순간이 왔다.

'공작 부인.'

저 여자를 죽일 순간이.

레베카의 눈꺼풀이 감추지 못한 기대감으로 떨렸다.

생각해 보면, 모든 것의 시작에는 저 여자가 있었다. 애초에 저 여자가 잉칸이 가진 약의 존재를 밝혀내 이 지경까지 오게 된 것이 아니던가?

'저 여자만 아니었어도.'

저 여자만 없었어도, 레베카가 지금처럼 모든 걸 잃게 되는 일은 없었을 것이다.

'되돌리기엔 이미 늦었어.'

레베카의 눈이 섬뜩하게 빛났다.

처음엔 잠시 후회한 적도 있었다. 마왕이 이 땅에 마수를 불러내는 걸 보았을 때. 세상의 종말이 닥쳐온 듯한 그 모습에 찰나 당황했다.

자문하기도 했다. 이렇게까지 해야 하나? 과연 이게 맞는 것일까?

그러나 레베카는 곧 그 의심을 벗어던졌다.

옳은 선택이었다. 자신은 틀리지 않았다.

공작과 공작 부인이 죽고 나면, 레베카는 마왕에게 충성을 맹세할 것이다. 인간계와 마계, 두 세계를 전부 지배하는 마왕의 수족이 된다면 그녀의 삶은 오히려 이전보다 나아질지도 몰랐다.

복수. 전보다 윤택해진 삶.

이보다 완벽한 결과가 있을 수 있을까?

"확실한가?"

"네, 확실합니다."

트리제프의 재확인에 레베카가 들뜬 목소리로 대답했다.

어서 보고 싶었다. 어서.

저 여자가 참혹하게 죽는 모습을. 눈앞에서 피를 흩뿌리고 차게 식어가는 모습을.

"닮은 사람이거나, 다른 자가 분장했을 가능성은?"

"없습니다. 틀림없이 저 여자입니다! 확신할 수 있습니다. 그러니-"

죽여주세요.

그러나 그 뒷말은 레베카의 입에서 나오지 못했다. 그전에 트리제프의 손톱이 레베카의 가슴을 뚫었으니까.

"어……?"

울컥.

목구멍을 타고 넘어온 핏덩이가 바닥으로 후두둑 떨어졌다. 레베카는 환영을 보듯 멍하니 핏자국을 쳐다보다가, 가까스로 피에 젖은 입술을 달싹였다.

"왜……?"

"왜라니. 재미있는 질문이구나."

트리제프가 레베카의 몸에서 손톱을 뽑았다.

"그럼 너희 인간은 사냥이 끝난 후에도 개를 살려둔단 말이냐?"

레베카의 신체가 힘없이 무너져 내렸다. 눈도 다 감지 못하고 절명한 그녀에게선 답이 없었다.

트리제프는 레베카의 시신에 오래 눈길을 주지 않았다. 그가 일레나를 눈에 담으며 걸음을 옮겼다.

"네가 바로 성녀의 후손이구나."

그의 목소리엔 만족감을 비롯한 묘한 감정이 섞여 있었다.

"천 년 전 성녀도 너처럼 생겼었을까?"

"마님, 물러나십시오!"

"뭐, 상관없는 일이지만……."

트리제프가 눈을 가늘게 접었다. 그가 입을 벌릴 때마다 짐승의 이빨이 드러났다.

"대업을 위해 죽어줘야겠다."

"마님!"

트리제프가 달려들었다. 세 기사가 바로 그의 앞을 막아섰다.

"커헉!"

"맥스!"

단 한 번 손톱과 검이 부딪혔을 뿐인데, 맥스의 몸이 저 멀리 날아가 벽에 처박혔다. 이어서 트리제프가 내려찍은 손톱을 토마스와 콜린이 동시에 검을 들어 막아냈다.

"크윽!"

"이, 새끼……!"

"너흰 질기구나."

그러나 그 대치는 오래가지 않았다.

"아주 조금이지만."

트리제프의 손톱에 별안간 붉은 기운이 어리더니, 두 사람의 검을 그대로 잘라 버린 것이다. 검날이 무 잘리듯 잘려 나가고, 예리한 손톱 끝이 토마스와 콜린을 베어냈다.

"컥!"

둘의 무릎이 바닥에 닿았다. 그와 동시에 거대한 불덩이가 트리제프를 덮쳤다. 앤다이든이 불러낸 불의 정령이었다.

그러나 그 짧은 순간, 날개를 펼쳐 몸을 가린 트리제프가 불길에도 멀쩡한 모습으로 눈가를 좁혔다.

"잔재주를 부리는군."

"크악!"

순식간에 앤다이든과 거리를 좁힌 트리제프가 손톱의 넓은 면으로 그를 후려쳤다.

"커억."

뒤로 주르륵 밀려난 앤다이든이 핏덩이를 토했다.

일레나는 멍하니 그 광경을 바라보았다. 갑자기 벌어진 이 모든 일이 현실 같지가 않았다.

"미안하다, 기다리게 해서. 이제 네 차례란다."

트리제프가 일레나의 앞으로 여유롭게 다가갔다. 뒤로 물러나던 일레나가 손에 잡히는 유물을 집어 상대에게 겨눴다.

"다가오지 마!"

"……."

석궁 끝이 트리제프의 미간을 정확히 조준했다. 그가 걸음을 멈췄다.

"물러나."

"……."

"내게 성녀의 후손이라고 했으니 잘 알겠지? 이건 신성력을 가진 사람만 사용할 수 있는 대단히 강력한 무기야."

"……."

"미간에 구멍 뚫리기 싫으면, 물러나."

트리제프의 눈이 일레나를 유심히 관찰했다.

핏기 없는 얼굴. 하얗게 질린 손.

한참을 쳐다보던 트리제프의 입술 끝이 말려 올라갔다.

"안 쓰는 것이 아니라, 못 쓰는 거로구나."

"악!"

트리제프가 달려들어 가볍게 손짓하자, 일레나의 몸이 멀리 나가떨어졌다.

"하여간, 성녀란 족속은 시대를 불문하고 영악하기 그지없군."

"아, 윽······."

넘어지면서 한쪽 발목이 이상한 방향으로 꺾였다. 끔찍한 고통에 일레나가 엎어진 채 신음했다.

"날 자극한 보상으로, 넌 무척 천천히 죽여주마."

트리제프가 느린 걸음으로 일레나에게 다가갔다. 가까워지는 상대를 보는 일레나의 눈에 무력감이 깃들었다. 절망이 그녀의 전신을 내리눌렀다.

이대로 끝나는 걸까. 이렇게.

보고 싶은 사람도 보지 못하고, 이렇게······.

'카이휜.'

일레나가 마지막으로 그리운 얼굴을 떠올렸다.

그 순간.

쿵!

하늘에서 크고 새까만 것이 떨어져 일레나와 트리제프 사이를 가로막았다. 새 형태의 마수였다.

······아니. 아니다. 그 위에서 내려선 사람은.

"일레나."

남편의 목소리를 듣는 순간, 참았던 감정이 울컥 터져 나와 일레나의 뺨을 적셨다.

저 목소리, 저 얼굴.

얼마 만에 다시 듣고, 보는 것이더라.

보고 싶었다. 너무나도.

상황만 이렇지 않았어도 당장 달려가 안기고 싶을 만큼 반가웠다.

카이휜은 마수에서 내려 일레나를 보곤 찰나 안도한 표정을 지었다가, 이내 그녀의 다친 발목을 발견하고 얼굴을 굳혔다.

그때, 일레나가 외쳤다.

"카이휜! 뒤에!"

쾅!

트리제프의 기다란 손톱이 카이휜의 성검과 부딪혔다.

쇳소리도 아닌, 마치 폭발하는 것 같은 소리가 나며 카이휜의 몸이 몇 걸음 밀려났다. 그러나 밀려난 것은 트리제프 또한 마찬가지였다.

트리제프의 표정이 변했다. 동시에 성검이 발작을 일으켰다.

[미친! 저 새끼! 저 새끼 저거, 마왕이잖아! 설마, 설마 했는데 저 잡놈의 자식이 진짜 다시 기어 나왔네!]

성검의 목소리가 일레나의 머릿속에 웅웅 울렸다. 일레나는 남편과 대치 중인 상대를 응시했다.

'마왕.'

처음 봤을 때부터 혹시나 했고, 상대가 '천 년 전', '대업'이라는 말을 입에 담았을 때 반쯤 확신했다.

그리고 지금 막 성검이 확실하게 답을 주었다.

저 사내가 바로, 마수를 이끌고 이 땅을 침략한 주범이자 세계의 멸망을 막기 위해 반드시 죽여야 하는 마왕이었다.

'마왕을 죽이려면……'

일레나의 시선이 남편의 손에 들린 성검에 닿았다.

그녀가 아는 마왕을 죽일 방법은 하나뿐이었다. 마왕의 심장에 성검을 꽂는 것.

일레나가 간절하게 주먹을 그러쥐었다. 그녀의 앞을 막아선 남편의 넓은 등에 눈길을 고정했다.

'부디.'

피 맛이 날 만큼 세게 입술을 깨물었다. 모든 것이 남편에게 달려 있다.

"흠……."

트리제프는 묘한 눈빛으로 카이훤을 응시했다. 그의 눈썹이 크게 휘었다.

"조금이긴 해도 날 물러나게 하다니, 보통 인간이 아니구나."

그의 목소리는 순수한 칭찬을 담고 있었다.

"아, 혹시 날 소환한 인간이 성녀의 후손 외에 죽여달라고 했던 또 다른 인간이 너인가?"

트리제프는 레베카의 부탁을 떠올렸다.

그녀는 두 사람을 죽여달라고 했다. 공작과 공작 부인.

그중 공작의 무위가 대단히 고강하다더니, 확실히 인간들 사이에선 그렇게 평가될 만한 자격이 있었다.

새빨간 눈에 즉흥적인 흥미가 스쳤다.

"모처럼 흥미로운 인간을 만났으니 기회를 주지. 내 수하가 되어라. 그럼 네 목숨을 살려주고, 부귀영화도 보장해 주지. 어떠냐?"

카이휜은 대답하는 대신 조용히 트리제프에게 성검을 겨눴다.

명백한 거절.

트리제프의 입꼬리가 말려 올라갔다.

"하긴, 주인 없는 개처럼 쉽게 충성을 맹세해도 재미없지."

트리제프가 손을 들어 올렸다. 그의 손톱에 붉은 기운이 생겨났다. 콜린과 토마스의 검을 잘라 버렸던 바로 그 기운이었다.

"네 몸을 반으로 갈라 죽이고, 네 아내도 금방 곁으로 보내주마."

트리제프가 달려들어 손을 휘둘렀다. 붉은 기운을 두른 손톱이 위협적으로 카이휜을 노렸다. 카이휜이 손톱을 막으려는 듯 검을 세웠다.

트리제프가 비죽 웃었다. 상대의 발버둥이 소용없음을 알기에.

카각!

그러나 곧 트리제프의 얼굴에서 바로 웃음이 사라졌다.

막았다.

카이휜의 검이 트리제프의 손톱을 막아냈다. 심지어 검날에는 생채기 하나 나지 않은 것 같았다.

"어떻게……!"

트리제프가 찰나 믿을 수 없다는 듯 눈을 키웠다. 그 틈에 카이휜이 검을 빼내 상대에게 빠르게 휘둘렀다.

"큭."

쾅!

손톱을 교차해 공격을 막은 트리제프가 뒤로 멀찍이 물러났다. 이내 트리제프가 뭔가 깨달은 표정으로 카이휜을 응시했다.

"설마, 그 검…… 용사가 썼던 검이냐?"

[그걸 이제 알다니!]

성검이 기다렸다는 듯 이죽거렸다.

[이 몸도 바로 못 알아보는 무지렁이 새끼야! 여기서 질척거리지 말고 빨리 네 더럽고 지저분한 땅으로 꺼져! 꺼지라고!]

물론 그 격한 조롱과 외침은 일레나에게만 들렸다.

대답이 들려오지 않았지만, 트리제프는 확신한 것 같았다. 그의 얼굴이 사납게 일그러졌다.

"그래, 네놈이…… 네가 바로 용사의 후손이구나."

서늘한 정도로 낮게 내리깔리는 목소리. 주변의 온도가 약간 내려간 듯한 착각이 들었다.

트리제프가 양손을 뻗었다. 이내 '우두둑' 소리를 내며 그의 손이 변형을 일으켰다. 새까만 털이 손등을 뒤덮고, 크기가 기형적으로 커졌다.

길고 두꺼워진 손톱 끝이 바닥을 긁었다. 트리제프의 검은 날개가 장막처럼 펴졌다.

"곱게 죽이지 않겠다."

다음 순간, 언제 도약했는지 모를 트리제프와 카이휜이 격돌했다.

콰앙─!

충돌의 여파가 주변까지 영향을 끼쳤다.

"윽!"

일레나의 몸이 뒤로 한 바퀴 굴렀다. 꺾인 발목에서 올라오는 극심한 통증에 그녀의 잇새로 신음이 흘러나왔다.

"부인."

"한눈팔 여유도 있더냐?"

트리제프가 쉴 틈을 주지 않고 카이휜에게 달라붙어 손톱을 휘둘렀다.

쾅, 쾅!

두 사람이 맞붙을 때마다 연신 폭음이 울렸다. 바닥이 진동하고 무너진 천장에서 돌 파편이 떨어졌다.

일레나는 한쪽으로 밀려나 남편과 트리제프의 공방을 눈에 담았다. 이내 그녀의 눈에 어두운 절망이 스몄다.

'안 돼.'

남편이 밀리고 있었다. 미세하지만, 격돌할 때마다 남편이 상대보다 조금 더 뒤로 밀려나는 것이 보였다.

얼음을 들이부은 듯 속이 차가워졌다. 초조함에 입이 마르고, 꽉 움켜쥔 주먹의 손톱이 손바닥에 생채기를 내며 파고들었다.

그때 성검이 일레나를 불렀다.

[야, 은발 인간!]

싸움에 정신이 팔려 일레나가 바로 반응하지 못하자, 성검이 이어서 바락바락 외쳤다.

[발목 돌아간 너! 내 목소리 들을 수 있는 바로 너!]

'……성검?'

[이제 듣는 시늉을 하네. 잘 들어. 내가 싸우면서 발견한 건데, 마왕 저놈한테 약점이 있는 것 같거든?]

약점이란 말에 일레나가 번쩍 정신을 차리곤 되물었다.

'약점이라고?'

[내가 약 천 년 전에 저놈 날개 한쪽을 잘라낸 적이 있어.]

'그런데?'

[그때 입은 상처가 회복이 다 안 된 것 같아. 약간, 아주 약간이지만 왼쪽 날개의 움직임이 어색해.]

그 말에 일레나의 눈이 저절로 트리제프의 날개로 향했다. 물론 그녀가 본다고 해서 알아볼 수 있는 것은 아니었다.

'그래서? 지금 이 말을 남편한테 전달하면 돼?'

[아니. 어차피 공작도 이 정도는 이미 알아차렸을걸.]

성검과 트리제프의 손톱이 정신없이 부딪혔다. 일레나의 머릿속에 성검의 목소리가 이어서 울렸다.

[정면에서 노리는 건 아무 의미 없지. 오히려 친절하게 약점을 알려주고 경계하라고 부추기는 꼴이 될 뿐이야.]

'그럼? 그럼 어떻게 해야 하는데?'

[기습.]

쾅—!

트리제프의 공격을 막은 카이휜이 바닥에 깊게 파인 발자국을 남기며 뒤로 밀렸다. 성검의 말이 빨라졌다.

[왼쪽 날갯죽지 상단을 저놈 모르게 딱 한 번만 공격해. 한 번이면 돼. 공작이라면 절대 그 틈을 놓치지 않을 테니까.]

'하지만……'

방법을 들었으나 일레나의 심정은 변함없이 막막했다.

기습이라니, 무슨 수로?

토마스, 콜린, 맥스는 전부 의식을 잃었다. 앤다이든도 마찬가지.

그 외에 이 자리에 있는 사람이라고는 마수에게 당해 다쳤거나, 구석에 틀어박혀 벌벌 떠는 이들뿐이었다.

[어떻게든 해 봐. 할 수 있지? 마왕을 해치우려면 이 수단밖에 없어!]

일레나가 이를 악물었다. 말이 쉽지!

하지만 그녀야말로 지금 누구보다 저 '어떻게든'이 간절한 사람이었다.

방법을 찾아내야만 했다.

그때 일레나의 머리 위로 천장의 거대한 돌덩이가 떨어져 내렸다.

"......!"

눈 한 번 감았다 뜰 사이 일어난 일이었다. 카이휜이 일레나를 안고 자리를 피했으나, 그 과정에서 트리제프의 손톱에 왼팔을 길게 베인 것은.

"카이휜!"

"......괜찮습니까?"

"난 괜찮지만, 당신이—"

말을 더 나눌 여유도 없었다.

트리제프가 다시 카이휜을 공격했고, 카이휜이 막아내며 공방이 이어졌다. 그러나 팔을 다친 탓인지 좀 전보다 눈에 띄게 밀리는 것이 보였다.

일레나의 안색이 새하얗게 질렸다.

최악이다.

하필 이럴 때. 하필 이런 순간에 남편이 저를 구하다가. 자책과 좌절이 일레나의 가슴을 새까맣게 채웠다.

그런데 그때, 일레나는 돌연 몸이 가벼워진 것을 느꼈다. 익숙한 기운이 그녀의 신체를 포근하게 감싸고 있었다.

'신성력!'

메말랐던 몸에 신성력이 채워졌다. 많은 양은 아니었지만, 분명 신성력이었다.

'어떻게 된 거지?'

원인을 따질 때가 아니다. 놀라긴 했지만, 지금은 그보다 급한 일이 있었다.

일레나는 엉금엉금 기어 유물을 찾아 손에 쥐었다. 그러곤 남편을 몰아붙이는 트리제프를 눈에 담았다. 정확히, 그의 왼쪽 날갯죽지 상단을 응시했다.

'할 수 있어.'

심장이 두근거리고 손바닥에 땀이 맺혔다. 일레나는 되뇌었다.

할 수 있다. 가능하다.

트리제프는 조금 전, 일레나가 아무것도 하지 못하는 모습을 직접 봤다. 그녀의 무력함을 목격했으니 분명 경계 따윈 하지 않을 것이다.

그러니 한 번쯤은. 한 번 정도라면!

일레나가 유물, 창을 쥐고 가까스로 몸을 반쯤 일으켰다.

'지금!'

그리고 트리제프의 시야에서 그녀가 벗어난 틈을 타 창에 신성력을 주입해 던졌다.

창은 무시무시한 속도로 트리제프에게 날아갔다. 그러나 간발의 차로 목표물을 맞히지 못했다.

"……!"

놀라운 반응 속도로 창을 피해낸 트리제프가 스산하게 눈을 굴려 일레나를 응시했다. 붉은 눈동자가 섬뜩한 안광을 뿌렸다.

"잔재주를 부리는구나. 힘을 감추고 있었나? 그래 봐야―"

그때.

트리제프의 뒤에서 되돌아온 창이 그의 왼쪽 날갯죽지 위를 정확히 스쳤다. 그의 몸이 아주 잠시 경직되었다.

그리고 성검의 말대로, 카이휜은 그 틈을 놓치지 않았다.

"컥⋯⋯!"

성검이 트리제프의 왼쪽 가슴을 한 치의 오차도 없이 꿰뚫었다.

"이⋯⋯ 감히⋯⋯!"

트리제프가 가슴을 관통한 성검을 뽑아내려는 듯 양손으로 검날을 잡았다.

그러나 그 순간, 성검에서 새하얀 빛이 쏟아져 나왔다. 그 빛은 트리제프의 몸으로 남김없이 흘러 들어갔다.

"커헉!"

핏발이 잔뜩 선 트리제프의 눈에서 점차 빛이 꺼졌다. 이내 그의 몸이 천천히 뒤로 넘어갔다.

쿵.

둔탁한 소리를 내며 쓰러진 트리제프는 더 이상 움직이지 않았다. 부릅뜬 눈에서 빛이 완전히 사라졌다.

짧은 정적 후, 성검의 환호가 일레나의 머릿속을 채웠다.

[죽였다! 이 지긋지긋한 새끼를 드디어 끝장냈어! 와하하!]

그리고 일레나는 그제야 참았던 숨을 토해냈다. 폐에 가득 들어차 있던 공기가 한꺼번에 빠져나갔다.

죽었다. 마왕이.

이 세계를 침략하고, 멸망시키려 했던 마왕이⋯⋯ 죽었다.

"일레나!"

긴장이 풀린 일레나의 몸이 크게 비틀거렸다.

카이휜이 순식간에 다가와 넘어지려는 일레나의 몸을 붙잡았다.

"일레나, 괜찮습니까?"

"괜찮아요. 나는 괜찮은데⋯⋯."

상황이 일단락되자 일레나의 머릿속에 그녀를 지키려다 다친 사람들 얼굴이 차례로 떠올랐다.

그녀의 호위기사들. 그리고 앤다이든.

어서 그들의 부상을 살피고 치료해야 했다.

"기사들이랑 앤디를……."

그러나 일레나의 말은 끝까지 이어지지 못했다. 그녀의 몸에서 불현 듯 힘이 빠져나갔다. 일레나는 마음 깊이 안정감을 느끼며 단단한 품으로 고개를 떨어뜨렸다.

"……뭐지?"

일레나는 눈을 깜박거렸다. 아무것도 없는 새하얀 공간이 시야를 가득 채웠다. 왠지 기시감이 느껴졌다. 주변을 둘러보던 일레나가 일순 눈을 크게 떴다.

"노파!"

일레나에게 미래를 보여주고, 그 미래를 바꿀 방법을 알려주었던 노파가 그녀를 말없이 응시하며 서 있었다.

주름진 얼굴이 반갑기도 하고, 이렇게 갑자기 다시 만날 줄은 몰랐던 터라 놀랍기도 했다.

"자네가 어떻게……. 날 만나러 온 건가? 아니, 그보다 여기가 대체 어디지?"

일레나의 시선이 재차 사방을 훑었다. 그때 노파의 입이 열렸다.

"축하하네."

"……?"

"마왕을 죽이는 데 성공했군. 정말 축하해."

"노파?"

일레나가 목소리에 약간의 의아함을 담아 중얼거렸다.

노파의 외모, 목소리. 모든 것이 기억하는 그대로였지만, 왠지 모를 위화감이 들었다.

일레나는 그제야 노파의 분위기가 다소 달라졌다는 것을 알아차렸다. 어딘지 전보다 차분하고…… 다가가기 어려운 느낌이 들었다. 말투도 변했다.

그렇지만 딱히 변한 말투를 지적해야겠다는 생각은 들지 않았다. 그것보다 노파를 다시 만나면 하고 싶었던 말이 있었다.

일레나가 입을 열었다.

"고마워."

말에 마음이 담겼다.

"다시 만나면 이 말을 해야겠다고 생각했어. 날 남편과 만나게 해줘서…… 정말 고맙네. 진심이야."

노파의 눈가에 잡힌 주름이 깊어졌다.

'웃은 건가?'

입 모양은 변하지 않아서 잘 모르겠다. 일레나가 그렇게 생각할 때 노파의 입이 움직였다.

"아직 완전히 안심하고 고마워하긴 이르지만…… 괜찮겠지."

"뭐?"

"어차피 두 사람은 이미 운명의 힘을 증명했으니."

일레나가 노파의 말이 무슨 뜻인지 따져 묻기도 전, 말이 이어졌다.

"내게 궁금한 게 많을 거야."

당연한 얘기였다. 일레나는 무엇보다 노파의 정체가 궁금했다.

아니, 애초에 노파가 맞기는 할까? 어쩌면 지금 눈앞에 보이는 외형은 진짜 모습이 아닐지도 모른다.

그런 의혹이 드는 찰나 노파가 손을 들어 올렸다.

"조만간 나를 만나러 올 기회가 있을 테니, 그때 여러 이야기를 들려주지."

그러곤 허공에 대고 가볍게 손을 저었다.

"노……."

노파의 모습이 멀어졌다.

'아니, 내가 밀려나는 건가?'

새하얀 공간이 일레나를 뱉어냈다. 시야가 점멸했다.

"……나."

등에 닿는 감촉이 푹신했다. 일레나는 천천히 눈꺼풀을 들어 올렸다.

"일레나."

안도감에 젖어 그녀를 부르는 목소리가 듣기 좋게 귀에 감겼다.

"정신이 듭니까?"

적당히 낮고, 부드럽게 울리는 목소리.

평생 곁에 앉혀두고 말을 시키고 싶을 만큼 감미로운 목소리가 들리는 쪽으로 고개를 돌렸다. 눈을 깜박이자 시야에 들어오는 얼굴이 점점 선명해졌다.

결 좋은 흑발. 파란색 눈.

시선을 사로잡는 남편의 얼굴을 멍하니 보다가, 일레나가 양팔을 들어 올렸다.

"일레나?"

이리 가까이 오라는 신호 같기도 하고, 혹은 일으켜 달라는 의미 같기도 했다.

카이휜은 우선 일레나를 향해 몸을 숙였다. 그러자 일레나가 카이휜의 목을 확 끌어안았다. 그러곤 그대로 입술을 겹쳤다.

"……!"

입술이 가볍게 맞닿았다가 떨어졌다.

한 번.

재차 겹쳤다가 멀어졌다.

두 번.

이어서 다시 부드럽게 맞물렸다.

세 번, 네 번…….

"잠깐, 일레나."

다섯 번째로 입술을 겹치려 할 때 카이휜이 당황한 목소리로 그녀를 불렀다. 그 부름이 마치 입맞춤을 거절하는 것 같아서 일레나의 미간에 불만스러운 주름이 졌다.

"왜요? 나 아직……."

부족한데. 열 번을 채워도 성에 찰까 말까 한데.

그렇게 본심을 잔뜩 담아 칭얼거리려는 찰나, 일레나의 시야에 아주 뒤늦게 어떤 것이 들어왔다. 바로 카이휜 뒤, 침실 한쪽에 도열해 있는 사람들이었다.

수발을 들 하녀와 의사 그리고…….

"커흠."

"흠, 흠."

"어흠."

……페넬 백작과 그의 아들, 딸까지.

각기 다른 세 사람의 어색한 헛기침 소리가 침실의 침묵을 깨뜨렸다.

"……."

일레나는 조용히 그들을 바라보다가 카이흰의 목을 끌어안은 팔을 풀었다. 그러곤 다시 침대에 누워 눈을 감았다.

잠시 후, 일레나가 뒤척이며 눈을 떴다.

"으음…… 여긴?"

침실에 모인 사람들의 눈이 흔들렸다. 없던 일로 하려는구나!

그들은 기꺼이 장단을 맞추기로 했다.

"깨어나셨습니까? 이보게, 터닥. 공작 부인께서 의식을 찾으셨으니 어서 진찰하게."

"네, 백작님."

의사가 다가와 몸을 일으켜 앉은 일레나를 살폈다. 곧 다친 발목을 제외하면 아무 이상 없이 무사하다는 소견이 떨어졌다.

일레나의 시선이 그제야 그녀의 발목에 닿았다. 부목을 대서 단단히 고정한 왼쪽 발목에는 흰 붕대가 칭칭 감겨 있었다.

'……완전히 반대 방향으로 꺾였었지.'

지금 생각하니 끔찍하긴 했다.

그녀의 왼쪽 발목은 돌아가선 안 되는 방향으로 돌아갔었다. 그땐 상황이 너무 긴박해 부상 같은 걸 신경 쓸 여유도 없었지만.

"무사하시다니 다행이군요. 발목의 부상은 어떤가? 금방 회복될 것 같은가?"

"저, 그게……."

의사가 안경을 고쳐 쓰며 조심스럽게 말을 꺼냈다.

"회복은 문제없을 것 같지만, 후유증이 남을 수도……."

"아니."

일레나가 의사의 말을 끊었다. 발을 절게 될 수도 있다는 말을 하고 싶은 거겠지.

일레나가 카이휜을 흘끔 보았다. 걱정시키고 싶지 않은 마음이 앞서 정정하는 목소리에 힘이 들어갔다.

"아무런 탈 없이 말끔하게 나을 거야. 그러니 괜한 이야기는 꺼내지 말게."

"아, 네."

의사가 즉각 입을 다물었다. 남편을 안심시키려는 의도도 있었지만, 진심이었다.

'고칠 수 있을 것 같은데.'

붕대가 감긴 왼쪽 발목을 보며 일레나가 내심 생각했다.

죽어가는 사람, 아니, 심지어 이미 심장이 멈춘 사람도 살려냈다. 부상당한 발목을 고치는 것쯤이야 눈을 깜박이는 것만큼 쉬울 것 같았다.

물론 지금 당장 시도할 마음은 없었다. 눈을 뜨자마자 다시 기절할 수는 없으니까.

"그보다 백작님은 왜 여기 계신가요?"

일레나의 질문에 페넬 백작이 허둥지둥 입을 열었다.

"아, 다름이 아니라 공작 부인께서 깨어나시는 대로 감사 인사를 드리려고……."

"감사 인사요?"

"정말 고맙습니다."

백작이 다짜고짜 꾸벅 허리를 숙였다.

"영주성을 지켜주셔서…… 정말, 두 분께 진심으로 감사드립니다."

순간 백작의 목소리 위로 가느다란 목소리가 겹쳐 들렸다.

"저, 공작 부인…… 늘 감사합니다. 영주성을 지켜주셔서."

"……죽은 사람은."

"예?"

"희생당한 사람은 어떻게 되었나요? 처우 같은 건."

고개를 든 페넬 백작이 바로 대답했다.

"시신은 전부 수습했고, 상황이 정리되는 대로 공동 장례식을 치를 계획입니다. 유가족에겐 위로금을 전달할 예정이고요."

"그렇군요."

일레나가 잠시 침묵했다가 입을 열었다.

"자리를 비켜주시겠어요? 남편과 둘이 있고 싶어서."

"아, 예. 제가 눈치 없이……. 그럼 편히 쉬십시오."

페넬 백작이 그의 아들과 딸을 데리고 황급히 침실에서 물러갔다. 이어서 의사와 하녀까지 내보낸 후 일레나는 카이휀과 단둘이 남았다.

"카이휀."

"네, 일레나."

"이리 와서 나 좀 안아줘요."

카이휜은 이유를 묻지 않고 순순히 일레나에게 다가왔다. 넓은 품이
그녀를 꼭 끌어안았다. 일레나는 한참 카이휜에게 말없이 안겨 있다가
그 상태로 입을 움직였다.

"나 얼마나 기절해 있었어요?"

"하루 만에 의식을 찾았습니다."

"하루……"

마왕이 죽은 것이 어제 일이란 뜻이었다.

유물을 사용한 여파치고는 오래 기절해 있었다. 아마 발목을 다친 것
과 극도의 긴장이 갑자기 풀려 탈진한 것이 영향을 준 듯했다.

"기사들이랑…… 앤디는요? 다들 무사해요?"

"다치긴 했지만, 네 사람 모두 목숨에는 지장이 없습니다. 지금은 처
치를 끝내고 의식을 회복하길 기다리는 상태입니다."

"그렇구나."

작게 내뱉는 목소리에 안도감이 섞였다. 다행이었다. 생명에 지장이
없다는 답이면 충분했다.

일레나는 그녀의 몸을 가득 채운 신성력을 확인했다. 시간만 있다면
네 사람을 회복시키는 건 크게 어려운 일이 아닐 것 같았다.

"바깥 상황은요?"

일레나가 언뜻 물었다.

마왕이 죽었다. 혹시 그의 죽음이 어떤 변화를 가져오진 않았을까?
반쯤 그런 기대를 품고 물은 건데, 기쁘게도 그 기대를 충족시키고도 남
는 답이 돌아왔다.

"괴물이 대부분 정리되고 있습니다."

이어진 설명에 따르면, 상황은 제법 긍정적이었다.

"괴, 괴물들이 물러간다!"

마왕이 죽은 후, 성벽에서는 한동안 환호성이 울렸다. 성벽 아래를 새까맣게 점령하고 있던 마수가 갑자기 썰물처럼 물러난 것이다.

물러나지 않고 남은 마수도 있었지만, 그 수는 현저히 적었다. 지금은 영주성에서 토벌대를 꾸려 잔여 마수를 차근차근 정리하고 있다고 했다.

바깥의 상황을 들은 일레나가 너른 품에 뺨을 대고 몸에서 힘을 완전히 뺐다. 마음이 놓였다.

'미래를 바꿨어. 정말로…… 멸망을 막은 거야.'

문득, 일레나의 머릿속에 노파의 얼굴이 떠올랐다.

의식을 찾기 전 보았던, 사방이 온통 새하얀 공간. 그 가운데서 그녀에게 말을 걸었던 노파.

'……뭐였을까.'

그건, 단순히 꿈이었을까?

'만약 그냥 꿈이 아니었다면 노파의 정체는 대체…….'

일레나는 노파와 새하얀 공간에 대해 좀 더 생각해 보다가 이내 눈을 감고 남편의 품으로 파고들었다.

현재로선 그 정체조차 알 수 없는 기묘한 공간에서 노파는 이렇게 말했다. 조만간 저를 만날 기회가 있을 거라고. 그때, 여러 이야기를 들려주겠다고.

그 말이 사실이라면 지금은 그저 기다리기만 하면 될 일이다. 기다리면 의문을 해소할 순간이 알아서 찾아올 테니까.

일레나가 눈을 감은 채 그렇게 생각할 때, 그녀의 몸을 안은 남편의 팔에 힘이 들어가는 것이 느껴졌다. 찰나 단단한 팔이 숨이 막힐 만큼 세게 그녀를 끌어안았다.

"……?"

낯설 정도의 힘이었다.

남편은 언제나 조금만 힘을 줘도 쉽게 다치는 작은 새처럼 일레나를 대했다. 포옹할 때도 마찬가지였다. 이 정도로 강하게 힘을 줘 그녀를 끌어안은 적은 처음이었다.

"카이휜?"

아픈 건 아니지만 숨 쉬기 곤란해 약간 답답했다. 일레나가 의아한 표정으로 남편의 품에서 고개를 들었다. 그러곤 이어서 미세하게 떨리는 남편의 속눈썹을 발견했다.

……떨어?

"당신……."

그때, 카이휜이 일레나의 목덜미에 고개를 묻었다. 그러곤 참고 또 참았던 것 같은 말을 뱉어냈다.

"걱정했습니다."

"……."

"부인의 안위를 확인하지 못하는 그 며칠 동안……."

감정을 억누르듯 목소리가 잠시 끊겼다가 이어졌다.

"무서웠습니다. 부인이 잘못되었을까 봐."

"……."

"……두려웠습니다, 정말로."

일레나는 그제야 알아차렸다. 생소하도록 억세게 그녀를 끌어안은 강인한 팔에서도 가느다란 떨림이 전해졌다.

일레나가 차분하게 눈을 감았다 떴다. 가슴이 울렁거렸다. 심장에서 시작된 간지러운 감각이 몸 전체로 서서히 퍼져 나갔다.

일레나가 손을 들어 카이휜의 목과 등을 달래듯 어루만졌다. 그러다 입을 열었다.

"카이휜."

"……네."

"얼굴 보여줘요. 나 당신 얼굴 보고 싶어."

그 말에 카이휜이 순순히 일레나의 어깨에 묻었던 고개를 들어 올렸다. 숨 막힐 듯 그녀를 끌어안았던 팔에 힘을 풀어, 일레나가 쉽게 그의 얼굴을 살필 수 있도록 간격을 내주었다.

일레나는 그의 배려를 마다치 않으며 남편의 얼굴을 꼼꼼히 시야에 담았다.

시원하고 반듯한 이마. 완벽하게 균형 잡힌 높은 코. 근사하게 모양 잡힌 입술. 섬세하고 날카롭게 깎아지른 턱.

……바다를 통째로 옮겨 와도 이보다 깊고 푸를 순 없을 것 같은 눈.

가슴이 재차 크게 일렁였다.

"나, 당신 정말 보고 싶었어요."

"……."

"정말."

파란색 눈동자가 일렁였다. 일레나는 그 눈을 보며 남편의 뺨에 손을 얹었다.

"이렇게 다시 보고 있으니까…… 좋다, 너무."

작게 속삭이곤, 이어서 마음에서 흘러나오는 말을 덧붙였다.

"좋아해요, 카이휜."

이미 몇 번이나 주고받은 말이지만, 그래도 한 번 더.

"나 좋아해요?"

"좋아합니다."

"사실 사랑하죠?"

"네."

농담처럼 가볍게 던진 말에도 꼭 진지하게 답이 돌아온다. 시선이 조용히 맞물렸다.

"사랑합니다."

일레나는 카이휜을 물끄러미 보다가 이내 그의 얼굴을 끌어당겼다.

이마, 코. 차례로 입술 낙인을 찍은 다음, 이어서 단정하게 다물린 입술로 천천히 내려갔다. 부드러운 살갗이 빈틈없이 겹쳐졌다. 일레나가 입맞춤을 더 깊게 이어가기 위해 맞물린 입술을 살짝 벌렸다.

그런데 그때, 움찔한 카이휜이 돌연 고개를 뒤로 뺐다. 그러더니 일레나를 가두었던 팔을 풀고 뒤로 물러나 그녀와 거리를 벌렸다.

"······?"

일레나가 눈을 깜박거렸다.

뭐지?

"뭐 해요?"

"그게······."

가만 보니 남편의 얼굴은 당혹감으로 달아올라 있었다. 이내 그가 주저하다 실토했다.

"······실은 어제 있었던 싸움 이후 제대로 씻지 못했습니다."

마왕과의 싸움이 끝나자마자 일레나가 기절했고, 카이휜은 그 후 한시도 그녀의 곁을 떠나지 않고 자리를 지켰다. 물수건으로 몸과 얼굴에 묻은 피나 먼지를 닦아내긴 했으나 그뿐. 따로 목욕하여 몸을 씻어낸 기억이 없었다. 그러고 보니 옷도 갈아입지 못했다.

객관적으로 스스로의 상태를 점검한 카이휜의 표정이 점점 심각해졌다. 반면 일레나는 굳어가는 남편의 얼굴을 황당하게 바라보았다.

'고작?'

그런 거라고? 입맞춤을 중단한 이유가?

"……됐으니까 다시 이리 와요."

"안 됩니다."

"당신 하나도 냄새 안 나요. 풋풋한 살 냄새만 나니까 빨리 이리 와."

"씻고 오겠습니다."

카이휜이 침대에서 벌떡 몸을 일으켰다. 일레나의 눈초리가 가늘어졌다.

"오래 걸리지 않을 겁니다. 금방……."

"같이 씻을래요?"

카이휜의 눈이 커졌다. 일레나도 눈을 동그랗게 떴다.

'내가 방금 뭐라고 한 거지?'

생각을 거쳐서 나온 말이 아니었다. 그저 남편과 떨어지기 싫다는 마음에 순간 입이 제멋대로 움직였을 뿐.

그러나 일레나의 당황은 오래 가지 않았다. 곧 그녀의 눈이 반짝였다.

'좋은데?'

무의식중에 뱉어낸 말이지만, 나쁘지 않았다.

아니, 정말 괜찮은 생각 아닌가?

"……생각해 보니까, 나도 기절해 있느라 몸을 못 씻은 건 마찬가지잖아요."

일레나가 침대를 짚으며 몸을 기울였다. 은발이 부드럽게 어깨를 타고 넘어와 앞으로 흘러내렸다.

"당신도 씻고 나도 씻어야 하는데, 이참에 같이……."

은근하게 말하며 일레나가 침대에서 몸을 일으키…… 려다 실패하고 주저앉았다. 다친 왼쪽 발목이 자극되며 고통이 확 엄습한 탓이었다.

"윽."

일레나의 신음에 카이휜이 화들짝 놀라 다가왔다. 커다란 손이 걱정을 담고 초조한 손길로 그녀를 부축했다.

"괜찮습니까? 통증이 많이 심합니까? 의사를……."

"……괜찮아요, 됐어요."

이내 호흡을 고른 일레나가 고개를 저었다.

"안 아파요, 지금은."

몸을 움직이지 않으니 고통이 서서히 가라앉았다. 일레나는 착잡한 눈으로 발목을 쳐다보았다. 깜박했다.

'맞다, 나 환자였지. 이 상태로 무슨…….'

그녀의 몸을 부축한 남편의 손에서 흑심 대신 순수한 염려가 읽혔다. 머쓱했다.

일레나가 민망해하는 찰나, 그녀의 얼굴 위로 그림자가 졌다. 곧이어 이마에 부드럽게 입술이 닿았다. 온기를 남긴 입술은 무척 천천히 떨어졌다. 미련을 품고 물러나듯, 천천히.

"……나중에."

"……."

"부인의 발목이 다 나으면…… 그때."

그때, 뭐? 같이 씻자고?

기다려도 남편의 말은 이어지지 않았지만 일레나는 나머지 부분을 저 좋을 대로 완성했다. 사실 붉게 달아오른 남편의 귓가가 생략된 말을 추측하고 확신하는 데 큰 도움을 주었다.

일레나가 남편의 입술이 닿았던 이마를 만지작거렸다. 묘한 열감이 느껴졌다.

"……씻고 오겠습니다."

이번에는 일레나도 카이휜을 잡지 않았다.

잠시 후, 머리카락의 물기가 전혀 마르지 않은 상태로 나타난 카이휜이 일레나의 입술을 찾았다. 일레나는 눈을 감고 남편의 젖은 머리카락 사이로 손가락을 집어넣었다.

의식불명에 빠질 만큼 크게 다쳤던 세 기사와 앤다이든은 사흘 만에 부상을 말끔하게 회복했다. 일레나의 신성력이 만들어낸 결과였다.

'시간이 더 걸릴 줄 알았는데.'

중상을 입은 네 사람을 멀쩡하게 회복시키기까지 약 사흘.

사실 일레나는 적어도 닷새에서 일주일 정도의 시간은 필요하지 않을까 생각했었다. 다친 사람을 치료하는 일은 신성력을 꽤 많이 잡아먹었으니까.

그런데 어째선지 카이휜이 곁에 있으니 소모된 신성력이 빠르게 차올라, 일레나는 예상했던 것보다 치료 시간을 단축할 수 있었다.

'잘됐지.'

몸을 회복한 기사들과 앤다이든은 바로 영주성을 도와 잔여 마수 토벌에 나섰다. 덕분에 토벌에 훨씬 속도가 붙어 그로부터 이틀이 지난 지금, 영주성 주변에선 마수를 거의 찾아볼 수 없게 된 상태였다.

'마수가 정리되니 외부와 연락도 수월해지고……'

마왕이 죽고 마수가 대거 사라진 후 얼마 뒤. 수도 및 타지역과 페넬 영주성 간에 차츰 서신이 오가기 시작했다.

일레나는 그녀의 손에 들린 편지를 바라보았다. 가족과 주고받는 세 번째 편지였다. 편지를 응시하는 일레나의 눈이 살짝 촉촉해졌다.

'……다행이야.'

처음 편지를 받았을 때는 안도감에 눈물을 주체하기 어려웠다.

그녀의 가족은 모두 무사했다. 기대했던 대로 시드리온 덕분이었다.

시드리온은 수도에 마수가 나타나자마자 일레나의 가족들을 데리고 왕성으로 대피했다. 본래 흑탑으로 가려 했었던 모양이지만, 알 수 없는 기운이 장거리 마법 이동을 방해해서 부득이하게 가까운 왕성으로 이동했다고 한다.

일레나는 손끝으로 편지를 만지작거리다가 테이블 위에 내려놓았다. 편지에는 시드리온이 곧 페넬 영주성으로 향할 거라는 내용이 담겨 있었다.

'흑탑주가 도착하면 공작성으로 돌아갈 수 있겠지. 그전에 수도에 들러 가족을 보고……'

일레나는 그렇게 생각하며 찻잔을 기울이다 멈칫했다. 언제 내용물을 다 비웠는지 찻잔은 바닥을 드러내고 있었다.

차가 떨어졌다는 것을 기민하게 알아챈 하녀가 다가왔다.

"저, 성녀님…… 아, 아니, 공작 부인. 차를 더 준비해 드릴까요?"

일레나는 하녀를 물끄러미 보다가 고개를 끄덕였다.

"응, 부탁할게."

"조금만 기다려 주세요."

하녀가 환하게 웃으며 방을 나갔다. 방을 나간 하녀가 입에 담았던 호칭이 일레나의 귓가에 맴돌았다.

"성녀님…… 아, 아니, 공작 부인."

벌써 며칠째 겪는 일이었다.

마왕이 죽은 후, 영주성 내에는 일레나와 카이휀에 대한 소문이 파다하게 퍼졌다. 일레나는 성녀, 카이휀은 용사의 후손이란 내용이었다.

소문이 퍼지게 된 경위는 간단했다.

카이휀이 마왕, 트리제프의 심장에 성검을 꽂을 때 그 자리에는 일레나와 다친 일행 외에 다른 사람들이 더 있었다. 대개 구석에 몸을 숨겨 안위를 보전하던 사람들이었다.

그들은 싸움이 진행되는 내내 벌벌 떨며 숨어 있다가, 마왕이 죽고 상황이 정리되자 자신이 보고 들은 것을 사방에 전파했다.

소문은 좁은 영주성 내로 순식간에 퍼졌다. 그리고 일레나와 카이휀을 부르는 영주성 사용인들의 호칭은 그때부터 오락가락했다.

"성녀님─ 아니, 공작 부인."
"용사님─ 아니, 공작님."

일레나는 그냥 그러려니 했다. 하도 들어 귀에 익은 탓도 있었지만, 애초 성녀라고 불리든 공작 부인이라고 불리든 그게 뭐가 중요한 일인가 싶었다.

다만, 한 가지. 페넬 백작에게 사소하게 고마운 일이 생겼다.

페넬 백작은 일레나의 소문에 일부러 한 가지 내용을 덧붙였다. 일레나가 '생명을 담보로 신성력을 사용한다'라는 것이었다.

전혀 사실에 근거하지 않은 이야기였지만, 결과적으로 일레나에게 도움이 되었다. 성녀의 자비에 기대려던 수많은 부상자가 단념하고 의사에게로 발길을 돌린 것이다.

일레나가 쉼 없이 기절해 가며 부상자를 다 돌볼 수는 없는 노릇. 어차피 거절했겠지만 그래도 다친 이들의 손길을 거부하는 일이 그리 유쾌하진 않았을 텐데, 페넬 백작이 미리 나서서 영리하게 대처해 주었다.

고맙다는 일레나의 인사에 페넬 백작은 자신이 받은 은혜의 아주 일부분을 갚은 것뿐이라며 손사래 쳤다.

'백작의 인품이 저런데, 막내아들은 대체 왜…….'

노엔서 페넬을 떠올리자 일레나의 기분이 가라앉았다. 정확히는 노엔서 페넬이 아닌, 그를 구하려고 후원에서 몸을 던졌던 한 사람이 떠올라서.

유능하고, 선량하며.

"저를 찾아오셨나요?"

"호오. 네가 죽어가는 사람을 살렸다고?"

"네, 제가 한 일이에요."

……또, 용감했던.

일레나는 다이나의 얼굴을 떠올리다가 눈을 감았다.

일레나는 깨어난 직후 관에 안치된 다이나의 시신을 확인했다. 되살리기엔, 이미 시간이 너무 많이 지나 버린 뒤였다.

'좋은 곳으로 갔길.'

일레나는 다이나의 관 위에 꽃을 얹으며 했던 생각을 다시 한번 되뇌었다.

그때, 노크 소리가 들렸다.

차를 가지러 나갔던 하녀가 돌아온 것인가 싶었지만, 문이 열리고 나타난 것은 의외의 얼굴이었다.

"카이휜."

반가움에 일레나가 무심코 몸을 움직이다 멈칫했다.

그녀의 시선이 아래로 내려가 왼쪽 발목에 닿았다. 닷새 전과 다름없이 발목을 단단히 고정한 부목과 그 위에 칭칭 감긴 하얀 붕대가 보였다.

"······."

한숨이 새어 나왔다.

기사들과 앤다이든을 멀쩡하게 회복시킨 뒤, 일레나는 다친 발목을 치료하려고 했다.

그런데 웬걸. 당황스럽게도, 정작 일레나의 몸에는 신성력이 전혀 듣지 않았다. 이유는 몰라도 신성력으로 스스로를 치료할 수 없는 모양이었다.

어이가 없었다.

'이건 배신이야.'

그 때문에 일레나는 현재 순전히 의사의 처치와 자가 치유력에 의존하며 발목이 낫기를 기다리고 있었다.

그나마 다행인 점은, 평범한 사람보다 회복하는 속도가 빠르다는 점일까. 신성력으로 상처를 바로 치료할 순 없지만, 아이러니하게도 신성력이 몸 자체 회복력을 높여주긴 한 모양이었다.

　덕분에 일레나의 발목 상태는 의사가 감탄할 만큼 하루가 다르게 호전되고 있었다.

　'그러면 뭐 해.'

　일레나는 아직도 부축해 주는 사람이나 지지할 것이 없으면 걷기 어려웠다. 붕대를 풀고 이전처럼 쌩쌩하게 걸어 다니려면 못해도 몇 주는 걸릴 터였다.

　'발목이 빨리 나아야 하는데. 발목이 나아야…….'

　"일레나?"

　일레나가 말없이 이글거리는 시선으로 카이휜을 쳐다보자, 그가 의아하게 그녀를 부르며 다가왔다. 일레나는 겨우 욕망과 미련을 내리누르고 입을 열었다.

　"무슨 일이에요?"

　"시드리온이 도착했습니다."

　"아."

　곧 올 거라더니, 생각보다 빨리 왔다.

　"바로 출발하는 거예요?"

　"부인께서 준비가 끝난다면."

　"난 그냥 이대로 가도 돼요."

　애초에 가져온 것이 없으니 따로 챙길 것도 없었다. 일레나가 의자에 앉은 채로 팔을 벌렸다. 그러자 카이휜이 익숙한 동작으로 그녀를 안아 올렸다. 카이휜에게 안긴 채로 일레나가 그를 빤히 응시했다.

　"할 말이 있는 겁니까?"

　"역시 억울해."

"예?"

일레나가 충동적으로 카이휜의 뺨을 붙잡았다. 그러곤 그의 입술에 그녀의 입술을 갖다 붙였다. 살이 부드럽게 맞물리고, 다물린 입술 틈을 열어 열기를 품은 살덩이를 밀어 넣었다.

움찔하던 상대는 금방 회답해 왔다. 충동이 시키는 대로 저지른 입맞춤이 순식간에 농밀해졌다.

정신없이 열기를 주고받다 정신을 차리니 어느새 일레나의 등이 푹신한 침대에 닿아 있었다.

"⋯⋯."

일레나가 미약하게 숨을 헐떡이며 카이휜의 눈을 쳐다보았다. 카이휜은 집요한 시선으로 갈증 난다는 듯 일레나의 입술을 좇고 있었다.

짙게 가라앉은 파란색 눈동자에 담긴 선명한 욕망을 읽은 일레나가 속눈썹을 살짝 떨었다. 아랫배에 간질거리는 감각이 피어났다.

이게 뭐지.

자기도 모르게 허벅지 사이를 붙이고 움츠린 일레나가 입을 열었다.

"흑탑주 지금 어디 있어요?"

"응접실에서⋯⋯ 기다리고 있습니다."

"내가 전에 봤는데, 영주성 응접실 의자가 꽤 좋더라고요."

일레나가 카이휜의 목에 걸치고 있던 팔을 풀었다. 손을 미끄러뜨려 남편의 얼굴로 가져갔다. 그새 살짝 부은 것 같은 남편의 아랫입술을 엄지로 쓰다듬으며 말을 이었다.

"오래 앉아 있어도 되겠던데⋯⋯."

"⋯⋯."

"천천히 나갈까요?"

카이훤은 대답하는 대신 그의 입술을 만지는 일레나의 손을 붙잡아 내렸다. 그러곤 고개를 숙였다.

"성녀님, 아니 공……."

새로 우려낸 차를 내온 하녀가 방으로 들어오려다 문틈으로 안의 상황을 확인하곤 멈춰 섰다. 이내 눈치 좋게 그녀가 왔던 길을 조용히 되돌아갔다.

시드리온이 공작 부부의 얼굴을 보게 된 건 그로부터 시간이 한참 지나서였다.

마수가 인간계에서 활개 쳤던 시간은 고작 일주일에 불과했다. 그러나 그동안 세계가 입은 피해는 '고작'이라는 말로 표현할 수준이 아니었다. 많은 사람이 죽었고, 막대한 재산 손실이 발생했다.

마왕의 죽음 이후, 각 나라가 그들이 입은 피해를 복구하기 위해 총력을 기울였다. 그리고 그건 공작령도 마찬가지였다.

"마님! 으흐흑."

"이게 대체……."

공작성에 도착한 일레나는 딱딱하게 굳는 얼굴을 숨기지 못했다. 그녀는 뒤늦게 마왕이 성에서 저지른 패악을 알게 되었다. 하인 몇 명과 마왕을 막아섰던 기사들이 죽었다.

"……장례식과 추모식을 준비해."

이후 정신없이 바쁜 시간이 이어졌다.

마왕이 부숴놓은 공작성 내부를 보수하고, 토벌대를 꾸려 공작령 곳곳에 숨은 잔여 마수를 처리했다. 마수로 인해 극심한 피해를 입은 영지민을 먼저 추려 위로금을 전달했으며 임시 의료소를 세워 다친 이들을 무료로 치료했다.

시간이 어떻게 흐르는지도 모르게 열흘이 지나갔다.

일레나는 서재에서 피곤한 눈가를 손바닥으로 문지르다가 문득 카이휜을 떠올렸다.

'잠은 제대로 자는 걸까?'

그녀는 전날 밤을 회상했다. 일레나가 졸음을 이기지 못하고 먼저 잠들 때까지 카이휜은 침실을 찾지 않았다. 아마 집무실에 남아 계속 업무를 본 거겠지. 일레나도 할 일이 많았지만, 남편과는 비교할 수 없었다.

"……."

고민하던 일레나가 곧 몸을 일으켰다.

발목의 부상은 지난 열흘 사이 제법 호전되어 이제 일레나는 부축 없이도 혼자 걸을 수 있었다. 걸음이 매우 느렸지만.

일레나는 굼벵이처럼 걸어 남편의 집무실에 도착했다.

'이 길이 이렇게 멀었다니.'

분명 날은 추운데 땀이 나는 것 같았다. 어쨌든 오긴 왔다.

"마님."

집무실 문을 지키던 병사가 일레나를 발견하곤 꾸벅 인사했다. 이내 그가 굳게 닫힌 집무실 문을 똑똑 두드리곤 일레나의 방문을 알렸다.

잠시 후 집무실 문이 벌컥 열렸다.

"일레나."

문을 열고 나타난 카이휜은 당황한 얼굴이었다. 그의 시선이 정확히 일레나의 왼쪽 발목으로 향했다. 걱정이 되는지 그의 눈매가 일그러졌다.

"어떻게 여기까지……. 용건이 있다고 말해줬으면 내가 갔을 겁니다."

"딱히 용건이 있어서 찾아온 건 아니고, 그냥 당신 얼굴이나 볼까 해서 왔어요."

"그렇게 말을 전해줬으면……."

"됐어요. 바쁜 거 아는데 어떻게 그런 이유로 당신한테 오라 가라 해요?"

일레나가 멀쩡한 오른발로 까치발을 들어 카이휜의 어깨 너머 집무실 풍경을 살폈다. 아니나 다를까, 책상 위에 서류가 수북했다.

저것도 처리하고 또 처리해서 저만큼 남은 거겠지. 쳐다보기만 해도 한숨이 나왔다.

"당신, 끼니는 챙기면서 일하는 거예요?"

일레나는 요새 식당에서 남편을 본 기억이 없었다. 사용인들 말로는 집무실로 식사를 가져오게 한다는데, 정말 밥을 먹긴 하는지 의문이었다.

카이휜은 그런 것은 중요하지 않다는 듯 여전히 일레나의 발목에만 시선을 고정했다.

"무리하면 안 됩니다. 상처가 덧나면 어떡합니까?"

"안 덧나요."

일레나의 발목 부상이 회복되는 속도는 다그터가 매일같이 혀를 내두를 만큼 빨랐다. 열흘 만에 걸을 수 있게 된 것이 그 증거였다. 보통 사람이라면 못해도 삼 주 가까이 걸렸을 거라나.

하지만 아무리 말을 해도 남편의 귀엔 전혀 들어가지 않는 듯했다. 이미 귀에 못이 박이게 들려줬는데도 여전히 그녀를 걱정하느라 정신이 팔린 저 모습만 봐도 알 수 있었다.

일레나는 전전긍긍하는 남편을 물끄러미 보다가 입을 열었다.

"그보다 나 여기 계속 세워둘 거예요? 다리 아픈데."

효과는 즉각 나타났다. 말이 떨어지기 무섭게 카이휜이 일레나를 번쩍 안아 올려 집무실 안으로 데리고 들어갔다.

일레나는 문득 남편의 박력에 집무실 문을 지키던 병사가 수줍게 입을 가리는 것을 본 것 같다고 생각했다.

탁.

문이 닫히고 일레나를 소파 위에 조심스럽게 내려놓은 카이휜이 작게 한숨을 쉬었다.

"일레나……."

"오늘은 같이 자요."

"예?"

"당신 요새 한숨도 안 자는 거 알고 있어요. 집무실에서 밤새우지 말고, 오늘은 침실에 와서 자요."

사실 반쯤은 추측으로 던져본 말이었다. 카이휜이 정말 밤을 꼬박 새우는지, 아니면 일레나가 잠든 사이 잠깐 침실에 와서 쪽잠을 청하는지 그녀로서는 정확히 알 길이 없었으니까.

그런데 그 말에 카이휜이 찰나 간파당한 사람처럼 입을 다물었다. 일레나가 눈을 크게 떴다.

"당신 진짜 안 자요?"

"그……."

"왜 이래, 진짜!"

기가 막힌 나머지 일레나가 주먹을 말아 쥐고 카이휜의 어깨를 때렸다. 물론 돌을 때린 것처럼 일레나의 손만 아팠다.

"나 걱정시키려고 작정이라도 했어요?"

"그건······ 미안합니다."

"사과하지 마요. 사과할 거면 몸을 챙기든가."

불만스럽게 중얼거린 일레나가 손을 뻗었다. 그녀의 손길에 카이휜의 앞머리가 옆으로 넘어가며 단정한 이마가 드러났다.

조금 말랐나.

일레나는 남편의 얼굴을 살피면서 입을 열었다.

"오늘은 자러 올 거죠?"

"······."

"안 오면 나 또 집무실에 찾아올 거예요. 내 발로 직접 걸어서."

"꼭 가겠습니다."

단호하게 흘러나온 대답에도 일레나는 마음이 놓이지 않았다. 그녀가 남편의 파란 눈을 들여다보며 말을 이었다.

"내 몸은 그렇게 걱정하면서······ 정작 당신 몸은 도외시하는 거, 그거 나쁜 버릇이에요."

"······."

"고쳐요. 알겠어요?"

"······알겠습니다."

카이휜이 순순히 대답했다.

일레나는 그런 남편을 지그시 보다가 그의 뺨을 붙잡고 기습적으로 입을 맞췄다. 입술에 입술을 꾹 붙였다가 떼어냈다.

"그럼 일해요. 나 오늘은 온 김에 여기서 당신이 저녁 먹는 것까지 지켜보고 갈 거예요."

"······네."

카이휜이 어딘가 아쉬운 눈길로 일레나의 입술을 응시하다가 몸을 일으켰다.

일레나도 그 시선을 알아챘지만 모른 체했다. 지금 불붙어서 입 맞추기 시작하면 결코 쉽게 끝나지 않을 거다.

'업무를 방해하러 온 건 아니니까. 지금 말고 이따가 자기 전에 침실에서⋯⋯.'

나중을 기약하던 일레나가 문득 집무실 한쪽에 세워둔 성검을 발견했다.

일레나는 묵묵히 턱을 괴었다.

성검은 마왕을 죽인 이후 걸핏하면 잠에 빠지곤 했다. 잔다고 표현하는 것이 맞을지는 모르겠지만, 의식을 되찾을 때마다 성검이 늘어지게 하품을 해댔으니 사람처럼 잠을 잔다고 해줘도 좋을 것이다.

'하여간.'

일레나는 새삼스럽게 기가 막혔다. 정말이지 검 주제에 별걸 다 한다는 생각이 들었다.

'그래도 덕분에 마왕을 죽였으니까⋯⋯.'

일레나는 마왕의 심장을 찌른 순간 성검에서 빛이 쏟아져 나와 마왕의 몸으로 흘러 들어갔던 것을 기억했다. 아마 그 빛이 마왕을 죽인 거겠지. 그녀는 뻣뻣하게 굳었던 마왕의 몸과 빛이 완전히 꺼져 버렸던 눈을 떠올렸다.

마왕의 시체는 페넬 영주성에서 보관 중이었다. 처분에 대해선 아직도 논의 중이라고 했다.

'불에 태우면 탈까.'

일레나는 마왕의 시체로 화형식을 거행하는 상상을 하다가 깜박 졸았다.

아니, 깜박 졸았다고 생각했는데 그 정도가 아니었나 보다. 미약한 흔들림을 느끼며 눈을 떴을 때는 카이휜이 그녀를 안고 공작성 복도를 걷고 있었다.

"응……."

"깼습니까?"

"나 얼마나 잤어요?"

"얼마 안 잤습니다."

왜 거짓말하는 것 같지.

일레나가 말의 진의를 가늠하기도 전에 두 사람이 침실에 도착했다. 부부가 나란히 침대에 누웠다. 푹신한 침대가 몸을 감싸자 일레나의 눈꺼풀이 재차 무거워졌다. 남편처럼 며칠씩 밤을 새운 건 아니지만, 일레나도 요새 수면이 부족하긴 했다.

일레나는 침대 위에서 다시 잠을 청하기 전 남편의 얼굴을 끌어당겼다.

"굿나잇 키스 해줘요."

"……기꺼이."

입술이 오래 맞닿았다가 떨어졌다. 일레나는 만족스럽게 눈을 감았다. 심장이 기분 좋게 뛰었다.

침실에 평화로운 고요가 찾아들었다.

한 달이 흘렀다.

그간 몇 가지 진척이 있었다. 우선 공작성 내부 공사가 끝났고, 영지내 잔여 마수를 토벌하는 일이 마무리되었다. 영지의 피해를 복구하고 영지민을 구제하는 일도 안정적 궤도에 올랐다.

일레나는 그 과정에서 안나와 한스가 무사하다는 것을 확인했다. 다행인 일이었다.

죽은 사람을 기리느라 우울하게 가라앉았던 공작성의 분위기도 예전만큼은 아니지만 어느 정도 활기를 되찾았다.

그리고…….

"……."

일레나는 처소에서 그녀의 왼쪽 발을 잠자코 굴려보았다. 쿵쿵 소리가 날 만큼 바닥을 내리찍었지만 붕대를 푼 발목에선 아무런 통증도 느껴지지 않았다.

일레나의 눈에 만족감이 차올랐다.

발목이 나았다. 완전히.

붕대를 푼 것은 이틀 전이었지만 혹시 몰라 조금 더 지켜보았는데, 이제 정말 확신할 수 있었다. 씻은 듯이 완쾌했다!

일레나는 두근거리는 가슴을 붙들고 침대 근처 설렁줄을 찾았다. 줄을 당기자 잠시 후 처소에 하녀가 나타났다.

"필요한 것이 있으신가요, 마님?"

"목욕을 해야겠으니 입욕제와 향유를 준비해 주렴."

"알겠습니다."

"아, 와인도 가져다줘. 종류는 아무거나 좋아. 단, 너무 독한 것은 말고."

"네."

"그리고…….”

일레나의 요구 사항을 전부 들은 하녀가 이내 고개를 꾸벅 숙이곤 처소를 나갔다.

일레나는 침대에 걸터앉아 초조하게 발가락을 오므렸다. 심장이 자꾸 쿵쿵 뛰었다.

'진정해.'

되뇌어도 별반 효과는 없었다.

일레나의 시선이 창밖으로 이동했다. 눈치 없이 하늘 한가운데에 뜬 해가 굉장히 야속하게 느껴졌다.

괜히 발가락을 오므렸다가 펴고, 죄 없는 머리카락을 만지작거리며 괴롭힌 지 얼마나 되었을까. 하녀가 돌아왔다.

"마님, 목욕물이 준비되었습니다."

일레나가 침대에서 벌떡 몸을 일으켰다. 욕실로 이동하는 일레나의 귓가가 평소보다 다소 붉게 상기되어 있었다.

밤이 찾아왔다.

시간이 어떻게 지나갔는지 모르겠다. 낮 동안 뭘 했는지 잘 기억이 나지 않았다. 떠오르는 건, 그저 오늘 내내 지금을 기다리고 또 기다렸다는 것뿐이었다.

일레나가 침대에 앉아 왼쪽 가슴 위에 손을 얹었다. 낮부터 쉬지 않고 계속해서 쿵쿵거리는 울림이 느껴졌다.

그때, 침실 문이 열렸다.

순간 자기도 모르게 침대에서 살짝 튀어 올랐을 만큼 놀란 일레나가 이내 침착하게 문가를 돌아보았다.

"카이휜."

가벼운 차림을 한 남편이 천천히 그녀에게 다가왔다. 일레나는 남편의 젖은 머리카락 끝에 시선을 주며 입을 열었다.

"내가 보낸 쪽지 받았어요?"

"……네."

오늘 낮, 일레나는 하녀를 시켜 카이휜에게 메모를 전달했다. 메모의 내용은 간단했다.

[약속 오늘 지켜요.]

카이휜은 일레나에게 약속한 것이 있었다.

페넬 영주성에서 일레나의 발목이 다 나으면 같이 씻자는 말을 하기도 했었지만, 그 전에. 북쪽 국경 지대의 야만족을 정벌하기 위한 남편의 출정이 결정되었을 때.

"약속하겠습니다. 출정에서 돌아오면 그때……."

일레나는 그날 남편이 그녀의 귓가에 속삭였던 언약을 잊지 않고 있었다. 지금까진 그 약속을 이행하라고 할 틈이 없었다. 바쁘기도 했거니와, 일레나가 다친 상태였기에 남편이 그녀에게 손을 대려 하지 않았다.

하지만 지금은 상황이 다르다. 바쁜 일도 꽤 해결되었고, 일레나의 부상은 말끔하게 나았다.

첫날밤.

카이휜이 그녀에게 약속했던 초야를 드디어 받을 때가 되었다.

일레나가 카이휜의 목깃을 쥐고 끌어당겼다. 남편은 순순히 끌려왔다. 그의 손이 침대를 짚었다. 일레나의 입술이 떨림을 품고 상대의 입술에 가볍게 닿았다가 떨어졌다.

"나, 지금 엄청 긴장돼요."

"……."

"당신은요?"

"나도…… 그렇습니다."

거짓말이 아닌지 귓가에 내려앉는 남편의 목소리가 평소보다 뻣뻣하게 들렸다. 일레나는 기분 탓인지 다른 날보다 핏대가 도드라져 보이는 남편의 목에 시선을 주다가 손을 뻗었다.

움찔.

가슴 위에 그녀의 손이 닿자 커다란 몸이 경련했다. 손바닥 아래로 뜨거울 정도의 열기가 느껴졌다. 얇은 셔츠는 힘이 잔뜩 들어가 팽팽하게 당겨진 근육과 요란하게 뛰는 심장 박동을 감춰주지 못했다.

"……진짜 긴장했네."

일레나의 입술 끝이 묘한 만족감을 담고서 말려 올라갔다.

카이휜은 입꼬리를 당겨 웃는 일레나를 물끄러미 보다가 그의 가슴에 올라간 희고 가느다란 손 위로 제 손을 겹쳤다. 그러곤 침대 위로 완전히 올라가 일레나의 입술을 찾았다. 자연스럽게 벌어지는 입술 사이로 혀를 밀어 넣어 민감한 내부를 훑자 일레나에게서 작게 비음이 흘러나왔다.

"응……."

그 자그마한 신음에 셔츠 아래 카이휜의 근육이 한결 단단하게 긴장했다. 일레나의 손바닥을 타고 쿵쿵거리는 심장의 울림이 전보다 거세게 전해졌다.

일레나가 잠시 입맞춤을 중단하고 중얼거렸다.

"하, 당신……."

그녀의 시선이 카이휜의 가슴팍에 닿았다.

"이러다 심장 터지겠어요."

"괜찮을 겁니다. 보기보다 질긴 기관이니까. 사람 심장은…… 잘 터지지 않습니다."

아니, 그야 정말로 터질 리는 없겠지만.

일레나는 황당하다는 얼굴로 남편을 응시했다. 농담으로 응수하는 것이라기엔 표정도 목소리도 퍽 진지했다.

일레나는 남편의 단정하고 유려한 얼굴을 살폈다. 그는 자기가 무슨 말을 하고 있는지도 모르는 것 같았다. 아무래도 지금 남편은 그녀가 짐작했던 것보다 훨씬 더 긴장하고 있는 모양이었다.

왜일까, 순간 그것이 무척 사랑스럽게 느껴져 일레나는 맥없이 허물어지려는 입매를 단속했다. 손끝이 간질거렸다.

그때, 일레나의 시야에 문득 협탁 위 와인 잔이 들어왔다.

'아.'

그러고 보니 와인이 남아 있었다. 조금이지만.

"당신, 와인 마실래요?"

"……나중에 마시면 안 되겠습니까?"

"한 모금만. 마셔보니까 맛이 괜찮아서 그래요."

사실 해 보고 싶은 것이 생겨서 와인을 들먹였다.

일레나가 몸을 움직여 협탁 위에 놓인 잔을 가져왔다. 그러곤 잔을 기울여 안에 남은 와인을 입에 조금 머금고는 그대로 카이휜에게 입을 맞췄다.

"······!"

꿀꺽.

카이휜의 목울대가 일렁이며 그의 목을 타고 와인이 넘어갔다. 일레나가 입술을 살짝 떼고 물었다.

"어때요, 맛 괜찮죠?"

"······이걸로는."

카이휜이 일레나의 입술에 맺힌 와인을 집요하게 쳐다보며 말을 이었다.

"이걸로는 잘 모르겠습니다. 한 모금 더 마셔봐야 맛을 알 것 같습니다."

"그래요?"

그렇다니 어쩔 수 있나.

일레나가 재차 와인을 입에 머금었다.

결국 두 사람은 남은 와인을 모조리 비웠다. 빈 잔이 침대 아래 카펫으로 굴러떨어졌다.

일레나의 몸이 뒤로 넘어갔다. 푹신한 침대 매트의 감촉이 등에 닿았다. 입맞춤이 이어졌다. 타액과 숨결을 주고받을 때마다 머리가 멍해지는 것 같았다.

'그러니까······.'

일레나는 머릿속이 몽롱해지는 와중, 그녀가 과거 밤을 지새우며 섭렵했던 부부 관계 서적의 내용을 떠올리려 애썼다. 그러나 와인을 마셔서 올라온 취기 때문인지, 아니면 다른 이유인지 당장 선명하게 떠오르는 것은 별로 없었다.

다만 한 가지.

옷. 옷을 벗겨야 한다는 생각이 가장 먼저 들었다.

일레나가 손을 들어 카이휜을 밀어냈다. 멈칫한 카이휜이 입술을 떼고 순순히 밀려났다.

열기로 가득한 파란색 눈동자에 의문이 떠올랐다.

"왜……."

일레나는 대답하는 대신 침대를 짚고 일어나 앉았다. 그러곤 카이휜의 셔츠 단추로 손을 가져갔다. 그제야 일레나가 뭘 하려는 것인지 알아차린 카이휜이 얌전히 침묵했다.

일레나는 몇 번이나 헛손질했다. 생각보다 셔츠 단추가 잘 안 풀렸다.

'……원래 이게 이렇게 안 풀리는 건가?'

긴장한 탓일 것이다. 침착하게 하면 쉽다는 것을 머리로는 알아도, 손이 마음처럼 움직여 주지 않았다. 헛손질이 반복되자 고작 단추 두 개를 풀어내는 데만 시간이 한참 걸렸다.

카이휜은 셔츠 단추와 씨름하는 일레나를 보며 갈등하는 기색을 보이다가, 이내 한손으로 그녀의 손을 부드럽게 붙잡아 내렸다.

그러더니 다른 손으로 그의 셔츠를 잡아 뜯었다.

투두둑!

남은 단추가 한꺼번에 뜯겨 나가며 셔츠 앞섶이 순식간에 걸레짝이 되었다. 일레나의 눈이 동그래졌다.

"그래도 돼요?"

"……상관없습니다."

하긴, 새 옷이 모자라지는 않겠지.

일레나가 납득하는 사이 카이휜의 셔츠가 침대 한쪽으로 떨어졌다.

침실을 밝히는 조명은 은은했다. 어스름한 불빛 아래 아무것도 걸치지 않은 남편의 상반신이 드러났다.

일레나는 순간 마른침을 삼켰다. 탄탄한 근육으로 꽉 채워진 남편의 맨몸을 보자 갑자기 사막에 던져진 것처럼 입이 바싹 말랐다.

완성된 사내의 몸에서 눈을 떼지 못하던 일레나가 무심코 갈라진 복근으로 손을 가져갔다. 빚어놓은 듯 촘촘하게 자리 잡은 근육의 모양을 따라 쓸어내리자, 카이휜의 입에서 억눌린 신음이 새어 나왔다. 일레나는 그 신음에 화들짝 놀라 손을 떼어냈다.

심장이 마구 뛰고, 남편의 몸에 닿았던 손끝이 화끈거렸다. 뱃속에서 정체 모를 열감이 피어났다.

"……내, 옷은."

이 기분은 기대감일까. 목을 태우는 갈증과 초조함, 더해서 간지러운 설렘을 느끼며 일레나가 말을 이었다.

"당신이 벗겨줘요."

네글리제와 얇은 슬립이 침대 구석에 굴러다녔다. 실오라기 하나 걸치지 않은 등에 다시 침대 시트가 닿았다.

일레나가 뺨을 붉게 물들였다. 아무것도 입지 않은 몸을 타인에게 내보이는 감각이 낯설었다.

"……왜 그렇게 봐요?"

남편의 시선이 생소한 부끄러움을 가중시켰다. 일레나의 벗은 몸을 시야에 새기듯 담던 카이휜이 입술을 달싹였다.

"새삼…… 너무 작습니다, 부인이."

진심이었다.

카이휜은 내심 살짝 당황하고 있었다. 물론 아내가 그와 비교해 한

참 작고 가늘다는 사실은 진작 알고 있었다. 하지만 그가 간과한 점이 있다면, 겉으로 보이는 체구를 이루는 요소에는 '옷'도 포함된다는 것이었다.

옷가지를 벗겨낸 일레나의 몸은…… 카이훤이 기억하는 것보다 더 부서질 듯 가녀렸다.

과연 손을 대도 되나. 감히 그가 억센 손으로 움켜쥐고 만져도 되나, 걱정이 될 만큼.

카이훤은 찰나 다치게 하고 싶지 않은 작고 약한 생명체를 앞에 둔 맹수처럼 갈피를 못 잡고 굳었다.

일레나는 그런 카이훤을 보며 눈을 깜박거렸다.

'작다고? 내가?'

사실 '작다'는 말은 일레나에게 그리 친숙한 표현이 아니었다. 그녀는 오히려 평균보다 키가 큰 편이었다.

몸에 살집이 없는 건 인정하지만, 작다니.

'작은 건 아니……'

그렇게 생각하던 일레나의 시선이 문득 남편의 떡 벌어진 어깨에 닿았다.

일레나 두 사람을 데려와도 다 채울 수 없을 것 같은 너비. 그 아래, 끌어안으려면 일레나가 양팔을 한껏 벌려야 하는 가슴. 그리고 어깨에서 바로 이어지는, 과장 조금 보태 일레나의 허리보다 두꺼운 것 같은 팔뚝.

"……"

이내 일레나가 순순히 수긍했다.

'작구나.'

남편의 눈에는 그녀가 조그맣게 보일 수도 있을 것이다. 음, 납득했다.
하지만 그게 뭐가 중요할까.

일레나는 카이휀의 목에 팔을 둘렀다. 덩치 차이는 중요하지 않았다.
왜냐하면.

"괜찮아요. 작아도 할 건 문제없이 다 할 수 있으니까. 책에서 그러
던데."

남자가 여자보다 너무 크면 여자가 좀 버거울 수 있다는 언급은 있었
지만, 충분한 준비를 통해 극복할 수 있다고 했다.

카이휀은 순간 저게 무슨 말인가 싶어 일레나를 가만히 보다가 이내
당황해서 목덜미를 새빨갛게 물들였다.

"딱히 그런 걸 걱정한 건……."

……아니, 걱정했나?

카이휀이 부정하려던 입을 다물었다. 이어서 그가 일레나를 응시하
며 천천히 손을 움직였다.

카이휀의 커다란 손이 일레나의 말랑한 아랫배를 남김없이 덮었다.
손바닥을 타고 부드러운 살갗의 감촉이 전해지자 뒷덜미에 오싹 소름이
돋았다. 잇새로 삭이지 못한 뜨거운 숨이 흘러나왔다.

인정했다.

아내의 작은 몸을 보며 걱정이 된 것은, 이 몸을 남김없이 먹어치우고
싶은 욕망 때문이라는 것을.

카이휀이 이를 꽉 깨물고 고개를 숙였다. 입술이 가볍게 맞닿았다가
떨어지고, 그가 마치 다짐하듯 속삭였다.

"노력하겠습니다. 내…… 욕심대로 굴지 않도록."

일레나의 눈이 살짝 커졌다가 제 크기로 돌아왔다.

솔직히 말해, 궁금했다. 남편이 욕심대로 구는 결과는 어떤 것일지.

상상하는 것만으로도 가슴 한구석이 찌르르 떨렸지만, 일레나는 우선 지금은 남편을 부추기는 걸 자제하기로 했다.

'처음이니까.'

첫 관계를 가질 때, 여자의 몸은 많은 배려가 필요하다고 했다. 남편을 자극해서 자제력을 잃게 만드는 건…… 그래, 오늘이 아니라 다음에 해도 되니까.

그런데 왠지 아쉽다.

일레나가 저도 모르게 욕망에 사로잡혀 욕심껏 행동하는 남편을 상상할 때, 카이휜이 그녀의 목에 입술을 눌렀다.

"핫……."

일레나가 움찔하며 카이휜의 어깨를 움켜잡았다. 그가 아프지 않을 정도로 이를 세워 여린 피부에 흔적을 남긴 후, 그녀의 몸을 따라 천천히 입술을 내렸다.

일레나의 눈꺼풀이 파르르 떨렸다.

그녀의 몸을 두고 작다는 말을 하더니. 남편은 그 작은 몸에서 입을 맞출 구석을 많이도 찾아냈다.

"하아……."

일레나의 호흡이 가빠졌다.

열기를 품은 입술이 그녀의 몸 구석구석 흔적을 새겨 넣을 때마다 그 자리에서 간지러움을 닮은 감각이 피어났다.

일레나가 밭은 숨을 뱉어내며 침대에 발바닥을 문질렀다. 머리는 몽롱해지는데, 반대로 전신의 감각은 예민하게 깨어나는 기분이었다. 일레나의 손이 남편의 단단한 어깨를 놓고 침대 시트를 쥐었다.

그때였다.

남편이 어딘가를 깊게 빨아들이는 순간, 일레나의 허리가 파드득 튀어 올랐다.

"아!"

비명에 가까운 신음에 카이휜이 일레나의 허벅지를 붙든 손에서 살짝 힘을 빼고 고개를 들었다.

"……아픕니까?"

"아니, 아니. 아픈 건 아닌데……."

일레나가 도리질 쳤다. 그녀의 귀와 얼굴이 붉게 달아올랐다. 순간 당혹스럽게도 이 각도, 다리 사이로 보이는 남편의 얼굴이 꽤 매혹적이란 감상이 들었다.

'미쳤나 봐.'

대체 지금 뭘 보면서 그런 생각을…….

"아프면 바로 말해줘야 합니다. 꼭."

"으응, 알았어요."

입 안에 고이는 침을 삼키며 일레나가 겨우 대답했다. 남편이 다시 입술을 묻었다.

"아……!"

힘껏 그러쥔 침대 시트가 구겨졌다. 보이지 않는 계단을 밟는 기분이었다.

일레나는 한 걸음, 한 걸음 실체 없는 계단을 밟고 올라갔다. 아니, 정확히는 그녀의 힘으로 오르는 것이 아니라 누군가가 그녀를 붙잡고 강제로 끌어 올려주는 느낌이었다.

그렇게 한 계단씩 올라, 마침내 끝을 봤을 때.

일레나가 고개를 젖혔다.

발가락이 굽어들고 허벅지에 팽팽하게 힘이 들어갔다. 눈에 물기가 고였다. 순간적으로 몸이 경직되었다가 한꺼번에 힘이 빠져나갔다.

"카이휜……."

일레나는 탈진감에 젖어 남편의 이름을 중얼거리듯 불렀다. 부름에 답하듯 카이휜이 몸을 올려 일레나와 눈을 마주했다. 파란색 눈동자가 어째선지 평소보다 한층 어둡게 보였다.

일레나는 뺨이 발갛게 달아오른 채 숨을 색색 내쉬며 남편의 얼굴을 들여다보았다.

그러다 문득, 부부 관계를 다룬 서적에서 보았던 내용이 떠올랐다.

'맞아, 분명…….'

책에서는 다음과 같이 설명했다. 관계를 위한 준비는 한쪽만 해서 되는 것이 아니라 양쪽 모두에게 필요한 것이라고. 남자가 여자의 준비를 도와주는 것도 중요하지만, 여자가 남자의 준비를 돕는 것도 그에 못지않게 반드시 선행되어야 할 일이라고.

일레나는 서적의 가르침을 떠올리며 카이휜의 허리 아래로 손을 뻗었다.

그러나 목적지에 닿기 전 손목이 덥석 붙잡혔다. 카이휜은 당황한 듯 흔들리는 눈으로 일레나를 쳐다보았다.

"손은 왜……."

여실히 전해지는 상대의 당혹감에 일레나도 당황했다.

"아니, 그게…… 준비를 도와주려고요."

"……준비요?"

"잠자리를 위해선 여자만 준비해야 하는 게 아니라, 남자도 준비가 필요하다고······."

일레나의 설명에 카이휜의 눈에 서렸던 혼란이 조금 가셨다. 그러나 붙잡은 손목을 놓아주지는 않았다.

카이휜이 단호한 얼굴로 일레나를 향해 말했다.

"괜찮습니다."

"하지만."

"내 준비는······ 이미 끝났습니다. 충분히 되어 있으니, 더 하지 않아도 됩니다."

그 말에 일레나의 시선이 자연스럽게 손을 뻗으려던 곳으로 향했다. 그러자 카이휜이 그녀의 눈길을 돌리려는 듯 일레나에게 입을 맞췄다.

"응, 하아······."

혀가 섞이는 진한 입맞춤이 이어졌다. 일레나가 카이휜의 목에 팔을 걸치고 그에게 매달렸다. 맨살끼리 맞닿는 감촉이 무척이나 묘했다.

일레나의 말랑한 상체가 그의 단단한 가슴에 밀착되었을 때 카이휜이 작게 신음을 뱉어냈다. 그의 목에 핏대가 섰다.

성급하게 행동하고 싶은 충동을 가까스로 절제한 카이휜이 입맞춤을 나누며 천천히 손을 움직였다. 일레나의 몸 전체를 부드럽게 쓸어 만지다, 이어서 그녀의 몸에서 가장 여리고 민감한 곳으로 조심스럽게 파고들었다.

"······!"

찰나 긴장한 일레나의 몸이 뻣뻣하게 굳었다가, 계속되는 키스에 다시 부드럽게 풀렸다. 카이휜이 다른 손으로 일레나의 등줄기를 달래듯이 쓸어내렸다. 이마, 눈꺼풀, 코, 뺨 위로 골고루 입술이 내려앉았다.

"카이휜. 카이휜······."

일레나는 카이휜의 어깨에 힘을 줘 매달렸다. 그녀의 여린 몸에 부담을 주지 않기 위한 준비는 한참 동안 꾸준히 이어졌다.

"이제, 된 것…… 같은데……."

일레나가 먼저 젖은 눈으로 카이휜의 팔을 붙잡고 입을 열었다. 카이휜이 일레나의 눈을 집요하게 들여다보았다.

"……아프면."

"……."

"밀어내요. 반드시."

"……그럼 밀려나려고요? 그리고 그만하려고?"

카이휜은 바로 대답하지 않고 침묵했다.

사실 그럴 생각이었다. 일레나가 너무 아파하는 것 같으면, 행위를 중단할 마음을 먹고 있었다.

일레나가 그런 카이휜의 속내를 읽은 것처럼 눈을 가느다랗게 떴다.

"싫어."

"……."

"그만두면 나 가출할 거야. 그만하기만 해. 내일 당장 짐 싸서 나갈 거야. 이거 거짓말 아냐."

"……."

"알았어요?"

"……알겠습니다."

시선이 얽혔다. 가슴이 떨렸지만, 그건 긴장해서나 두려워서가 아닌 기대감 때문이었다.

일레나가 팔을 뻗어 카이휜의 등을 끌어안았다. 이내 뜨거운 욕망이 그녀를 남김없이 채웠다.

일레나는 뻑뻑한 눈꺼풀을 들어 올렸다.

침실은 환했고, 그녀의 옆자리는 비어 있었다.

"카이휜?"

일레나가 눈을 비비며 몸을 일으켰다.

답은 창가에서 들려왔다.

"일어났습니까?"

남편은 창가에 서서 커튼을 손에 쥐고 있었다. 커튼을 쳐서 해를 가리려던 참인 것 같았다.

일레나는 남편을 물끄러미 쳐다보았다.

남편은 바지만 꿰어 입은 반라 차림이었다. 벌어진 어깨와 강인한 팔. 탄탄하고 두꺼운 가슴 근육이 밝은 빛 아래 세세하게 드러났다.

"……커튼 치지 말고 그냥 이리 와요."

일레나의 말에 카이휜이 순순히 커튼을 놓고 그녀에게 다가왔다. 침대로 올라오는 카이휜의 움직임은 좋게 말해 신중했고, 나쁘게 말해 느렸다.

"지금 몇 시예요?"

"아직 아침입니다. 더 자도 됩니다."

카이휜이 손을 뻗어 흐트러진 은빛 머리카락을 일레나의 귀 뒤로 넘겨주었다.

어제 일 때문일까. 별것 아닌 접촉인데 기분이 약간 이상했다.

"흠, 흠."

왠지 간지러운 느낌이 들어 작게 헛기침한 일레나는 그제야 그녀의 목이 평소보다 잠겨 있다는 것을 알아차렸다.

'……아.'

자연스럽게 어제의 기억이 떠올랐다.

"카이휜, 아, 카이휜……!"

남편이 그녀의 안을 채웠을 때, 아픔은 생각보다 크지 않았다. 고통이 있긴 했으나 참을 만한 수준이었다.

오히려 참기 힘든 것은 그 이후에 찾아왔다.

남편은 일레나가 충분히 적응할 시간을 준 다음 움직였다. 그리고 그때부터 설명하기 힘든 감각이 파도처럼 그녀를 덮쳤다.

파도는 얕았다가, 거세졌다가, 나중에는 해일이 되었다. 해일은 일레나를 머리끝까지 집어삼켰다. 머릿속이 하얗게 변했고, 아무런 생각도 할 수 없었다.

일레나가 할 수 있었던 거라곤 그저 녹초가 되어 잠들기 전까지 남편의 단단한 어깨에 매달려 연신 그의 이름을 부르는 것뿐이었다.

'그래서 목이…….'

일레나가 무심코 그녀의 목울대를 매만졌다. 뺨이 살짝 달아올랐다.

그때 일레나의 시야에 문득 남편의 어깨가 들어왔다. 시선이 멈칫했다.

흉터.

남편의 어깨에 있는 오래된 화상 흉터가 이제야 제대로 눈에 들어왔다.

일레나가 저도 모르게 손을 뻗었다. 섬세한 손끝이 흉터에 닿자 카이휜의 어깨가 긴장한 듯 굳었다.

일레나가 흉터를 살살 쓸며 입을 열었다.

"아쉬워요."

"……."

"신성력으로 지울 수 있었으면 좋았을걸……."

어깨에 남은 것뿐 아니라, 등에 새겨진 흉터도 마찬가지다.

일레나는 신성력으로 남편의 몸에 있는 흉터를 없앨 수 있지 않을까 기대했지만 불가능했다.

신성력은 아물지 않은 외상에만 효과를 보였다. 과거에 아문 상처가 남긴 흉은 신성력으로도 어쩔 수 없었다.

"보기 흉합니까?"

카이휜의 물음에 일레나가 눈을 동그랗게 떴다가 이내 미간을 와락 좁혔다.

"그럴 리가 있겠어요? 그렇게 생각해 본 적 없어요. 그런 의미로 지울 수 있었으면 좋겠다고 말한 것도 아니고……."

"그럼 됐습니다."

카이휜이 그의 어깨에 올라간 일레나의 손을 붙잡아 입을 맞췄다.

"부인이 보기에 흉하지 않다면, 그걸로 충분합니다."

입술이 손가락 마디에 부드럽게 닿았다가 떨어졌다.

"……."

일레나는 남편을 빤히 쳐다보다가 그를 확 잡아당겼다. 미세한 힘에 카이휜이 순순히 이끌려오는 순간 일레나가 그의 어깨에 고개를 묻었다.

흉터 위로 말랑한 입술이 닿자 커다란 몸이 소스라치게 놀랐다.

"무슨……."

카이휜이 일레나의 어깨를 감싸 그녀를 떼어냈다. 그 와중에도 남편의 손아귀엔 힘이 거의 들어가 있지 않았다. 덕분에 일레나는 어깨를 감싼 손을 쉽게 치웠다.

"가만히 있어요."

"부인."

"당신도 어제 나한테 비슷한 거 했잖아요."

카이휜은 지난밤 일레나의 어깨와 목덜미에 무수히 많은 흔적을 남겼다.

"그건—"

"움직이지 말아요."

경고한 일레나가 다시 카이휜의 어깨로 입술을 가져다 댔다.

'……남편이 어떻게 했더라?'

사실 정확하게는 기억나지 않았다. 세부적인 행위까지 낱낱이 기억하기엔 워낙 정신없는 밤이었고, 또 일레나는 취기가 올라 있었으니까.

'아, 맞아. 나 어제 와인 마셨지.'

새삼 잊고 있었던 사실이 떠올랐다.

'그럼 취중에 한 거네. 술기운 없이 맨정신에 하면…… 느낌이 또 다를지도…….'

일레나가 허벅지 안쪽을 긴장시켰다. 갑자기 아랫배가 간질간질하며 몸속이 찌르르 울렸다.

왠지 애타는 기분에 발가락을 움츠리며 일레나가 남편의 어깨에 이를 세웠다. 흉터 위를 혀로 쓸 듯이 핥다가 이로 잘근잘근 깨물고, 깨문 자리를 약하게 빨아들였다.

남편이 잔뜩 긴장하는 것이 느껴졌다. 뭔가를 꾹 눌러 참는 것처럼 그의 턱 근육이 단단히 당겨졌다.

"일레나, 이제 그만……."

카이휀이 갈라진 목소리로 말을 뱉어내는 찰나, 일레나가 고개를 세우고 그의 가슴을 밀었다. 남편의 몸은 맥없이 뒤로 넘어갔다.

카이휀이 등이 침대에 닿기 무섭게 일레나가 바로 그 위로 올라탔다. 부드러운 여체가 달궈진 욕망을 내리누르는 순간 힘줄이 잔뜩 도드라진 손이 일레나의 골반을 움켜쥐었다.

곤혹스럽게 흔들리는 파란색 눈이 그의 위에 올라탄 일레나를 응시했다. 그의 시선에 가슴이 뛰며 재차 일레나의 몸속 깊은 곳이 자극되었다.

그녀가 남편의 맨가슴 위로 손가락을 세우며 입을 열었다.

"있잖아요. 실은 내가 어제 일이 잘 기억이 안 나요."

거짓말이다. 흐릿한 부분이 군데군데 있기는 하지만 전체적으로 절대 잊을 수 없는 밤이었다.

하지만 사실 여부는 중요하지 않았다. 어차피 이건 핑계니까.

"어떻게 하면 그게 다시 기억이 날까……."

"……일레나, 난."

카이휀의 호흡이 조금씩 가빠졌다. 긴장한 그의 근육이 한계까지 단단해졌다.

"부인이 무리하지 않았으면 좋겠습니다."

사실 카이휀의 인내는 일레나가 잠에서 깬 직후부터 현재까지 쭉 이어지고 있었다.

그녀의 눈부신 나신은 밝은 침실에서 눈에 담기엔 지나치게 자극적이었다. 그것만으로도 이미 머리를 어지럽히는 욕망을 참아내기가 어려웠는데.

카이휜은 가까스로 이성의 끈이 끊어지지 않도록 유지했다.

아내의 몸은 그보다 한참 가늘고, 작고, 약했다. 그런 몸으로 불과 몇 시간 전 그의 욕심을 받아냈다. 그러니 또다시 같은 부담을 주는 건―

"그래요?"

그러나 일레나는 카이휜이 이성적인 사고를 유지하도록 도와줄 생각이 없었다.

"그런데 어쩌지."

일레나가 상체를 숙였다. 말캉한 맨살이 카이휜의 단단한 가슴에 밀착되고, 환한 은빛 머리카락이 부드럽게 쏟아졌다. 달콤한 체향이 확 가까워졌다.

"난 무리하고 싶은데."

"……."

"어제 일…… 기억하게 해줘요, 응?"

아슬아슬하게 형태를 유지하던 카이휜의 자제력은 결국 모래성처럼 무너져 내렸다.

"아!"

지난밤보다 성급한 손이 일레나의 몸을 붙잡고 단숨에 침대에 눕혔다.

"응……."

입술이 갈급하게 그녀를 찾아들었다.

일레나는 이내 그녀의 몸을 타고 내려가는 남편의 입술을 느끼며 고개를 젖혔다. 침실의 공기가 다시 달아올랐다.

무릇 처음보단 두 번째가, 두 번째보단 세 번째가. 세 번째보단 그 이후가 쉽고 수월한 법.

한 번 붙은 불은 쉽게 꺼지지 않았다.

밖은 어두워졌다가 다시 밝아졌고, 일레나는 그동안 침실에서 한 발자국도 나가지 않았다. 메리가 중간에 요깃거리를 침실로 슬쩍 넣어준 덕분에 쫄쫄 굶지는 않을 수 있었다.

"으응……."

일레나가 작게 뒤척거리며 눈을 떴다.

"깼습니까?"

먼저 일어난 남편이 침대 헤드에 몸을 기대고 앉아 그녀를 지켜보고 있었다.

"……네."

누구의 것인지도 알아듣기 힘들 만큼 잔뜩 쉬어버린 목소리가 흘러나왔다. 일레나는 뒤늦게 조금 민망해졌다.

이틀 내내 침실에서 시간을 보낸 건 좀 심했나. 그래도 전혀 후회 없는 시간이긴 했지만…….

일레나는 나른한 기분에 젖어 그렇게 생각하며 눈을 비비려다 멈칫했다.

……잠깐.

'방금, 뭔가…….'

일레나가 벌떡 몸을 일으켰다. 침대가 출렁이고 그녀의 몸을 가리고 있던 침대 시트가 아래로 흘러내렸다. 몸을 일으켜 앉자마자 그녀가 카이휜의 얼굴로 손을 뻗었다.

"일레나?"

그녀의 돌발 행동에 카이휜이 당황한 낯으로 침대 헤드에 기댄 몸을 떼어냈다. 일레나는 남편의 얼굴을 구석구석 더듬던 손을 떼어냈다.

"……없어."

"네?"

눈을 문질러 봐도 보이는 것은 그대로였다.

흐트러진 결 좋은 흑발 아래 반쯤 드러난 희고 반듯한 이마와 매끄러운 코, 깨끗한 뺨이 시야에 들어왔다.

일레나의 입이 멍하니 벌어졌다.

"당신, 얼굴에 얼룩이 없어요."

놀란 심정을 감추지 않은 목소리가 환한 침실에 울렸다.

남편의 얼룩이 사라졌다.

세상을 혼란으로 몰아넣었던 괴물의 정체가 마수라는 사실이 점차 사람에게 알려졌다. 몇백 년 전의 기록을 토대로 마수를 알아보는 사람이 하나둘씩 나타났기 때문이다.

그리고 그와 함께 페넬 영주성에서 있었던 일들이 영주성을 벗어나 각지로 널리 퍼져 나갔다. 주가 된 소문은 단연 일레나와 카이휜이 마왕을 죽여 이 땅에서 마수를 몰아냈다는 내용이었다.

"들었어?"

"공작님께서……."

"마님께서 신성력을……."

소문은 공작성에까지 전해졌고, 한동안 성의 사용인들은 둘 이상 모였다 하면 그들이 모시는 주인을 화제로 삼아 열띤 이야기를 나누기 바빴다.

그리고 그런 와중.

"미쳤어!"

한 하녀가 새빨갛게 달아오른 얼굴로 하녀들이 모인 휴게실에 들이닥쳤다.

"이건, 헉, 이건 미쳤어!"

"뉴시?"

"왜 그래? 무슨 일인데?"

뉴시라고 불린 하녀는 멀리서부터 한달음에 뛰어왔는지 휴게실 벽을 짚고 잠시 헐떡였다. 그러다 호흡을 고르곤 고개를 번쩍 들었다. 상기된 얼굴이 꼭 건드리면 펑 하고 터질 것 같았다.

곧이어 그녀에게서 격양된 목소리가 흘러나왔다.

"공작님이, 공작님께서……!"

사용인들의 눈과 귀, 입을 쉬지 못하게 할 대형 화제가 막 공작성에 새롭게 던져졌다.

Chapter 12
변화를 맞이하는 자세

일레나는 집무실 소파에 비스듬히 앉아 턱을 괴었다. 시선은 책상 앞에서 바른 자세로 업무에 집중하고 있는 남편에게 향했다.

흑단 같은 머리카락 사이로 얼핏 드러난 말끔한 이마. 시원하게 쭉 뻗은 코. 보드라워 보이는 뺨.

하나하나 눈에 담고 있자니 집요한 시선을 느꼈는지 카이휜이 잠시 깃펜을 놓았다. 일레나는 그 틈을 놓치지 않고 소파에서 일어서 카이휜에게 다가갔다.

이내 그녀가 고민하다 엉덩이를 내려놓은 곳은 책상 근처 의자가 아닌 카이휜의 허벅지였다. 카이휜은 움찔했지만 일레나의 행동을 막거나 몸을 빼지는 않았다.

일레나는 심란한 표정으로 남편의 다리 위에 걸터앉아 그를 쳐다보았다.

"희한하지……. 왜 갑자기 얼룩이 사라졌을까요?"

석고조각처럼 매끈하고 맑게 빛나는 얼굴. 그 얼굴을 내려다보며 중얼거린 말에는 여전히 해소되지 못한 의문이 담겨 있었다.

남편의 얼굴에 있던 새까만 얼룩이 하루아침에 말끔하게 사라진 그날. 공작성은 발칵 뒤집혔다.

"누, 누구십니까?"

"누구신데 공작성에…… 신분을 밝혀주시기 바랍니다."

처음에 카이휜과 마주친 사용인들은 그를 알아보지 못했다. 그래서 카이휜에게 정체를 묻는 황당한 짓을 저질렀다. 그러다 뒤늦게 상대가 누구인지 알고 나서는 하나같이 턱이 빠져라 벌린 입을 다물지 못했다.

'기사들은 검을 떨어뜨렸다고 했지.'

연무장에서 훈련하던 기사들이 보여준 반응도 비슷했다. 연무장에 나타난 카이휜을 보곤 잠시 고개를 갸웃거리다가, 이내 눈치 빠른 기사를 시작으로 하나둘 경악했다. 충격받은 기사들의 손에서 떨어진 검이 바닥에 부딪히는 소리가 연무장을 길게 수놓았다고.

이후 사흘.

카이휜의 얼굴은 여전히 얼룩이 사라진 그대로였다.

"글쎄요."

카이휜이 입을 열어 일레나의 혼잣말 같은 물음에 대답했다. 하지만 일레나처럼 정말 이 현상의 이유를 궁금해하는 기색은 없었다.

본인에게 일어난 일임에도 정작 그는 별반 관심이 없어 보였다. 얼룩이 사라진 이유는 물론이거니와 얼룩이 사라졌다는 사실 자체에 크게 의미를 두지 않는 것 같았다.

일레나가 손을 들어 카이훤의 얼굴 위로 얹었다. 그러곤 새까만 얼룩 대신 희고 깨끗한 피부가 존재하는 자리를 살살 매만졌다.

남편의 얼룩이 사라진 것에 관한 일레나의 감상을 말할 것 같으면, 당연히 기뻤다. 기쁘지 않을 리가 없었다. 이젠 남편이 더는 외출할 때 가면을 쓰지 않아도 된다. 주변의 따가운 시선과 수군거림을 감내하지 않아도 된다.

'……다른 의미의 시선과 수군거림이 생겨나긴 했지만.'

일레나의 표정이 묘해졌다.

얼룩이 사라졌다.

이 한 문장이 불러온 결과는 놀라웠다.

성을 걷다 카이훤과 마주친 사람들은 이제 남녀를 불문하고 그를 두려워하거나 고개 숙여 눈을 피하지 않았다. 오히려 살아 움직이는 명화나 조각상을 본 것처럼 카이훤의 모습이 사라질 때까지 넋을 놓고 쳐다보곤 했다.

'한순간에 태도가 너무 확 바뀌어서 좀 기막히긴 하지만……'

그래도 잘된 일이냐, 아니냐를 묻는다면 일레나는 기꺼이 전자에 손을 들어줄 의향이 있었다.

'그나저나 그렇게 다른가.'

일레나는 문득 눈을 가느다랗게 뜨고 손을 움직였다. 손가락이 반듯한 이마와 콧날을 거쳐 입술 주변에 닿자 카이훤이 미미하게 턱을 굳혔다. 도드라진 남편의 턱선에 일레나가 시선을 주었다.

날렵한 턱. 일레나가 손끝으로 턱선을 따라 더듬었다.

얼룩이 사라지기 전에도 남편이 미남이란 사실은 이미 알고 있었다.

그래서 그런가. 마치 천지가 개벽한 것 같은 반응을 보이는 주변과 달리 사실 일레나는 남편의 얼굴이 전과 크게 달라졌다고 생각하지 않았다.

'전이나 지금이나 변함없이 잘생겼는데.'

……누구 남편인지, 정말 보고 또 봐도 미남이다.

일레나가 새삼스럽게 만족감을 느낄 때 카이휜이 입을 열었다.

"혹시 부인은."

"……?"

"그날 이후 몸에 어떤 변화가 있거나 하진 않습니까?"

그는 자신의 얼룩이 사라진 것보다는 다른 쪽에 주의를 기울이고 있었다. 그의 목소리는 온전히 일레나를 향한 관심만을 담아냈다.

"변화라……."

남편이 말하는 '그날'이 언제를 뜻하는지는 명백했다. 일레나는 곰곰이 생각하는 듯한 모양새를 보이다가 돌연 짓궂게 입술 끝을 말아 올렸다.

"있어요, 변화."

카이휜이 긴장한 듯 눈매를 굳혔다.

"어떤……."

"허리가 아파요."

남편의 몸이 경직되었다.

"허벅지 안쪽도 아프고."

일레나는 그녀가 걸터앉은 몸이 점점 더 뻣뻣해지는 것을 느끼며 남편의 귓가로 입을 가져갔다.

"……도 아파요."

미약한 숨과 함께 속삭이듯 내려앉은 목소리에 카이휜의 어깨가 크게 움찔했다. 남편의 목덜미와 귓가가 붉게 달아오르고, 두꺼운 팔에 팽팽하게 힘이 들어가는 것이 일레나의 눈에 고스란히 보였다.

　"약, 을…… 오늘, 약을 발라 드리겠습니다. 물론, 그, 어디까지나 부인께서 허락한다면."

　일레나는 당황해 삐거덕거리는 남편을 쳐다보다 푸흐흐 웃음을 터뜨렸다.

　"농담이에요. 사흘이나 지났는데 아직 아프겠어요?"

　그녀가 말한 부위에 통증이 있었던 것은 사실이다. 허리는 욱신거렸고 허벅지 안쪽은 승마를 한 다음 날처럼 뻐근했으며, 그…… 차마 말할 수 없는 곳은 얼얼했다.

　하지만 그런 감각은 오래가지 않았다. 기껏해야 하루 정도 지속되다 말았고, 남편과 밤을 보낸 지 사흘이 흐른 지금은 통증이 있었다는 것도 잊을 정도였다.

　그런 의미에서 일레나는 어젯밤 카이휜이 침대에서 아무것도 하지 않은 것이 불만이었다. 아프지 않은데 환자 취급을 받는 건 과거에 한 번 겪었던 것으로 족했다.

　"난 멀쩡해요. 허리도, 허벅지도, 다른 데도…… 전부."

　"……"

　"그러니까."

　일레나가 카이휜의 턱 부근에서 손가락을 세웠다. 손끝이 턱선을 지나 목을 타고 내려와 셔츠 깃을 스쳐 가슴팍까지 미끄러졌다. 손가락은 가슴팍에서 더 내려가지 않고 그 주변을 느리게 배회했다. 목울대가 일렁이고 얇은 셔츠에 가려진 근육이 단단하게 부푸는 것이 느껴졌다.

일레나가 남편의 푸른 눈동자와 시선을 맞췄다.

"오늘은 일 빨리 끝내고 와요."

"……."

"……기다릴게요."

일레나는 남편의 눈이 평소보다 짙은 빛깔을 띠는 것을 확인했다. 답은 벌써 들었다.

대답하기 위해 벌어지는 남편의 입술 위로 일레나가 입을 맞췄다. 고개를 틀며 숨결을 밀어 넣자 단단한 팔이 그녀의 허리를 휘감아왔다.

일레나는 조금 부었는지 화끈거리는 입술을 매만지며 집무실에서 나왔다.

'하마터면 집무실에서 덮칠 뻔했네.'

물론 끝까지 진행하기 전에 원망스러울 정도로 훌륭한 자제력을 가진 남편이 알아서 멈추긴 했겠지만.

어쨌든 밤이 기다려진다. 벌써 가슴이 두근거렸다.

일레나가 들뜬 걸음으로 처소로 이동했다. 그때 하녀가 그런 일레나를 불러 세웠다.

"마님, 손님이 오셨습니다."

"앤디."

손님의 정체는 앤다이든이었다. 페넬 영주성에서 헤어진 후 첫 재회였다.

"잘 지냈냐?"

"엄청."

"그렇게 보이네."

앤다이튼이 의심 없이 고개를 끄덕였다. 환하게 웃으며 대답하는 일레나의 얼굴에서 순간 광채가 비쳤다.

"무슨 좋은 일이라도…… 아니다. 떨어져 있던 남편과 다시 만났으니 매일매일 좋을 때지."

"뭘 좀 아는구나. 그래서 어쩐 일이야?"

용건을 묻는 말에 앤다이튼이 입을 열었다.

"출정식 때 약속했던 거 기억해?"

"약속?"

"네게 소개해 주기로 했잖아. 내 친구."

앤다이튼의 말에 일레나가 기억을 더듬었다. 잠깐이면 충분했다.

"왕국을 떠나 있는 동안 사귀었다던, 북쪽 이민족과의 전쟁에 참전했던 그 친구?"

"그래."

"무사히 돌아왔나 보네."

전쟁을 끝내고 무사히 귀환하면 소개받기로 했었다. 다행히 마수가 침공했을 때 안전하게 몸을 피했던 모양이었다.

앤다이튼이 옅게 미소를 띠었다.

"응."

"좋아. 그럼 언제 소개해 줄 건데?"

마침 하녀가 응접실로 차를 내왔다. 일레나가 그녀 몫의 차로 손을 가

겨가며 대수롭지 않게 물었다.

"네가 바쁘지만 않으면 바로 자리를 만들어보려고."

"그럼 그렇게 해."

얼마 전까진 바빴지만 지금은 여유가 꽤 생긴 상태였다. 사람 한 명 소개받는 것 정도야 딱히 어려울 일은 아니었다.

'친구라······.'

일레나는 뜨겁지 않은 차를 홀짝이며 새삼스럽게 궁금증을 안고 앤다이든을 응시했다.

어떤 사람이려나. 그녀가 먼저 소개해 달라고 말하긴 했지만, 앤다이든이 흔쾌히 수락하고 이렇게 약속을 이행하러 온 걸 보면 괜찮은 사람인 건 분명한 듯했다.

더구나 왕국을 떠나 있던 동안 사귀었다니. 이야기를 하다 보면 앤다이든이 왕국을 떠나 어디서 뭘 했었는지 들을 수도 있겠지.

'본인은 말을 안 해주려고 하니까.'

그런 생각을 하다 일레나가 문득 입을 열었다.

"이름이 뭔데?"

남편이 이끈 지원군에 속했다면 왕국 기사거나 귀족일 텐데. 어쩌면 한 번쯤 들어본 이름일 수도 있었다.

"데넌."

"데넌?"

"데넌 트레시스."

'모르는 이름이네.'

일레나가 눈을 깜박이며 찻잔을 기울였다. 들어본 적이 아예 없는 건지, 들었지만 기억을 못 하는 것인지는 알 수 없었지만 어쨌든 당장 떠오르는 것은 없었다.

"아, 아니지."

그때 앤다이든이 고개를 저으며 정정했다.

"실수했다. 트레시스가 아니라, 이젠 밀리스토인데. 데넌 밀리스토."

"밀리스토?"

"아버지 성을 따르다가 이번에 어머니 성으로 바꿨거든."

그렇게 말하며 앤다이든이 앉은 자리에서 어깨를 폈다. 왠지 그 사실을 무척 뿌듯하게 여기는 기색이었다. 자세히는 몰라도, 저쪽 나름대로 복잡한 사정이 존재하는 듯했다.

'밀리스토……'

일레나가 찻잔을 입술에 댄 채 고개를 살짝 기울였다.

이건 들어본 적 있는 것 같기도 하고, 없는 것 같기도…….

그때, 일레나의 머릿속에 번쩍 하고 어떤 장면과 목소리가 떠올랐다.

마수에게 침략당해 멸망한 미래. 하녀의 도움으로 간신히 찾은, 몸을 피할 술집. 일레나는 굳게 닫힌 단단한 술집 문을 정신없이 두드렸었다.

그리고—

"누구십니까?"

"일레나, 일레나 소르테. 소르테 백작가의 셋째요."

"일레나 소르테? 아, 밀리스토 부인이시군요. 들어오시지요."

"푸흡!"

"일레나?"

일레나가 찻물을 뿜어냈다. 앤다이든이 깜짝 놀라 자리에서 반쯤 일어섰다. 응접실 한쪽에서 대기하던 하녀가 신속하게 다가와 일레나에게 손수건을 건넸다.

일레나는 찻잔을 내려놓고 손수건을 받아 엉망이 된 입가를 닦았다. 분홍색 눈이 흔들렸다.

'밀리스토 부인!'

기억났다. 그건, 20년 후 미래에서 안나와 한스 부부가 그녀를 부르던 호칭이었다.

'그럼, 앤디가 나한테 소개해 주겠다는 친구가……'

전 남편?

일레나는 무심코 떠올린 단어에 바로 고개를 저었다.

표현이 틀렸다. 전 남편이라니.

그녀가 엿본 것은 과거가 아닌 미래였다. 더구나 더는 오지 않을 미래. 데넌 밀리스토는 그녀의 남편'이었던' 사람이 아니라 남편일 '뻔한' 사람이었다.

"일레나, 너 괜찮아?"

"……괜찮아. 그보다 앤디."

감정의 동요를 가라앉힌 일레나가 입을 열었다. 침착해 보이는 모습에 앤다이든이 반쯤 일어섰던 몸을 다시 의자에 앉혔다.

"어, 말해."

"네 친구 말이야. 소개는 없던 일로 하자."

"뭐? 갑자기?"

"갑자기 마음이 변했어."

결정을 내리는 건 어렵지 않았다. 이제는 일어나지 않을 일이라고 해도, 일레나는 그녀가 엿본 미래에서 밀리스토 부인이 되어 애를 둘이나 낳고 살았다.

'미래에서 날 마님이라고 불렀던 하녀가 도련님과 아가씨를 각각 언급했으니까.'

얼굴을 보면 어쩔 수 없이 그 사실이 떠오를 테지. 그럼 신경 쓰지 않으려 해도 자연스럽게 신경 쓰일 거다.

그러고 싶지 않았다. 특히 사랑하는 남편이 곁에 있는 지금 이 상황에서는.

앤다이든은 일레나의 변덕을 의아해하는 것 같았지만 딱히 반발하는 기미를 보이진 않았다.

"뭐…… 네가 그렇다면."

그런 앤다이든을 쳐다보는 일레나의 눈빛이 찰나 묘해졌다.

"미래에선 결혼을 이렇게 하게 되는 거였구나."

"응?"

"내 소꿉친구가 뚜쟁이였다니……."

"뭐라고?"

"아무것도 아니야."

"야, 일레나. 너 설마 오해하는 거 아니지? 내가 미친놈이 아니고서야 데넌을 너한테 그런 의미로……."

"알아. 그런 거 아냐."

설명해 줄 수 없는, 그녀만이 아는 사실이었다. 일레나는 하녀가 새로 내온 찻잔을 들어 올렸다.

저녁이 막 지난 이른 밤.

침실을 찾은 카이휜을 일레나가 빤히 쳐다보았다. 그녀에게 입 맞춘 후 얇은 슬립을 벗겨내려던 카이휜이 멈칫했다.

"왜…… 그렇게 봅니까?"

"아니에요. 멈추지 말고 계속해요."

일레나가 카이휜의 목에 팔을 감고 끌어당겼다. 카이휜이 다시 일레나에게 입을 맞췄다. 크고 두꺼운 손이 그녀의 어깨에 아슬아슬하게 걸쳐져 있던 슬립의 끈을 끌어 내렸다.

"응…….".

상반신이 허전해진 일레나가 입술 새로 작게 비음을 흘렸다. 이내 카이휜이 그녀를 천천히 침대 위로 눕혔다. 조심스러운 손길과 내리깔린 시선에서 숨기지 못한 긴장이 느껴졌다.

사흘 전 이미 그녀와 몇 번이나 살을 섞었는데도, 마치 처음 하는 것 같은 태도였다.

일레나는 침대에 누워 카이휜을 올려다보았다. 새파란 눈동자가 일레나의 몸 구석구석을 제 안에 새기듯 담았다. 고작 시선일 뿐인데 몸에 살짝 열이 올랐다.

일레나가 손을 뻗어 남편의 뺨을 어루만졌다. 힘이 들어가 단단해지는 턱으로 손을 옮겨 쓰다듬다가 그녀가 문득 눈을 가늘게 좁혔다.

새삼 어이가 없었다. 미래의 자신이.

'미친 거 아냐?'

이런 남편을 두고 다른 남자와 결혼해서 애를 둘씩이나 낳아?

아무리 생각해도 제정신이 아니다. 물론 이제 존재하지 않는 미래였지만, 그렇다고 해도 황당하고 기막혔다. 사라진 미래의 자신에게 몰이

해를 넘어 약간의 분노까지 느끼던 일레나가 카이휜을 얼굴을 붙잡고 잡아당겼다.

입술이 맞물리고 혀가 부드럽게 얽혔다. 따뜻한 안쪽을 잔뜩 헤집고 숨결을 마지막 한 모금까지 빼앗아오고 나서야 조금 만족한 듯 일레나가 입술을 떼어냈다.

"카이휜."

"······네, 일레나."

침실이 어두워서 그런가, 남편의 눈동자 색이 짙었다. 일레나는 그 눈을 들여다보다 말했다.

"우리 아이 말이에요."

일레나의 목덜미에 입술을 대려던 카이휜이 아이라는 말에 잠시 멈칫하며 그녀와 눈을 맞췄다.

"당신은 딸이 좋아요, 아들이 좋아요?"

미처 생각하지 못했던 질문인지 답을 고르듯 침묵이 흘렀다.

"······너무 어렵습니다."

미간에 자리 잡은 주름이 진심이라는 것을 알려주었다. 일레나가 남편의 미간을 더듬으며 입을 벌렸다.

"아니면 둘 다?"

카이휜의 눈이 살짝 커졌다.

"둘······."

"어때요? 하나보다 둘이 외롭지 않아서 더 좋을 것 같은데."

카이휜이 곧 그의 미간을 더듬는 손을 잡아채 입을 맞췄다.

"난 좋습니다만, 부인이······."

"내 몸을 걱정하는 거예요? 괜찮아요. 난 튼튼하니까."

노파의 힘으로 엿본 미래에서도 애를 둘 낳지 않았던가?

'둘…… 괜찮네.'

왠지 미래의 자신에게 질 수 없단(?) 생각에 무심코 꺼낸 말이었지만 말하고 나니 나쁘지 않았다.

남편을 닮은 아이와 그녀를 닮은 아이. 네 가족의 모습을 나란히 그려보기만 해도 가슴 어딘가가 벅차올랐다.

'가만, 그럼 용사는 둘이 되는 건가?'

아님 둘 중 한 명만 용사의 운명을 타고나는 걸까. 일레나는 그런 생각을 해 보다가 금방 사고를 전환했다.

어차피 마왕은 죽었다. 용사의 탄생에 전처럼 조급해하고 연연할 필요가 없었다. 용사보다는, 남편과 그녀의 아이라는 사실이 더 중요했다.

남편의 얼굴을 응시하며 일레나가 짓궂게 입술을 달싹였다.

"아이를 둘이나 만들려면……."

"……."

"우리 엄청 열심히 해야겠다. 그렇죠?"

파란색 눈동자 안에 찰나 일렁이는 불길이 피어났다가 사라지는 것을 본 것 같았다. 카이훤은 대답하는 대신 고개를 숙였다.

"아, 카이훤……!"

이어서 몸 곳곳에 전해지는 강한 자극에 일레나가 밭은 호흡을 내뱉었다.

아랫배에 오싹한 열감이 피어오르며 몸을 가만히 둘 수 없었다. 며칠 전 침실에서 지칠 만큼 겪었지만 여전히 생소하고 견디기 힘든 감각이었다.

일레나가 몸을 비틀어대자, 카이휜이 움직이지 못하도록 그녀의 허리를 단단히 붙잡고는 다리 사이로 고개를 내렸다.

"응!"

허리가 크게 움찔했다. 날카롭게 흘러나온 비음은 곧 간헐적이고 가느다란 신음으로 바뀌었다. 아랫배에서 시작된 아찔한 감각이 등줄기를 타고 온몸으로 내달렸다. 머릿속을 새하얗게 만드는 강렬한 자극이 일레나를 하늘까지 올려놓았다가 천천히 다시 지상으로 추락시켰다.

"하아, 하……."

일레나의 가슴이 크게 오르락내리락했다. 일레나가 탈진감에 빠져 호흡을 고르는 사이 카이휜이 고개를 돌려 그녀의 왼쪽 허벅지에 입 맞췄다. 그러곤 조금 위로 올라와 납작한 아랫배에 키스했다.

말랑한 입술이 낙인을 찍고 그 위에 숨결이 내려앉을 때마다 몸이 간지럽고 오싹했다. 어깨를 살짝 움츠리며 일레나가 나른한 한숨을 뱉었다. 그녀가 카이휜의 부드러운 흑발 사이로 손가락을 밀어 넣었다.

이내 카이휜이 완전히 올라와 일레나의 입술을 삼켰다. 눈을 감고 입맞춤을 이어가던 일레나가 문득 허전한 손을 카이휜의 가슴에 얹었다. 꽉 짜인 근육 아래 뜨겁게 뛰는 맥박이 느껴졌다. 가슴에 밀착한 손을 조금씩 움직였다. 탄탄한 몸이 움찔하는 감각이 전해졌다.

순간, 묘한 충동이 일레나를 부채질했다.

"잠깐……."

"일레나?"

입술을 뗀 일레나가 의아한 표정을 짓는 카이휜을 밀었다. 그러곤 상대를 침대에 넘어뜨린 다음 위로 올라탔다.

"가만히 있어 봐요."

양 허벅지에 힘을 줘서 남편의 허리를 단단히 속박한 일레나가 손을 뻗었다.

희고 가느다란 손이 사내의 벗은 상체에 닿았다. 손끝이 남성적으로 툭 튀어나온 목울대와 굵은 핏대를 지나 딱딱한 쇄골을 쓰다듬었다.

그러더니 그 아래로 거침없이 내려갔다. 가슴을 더듬고, 선명하게 갈라진 복근을 하나하나 쓸어보기도 했다. 손톱을 세워 긁자 남편에게서 작게 신음이 새어 나왔다.

일레나는 상기된 얼굴로 시선을 내렸다.

'재밌다.'

갑자기 남편의 몸을 만지고 싶단 생각이 들어 충동적으로 더듬기 시작한 건데, 생각보다 느낌이 묘하고 중독성도 있었다. 특히 그녀의 손길에 남편의 몸이 반응할 때면 왠지 뿌듯한 기분까지 들었다.

"일레나……."

카이휜의 커다란 손이 일레나의 허리를 감싸듯 붙잡았다.

말리는 건지, 아니면 부추기는 건지. 곤혹스럽게 일그러진 눈가와 손아귀에 들어간 힘을 보면 말리는 것 같긴 한데.

다만, 문제는 목소리였다. 낮게 잠겨 그녀의 이름을 부르는 목소리. 그 목소리를 듣자 그만두기는커녕, 외려 더 하고 싶어졌다.

일레나가 남편을 빤히 보다가 고개를 숙였다.

"……!"

카이휜이 하던 대로 그의 목덜미부터 시작해 천천히 아래로 내려가며 입을 맞췄다.

"부인, 잠깐―"

매끄러운 피부 위로 입술을 내리누르고, 혀를 내밀어 단 디저트를 맛

보듯이 훑았다. 그럴 때마다 커다란 몸이 눈에 띄게 흠칫했다. 갑옷처럼 두껍게 두른 근육에 팽팽하게 힘이 들어갔다.

일레나가 허벅지 안쪽을 긴장시켰다. 기분이 이상했다. 손으로 더듬을 때와는 느낌이 또 달랐다. 남편의 피부는 뜨거웠다. 열감이 여기까지 전달되는 것 같았다.

일레나가 꼼지락거리며 몸을 내려 입술을 남편의 명치 아래, 배꼽 근처까지 미끄러뜨렸다. 그러자 카이휜이 조급한 손길로 일레나의 어깨를 감싸 떼어내며 튕기듯 몸을 일으켰다.

"이제……."

"……."

"이제 그만, 내가 움직일 수 있게 해주세요. 부인."

말 사이사이에 섞인 호흡이 가빴다. 일레나는 슬쩍 시선을 아래로 내렸다.

남편이 그녀에게 했던 걸 모두 따라 하려면, 아직 더해야 하는데. 하지만 왠지 남편이 그렇게 하도록 놔두지 않을 것 같았다.

일레나는 어쩔 수 없이 아쉬움을 떨치고 카이휜을 향해 고개를 끄덕였다. 허락을 구한 카이휜이 곧바로 일레나를 넘어뜨렸다. 억센 팔이 가느다란 몸을 가뒀다.

머잖아 성난 열기가 일레나를 집어삼켰다.

"아……!"

발끝까지 저릿해지고, 몸의 통제권을 송두리째 잃어버리는 감각. 몇 번을 겪어도 익숙해지긴 힘들 것 같은 느낌.

일레나는 눈을 꼭 감고서 카이휜의 단단하고 뜨거운 몸에 매달렸다.

지친 일레나가 돌아누웠다. 땀에 젖은 일레나의 머리카락을 정돈해 주던 카이휜이 문득 작고 둥근 어깨에 미세하게 오른 소름을 발견했다. 그가 시트를 끌어 올려 일레나의 목 바로 아래까지 꼼꼼하게 덮어 주었다.

일레나가 의아하게 카이휜을 쳐다보자, 그의 입이 열렸다.

"춥지 않습니까?"

"안 추워요."

"하지만 어깨에 소름이……."

"아, 그건…… 추워서 그런 게 아니라 다른 이유일걸요."

이를테면, 조금 전의 쾌감이 남아 피부가 아직 예민한데 남편이 간지러운 손길로 머리카락을 넘겨주었기 때문이라든가.

이걸 자세히 설명해 줘, 말아.

고민하던 일레나가 언뜻 입을 벌렸다.

"아."

그러고 보니 불쑥 떠오르는 것이 있었다.

"당신, 오늘 집무실에서 나한테 그랬죠. 혹시 '그날' 이후 몸에 어떤 변화가 있지는 않냐고."

그땐 미처 생각하지 못했었는데, 춥지 않냐는 질문을 들으니 갑자기 떠올랐다.

"나, 전보다 추위를 덜 타게 됐어요."

"추위요?"

일레나가 고개를 주억거리며 기억을 더듬었다.

남편의 얼굴에서 얼룩이 사라진 날.

그러니까 남편과 이틀에 걸쳐 첫날밤을 보내고 마침내 침실 밖으로 나온 날이었다.

"아가씨!"

야외로 바람을 쐬러 나온 일레나를 발견하고 메리가 기겁하며 다가왔다. 얼마나 놀랐는지 그녀는 오랜만에 아가씨라는 옛 호칭을 입에 올렸다.

"세상에, 이 날씨에 왜 그런 차림으로 나와 계세요! 또 오들오들 떨면서 추워하시려고! 이것 봐, 입술이 벌써 새파랗게……."

호들갑을 떨던 메리는 가까이서 일레나를 살피고는 곧 목소리를 낮췄다. 의아한 듯 고개가 옆으로 기울었다.

"새파랗게 질려야 하는데…… 왜 혈색이 좋지? 아가씨, 아니, 마님. 안 추우세요?"

일레나는 그제야 알게 되었다. 그날 쐰 바깥바람이 꽤 싸늘했다는 것을. 날이 풀린 것이 아니라, 그냥 그녀가 추위를 타지 않은 거였다는 걸.
"내가 원래 추위를 엄청 타는 편이었거든요. 말했나요?"
"알고 있습니다."
일레나와 함께 있을 때면 카이휜의 눈은 자연스럽게 그녀를 관찰했다. 아내가 남들보다 유독 추위에 약하다는 것쯤은 만난 지 얼마 안 되었을 때부터 알았다.
날이 서늘해지기 시작했을 때부터 사용인들은 공작성을 데우는 데

은밀하게 최선을 다했었다.

"말했구나. 아무튼, 체질인지 어릴 때부터 줄곧 그랬는데…… 그날 이후론 추위를 별로 안 타요."

아예 추위를 못 느끼게 되었다는 말은 아니다. 다만 남들과 비슷할 정도로만 느꼈다.

"잘된 일이군요."

"음, 그렇죠?"

그런 의미에서, 굳이 이불을 이렇게 목 아래까지 갑갑하게 덮고 있을 필요는 없었다. 일레나는 이불을 허리 아래까지 끌어 내렸다. 그러곤 갑자기 드러난 그녀의 맨몸에 순간 흠칫하는 남편에게 달라붙어 그를 꼭 끌어안았다.

이렇게 있으니 남편의 체온이 높은 탓에 더울 지경이다. 생전 더위를 타본 경험이 거의 없었는데.

새로운 느낌이었다. 결코 나쁘지 않았다. 아니―

"좋다……."

"……."

"좋은데……."

일레나가 고개를 들어 남편을 물끄러미 응시했다.

"뭐가 자꾸 날 건드리네?"

"그건."

카이휜이 달아오른 얼굴로 황급히 몸을 빼려는 찰나, 일레나가 양팔로 그를 붙들었다. 그러곤 몸을 더욱 가깝게 붙이며 남편의 입술에 그녀의 입술을 가져다 댔다.

"……."

일레나가 눈을 감자 카이휜이 그녀의 뒷덜미로 손을 가져갔다. 곧 그녀의 머리를 부드럽게 감싸며 끌어당겼다.

공작 부부는 오늘 평소보다 일찍 침실에 들었다. 밤은 아직 남아 있다. 긴 밤이 끝을 모르고 깊어졌다.

일주일이 흘렀다.

그동안 공작성의 사람들은 얼룩이 사라진 카이휜의 얼굴에 차츰 적응했다. 여전히 그가 가는 곳마다 시선이 따라붙긴 했지만, 전에는 대놓고 멍하니 쳐다보던 것이 요즘은 흘끔거리는 수준으로 바뀌었다.

물론 변함없이 대놓고 쳐다보는 사람도 있긴 했다.

"제 생에 이런 날이 다 오다니……."

벤이 눈물을 글썽거렸다. 남들과는 조금 다른 의미긴 했지만, 어쨌든 그는 카이휜의 집무실을 찾을 때마다 모시는 주인의 얼굴을 촉촉이 젖은 눈으로 한참 쳐다보았다.

그래도 전보다는 많이 나아진 편이었다. 처음에는 오열했으니까.

업무 경과를 보고하다 말고 눈시울이 붉어진 벤이 손수건으로 눈가를 찍었다.

"죄송합니다. 나이가 드니 눈물만 많아져서……."

"아니야. 그럴 수 있지."

대답은 일레나가 대신했다. 그녀는 막 열린 문을 노크하고 집무실로 들어서고 있었다. 아내를 보는 순간 카이휜의 얼굴에 습관과도 같이 진한 반가움이 떠올랐다.

"일레나."

"바쁜 것 같은데 잠깐만 시간 좀 뺏을게요. 다른 게 아니라……."

일레나의 손에는 새하얀 카드가 들려 있었다.

"왕실에서 초대장이 왔어요."

왕국은 북쪽 이민족을 정벌하는 데 성공했다. 사실상 마무리는 마수가 맡아준 격이기는 했지만, 어쨌든 더는 왕국에 대항할 이민족 세력이 남아 있지 않았다.

왕국에선 그를 기념하여 축하연을 열기로 했다.

일시는 삼 주 뒤. 왕국의 모든 귀족을 초대하는 성대한 자리였다.

'축하연이라는 건 핑계일 뿐이겠지만.'

이 시기에, 굳이 이렇게 거창한 규모로 연회를 연다.

이민족과의 전쟁에서 승리한 것을 기념하는 것 외에 다른 목적이 있다는 걸 짐작할 수 있었다.

일레나는 욕실을 메운 수증기를 눈에 담은 채 생각에 잠겼다.

'아마…… 왕실이 건재하다는 걸 알리려는 거겠지.'

마수의 침공 이후, 왕실의 평판은 곤두박질쳤다. 마수가 날뛴 일주일 동안 왕실이 아무런 역할도 하지 못했기 때문이다.

각 지역에 병력을 지원하긴커녕, 수도조차 멀쩡히 건사하는 데 실패했다. 그저 여느 영지처럼 성문을 닫고만 있었던 왕실의 무능을 비판하는 목소리가 현재 왕국 곳곳에서 나오고 있었다.

그러니 왕실은 선택할 수밖에 없었을 것이다. 무리해서라도 크게 연회를 열어, 그들에게 아직 권력과 힘이 있다는 걸 과시하는 길을.

"……후우."

욕조에 기댄 일레나가 길게 한숨을 뱉으며 물속으로 잠겨 들었다. 따뜻한 물이 턱 바로 아래에서 찰랑거렸다.

왕실에서 여는 축하연. 일레나에겐 그리 나쁜 소식이 아니었다.

정확히는 그녀의 남편, 카이휜에게 기회였다.

'이번 연회에 참석하고 나면 남편의 얼룩이 사라졌다는 걸 모르는 사람이 없게 되겠지.'

온 귀족이 참석하는 자리다. 불참하는 귀족도 있겠지만, 어쨌든 수많은 귀족이 한 공간에 모일 것이다.

그런 자리에서 남편의 얼굴이 공개된다.

그 파급력이 얼마나 클지 일레나는 어렵지 않게 상상해 볼 수 있었다. 그리고 그 결과는 반드시 남편에게 도움이 될 것이다.

사람은 눈에 보이는 것에 쉽게 현혹된다. 연회 참석 후, 남편을 따라다니던 악마니 저주니 하는 소문이 불식되기까지 과연 얼마나 걸릴까?

'그래.'

일레나는 머리끝까지 물속으로 잠겨들었다가 이내 욕조 밖으로 고개를 꺼냈다.

"푸하."

참았던 숨을 내쉬는 일레나의 분홍색 눈이 단단한 각오로 반짝거렸다. 그녀는 유치한 독점욕과 질투심을 내리눌렀다.

이번 연회는 꼭 참석해야 했다.

솔직히 조금 기대도 되었다. 남편을 두고 흉하다고 수군거렸던 이들이 연회에서 남편의 얼굴을 보곤 어떤 표정을 지을지.

이윽고 일레나가 욕조에서 완전히 몸을 일으켰다. 젖은 은발이 몸의

굴곡을 따라 달라붙었다.

"마사지를 받을 테니 바로 준비해 주렴."

"네, 마님."

어딘가 전투적인 목소리에 하녀들이 바삐 움직였다.

시드리온이 공작성을 찾은 것은 일레나가 연회 참석 준비에 열을 올린 지 닷새가 되던 날이었다.

시드리온은 얼빠진 얼굴로 일레나를 마주했다.

"카이휜 얼굴…… 봤습니다. 대체 어떻게 된 겁니까?"

넋이 빠진 그는 마치 귀신을 본 얼굴이었다. 일레나는 어깨를 으쓱했다.

"나도 몰라."

이틀에 걸쳐 뜨거운 첫날밤을 보내고 났더니 남편의 얼룩이 사라져 있었다고 말해주기엔 그녀와 시드리온의 친분이 그만큼 깊지 않았다.

"그보다 무슨 일로 날 보자고 한 거야?"

"아, 그건."

퍼뜩 정신이 돌아온 기색으로 시드리온이 입을 열었다.

"감사합니다."

그는 다짜고짜 일레나에게 고개를 숙였다.

"……?"

"공작 부인께 감사 인사를 드리려고 찾아뵀습니다."

"나한테?"

일레나가 의아하게 눈을 깜박였다.

감사 인사라니, 갑자기?

'흑탑주가 나한테 고마울 일이 대체 뭐가……'

순간 일레나가 멈칫했다. 그녀의 눈이 큼지막해졌다.

'설마!'

일레나의 머릿속에서 저절로 하나의 문장이 완성되었다.

'평생의 반려를 만나게 해줘서 감사합니다.'

"자네, 벌써 언니와……!"

"예?"

일레나는 말을 잇지 못하고 시드리온의 품을 흘끔거렸다. 침이 꿀꺽 넘어갔다.

그럼 이제, 저 품에서 청첩장이 나오는 건가? 언니와 시드리온의 결혼식에 초대받게 되는 건가? 이대로?

일레나의 머리가 팽팽 돌아갔다. 그녀가 긴장한 얼굴로 시드리온의 입이 열리길 기다렸다. 시드리온은 고개를 슬쩍 갸웃하는 것 같더니 이어서 말을 꺼냈다.

"전에 흑탑에 분석 맡기셨던 보석 가루를 기억하십니까?"

"엥?"

"네?"

"아, 아냐. 기억해."

'결혼 얘기가 아닌가?'

자세히 살펴보았지만 딱히 품속에 청첩장을 숨겨둔 기색은 보이지 않았다. 일레나가 계속 말하라는 듯 손짓했다.

"덕분에 이번에 흑탑의 피해가 생각보다 적었습니다. 전부 공작 부인의 은혜입니다."

"그게 무슨 말이야?"

시드리온의 설명은 이랬다.

마수의 힘을 담았던 붉은 보석 가루. 그것을 밤낮으로 연구하고 분석하면서 흑탑의 마법사들은 자기들도 모르게 마수의 기운에 대항하는 법을 익히게 되었다.

그리고 그 결과, 얼마 전 마수가 침공했을 때 다른 마법사들보다 비교적 수월하게 마법을 쓰며 싸울 수 있었다는 것이다.

"아하, 그런 일이……. 딱히 내가 의도한 건 아니었지만 축하해. 피해가 적다니 잘됐네."

"그래서 보답을 드리려 합니다."

"보답?"

"공작성과 수도를 잇는 이동 포탈을 설치해 볼까 하는데, 어떻게 생각하십니까?"

"이동 포탈?"

생소한 말이었다. 일레나가 바로 알아듣지 못하자 시드리온이 설명을 덧붙였다.

"쉽게 말씀드리면 마법사 없이도 이동 마법을 쓸 수 있는 마법진 같은 겁니다."

일레나의 눈이 휘둥그레 변했다.

"그런 게 가능하다고?"

"대신 사흘에 한 번 정도 작동할 수 있고, 제가 반년마다 보수하러 와야 할 겁니다."

"그래도 놀라운걸."

일레나가 솔직하게 중얼거렸다.

이동 마법, 특히 장거리 이동 마법은 마법사 중에서도 실력 있는 일부만 사용할 수 있다고 알려졌을 만큼 까다로운 마법이었다. 그런 마법을 마법사 없이 사용할 수 있다니. 생각도 못 해 봤다.

시드리온은 뽐내거나 으쓱거리는 기색 없이 별것 아니라는 듯 태연히 말했다.

"그럼 오늘부터 설치 작업에 들어갈까 하는데, 괜찮으십니까? 시간이 좀 걸릴 겁니다."

"응, 좋아."

"장소는 후원이 어떨까 싶은데……."

"괜찮네."

대답하던 일레나가 이내 시드리온을 빤히 보며 턱을 괴었다. 다른 사람은 상상도 못 할 엄청난 발언을 해놓고는 마치 아무것도 아니라는 양 저 담담한 태도.

곧 일레나의 입가에 미소가 떠올랐다.

그래, 언니의 남자라면 모름지기 저 정도는 되어야지.

'청첩장은 언제 줄까. 언젠가 주겠지? 너무 놀라지 않게 미리 마음의 준비를 해놔야지.'

일레나는 싱글싱글 웃었다. 시드리온은 그녀가 왜 웃는지 알지 못하는 기색이었으나, 굳이 이유를 묻지는 않았다.

시드리온이 공작성 후원에 이동 포탈을 설치하는 데 걸린 시간은 정확히 보름이었다.

축하연이 열리기 하루 전, 포탈이 완성되었다. 날짜가 맞춘 것처럼 딱 맞아떨어졌다.

그리고 마침내 축하연 당일.

"마님, 너무 아름다우세요."

"특히 드레스가 무척이나 잘 어울려요."

치장을 마친 일레나가 하녀들의 호들갑 속에서 몸을 일으켰다. 일레나는 하녀들 틈에서 천연덕스럽게 드레스를 칭찬하는 메리에게 눈길을 주었다.

"제게 맡겨주세요! 연회장에서 누구보다 빛나게 해드릴게요."

메리는 왕실에서 온 초대장의 존재를 알자마자 의욕을 불태웠다. 그 결과가 바로 지금 일레나가 입은 드레스였다.

은은한 하늘빛이 도는 진주색 드레스. 적당히 달라붙어 몸을 감싸다가 무릎 바로 위에서부터 부드럽게 퍼졌다. 조개껍질처럼 주름진 밑단이 우아했다.

'재주가 좋다니까.'

메리가 한 번씩 드레스를 만들어낼 때마다 그 결과물이 만족스럽지 않은 적이 없었다. 일레나는 메리와 다른 하녀들에게 한 번 웃어준 후 처소를 나왔다.

마침 막 단장을 끝낸 카이휜이 복도를 걸어오다가 그녀를 발견하곤 멈춰 서는 것이 보였다. 발이 묶인 카이휜의 시선이 일레나에게 집요하게 머물렀다.

일레나가 작게 헛기침하곤 상대에게 다가갔다.

"출발할까요?"

"……네."

카이휜이 여전히 일레나에게서 눈을 떼지 못하며 손을 내밀었다. 일레나는 커다란 손 위에 장갑을 낀 그녀의 손을 올려놓으며 남편을 쳐다보았다.

깔끔하게 빗어 넘긴 흑발 아래, 바다를 담아낸 푸른 눈동자와 장인이 정성 들여 빚어놓은 것 같은 수려한 이목구비가 시야에 박히듯 들어왔다.

이젠 모두가 이 얼굴을 알게 되겠지.

남편이 잘생겨서 설레는 와중, 그 사실 때문에 긴장도 되었다. 그녀의 긴장을 눈치챈 카이휜이 장갑 낀 손을 꽉 쥐었다.

"괜찮습니까?"

일레나는 물끄러미 카이휜을 올려다보았다.

부드러운 눈매, 높은 코. 깨끗한 뺨을 지나 붉은 기가 도는 매끄러운 입술로 시선이 옮겨 갔다.

일레나가 입을 열었다.

"……아뇨, 별로 안 괜찮은 것 같아요. 그러니까 당신이 긴장 푸는 것 좀 도와줄래요?"

"어떻게……."

되묻던 카이휜이 일레나의 시선이 향하는 곳을 확인하곤 귓가를 미미하게 붉혔다.

"연회가 시작되려면 시간이 좀 남았으니까."

유능한 하녀들 덕분에 치장이 생각보다 이르게 끝났다. 일레나는 내심 하녀들의 솜씨를 칭찬하며 카이휜의 손목을 잡고 가까운 방으로 들어갔다.

잠시 후.

굳게 닫혔던 문이 열리고 부부가 방에서 나왔다.

카이휜의 입술은 눈에 띄게 붉었고, 일레나는 긴장이 풀려 전보다 여유로워 보이는 얼굴이 되었다.

"가요."

그녀가 밝은 목소리로 카이휜을 잡아끌었다. 입술에 묻은 루주를 엄지로 문질러 닦아내며 카이휜이 순순히 끌려갔다.

왕성 연회장은 시끌벅적했다. 연회장을 채운 귀족들이 삼삼오오 모여 환한 얼굴로 인사하며 웃고 떠들었다.

"오랜만이에요, 로즈 영애."

"백작 부인, 오늘따라 너무 아름다우세요."

"남작 부인이야말로……."

"후작님, 여전히 정정하시군요. 아드님은 잘 지내십니까?"

"자네 이번에 재혼한다며? 어디 시골 영주의 딸이라던데 사실인가?"

분위기가 잔뜩 들떠 있었다.

마수의 침공 이후 근 두 달. 저마다 영지, 가문, 사업 등을 건사하느라 대부분의 귀족이 그간 제대로 놀고 즐기지 못했다. 특히 사치와 향락을 가까이하던 일부는 욕구불만 때문에 머리가 터져 버릴 지경이었다.

그런 차에 전해진 왕성 연회 초대장. 많은 이에게 가뭄에 단비와도 같던 소식이었다.

"참, 그 이야기 들으셨나요?"

이런 자리라면 결코 빠질 수 없는 것. 술과 음식, 음악 그리고 소문. 말을 꺼낸 사람에게 주변의 이목이 집중되었다.

"무슨 이야기요?"

"페넬 영주성에서……."

"……아아, 메이하드 공작이 마왕을 죽였다는 것 말인가요?"

피식, 피식.

팔짱을 낀 젊은 사내가 노골적으로 비웃음을 흘렸다.

"그게 어디 말이나 되는 이야기인지."

"메이하드 공작이 용사의 후손이라고요?"

"그게 사실이라면 난 신의 후손이오."

배가 동산처럼 나온 중년 귀족이 너스레를 떨었다. 주위에 와자하게 웃음이 번졌다.

"그런데 단순히 헛소문으로 치부하기엔…… 목격한 사람이 꽤 많다던데요?"

"뭘 모르시는군요, 영애. 원래 소문이란 쉽게 와전되게 마련입니다."

공작의 업적을 비웃었던 젊은 사내가 가르치듯 말했다.

"하나뿐인 목격자가 둘이 되고, 셋이 되더니 종래 백으로 불어나곤 하는 게 바로 소문 아닙니까?"

"맞는 말입니다."

"다른 사람도 아니고 메이하드 공작이 용사의 후손이라니, 뜬소문이래도 적당히 허무맹랑해야지……."

"진짜 용사의 후손이라면 얼굴에 왜 그런 끔찍한 얼룩을 가지고 태어났겠어요? 축복을 받아 태어나도 모자랄 판에, 저주라니."

"말이 안 되긴 해요."

"그런데 이거, 누가 퍼뜨린 소문일까요?"

그 말에 누군가 곧장 의견을 냈다.

"메이하드 공작 본인 아닐까요?"

"풉, 설마!"

"소문은 페넬 영주성에서 시작되었는데요?"

"공작이 페넬 영주성에 머문 적이 있잖아요. 그때 사람을 매수한 거라면…… 불가능한 것도 아니죠."

"저런!"

"사실이라면, 정말 추하네요!"

몇 사람이 동시에 웃음을 터뜨렸다. 그러나 정말 즐거워서 웃는 것이 아닌, 불안과 초조를 감추려는 과장된 반응에 가까웠다.

'메이하드 공작이 마왕을 물리쳤다고? 용사의 후손? 아닐 거야.'

아니어야만 했다.

그들은 악마에게 저주받았다는 소문을 빌미로 카이휜을 숱하게 배척하고 비난해 왔다.

그런데 이제 와서 그가 마왕을 죽였다니? 세상을 구했다니?

그럴 리 없었다. 그래서는 안 되었다.

'헛소문이 틀림없어.'

쐐기를 박으려는 듯 나이 든 귀부인이 혀를 차며 입을 열었다.

"사람이 얼마나 죽어나갔는데, 이 틈을 타 소문 따위를 이용해 평판을 바꾸려 하다니……. 심보가 아주 끔찍하군요."

"그러니 심성을 따라 외모 또한 그 모양인 게 아니겠습니까?"

옆자리 남성이 바로 말을 받았다.

"맞습니다. 밤에 보게 될까 두려운 그 흉측한 얼굴!"

"얼굴이 못났으면 마음씨라도 곱게 써야지!"

"저, 근데……."

험담의 수위가 높아지고, 분위기가 과열되는 가운데 한 귀부인이 조심스레 끼어들었다.

"제가 얼마 전에 들은 소식이 있는데요."

"소식이요?"

"뭡니까, 자작 부인?"

갑자기 시선이 몰려 당황스러운지 귀부인이 커다란 눈망울을 산만하게 굴리며 답했다.

"그, 메이하드 공작의 얼굴에서 얼룩이 없어졌다고……."

"뭐가 없어져요?"

"맙소사!"

자리에 있던 한 사람이 과장된 동작으로 배를 부여잡았다.

"정말 재미있는 헛소문이네요. 우스워라."

"허, 헛소문이 아닐 거예요. 저희 가문 하녀가 직접 들었다고……."

"하녀요? 지금 하녀의 말을 듣고 이러시는 겁니까?"

젊은 사내가 이죽거렸다.

"이십 년 넘게 있었던 얼룩이 하루아침에 사라졌다고요? 오, 그럴 리가요."

"돌아가신 전 공작 부부께서 그렇게 노력했는데도 지우지 못했는데……."

"아랫것의 말을 곧이곧대로 믿으시다니. 자작 부인, 보기보다 굉장히 순진하십니다!"

자신을 조롱하는 말에 귀부인의 얼굴이 새빨갛게 달아올랐다. 그때, 꽤 높은 신분으로 보이는 중년 여성이 '차르륵' 소리 나게 부채를 펼쳤다.

"그만하지. 사실일 수도 있는 것 아닌가?"

"후작 부인."

"세상엔 가끔 기적이 일어나지. 그 기적이 메이하드 공작에게 닿았나보군. 천운으로."

자리에 있는 이들이 서로 시선을 교환했다. 대부분 '저 여자가 왜 저러지' 하는 눈빛이었다.

그들이 아는 후작 부인은 이중 누구보다 카이휜 메이하드 공작을 싫어했다.

이유는 간단했다. 과거 그녀의 남편이 카이휜과 사업권을 두고 경쟁하다 처참하게 고배를 마셨기 때문이다.

후작은 모자란 치였던지라 자신의 무능이 불러온 결과에 대한 화를 제 아내에게 풀었다. 덕분에 한동안 후작 부부의 불화설은 사교계에서 유명했다.

"그런데 말이네."

후작 부인이 부채를 팔랑거리며 말을 이었다.

"얼룩이 사라졌든 아니든, 그게 그렇게 중요한가? 어차피 흉측한 얼굴이 아주 조금 덜 흉측해진 것에 불과한데."

'역시나!'

이럴 줄 알았다는 듯 몇몇이 고개를 끄덕였다.

"우울한 눈에, 음침한 까만 머리…… 떠올리기만 해도 불쾌해지는 그 외모가 얼룩이 사라졌다 한들 얼마나 바뀌겠어?"

사실 후작 부인은 카이휜과 제대로 마주 보고 대화해 본 적도 없었다. 당연히 생김새도 몰랐다. 그저 깎아내리고 싶은 마음에 입에서 나오는 대로 지껄일 뿐이었다.

그런 후작 부인에게 주변 사람들이 열렬히 맞장구쳤다.

"맞습니다! 얼룩을 빼놓고 봐도, 얼마나 추한 외모입니까? 덩치는 쓸데없이 커선 징그럽기만 하고……."

"꼭 짐승 같지요?"

"이쯤 되니 메이하드 공작 부인이 무척이나 불쌍하군요. 미인이라던데, 협박에 못 이겨 한 지붕 생활을 하는 것은 아닌지."

"소문을 들어보면 공작 부인이 남편을 대단히 좋아한다는 말도 있긴 합니다만."

"그럼 공작 부인의 취향이 추남인 것이겠군요! 맙소사! 나는 절대 그녀의 눈에 안 차겠네요."

그때였다.

"카이휜 메이하드 고, 공작님과 일레나 메이하드 공작 부인께서 입장하십니다!"

연회장 입구를 지키는 시종이 우렁찬 목소리로 공작 부부의 등장을 알렸다.

그런데 약간 이상한 점이 있었다. 입장을 알리며 시종이 말을 더듬은 것이다. 시종은 베테랑이었다. 과거 왕의 행차를 알리면서도 목소리 한 번 떤 적 없었다.

그런데 말을 더듬어?

연회장의 시선이 의아하게 한곳으로 쏠렸다.

그리고.

툭.

후작 부인의 손에 있던 부채가 바닥으로 힘없이 떨어졌다.

"저, 저 사람이 메이하드 공작이라고?"

"말도 안 돼⋯⋯."

소곤거림이 술렁임이 되어 사방으로 퍼져 나갔다. 소란은 넓은 연회장을 남김없이 채웠다.

일레나는 샴페인을 홀짝거리며 남편을 쳐다보았다. 이러다 저 잘생긴 얼굴에 구멍이 뚫리면 어떡하나 걱정이 될 만큼 엄청난 시선이 그녀의 남편에게 쏟아지고 있었다.

일레나의 눈이 연회장에 자리한 귀족들의 면면을 훑었다. 혼이 나간 얼굴들.

일레나가 다시 카이휜을 눈에 담았다.

"기분이 어때요?"

"⋯⋯기분이요?"

"다들 당신 외모 때문에 정신을 못 차리고 있잖아요."

"글쎄요."

카이휜이 솔직하게 대답했다.

"모르겠습니다."

사실 그는 아주 어렸을 때를 지나서는 타인에게 어떠한 감정적 기대도 품어본 적이 없었다. 타인이 저를 두고 어떻게 생각하든 상관없다. 자연히 그들의 행동과 말도 관심 밖이었다.

지금도 마찬가지. 연회장의 반응은 카이휜에게 어떤 '기분'이 들게 할 만큼 감흥을 주지는 못했다.

그보다 지금 그가 신경 쓰이는 것은⋯⋯.

"일레나."

그가 샴페인 잔을 든 일레나의 손을 부드럽게 감쌌다.

"꽤 여러 잔 마신 것 같은데, 더 마시지 않는 게 좋겠습니다."

일레나가 시선을 내려 그녀의 손에 들린 샴페인 잔을 응시했다. 연회장에 들어선 이후 왠지 목이 타서 손에 잡히는 대로 쥐고 물처럼 마셨다. 지금 그녀의 손에 들린 건 첫 잔이 아니었다.

그렇지만⋯⋯.

일레나는 남편의 염려 섞인 말에 가볍게 웃음을 흘렸다.

"괜찮아요. 보기만 이렇지, 그냥 음료수인데요?"

샴페인에선 술맛이 거의 느껴지지 않았다. 알코올이 함유되었다고 해도 무척 미량일 거다.

"걱정되면 마셔볼래요?"

일레나가 반쯤 장난스러운 태도로 카이휜에게 그녀가 마시던 샴페인 잔을 내밀었다.

카이휜은 일레나가 내민 잔에 잠시 시선을 주더니, 이내 정말로 잔을 받아 들었다. 그러곤 정확히 일레나가 입술을 댔던 자리로 그의 입술을 가져갔다. 유리잔에 찍힌 붉은 루주 자국 위로 카이휜의 입술이 엇나감 없이 닿았다.

누군가 작게 비명을 질렀다.

이윽고 시음을 마친 카이휜이 일레나에게 샴페인 잔을 돌려주었다.

"⋯⋯확실히 술맛이 약하긴 하군요."

일레나가 눈을 가느스름하게 떴다.

뭐지, 지금. 유혹인가? 유혹이겠지?

"당신……."

"대장님."

그때 반가움을 가득 담은 밝은 목소리가 카이휜을 불렀다.

처음에 일레나는 저 말이 누구를 부르는 것인지 몰랐다. 그러다 카이휜의 고개가 목소리를 따라 익숙한 기색으로 돌아갔을 때 남편을 부르는 호칭이었구나, 하고 알아차렸다.

일레나가 자연스럽게 카이휜과 같은 방향으로 고개를 돌렸다.

"아니, 공작님. 소문은 들었지만 정말 무사하시군요. 다행입니다. 그리고……."

놀란 듯, 혹은 감탄한 듯. 카이휜을 보며 말을 잇지 못하는 사내는 젊었다. 스물 초반이나 되었을까. 어디 가서 외모로는 서러운 일이 없었을 것처럼 단정한 생김새의 그는 어깨를 넘겨 기른 흑갈색 머리카락을 차분하게 하나로 묶고 있었다.

일레나는 무심코 사내의 눈에 시선을 주었다.

은회색. 독특했다. 마치 일레나의 머리카락에서 색을 추출해 그 색에 쇠를 섞어놓은 느낌이었다.

'그보다 누구지?'

일레나가 내심 의아해하며 사내를 쳐다보았다. 반가워하는 기색을 봐선 남편과 친분이 있는 것 같은데.

남편에게 시드리온 외에 친한 사람이 있었다고?

일레나의 눈초리가 미묘해졌다. 시선에 호기심과 경계가 반씩 섞였다. 일레나는 샴페인 잔을 입술에 대고 기울이며 사내를 살폈다.

머리부터 발끝까지, 마치 탐색하듯 꼼꼼히 눈에 담을 때 카이휜이 입을 열었다.

"데넌."

'데넌?'

일레나가 긴 속눈썹을 팔랑이며 생각에 잠겼다.

데넌, 데넌…… 어디서 들어본 것 같은데.

그 순간 일레나의 머릿속에 앤다이든의 목소리가 떠올랐다.

"실수했다. 트레시스가 아니라, 이젠 밀리스토인데. 데넌 밀리스토."

"읍큭!"

"일레나?"

카이휜이 놀란 얼굴로 일레나를 돌아보았다. 샴페인 잔에서 내용물이 넘쳐 그녀의 입가와 손, 드레스 자락을 온통 적셨다.

눈을 휘둥그레 뜬 사내, 데넌이 급히 외쳤다.

"여기 타월을 가져다주게!"

"괜찮습니까?"

일레나의 손에서 샴페인 잔을 가져오며 카이휜이 물었다. 일레나가 고개를 끄덕였다.

"……괜찮아요."

일레나는 흔들리는 눈으로 데넌을 흘끔 쳐다보았다.

'데넌 밀리스토.'

정해진 미래를 바꾸지 않고 놔두었다면, 그녀의 남편이 되었을 사람.

'맙소사.'

여기서 이렇게 마주치게 되다니? 너무 갑작스러웠다. 놀란 나머지 가슴이 쿵쿵 뛸 정도였다.

"여기 있습니다."

그때 시종이 타월을 들고 다가왔다. 일레나는 마른 타월을 건네받아 입 주변과 손을 닦았다. 그러나 젖어버린 드레스 일부분은 타월로 어떻게 할 수 없었다.

"……음, 옷을 갈아입어야겠네요. 이보게, 혹시 여분의 드레스가 준비되어 있나?"

"예. 옷시중을 들 시녀를 불러 드리겠습니다."

"부탁하지."

시종과 대화를 마친 일레나가 카이휜에게 눈길을 주었다.

"금방 올게요."

"알겠습니다."

걱정스레 고개를 끄덕이는 카이휜을 보며 일레나는 차라리 잘됐다고 생각했다.

메리에겐 미안하지만, 드레스를 더럽힌 게 오히려 다행이었다. 데넌이 너무 예고 없이 등장했다. 그래서 그런지 그의 존재가 생각보다 더 당혹스러웠다.

솔직히 어떻게 대해야 좋을지 모르겠다. 이럴 땐 도망치는 게 그나마 상책이었다.

잠시 후 일레나가 시녀를 따라 도망치듯 걸음을 옮겼다. 그런 일레나의 뒷모습에 데넌의 시선이 한동안 따라붙었다.

일레나는 새 드레스로 갈아입은 후에야 완전히 평정을 되찾았다. 침착해진 그녀가 전신 거울을 들여다보았다.

왜 데넌이 여기 있는지. 남편과는 어떻게 안면이 있는지, 침착해진 머리로 생각하자 쉽게 이해할 수 있었다.

'남편이 이끈 지원군에 속해 있었다고 했지.'

그러니 승전 기념 축하연에 참석한 것도, 남편을 보고서 반가워한 것도 전부 당연한 일이었다.

'……아니, 후자는 당연한 일은 아닌가?'

고작 한두 달 남짓 있었던 전투에서 상관으로 모셨을 뿐이다. 그런데도 남편을 보고 반가워하던 데넌의 모습은 마치 오랜 세월 카이휜을 따른 공작성의 기사들을 떠올리게 했다.

"……."

일레나는 거울에 몸을 비춰 옷매무새를 점검하며 생각했다.

'보는 눈은 있네.'

하긴. 어쨌든 카이휜을 만나지 않았다면 그녀와 결혼까지 하게 되었을 사람이다. 됨됨이가 멀쩡한 것쯤이야 당연한 일이 아닐까.

"후."

거울 앞에서 일레나가 길게 한숨을 쉬었다. 곧 그녀의 표정이 평온해졌다.

조금 전 연회장에서 보았던 데넌을 떠올렸다.

아무렇지 않았다.

감상을 말하자면 '소꿉친구의 친구' 혹은 '남편을 잘 따르는 정신이 똑바로 박힌 사람' 정도였다. 다른 느낌은 없었다. 그녀와는 아무 관계 없는, 그저 생판 남을 생각하는 기분.

당연한 일인데, 일레나는 그 당연한 사실에 다소 안도했다.

사실 좀 긴장했다. 궁금해지면 어쩌나. 바꾸지 않은 미래에서 왜 저 사람을 선택했던 건지, 저 사람의 어떤 면이 좋아서 애를 둘이나 낳고 살았던 건지. 알고 싶어지면 어쩌나.

내심 조금 마음을 졸였는데, 다행히 우려했던 일은 일어나지 않았다. 관심도, 호기심도 전혀 생기지 않는다. 직접 마주친 데넌은 감정적인 면에서 일레나에게 생판 남이었다.

마음이 홀가분했다. 일레나는 가벼운 걸음으로 휴게실을 벗어났다. 그러곤 입구 근처에서 눈에 익은 얼굴을 발견했다.

"페넬 백작님."

"아, 공작 부인."

그런데 상대가 보여준 반응이 다소 묘했다. 페넬 백작은 일레나를 보자마자 어깨를 흠칫하더니, 이내 미소를 지어 보였다. 매우 어색한 미소를.

"……?"

표정이 왜 저래.

일레나가 일단 백작에게 다가갔다. 백작의 어깨가 마치 긴장한 사람처럼 조금씩 올라가는 것이 보였다.

"크, 크흠. 여긴 어쩐 일이십니까?"

"어쩐 일은요, 초대장을 받아서 참석했죠."

"아, 그, 그렇죠. 하하."

"그동안 잘 지내셨나요?"

"아, 예. 물론입니다. 별 탈 없이 지냈습니다. 공작 부인께서는요?"

백작과 간격을 좁힌 일레나는 이상한 점을 한 가지 더 발견했다.

'눈을 못 마주쳐.'

백작은 눈을 이리저리 산만하게 굴려가며 일레나의 시선을 피하고 있었다.

'뭐지?'

수상했다. 이걸 두고 미심쩍게 여기지 않을 사람은 없을 것이다. 백작을 빤히 보던 일레나가 입을 열었다.

"백작님, 그러고 보니 마왕 시체 말이에요."

"아, 예! 시체요!"

"어떻게 처리하셨나요? 처분이 결정되면 연락을 주시기로 했는데, 아직 소식이 없어서요."

"아, 그것이 말이지요⋯⋯."

"아직 성에서 보관 중인 거라면 조만간 보러 가도 될까요?"

"태웠습니다!"

"⋯⋯정말요?"

"예, 그럼요. 완전히 재로 만들어 버렸습니다. 마왕도 불 앞에선 별것 아니더군요. 편지를 보내려다 바빠서 그만 잊어버렸네요. 하하, 그럼 전 이만⋯⋯."

페넬 백작은 마지막까지 일레나와 눈을 마주치지 않았다. 황급히 돌아서서 부랴부랴 멀어지는 페넬 백작을 향해 일레나가 입을 열었다.

"백작님."

또렷한 목소리에 죄인처럼 올라간 어깨가 눈에 띄게 움찔했다.

"거기 서보세요."

연회장은 소란스러웠다. 악단의 연주가 묻힐 정도로 수군거리는 말소리가 끊이지 않고 이어졌다. 단순히 사람이 많이 모인 탓이 아닌, 어떤 한 인물이 불러일으킨 파급력이었다.

로다 백작 부인은 와인 잔을 입에 가져가며 데넌과 대화 중인 카이휜을 훔끔거렸다. 와인 대신 침이 꼴깍 넘어갔다.

'어쩜 저렇게 잘생겼지?'

흑단보다 곱고 윤기 나는 검은색 머리카락. 빠져들 것 같은 파란 눈동자. 보기만 해도 황홀했다.

이목구비는 또 어떻고? 이마부터 턱선까지 하나하나 완벽하지 않은 구석이 없어, 훔쳐보는 내내 정신을 차릴 수 없었다.

'저 얼굴을 두고, 우울한 눈에 음침한 까만 머리라고?'

로다 백작 부인이 속한 무리는 카이휜이 연회장에 등장하기 직전까지 그를 헐뜯고 깎아내렸다. 백작 부인은 그때 자리에서 오갔던 말을 전부 기억하고 있었다.

그녀의 시선이 슬쩍 주변을 훑었다. 카이휜을 두고 불쾌한 외모라고 말했던 후작 부인은 바닥에 떨어진 부채를 주울 생각도 하지 못한 채 카이휜에게 멍하니 시선을 고정하고 있었다.

공작 부인의 취향이 추남인 것이 아니냐고 낄낄거렸던 젊은 영식은 이따금 한 번씩 자기 눈을 비볐다. 그러다 뒤늦게 제가 했던 발언이 부끄러워지기라도 했는지 얼굴을 시뻘겋게 물들였다.

카이휜의 커다란 덩치에 부정적인 뉘앙스로 짐승 같다고 말했던 영애는 상대의 넓은 어깨를 훔쳐보며 뺨을 발그레 붉혔다.

그 외에도 대개 비슷한 반응이었다. 그들을 비웃을 순 없었다. 그러기엔 백작 부인도 같은 처지였으니까.

백작 부인은 그녀의 주변을 한 차례 둘러본 후 다시 카이휜을 눈에 담았다. 절로 감탄이 솟아나며 재차 침이 넘어갔다.

'저렇게 잘생긴 남자라는 걸 진작 알았더라면……'

로다 백작 부인은 작년 겨울 로다 백작과 결혼했다. 일 년간 수십 통이 넘게 쏟아진 구혼장 중에서 고르고 골라 한 결혼이었다.

로다 백작을 선택한 이유는 간단했다. 그의 외모가 제법 번지르르했기 때문이다. 시원해 보이는 푸른 눈에 적당히 높게 솟은 콧대는 미남으로 불리기에 큰 손색이 없었다.

백작 부인은 남편의 외모에 만족하고 있었다. 다른 부인들의 남편을 보며 우월감을 느끼기도 했다.

조금 전까지는.

로다 백작 부인은 현재 일 때문에 영지에 틀어박혀 있을 그녀의 남편을 떠올렸다.

갑자기 기분이 나빠졌다. 아쉬움이 들며 후회가 치밀었다.

그녀의 눈앞에 나타난 메이하드 공작을 보자, 불사조 대신 닭을 선택하고 말았다는 생각을 지울 수 없었다.

'아쉽다, 아쉬워.'

소문이고, 과거의 얼룩이고 더는 중요하지 않았다. 애꿎은 유리잔에 잘근잘근 이를 세우던 로다 백작 부인이 이내 눈을 반짝 빛냈다. 카이휜과 대화를 나누던 데넌이 다른 사람의 부름을 받고 자리를 비우는 것이 보였다.

사실 데넌도 꽤 잘생긴 외모였다. 평소였다면 로다 백작 부인의 관심을 넘치도록 받았을 것이다. 그러나 지금은 카이휜 때문에 그를 제외한 모든 남자가 그저 지나가는 잡부 정도로밖에 안 보였다.

혼자 남은 카이휜을 보는 백작 부인의 가슴이 두근거렸다.

불현듯 기회라는 생각이 들었다. 공작도 저도 배우자를 맞이한 상태라 이제 와 부부의 연을 맺을 수는 없겠지만, 어디 남녀 사이에 인연이 부부만 있던가? 사교계엔 그보다 가볍고 쾌락적인 관계가 많았다. 그리 대단히 흠으로 여기지도 않았다.

백작 부인은 와인 잔을 내려놓고 걸음을 옮겼다. 와인은 제법 독했다. 적당히 오른 취기가 백작 부인에게 용기라는 선물을 주었다.

그녀가 카이휜에게 다가가는 것을 본 몇몇 영애와 부인이 마치 선수를 빼앗겨 안타까운 양 탄식을 토했다. 남자들은 부러움과 질시, 더러는 패배감이 뒤섞인 시선으로 카이휜을 쳐다보았다.

"메이하드 공작님."

카이휜과 한 걸음 간격을 남기고 멈춰 선 로다 백작 부인이 간드러진 목소리로 그를 불렀다.

그러나 대답이 없었다.

카이휜은 그녀를 보고 있지도 않았다. 그의 시선은 데넌이 사라진 후 연회장에서 휴게실로 통하는 방향에 고정되어 있었다.

'……못 들었나?'

로다 백작 부인이 목소리를 조금 더 키웠다.

"공작님."

"……."

"공작님!"

세 번 만에 상대의 시선이 그녀에게 닿았다. 그쯤 로다 백작 부인의 언성은 소리치듯 커져 있었다.

"흠, 흠."

서둘러 목소리를 가다듬은 백작 부인이 눈꼬리를 접어 화사하게 미소 지었다.

"만나 뵙게 되어서 영광이에요, 메이하드 공작님. 에바 로다라고 해요. 편하게 에바 양이라고 불러주세요."

"로다 백작 부인."

'남편을 아나 봐.'

백작 부인이 내심 찔끔했다. 하지만 상관없었다. 어차피 상대에게도 아내가 있었다. 피차 같은 상황이 아니던가?

로다 백작 부인은 문득 카이휜과 함께 연회장에 입장한 그의 아내를 떠올렸다.

솔직히, 미인이었다. 인정하지 않을 수 없었다.

가지런히 늘어뜨린 은발은 은가루를 뿌린 듯 반짝거렸고 분홍색 눈은 봄을 떠올리게 하는 생기가 넘쳤다. 몸에 살짝 달라붙었다가 아래에 이르러 자연스럽게 퍼지는 드레스는 그녀를 우아하면서도 청순해 보이게 만들었다.

'그래서 뭐?'

그래 봐야 지금 상대는 이 자리에 없는데.

그리고 로다 백작 부인은 자신의 미모에 자신이 있었다.

결혼 전, 아니, 결혼 후에도 사교계에서 로다 백작 부인을 모르는 사람은 드물었다.

장미처럼 붉은 머리카락. 매혹적인 보랏빛 눈동자.

그녀의 웃음소리 한 번 듣고자 시답잖은 우스갯소리를 쉬지 않고 늘어놓았던 사내가 몇이던가.

'미인을 마다하는 남자는 없지.'

특히 그 미인이 이렇게 먼저 다가온다면, 더더욱.

백작 부인은 웃으며 카이휜에게 말을 걸었다. 가까이서 보니 멀리서 볼 때보다 더 잘생겨서 가슴이 떨렸다.

"말씀 많이 들었어요. 페넬 영주성에서 무시무시한 마왕을 물리치셨다면서요?"

헛소문일 거라고 욕하는 말에 동조했던 것은 이 순간 기억에서 지웠다.

"정말 멋있으세요. 감사해요, 저흴 위해 마왕을 물리쳐 주셔서."

"……."

"저, 좀 더 자세한 이야기를 듣고 싶어요. 마왕과 싸울 때 어떠셨나요? 페넬 영주성에서……."

재잘거리던 로다 백작 부인이 말을 멈췄다.

카이휜은 그녀를 쳐다보지 않았다. 시선은 다시 휴게실이 있는 쪽으로 향해 있었다.

"……!"

그녀를 노골적으로 무시하는 모습에 로다 백작 부인의 속눈썹이 움찔 경련했다. 찰나 주먹을 말아 쥐었던 그녀가 이내 손에서 힘을 풀었다.

그래, 쉽지 않겠지. 그러고 보면 상대는 불과 얼마 전까지 귀족들에게 배척당했다. 이런 호의가 갑작스럽고 적응되지 않을 것이다.

백작 부인이 연미복으로 감싼 카이휜의 강인하고 탄탄해 보이는 어깨로 눈길을 주었다. 고전적이지만, 확실하게 상대의 주의를 끌 수 있는 방법을 쓸 셈이었다.

"어머, 그나저나 이런 데 먼지가……."

그녀가 카이휜의 어깨로 손을 뻗었다.

그러나 손끝이 어깨에 닿기 직전, 카이휜이 몸을 물려 백작 부인의 손을 피했다. 장갑을 끼지 않은 손이 허망하게 허공을 쥐었다.

"……?"

카이휜이 너무 자연스럽게 그녀를 피하는 바람에 백작 부인은 순간 무슨 일이 벌어진 건지 깨닫지도 못했다.

"실례, 아내 외에 다른 사람의 손이 닿는 걸 선호하지 않아서."

감정 없이 건조하게 내려앉은 목소리가 한발 늦게 현실을 일깨워 주었다. 로다 백작 부인의 얼굴이 확 달아올랐다. 민망함과 수치심에 목소리가 떨려 나왔다.

"오, 오해하신 모양인데. 전 단지 먼지를 털어드리려고……."

"이유가 뭐든 좋아하지 않습니다. 이해해 주시길."

사실 별로 상관없었다. 살수나 대련 중인 적수도 아닌데 남의 손이 그의 어깨를 만지든 말든 카이휜은 딱히 신경 쓰이지 않았다.

그러나 다른 여자의 손이 그의 몸에 닿는다면, 아니, 스친대도 그의 아내는 달가워하지 않을 것이다.

그 생각이 드는 순간 카이휜의 몸이 저절로 백작 부인의 손을 피했다. 입이 알아서 움직였다.

로다 백작 부인은 흡사 병균 취급을 당한 기분에 모멸감을 참지 못하고 파들파들 떨다가 휙 돌아섰다.

바닥을 부술 기세로 걸어 연회장을 벗어나는 그녀에게 주변의 시선과 수군거림이 따라붙었다.

그러거나 말거나 카이휜의 시선은 계속 한곳에만 머물렀다. 이내 그의 눈매가 반가움을 담고 부드럽게 휘어졌다.

"일레나."

다정한 목소리와 얼굴 위로 떠오른 미소에 주변 여인들이 동시에 같은 생각을 했다.

'부럽다.'

제게 쏠리는 시선의 의미를 아는지 모르는지 연노란색 드레스로 갈아입은 일레나가 카이휜에게 다가왔다.

그런데 가까이에서 본 일레나의 얼굴에 미묘하게 그늘이 져 있었다. 그녀의 표정을 확인한 카이휜이 멈칫했다.

"카이휜."

일레나가 그의 팔을 붙잡았다.

"잠깐 자리 좀 옮길래요?"

사람 없는 테라스로 이동하자마자 카이휜은 일레나의 부탁에 따라 허리춤에서 성검을 빼 들었다. 그러곤 검의 옆면으로 테라스 난간을 내려쳤다.

깡!

이내 비몽사몽 잠기운이 남은 목소리가 일레나의 머릿속에 울렸다.

[⋯⋯뭐야?]

'깼어? 깼으면 내 이야기 좀 들어.'

[흐아암⋯⋯. 뭔데?]

'마왕 시체가 사라졌어.'

일레나는 페넬 백작과 나눈 대화를 떠올렸다.

집요한 추궁 끝에 그는 사정을 실토했다. 보관실에 둔 마왕의 시체가 사라졌다고. 외부에서 침입한 흔적이 전혀 없으니, 도둑맞은 것은 아닐 거라는 말도 덧붙였다.

[그래서?]

'그래서라니, 부활한 거면 어떡해?'

부활해서 스스로의 힘으로 자취를 감춘 거라면?

상식적으로 죽은 지 수십 일이 지난 시체가 갑자기 되살아나는 건 말이 안 되는 일이긴 했다.

그러나 상대는 마왕이었다. 인간의 상식에 맞춰 생각할 수 없었다.

그런 점에서, 외부에서 침입한 흔적뿐 아니라 보관실에서 뭔가가 나간 흔적 또한 없다는 페넬 백작의 말도 일레나를 안심시키지 못했다. 되살아난 마왕이 모종의 힘을 써서 흔적을 남기지 않고 영주성에서 벗어난 거라면…….

하지만 갈수록 안색이 나빠지는 일레나와 달리 성검의 목소리는 여전히 태평하기 그지없었다.

[난 또 무슨 소리 하나 했네.]

일레나의 머릿속에 대고 늘어지게 하품한 성검이 말을 이었다.

[쓸데없는 걱정하지 마.]

'쓸데없는 걱정?'

[마왕은 못 살아나. 심장을 부수다 못해 아예 가루로 만들어 버렸는데 어떻게 살아나?]

'……장담해?'

[난 마왕을 죽이기 위해 만들어졌어. 다른 건 몰라도 그건 확실하게 알아. 마왕은 완전히 죽었고, 부활 따위 못 해.]

성검의 목소리엔 어느 때보다도 강한 확신이 담겨 있었다.

"······하아."

긴장이 풀리자 다리에서 힘이 빠졌다. 일레나가 가까운 소파에 주저앉았다. 카이휜이 바로 성검을 갈무리하곤 옆에 앉아 일레나를 제게 기대게 했다.

'그럼 마왕 시체는 왜 사라진 걸까?'

[그건 나도 모르지.]

'불안한데······.'

[불안해할 필요 없어. 어차피 시체잖아. 뒈진 놈이 뭘 할 수 있는데?]

'그것도 그렇지만.'

[아마 마계로 소환되었을 거야.]

'마계?'

[그놈들 고향.]

'아하.'

[마왕의 시체는 이 세계엔 이물질이나 다름없으니까. 있어야 할 곳으로 간 거겠지.]

'별일 없겠지?'

[없어, 없어. 애초에 마계에서 이 세계로 건너오는 것 자체가 쉬운 일이 아냐. 마왕쯤 되니까 할 수 있었던 건데, 걘 죽었잖아.]

그러니까 어쨌든 걱정하지 말라는 소리였다. 일레나가 재차 마음을 다스릴 때 성검의 목소리가 울렸다.

[그럼 난······ 다시 잔다. 이번엔 깨우지 마. 어차피 깊게 잘 거라 깨워도 못 일어날 것 같지만······.]

'잘 자, 테리.'

일레나는 무심코 속으로 인사를 건넸다.

지금껏 잠을 청하겠다는 성검에게 사람한테 하듯 굿나잇 인사를 해준 적은 없었다. 굳이 그래야 할 필요를 못 느꼈으니까.

그렇지만 조금 전엔 달랐다. 깊게 잔다는 말을 듣는 순간 어쩐지 그녀의 내면이 저절로 목소리를 냈다. 마치 뭔가를 느낀 것처럼.

성검은 일레나의 인사에 답을 주지 않았다. 모처럼 애칭으로 불러주었으니 기뻐하는 반응을 보일 법도 한데 머릿속은 잠잠했다.

"……."

기분이 묘했다. 착각일까. 왠지 앞으로 꽤 오랜 시간 성검의 목소리를 듣지 못할지도 모르겠단 생각이 들었다.

침묵하던 일레나가 이윽고 몸에서 완전히 힘을 뺐다. 제게 좀 더 깊게 기대오는 여린 신체를 느낀 카이휜이 물었다.

"해결된 겁니까?"

"……음, 아마도요."

"내가 뭔가 도울 일이 있다면 말해주세요."

"아니에요. 별거 아니었어요. 나 혼자 걱정을 좀 했는데, 기우였던 것 같아요."

일레나는 그렇게 말한 후 어깨를 살짝 떨었다. 으슬으슬했다.

그러고 보니 조금 전까진 성검과 대화하는 데 정신이 팔려 몰랐는데, 테라스는 추웠다. 그녀가 새로 갈아입은 드레스는 반소매였다.

일레나가 추위를 탄다는 것을 눈치챈 카이휜이 재빨리 겉옷을 벗어 그녀에게 둘러주었다. 일레나는 사양하지 않고 겉옷을 받았다. 고개를 들어 남편을 응시하며 그녀가 배시시 웃었다.

"고마워요."

여러 가지로 좋았다.

겉옷을 덮어 더해진 온기도. 옷에서 전해지는 남편의 향도.

그리고 그녀에게 옷을 벗어주는 바람에 차림새가 가벼워진 남편의 모습 역시.

'누구 남편인지⋯⋯.'

어깨와 가슴팍이 참⋯⋯.

노골적인 시선을 숨길 생각도 하지 않고 카이휜의 몸을 눈에 새겨 넣던 일레나가 문득 입을 열었다.

"참, 당신."

"⋯⋯?"

"혹시 아까 나 없는 동안 연회장에서 누가 껄떡⋯⋯ 아니, 말을 걸거나 하진 않았어요?"

카이휜이 바로 대답하지 못하고 잠깐 주저했다. 답을 유추하기엔 충분한 반응이었다.

일레나의 눈이 가느다랗게 변했다. 껄떡쇠가 있었구나.

"누구? 여자?"

"⋯⋯네."

"이름이 뭔데요?"

"로다 백작 부인이라고⋯⋯."

"흐응. 어떻게 생겼어요?"

"그건 잘 기억나지 않습니다. 자세히 보지 않아서."

"정말?"

"네."

"뭐라고 말을 걸었어요?"

"인사를 하고⋯⋯ 그 뒤로는 정확히 모르겠습니다."

얼굴을 자세히 보지 않은 것뿐만 아니라 뭐라고 하는지도 제대로 안 들었단 말이었다.

일레나는 남편의 얼굴을 빤히 보다가 이내 그의 가슴팍을 끌어안 았다. 셔츠 깃 아래에 뺨을 대고 비비자 다부진 몸이 굳는 것이 느껴 졌다.

"좋아요. 잘했어요. 나 빼고 다른 여자는 당신한테 다 투명 인간인 거 예요. 앞으로도 그렇게만 해요."

"……네."

'로다 백작 부인.'

일레나는 오랜 시간 잊지 않을 이름을 하나 추가했다.

"……아, 따뜻해서 좋다."

그렇게 말하며 일레나가 카이휜의 품으로 한결 파고들었다. 굳은 몸 이 긴장으로 더욱 뻣뻣해졌다.

일레나는 팽팽해진 남편의 가슴에 얼굴을 묻고 가만히 심장 박동을 느꼈다. 심장이 빠르게 뛰었다. 그 박동 소리를 감미로운 음악이라도 되 는 것처럼 듣고 있던 일레나가 이내 고개를 들었다.

"키스할까요?"

카이휜의 파란색 눈이 일렁였다. 그는 대답 없이 일레나의 턱을 쥐고 고개를 내렸다.

일레나는 눈을 감았다. 그림자가 져 눈앞이 어두워지는가 싶더니 뺨 에 옅게 숨결이 닿고, 다음으로 입술이 겹쳐졌다.

입술을 살짝 벌리자 기다렸다는 듯 혀가 파고들었다. 거침없이 침입 한 열기는 예민한 입천장을 살살 긁어 자극하기도 하고, 일레나의 혀뿌 리를 강하게 감아올리기도 했다.

"응……."

등줄기를 통과하는 찌릿한 감각에 발가락이 구부러지고 아랫배 안쪽에 열감이 고였다.

어느새 커다란 손이 일레나의 머리 뒤를 안정적으로 받쳐주고 있었다. 일레나는 남편의 어깨에 팔을 걸쳤다.

그 순간, 일레나의 머릿속에 언뜻 노파의 목소리가 떠올렸다.

"아직 완전히 안심하고 고마워하긴 이르지만……."

마왕이 죽은 후 정신을 잃었을 때.

무의식 속, 사방이 온통 새하얀 공간에서 노파가 일레나에게 했던 말이었다. 불안감을 조성하는 말이었으나 일레나는 그 뒤에 이어졌던 발언에 집중했다.

"괜찮겠지. 어차피 두 사람은 이미 운명의 힘을 증명했으니."

운명.

마음이 놓이는 단어였다. 동시에 가슴 한구석을 설레게 하는 달콤한 말이기도 했다.

일레나의 희고 가느다란 손가락이 카이휜의 새까만 머리카락 사이로 얽혀들었다. 악단이 연주하는 연회장의 음악 소리가 꽉 닫힌 테라스 문틈으로 희미하게 새어 들어왔다.

재로 뒤덮인 것 같은 회색 하늘. 그 하늘에 닿을 것처럼 높게 솟은 성의 분위기는 음울하기 그지없었다.

"죄송합니다."

"트리제프 님을 되살리는 건…… 어려울 것 같습니다."

머리에 뿔이 세 개 돋아난 사내가 제 앞에 엎드린 이들을 내려다보았다. 그들 뒤로 평평한 돌 제단 위에 놓인 창백한 시체가 보였다.

사내가 입을 열었다.

"물러가라."

그 명령에 엎드려 있던 이들이 앞다투어 자리를 비웠다.

사내는 자리에 혼자 남아 말없이 시체로 다가갔다. 시체를 내려다보는 사내의 미간에 험상궂게 주름이 졌다.

"이게 무슨 꼴입니까, 트리제프 님."

수천 년간 마계를 다스려 온 절대적인 지배자. 그가 얼마 전 인간계로 소환되었다가, 죽은 채로 돌아왔다.

마계는 처음엔 지배자의 죽음을 받아들이지 못했다. 그래서 그를 되살리려 노력했으나, 불가능했다.

심장이 형체도 남기지 않고 바스러졌다. 갖은 노력으로 점철된 서른 번의 밤이 지났지만 차게 식은 몸에는 숨이 돌아오지 않았다.

사내는 시체를 묵묵히 응시하다가 이내 무릎을 굽혔다. 날카롭게 솟아난 손톱이 시체의 목 가운데를 뚫었다. 시체는 아직도 마르지 않은 새카만 피를 울컥울컥 토해냈다. 사내는 그 피를 한 뼘 깊이의 유리병에 가득 채운 뒤 몸을 일으켰다.

이윽고 사내의 걸음이 닿은 곳은 성의 가장 안쪽, 비밀스러운 곳이었다. 그곳에는 웬 거대한 알이 보관되어 있었다.

마신수의 알.

마계에서 가장 어둡고 깊은 곳에는 과거 신이 남기고 간 생명체라는 마신수가 살았다. 만 년을 넘게 산 그것은 몇백 년에 한 번씩 알을 낳았는데, 그 알에서 태어난 이가 강대한 힘으로 마계를 다스렸다.

사내는 유백색의 알 앞으로 다가갔다.

'원래라면 세상에 나오자마자 부서졌을 알이지만.'

트리제프는 지금껏 마신수의 알이 생겨나는 족족 깨부쉈었다. 그의 권력을 다음 대로 승계하고 싶지 않았기 때문이다.

그러나 눈앞의 이 알은 트리제프가 마침 인간계로 소환되었을 때 탄생했다.

"……그래, 이젠 마계도 새 지배자를 맞이할 때가 되었지."

사내가 유리병에 담긴 피를 알 위로 부었다.

두근.

피를 모조리 흡수한 알이 크게 박동했다.

사내는 알의 표면을 쓰다듬었다. 박동이 더욱 잘 느껴졌다.

"인간계에서 죽은 걸 보면, 트리제프는 결국 그것밖에 안 되는 놈이었던 거야."

건조하게 흘러나온 목소리에선 죽은 주군을 향한 충심이나 예우라고는 전혀 찾아볼 수 없었다.

사실, 사내는 아주 오래전부터 트리제프가 마음에 들지 않았다. 약천 년 전, 그가 인간계로 나갔다가 웬 용사라는 놈에게 날개 한쪽과 가슴을 내주고 왔던 그때부터 의구심과 불만이 생겼다. 과연 인간 따위에게 당한 자가 계속 이 마계를 지배해도 되는 걸까?

물론 겉으로 드러내진 못한 마음이었다. 트리제프는 부상을 입었어도 여전히 마계에서 가장 강한 존재였고, 사내에겐 트리제프를 당해낼 힘이 없었다.

그러나 사내의 마음에 한 번 피어난 불충의 씨앗은 쉽게 사라지지 않았다.

사내는 야망이 있었다. 한낱 인간에게 패배한 오점 따위 없는, 보다 막강하고 완전무결한 주인을 섬기고 싶다는 야망이.

그런데 그러던 와중 기회가 찾아왔다.

'인간계에서 강력한 소환 파동이 느껴졌지.'

마계의 생명체를 인간계로 불러내려는 파동.

보기 드물 만큼 강한 기운이었다. 마계의 고위급 생명체 정도는 무난히 불러낼 수 있을 정도로.

사내는 그 파동을 건드렸다. 이미 거대한 기운에 그의 힘을 더해, 파동이 트리제프에게 닿도록 만들었다.

트리제프는 그에게 닿은 소환 기운에 순순히 응했다. 거부하고자 하면 거부할 수도 있었겠지만, 아마 흥미가 동했던 것이겠지.

사내는 트리제프가 인간계로 소환된 후 잠자코 상대의 귀환을 기다렸다. 그건 사내의 입장에선 일종의 시험이었다.

그는 트리제프가 약 천 년 전에 입은 부상을 완벽하게 회복하지 못했다는 사실을 알고 있었다. 만약 약점을 안은 상태로도 무사히 인간계를 정복한다면.

그럼, 사내는 먼 예전처럼 다시 트리제프에게 마음을 바쳐 충성하겠다고 결심했다.

"……결과는 이렇게 되어버렸지만."

목소리에 아쉬운 기색은 없었다. 오히려 기대감이 묻어났다.

"잘됐지. 더 강한 지배자는 마계의 복이니까."

알을 만지는 사내의 손이 잘게 떨렸다. 알이 뿜어내는 기운이 벌써 심상치 않았다. 직접 본 것이 아니라 확신할 순 없지만, 아마 그 옛날 트리제프를 품었던 알도 이 정도는 아니었을 거란 생각이 들었다.

사내는 마른침을 삼켰다.

삼십 년. 일반적으로 마신수의 알이 부화하는 데 걸리는 시간이었다. 하지만 사내는 시기를 좀 더 앞당겨 짐작했다. 그는 알에 트리제프의 피를 먹였다. 강력한 힘을 지닌 자의 피만큼 좋은 영양제이자 촉진제가 되는 것은 없었다.

'이십 년, 아니, 어쩌면 더 이르게……'

"어서 세상으로 나오십시오, 새 지배자여. 갑갑한 알을 깨고 나와 마계를, 더 나아가 모든 것을 발아래 둬주십시오."

열망을 담은 사내의 속삭임이 알의 박동에 섞여들었다.

일레나는 공작성에 돌아오자마자 몸을 씻고 가벼운 차림으로 침대에 걸터앉았다. 푹신한 감촉이 닿자 피로가 씻겨 내려가듯 저절로 나른한 한숨이 터져 나왔다.

카이훤이 가까이 다가와 일레나의 젖은 머리카락을 말려주었다. 일레나는 잠자코 남편의 손길을 느끼다 중얼거렸다.

"……설마 왕이 그런 결정을 할 줄은 몰랐어요."

왕성을 벗어나기 전, 그녀는 연회장을 잡아먹었던 거대한 웅성거림을 떠올렸다. 모든 건 뒤늦게 연회에 얼굴을 내민 국왕의 한마디에서 비롯되었다.

"북쪽의 이민족을 정벌한 것뿐 아니라, 마왕을 물리친 공로를 인정하여 그에 맞는 상을 내린다."

왕은 느지막이 자리에 나타나선 곧바로 카이흰을 단상 앞으로 불러들였다. 그러곤 그에게 훈장과 영지를 수여했다.

연회장은 크게 술렁였다.

마왕을 물리친 공로. 소문은 이미 퍼져 있었지만, 고작 소문과 왕의 입에서 나온 공식적인 말은 그 무게가 달랐다. 연회장 전체로 동요가 퍼져 나갔다.

그러나 거기서 끝이 아니었다.

이어서 왕은 더 큰 폭탄 발언을 던졌다.

"또한 카이흰 메이하드 공작을 레메테우스 1세의 자손으로 인정함을 이 자리에서 공표한다."

그리고 이번에야말로 연회장은 진짜 폭탄이라도 떨어진 것 같은 반응을 보였다.

레메테우스 1세.

그는 과거 성검의 주인이었고, 지금은 사라진 제국을 건국했던 인물이며, 현 왕조의 조상이었다.

마지막이 중요했다. 즉 저 말은 카이흰을 당장 왕가의 핏줄로 인정하겠다는 말이나 다름없었다.

일레나는 그제야 왕이 연회에 왜 이토록 늦게 모습을 드러냈는지 알 수 있었다.

평소처럼 태연한 표정을 고수한 왕녀와 달리, 왕의 왼쪽에 앉은 왕세자는 금방이라도 터질 듯한 화를 간신히 참는 것처럼 얼굴을 붉으락푸르락 물들이고 있었다. 아마 직전까지 왕세자와 실랑이를 벌이느라 시간이 지체된 것이 아닐까. 왕의 결정에 게거품을 물고 반대하는 왕세자의 모습이 선명하게 눈에 그려지는 것 같았다.

어쨌거나 연회장에 입장하자마자 카이휜을 보고 눈을 부릅뜨던 것부터, 왕의 말이 이어지는 내내 주먹을 꾹 쥐고 몸을 부들부들 떨던 것까지. 왕세자가 보여주었던 꼴은 꽤 즐거운 구경거리였다.

그런 만큼 여전히 왕의 결정은 뜻밖이었지만.

"달라지는 건 없을 겁니다."

카이휜이 수건으로 일레나의 머리카락에 남은 물기를 닦아주며 대답했다.

"난 여전히 여기 있을 테니까요. 부인과."

왕은 카이휜의 혈통을 왕가로 인정하는 발언을 했지만, 그를 성으로 불러들이겠단 말은 하지 않았다. 어차피 그런 명령이 떨어져도 카이휜이 불복했을 테지만.

일레나가 몸을 돌려 카이휜을 마주 보았다.

"알아요. 당신이 날 두고 어디 가지 않을 거라는 거."

"……."

"당신이 나 없이 어떻게 살아요?"

짓궂게 말했지만 반대의 경우도 마찬가지였다.

일레나 역시 이제 카이휜이 없는 삶은 상상하기 어려웠다. 이 온기, 이 시선, 이 감정을 잃은 삶. 적어도 그건 삶이라는 이름을 붙일 수 있을 만큼 멀쩡한 형태는 결코 아닐 것이다.

문득 그녀가 살아온 지난 세월이 의아해졌다.

대체 어떻게 살았을까. 이 사람을 만나지 않고, 이 시선을 모르는 채로. 일 년도 채 지나지 않은 일인데 마치 이전 생인 것처럼 까마득하게 느껴졌다.

일레나는 카이휜의 매끄러운 뺨을 매만지다가 기습적으로 쪽 입을 맞췄다. 별생각 없이 한 행동이었다. 마침 남편의 뺨이 입을 맞추기에 너무 좋게 생겨서.

카이휜의 눈동자 색이 살짝 짙어졌다.

그가 일레나의 어깨를 감싸 끌어당기려는 순간, 일레나가 별안간 침대에서 벌떡 일어섰다.

"카이휜."

어정쩡하게 허공에 뜬 남편의 손을 발견하지 못한 그녀가 밝게 말했다.

"그러고 보니, 오늘 우리 연회에서 춤을 안 췄잖아요."

카이휜이 아쉬운 손을 내리며 고개를 끄덕였다.

"네."

테라스에서 대부분의 시간을 보내느라 춤 같은 걸 출 틈이 없었다.

"당신, 춤춰봤어요?"

"……아뇨."

"배운 적은?"

"있습니다."

"그럼 나랑 춤출래요? 지금 여기서."

침실은 두 사람이 손을 잡고 폴짝폴짝 뛰어다녀도 될 만큼 넓었다. 사실 장소가 좁아도 상관없었다. 춤은 여러 종류가 있었다. 예를 들어 남녀가 딱 붙어서 추는 블루스라면, 그저 두 사람이 발 디딜 공간만 있어도 충분하다.

카이휜은 일레나의 갑작스러운 제안에 순순히 몸을 일으켰다. 그는 이런 식의 전개에 단련될 대로 단련되어 있었다.

그때 무슨 아이디어가 떠올랐는지 일레나가 분홍색 눈을 반짝였다.

"그냥 추면 재미없으니까."

협탁으로 쪼르르 이동한 그녀가 물잔에 물을 채웠다. 그러더니 그 물잔이 마치 와인 잔이라도 되는 것처럼 들고 벽에 비스듬히 기대섰다.

"이건 어때요? 여긴 연회장이고, 당신은 나와 오늘 이 자리에서 처음 만난 거예요."

일레나가 손목을 이용해 물잔을 가볍게 돌리며 말을 이었다.

"그리고 나한테 첫눈에 반한 당신이 춤을 신청하는 거죠."

쉽게 말해 상황극을 하자는 이야기였다.

카이휜은 대답 없이 잠시 일레나를 응시하더니, 이내 걸음을 옮겨 그녀에게 다가갔다. 이윽고 한 걸음 간격을 남기고 멈춰 선 그가 일레나에게 손을 내밀었다.

"……아까부터 줄곧 지켜봤습니다."

"어머."

"부디 제게 그대와 첫 춤을 추는 영광을 주시겠습니까?"

일레나는 눈을 깜박였다.

잘하는데?

어색한지 귓가가 약간 붉긴 했지만, 이 정도면 합격점이다.

"근사한 신사분의 요청이라면, 기꺼이."

이어 일레나가 물잔을 내려놓고 카이휜의 손에 그녀의 손을 얹었다. 두 사람이 손을 잡고 천천히 침실 가운데로 이동했다. 푹신한 카펫이 발에 밟혔다.

카이휜은 생각보다는 일레나를 능숙하게 리드했다. 서툰 부분이 전혀 없는 건 아니었지만, 이만하면 처음치곤 수준급에 가까웠다.

일레나는 카이휜의 탄탄한 어깨와 팔을 느끼다가 속삭였다.

"잘생긴 신사분, 춤을 정말 잘 추시네요."

"……과찬이십니다."

"왠지 다른 것도 잘하실 것 같은데."

은근한 목소리가 침실에 내리깔리는 순간 카이휜이 발을 멈췄다. 일레나가 그의 발등을 밟았다. 카이휜이 당황한 얼굴로 입을 열었다.

"죄송합니다."

"왜 신사분께서 사과하세요? 발을 밟은 건 난데."

물론 카이휜이 갑자기 멈추지 않았다면 일레나가 그의 발을 밟는 일도 없었을 것이다.

"계속 출까요?"

그녀의 말에 잠시 중단되었던 춤이 다시 이어졌다. 그러나 카이휜의 동작이 어딘지 전보다 좀 더 뻣뻣했다. 일레나는 배어 나오는 웃음을 참으며 천연덕스럽게 말을 꺼냈다.

"혹시 조금 전 제 말을 오해하신 건 아니죠? 전 단지, 몸이 워낙 탄탄하시니 승마나 검술을 잘하실 것 같단 이야기였어요."

"……네."

"잘하시나요?"

"남들 하는 만큼 할 뿐, 대단한 재주는 없습니다."

"겸손하시네요."

"아닙니다."

정말 처음 만난 사이에 할 법한 대화를 나누고 있기 때문일까. 두 사람 사이에 미묘하고 은근한 긴장이 내려앉았다. 물론 첫 만남치곤 일레나의 태도가 다소 짓궂긴 했지만.

춤은 계속 이어졌다. 슬리퍼 바닥이 카펫을 밟는 소리, 치맛자락이 일레나의 정강이를 스치는 소리 같은 것이 들렸다.

적절히 간격을 두고 춤을 추던 카이휜이 도중에 일레나를 바짝 끌어당겼다. 춤 동작 중 하나였다. 일레나는 순순히 카이휜에게 끌려갔다. 상대의 품에 밀착하듯 안기자 카이휜의 심장 박동 소리가 선명하게 들렸다.

일레나가 입술을 달싹여 뜨거운 숨을 흘렸다. 숨결이 닿은 단단한 몸이 움찔 반응했다.

두 사람의 몸이 다시 멀어졌다. 일레나가 고개를 들어 카이휜을 올려다보며 말했다.

"궁금한 게 있는데, 왜 제게 춤을 신청하셨나요?"

"……첫눈에 반했습니다."

처음 설정한 상황을 착실하게 지키는 카이휜을 보며 일레나가 눈을 살짝 휘었다.

"그래요? 제 어디에 반하셨는데요?"

일레나의 목소리에 장난기가 어렸다. 그녀는 이 예고되지 않은 질문이 남편을 당황하게 할 거라고 생각했다. 그러나 카이휜은 의외로 주춤

하거나 곤란한 기색 없이 차분하게 대답했다.

"……눈."

눈? 눈동자 색을 말하는 걸까. 일레나가 무심코 생각할 때 카이휜의 말이 이어졌다.

"입술, 어깨, 머리카락, 목소리……."

"……."

"서 있는 모습."

"……."

"잔을 들고 계신 모습도 좋았습니다. 제 손 위에 당신의 손을 얹어주실 때…… 그때도 반했습니다."

"세상에."

일레나가 입을 벌려 진심으로 탄성을 뱉었다. 뺨이 홧홧했다.

"잘도 그런 말을."

"……물어보시기에."

일레나의 눈이 가느스름해졌다.

당황하는 반응을 보려고 했던 건데 이렇게 받아쳐 버리면 이쪽도 은근 오기가 생긴다.

그녀는 춤을 이어가며 남편을 놀릴 다른 주제를 생각했다. 다행히도 금방 적절한 주제를 찾을 수 있었다.

"잘생긴 신사분, 혹시 알고 계신가요?"

"……?"

"신사분은 제가 지금껏 본 사람 중 가장 근사한 외모를 지니셨어요."

"……감사합니다."

"어떤 기분이에요?"

"네?"

"그렇게 잘생기면 기분이 어떤지 궁금해요."

일레나의 입술 끝이 의기양양하게 올라갔다. 이번에야말로 남편을 당황시키기에 모자람이 없는 질문이라고 여기는 듯했다.

그녀의 기대대로 카이휜은 잠시 멈칫하는 기색을 보였다. 이내 그의 입이 열렸다.

"마음에 드십니까?"

"응?"

"제 얼굴이 마음에 드시는지 알고 싶습니다."

"……나한테 묻는 거예요? 나야 당연히 마음에 들죠. 잘생긴 걸 싫어하는 여자도 있나."

"그럼 기쁩니다."

"네?"

"어떤 기분이냐고 물으셨죠. 기쁩니다."

"……그러니까 그 말은, 내 마음에 드는 잘생긴 얼굴이라 기쁘다는 뜻이에요?"

"네."

일레나에게서 헛웃음이 흘러나왔다. 할 말이 없었다. 설마 이런 대답을 내놓다니.

"조금 전부터 진짜, 잘도……."

"일레나?"

"제가 신사분께 이름을 알려 드린 적이 있던가요?"

일레나가 시치미를 떼며 대답했다. 아직 상황극이 끝나지 않았다는 의미였다.

카이휜은 일레나의 대꾸에 답을 고르는 기색으로 침묵하다 입을 열었다.

"실례했습니다. 그대를 보니 얼마 전에 본 초상화가 떠올라, 무심코 그 작품의 속 인물의 이름으로 불렀습니다."

"초상화요? 누구 초상화?"

"여신을 그린 초상화였습니다."

일레나의 발이 카이휜의 발을 세게 밟았다. 이번엔 카이휜이 실수한 것이 아닌 명백히 그녀의 과실이었다.

"……미안해요."

"아닙니다."

"당신, 대체……."

"예?"

"……."

왜 그렇게 대처를 잘해요?

어디서 배웠을 리도 없는데, 타고났나?

일레나는 하고 싶은 말을 꾹 참고 카이휜을 올려다보았다.

그래. 기왕 시작한 거, 허무하게 끝을 볼 순 없지. 이 전개의 마지막 은…….

"이름 모를 신사분. 저와의 춤이 첫 춤이라고 하셨죠?"

"그렇습니다."

"부탁이 있는데, 당신의 첫 춤뿐 아니라 다른 처음도 제게 주실래요?"

"어떤……."

일레나가 카이휜을 밀었다. 단련된 몸이 아무런 저항 없이 뒤로 밀렸다. 곧 카이휜이 침대 위로 쓰러지자 일레나가 그의 위로 올라타 어깨를 붙잡고 눌렀다. 입술이 가볍게 맞닿았다가 떨어졌다.

"이런 처음."

"……."

"당신의 모든 걸 나한테 줘요. 가지고 싶어졌어요."

"기꺼이 드리고 싶지만……."

카이휜이 일레나의 몸을 끌어안았다. 억센 팔로 가느다란 허리를 품에 가두며 입을 열었다.

"우리, 오늘 처음 만난 겁니까?"

"……그렇죠."

"그럼 저도 바라는 것이 있습니다."

"……."

"저와 혼인을 전제로 정식으로 교제해 주십시오. 그럼 제가 가진 전부를 드리겠습니다."

일레나가 입을 작게 뻐끔거렸다. 이내 웃음이 터졌다.

"성실하신 분이네요."

아무 관계도 아닌 사람과는 잠자리할 수 없다는 걸까. 첫눈에 반했다면서.

어쩐지 남편다웠다. 만약 정말로 이런 상황에서 처음 만났다면, 지금처럼 흘러갔을지도 모르겠단 생각이 들었다.

"좋아요."

일레나가 허락의 말을 입에 담았다.

"정식으로 교제해요. 오늘부터 만나는 걸로."

"……."

"그럼, 이제 받고 싶은 걸 받아도 될까요?"

카이휜이 몸을 뒤집었다. 일레나를 아래에 깔고 그가 위에서 내려다보는 자세가 되었다. 입술이 만났다. 누가 먼저랄 것 없이 서로의 손이 뜨겁게 달아오른 몸에 닿았다.

은은하게 방을 밝히던 등이 꺼졌다. 가쁜 숨소리가 어둠에 잠긴 침실을 채웠다.

눈을 떴을 때, 일레나는 크고 화려한 문 앞에 서 있었다.

"아가씨, 이제 문을 열 거예요."

누군가가 그녀에게 말을 걸었다. 익숙한 목소리에 고개를 돌리자 메리의 얼굴이 보였다.

"……메리?"

"괜찮으세요?"

그녀는 못내 걱정스러운 눈치로 일레나를 응시했다.

"혹시 너무 긴장되시면, 잠깐 쉬었다가 들어가실래요? 그래도 될 거예요. 식이 좀 지체되긴 하겠지만 몸이 안 좋다고 얘기하면……."

"식?"

저게 대체 무슨 말인가 생각하던 일레나는 곧 그녀가 어떤 차림새를 하고 있는지 깨달았다.

눈처럼 하얀 순백의 드레스. 어깨와 등을 타고 조금은 거추장스럽게 흘러내리는 면사포.

'꿈이구나.'

신전에서 처음 결혼식을 올릴 때의 꿈이다.

일레나가 시선을 앞으로 돌렸다. 왜 갑자기 이런 꿈을 꾸는지는 모르겠지만, 그럼 지금 저 문 너머에는…….

"아가씨?"

일레나는 메리의 부름에 대답하지 않고 직접 문으로 손을 뻗었다. 그러자 메리가 얼른 나서서 문을 열었다.

문이 열리고 일레나가 식장 안으로 들어섰다.

역시.

정해진 운명처럼 새파란 바다가 그녀의 시선을 사로잡았다.

아버지 소르테 백작이 다가와 일레나의 손을 쥐었다.

일레나는 예식복을 갖춰 입고 가면을 쓴 카이휜에게 천천히, 한 걸음씩 다가갔다.

남편은 말없이 그 자리에 서서 점점 가까워지는 그녀를 보고 있었다. 가면을 쓴 탓에 표정은 확인할 수 없었다.

일레나는 카이휜에게 다가가는 내내 그에게서 눈을 뗄 수 없었다. 마치 붙잡힌 것처럼 그의 파란 눈동자에서 시선을 돌리지 못했다.

심장이 쿵쿵 뛰고 귀 주변으로 미세하게 열이 올랐다. 물을 마시고 싶은 건 아닌 것 같은데 목이 조금 탔다.

지금 이건 현실에서 꿈을 꾸는 '자신'이 느끼는 감정일까? 그게 아니라면…….

"일레나, 아무리 신기해도 그렇게 구경하듯 쳐다보면 실례야."

가까이 멈춰 서서 카이휜을 쳐다보자 들러리를 서주던 미엘르가 작게 속삭이는 소리가 들렸다. 일레나는 그 목소리를 한 귀로 흘렸다. 그러곤 카이휜에게 손을 뻗었다. 움찔하는 그를 붙잡고는 그대로 끌어당겨 가면 아래로 드러난 입술에 입을 맞췄다.

"……!"

"일레나!"

주변의 경악 속에서 일레나는 뻣뻣하게 굳은 남편의 입술 틈으로 혀를 집어넣었다. 새파란 눈을 마주한 순간부터 목을 태웠던 갈증이 마침내 사그라졌다.

아, 알겠다. 왜 이런 꿈을 꾸는지.

이 꿈이 그녀에게 알려주려는 건…….

어스름한 새벽빛이 침실을 물들였다.

일레나는 눈을 여러 번 깜박거렸다. 깜박이는 횟수가 늘어날수록 시야가 점점 선명해졌다. 이내 곤히 잠든 남편의 얼굴이 또렷하게 보였다. 일레나는 말없이 단정한 얼굴을 눈에 새겼다.

까만 머리카락이 흐트러진 흰 이마. 눈 아래 그림자를 만들어내는 길고 촘촘한 속눈썹. 균형 잡힌 코.

말랑할 것 같은, 아니, 실제로 부드러운 입술.

"당신, 그거 알아요?"

하나하나 시야에 새겨 넣은 일레나가 입을 벌려 작게 속삭였다.

"난 어디서 어떤 식으로 만났든 무조건 당신을 좋아하게 됐을 거예요."

왜냐면 첫눈에 반했으니까.

일레나는 기억을 더듬었다.

이제 알았다. 남편을 처음 보았을 때. 식장에서 바다를 발견했을 때부터, 이미 그녀는 상대에게 사로잡혔다. 다만 깨닫지 못한 채 지내왔던 것뿐이다.

일레나가 입술 새로 푸스스 웃음을 흘렸다.

이전에 지나가듯 한 번쯤 고민해 봤던 적이 있었다. 대체 언제부터 남편이 그녀의 마음에 들어오게 된 걸까, 하고.

정확히 답을 내리기 어려워 그냥 넘겨 버렸던 의문인데, 지금 와서 정답을 알게 되다니. 그것도 꿈 덕분에.

'첫눈에 반한 건 나였구나.'

지난밤 충동적으로 했던 상황극과 현실은 반대였다. 어쩌면 그 상황극 덕분에 이런 꿈을 꾸게 된 걸지도.

일레나는 생각에 잠겨 카이휜의 얼굴로 손을 뻗었다. 그런데 그때, 자는 줄 알았던 상대가 눈을 떴다.

새파란 눈이 일레나를 속박하는 순간 카이휜이 그녀의 손을 붙잡고 그에게로 끌어당겼다. 단단한 품에 안기자마자 일레나의 귓가로 숨결이 떨어졌다.

"……나도."

"……."

"어떻게 만났든 반드시 사랑하게 되었을 겁니다. 부인을."

숨결과 함께 내려앉은 목소리가 무척 달았다. 일레나는 눈을 감고 다부진 품으로 더욱 깊게 파고들었다.

아늑한 새벽이었다.

바르테즈는 머리가 터질 것 같았다. 밤새 화를 삭여보려 노력했으나 크게 소용이 없었다.

결국 그는 다음 날 아침이 밝자마자 국왕을 찾아갔다. 기별조차 넣지 않고 막무가내로 방문했으나 왕성의 사용인은 왕의 사랑을 받는 왕세자를 막아서지 않았다.

"바르테즈, 무슨 일이냐?"

"아버지!"

국왕의 집무실로 들어서자마자 왕세자는 언성을 높였다. 그가 평소 왕의 넘치는 사랑 아래에서 얼마나 오냐오냐 지냈는지 알 수 있게 해주는 대목이었다.

"아무리 참아보려고 해도 도저히 받아들일 수 없습니다. 취소해 주세요!"

"뭘 말이냐."

"아시지 않습니까? 어찌 그따위 괴물을 왕가의 사람으로……!"

국왕은 그와 그의 정비를 반씩 빼닮은 아들의 얼굴을 빤히 쳐다보았다. 그는 사랑하는 정비가 건강을 해치는 것을 감수해 가며 낳은 아들을 무척 아꼈지만, 이럴 때면 어쩔 수 없이 머리가 지끈거리고 한숨이 새어 나왔다.

국왕이 미간을 꾹 눌러 짚으며 입을 열었다.

"왕세자."

왕이 바르테즈를 이름이 아닌 직위로 부를 때는 주로 그를 나무랄 때였다. 왕세자가 찔끔하며 기세를 죽였다.

"내 어제도 누누이 말했던 것 같은데. 메이하드 공작이 마왕을 죽인 이상 왕가는 더는 그와 반목해선 안 된다고."

"마왕을 죽인 게 정말 확실한 겁니까? 헛소문일 수도……."

"헛소문?"

왕이 미간에서 손을 떼어냈다. 주름이 잔뜩 잡혀 있었다.

"대체 어떻게 그걸 헛소문이라고 주장할 셈이냐?"

"그건."

"목격자는 어쩔 것이고, 페넬 영주성에 남은 흔적은? 또, 성검은?"

성검이란 말에 왕세자의 입술이 딱 붙었다.

국왕은 과거 왕세자가 성검을 두고 카이휜과 경쟁했다가 패했다는 걸 알고 있었다.

"하물며 난 마왕의 시체를 직접 봤다. ……그건 진짜였어."

왕의 얼굴에서 핏기가 옅어졌다.

그는 외부에 알리지 않고 몰래 페넬 영주성을 방문했었다. 마왕이 나타났고, 그가 죽었다는 소식이 정말인지 궁금했기 때문이다. 그리고 그곳에서, 페넬 백작이 왕에게 보여주기 위해 처리하지 않고 남겨둔 마왕의 시체를 봤다.

국왕은 눈을 질끈 감았다. 속이 좋지 않았다. 이미 숨이 멎은 것을 눈에 담는 것뿐인데도 다리가 후들거렸다. 메이하드 공작이 이런 것을 죽였다는 사실이 뒤늦게 그의 머리를 사정없이 때렸다.

왕은 생각했다. 최악이다.

"우리가 소문을 인정하든, 인정하지 않든 메이하드 공작은 마왕에게서 세상을 구한 영웅이 될 것이다. 그건 막을 수 없어."

소문이 진작 국경을 넘었을 것은 불 보듯 뻔했다. 민간에 퍼진 소문이란 하물며 왕이라 해도 단속할 수 없었다.

"타국이 메이하드 공작을 탐낼 수도 있다. 최고의 조건을 내밀며 그를 데려가려 할 수 있어. 적의 선봉에 선 공작을 상상해 봐라!"

국왕은 꽉 움켜쥔 주먹을 책상에 붙이고 떨었다. 카이휜이 악의를 품고 망명하는 순간 그의 나라는 끝이다.

이전에는 타국도 카이휜의 소문과 얼룩 때문에 그를 꺼렸을지 모르나, 이제는 완전히 반대가 되었다. 공작이 떠난다면 막을 수 없을 것이고, 그때는…….

"왕세자. 네가 공작에게 저질렀던 지난 행위를 벌하지 않는 것만으로도 감사히 여겨라."

국왕은 어떻게든 카이휜을 그의 사람으로 붙들어놔야 했다. 그래서 선택한 것이 그를 까마득한 왕실 선조의 자손으로 인정하는 것이었다.

'국혼으로 묶을 수 있다면 더 좋았을 테지만.'

카이휜이 결혼한 상태만 아니었어도 국왕은 왕녀와 그의 혼사를 추진했을 것이다.

'재혼이어도 크게 상관없지만…… 공작 부인이 순순히 물러나지 않을 테지.'

국왕은 일레나에게 따라붙은 소문을 떠올렸다. 몇백 년 만에 신성력을 이용해 사람을 살린, 성녀의 후손이라는 소문.

영웅과 성녀.

마치 운명이 짝지어준 한 쌍 같았다. 억지로 갈라놓기란 어려울 터였다. 민심도 나빠질 것이고.

국왕은 잠시 그의 딸 케딜라가 메이하드 공작을 유혹하는 그림을 그려보았으나 곧 고개를 저었다.

자식이니 잘 알았다. 왕녀에겐 그런 재주가 없었다. 설령 있다고 해도 왕녀의 성정상 명령을 따르려 하지도 않을 것이다.

결국 왕은 최선의 선택을 했다. 번복할 순 없었다. 국왕이 차게 식은 눈으로 아들을 응시하며 더는 상대해 주지 않겠다는 양 손짓했다.

"나가보아라."

"아버지."

"나가라는 말이 들리지 않느냐? 그리고 명령이다. 더는 이 문제로 왈

가왈부하지 마라."

냉정한 말에 왕세자의 턱에 힘이 들어갔다. 이를 악물었으나 마음을 굳힌 국왕에게 이 이상 반항할 순 없었다.

"……물러가겠습니다."

잠시 후 처소로 돌아온 왕세자가 발작적으로 소리를 질렀다.

"빌어먹을! 아악!"

와장창, 쾅!

그가 처소에 있는 물건들을 손에 닿는 대로 집어 던지고 발에 닿는 대로 걷어찼다. 깨지고 부서지는 소리가 넓은 처소에 한동안 끊이지 않고 울렸다.

"헉, 헉."

왕세자는 체력을 대부분 소진하고 나서야 패악을 멈췄다. 쌕쌕거리며 거친 숨을 뱉어내는 그의 잇새로 욕설이 섞여 나왔다.

"젠장, 제기랄……."

그의 머릿속에 카이휀의 얼굴이 떠올랐다. 왕세자의 낯이 패배감으로 얼룩졌다.

왕세자는 카이휀을 상대로 항상 우월했다. 그렇게 생각했다. 상대를 자신보다 못하다고 생각해 막 대하고 깎아내렸던 그의 언행은 언제나 진심이었다.

그런데 지금은? 하루아침에 어떻게 되었지?

저주받은 괴물이라고 비웃었던 공작은 갑자기 세상을 구한 영웅이 되었고, 용모 또한 어떻게 된 일인지는 몰라도 다른 사람처럼 달라졌다. 그뿐인가? 그러고도 모자라 이젠 왕가의 사람으로 정식 공표되기까지 했다.

왕세자는 이제 혈통으로도 카이휜을 이길 수 없었다. 발아래 있다고 생각했던 상대가 갑작스럽게 그와 동등해졌다. 아니, 사실 많은 면에서 왕세자가 카이휜보다 몇 수 뒤처졌으나 왕세자는 절대 인정하지 않았다.

"이딴 건 말도 안 돼. 절대 인정 못 해……."

왕세자가 손톱을 물어뜯으며 중얼거렸다.

왕성의 법도에 따라 그는 앞으로 카이휜에게 함부로 말을 놓을 수도 없었다. 끔찍했다.

"어떻게 그딴 괴물 놈에게……."

손톱을 엉망으로 만들어놓던 왕세자가 멈칫했다. 불시에 그의 머릿속에 떠오른 건 다름 아닌 일레나의 얼굴이었다.

"……."

전날 왕성 연회장에서 보았던 일레나의 모습이 머리 한구석을 가득 채웠다. 반짝거리는 은발을 늘어뜨리고, 연노란색 드레스를 입은 채 눈매를 접어 웃어주던 모습.

사실 카이휜의 얼굴을 보고 경악하던 왕세자를 비웃는 웃음이었으나, 그런 세세한 속사정까진 알지 못했다.

왕세자는 마른침을 삼켰다.

아름다웠다.

'원래 그렇게 예뻤었나?'

과거의 인상이 흐릿해질 만큼 연회장에서 본 일레나는 눈이 부셨다.

문득, 카이휜이 출정으로 자리를 비운 사이 일레나를 유혹하려 했던 지난 계획이 생각났다. 재수 없게 넘어져 머리를 다치는 바람에 실행에 옮기지 못했던.

아쉽다. 왕세자는 뒤늦게 그때의 일이 무척 아쉬워졌다.

입맛을 다시며 걸터앉은 침대를 손끝으로 톡톡 두드리던 그가 이내 시종을 불렀다.

"가서 편지지와 펜, 꽃을 좀 가져오너라."

왕세자가 보낸 편지를 읽지도 않고 벽난로에 태운 후, 동봉된 꽃은 말여물 사이로 던져 버린 일레나가 산처럼 쌓인 다른 편지들을 뜯었다.

왕성에서 열린 축하연은 열흘간 이어졌다. 그리고 축하연이 끝나자마자 메이하드 공작성으로 서신이 쏟아지기 시작했다.

대개 비슷한 내용이었다. 자기네 성이나 저택에서 열리는 모임 및 연회에 공작 부부를 모시고 싶다는 초대장.

그들은 정성을 다한 문장으로 그들이 얼마나 극진하게 두 사람을 대접할 준비가 되어 있는지 구구절절 알렸지만, 일레나는 그중 어떤 편지에도 답장하지 않았다. 의도가 너무 투명했으니까.

'이 가문 그리고 저 가문도…… 전부 전에 남편의 소문을 들먹이며 시시덕거렸던 곳이잖아.'

우습지도 않았다.

일레나는 결혼 전 간혹 참석했던 사교 모임에서 유독 목소리가 컸던 몇몇을 기억했다. 거리낌 없이 남편을 '괴물'이라고 지칭하고 낄낄거리던 그 얼굴들.

당시 카이휜의 소문에 별반 관심도 없었던 일레나의 기억에 남을 만큼 큰 목소리로 저주니 어쩌니 크게 떠들어놓고, 이제 와서 이런 초대장이나 보내다니.

"하긴, 애가 타긴 하겠지."

일레나가 중얼거리며 양손으로 편지 끝을 잡았다.

앞장서 조롱하고 헐뜯었던 상대가 하루아침에 왕족이 되었다. 손이 벌벌 떨리고 잠을 못 이룰 이들이 어디 한둘일까. 지금도, 이렇게 초대장을 보내놓고서 얼마나 초조해할지.

'알 바 아니지만.'

통쾌하다면 통쾌한 일이었다.

찌이익.

일레나는 편지를 반으로 찢은 후 책상 구석에 대강 올려놓았다. 저렇게 한 더미로 쌓아두면 나중에 방을 치우는 하녀가 한꺼번에 가져가서 난로에 던져 넣을 것이다.

'한동안 땔감 부족할 일은 없겠네.'

그렇게 생각하며 일레나가 아직 발신인을 확인하지 않은 편지를 눈으로 훑었다.

"응?"

이내 시선이 한 부분에서 멈췄다.

마왕의 시체가 사라진 사실을 일레나에게 숨기려다 들킨 후 매일같이 반성문을 보내는 페넬 백작의 편지 옆, 익숙한 이름이 보였다.

……혹시 잘못 본 것은 아닐까.

일레나가 희미한 기대감을 안고 조심스럽게 편지를 헤집었다. 이내 그녀의 입에서 고민 섞인 탄식이 흘러나왔다.

"카이휜."

산책 도중 일레나가 남편을 불렀다. 카이휜의 시선이 바로 그녀에게 이동했다.

"궁금한 게 있어요."

"네."

"데넌 트레시스…… 아니, 밀리스토 경 말이에요. 혹시 당신이랑 많이 친해요?"

'밀리스토'를 입에 올릴 때 일레나가 약간 주춤했으나 카이휜은 이상한 점을 알아채지 못한 것 같았다.

"많이 친하다는 표현을 쓸 정도는 아닙니다."

"친분이 있는 건 맞고요?"

"아마도요."

"대답이 애매한데요?"

"음…… 북쪽 경계선에 있을 때 데넌이 유독 지시를 잘 따르곤 했습니다."

이름으로 부르는구나. 일레나는 한 가지 사실을 깨달았다. 하긴, 연회장에서도 이름을 불렀지.

"어쨌든 같이 있는 동안은 잘 지냈단 거네요."

"네."

카이휜은 대답한 후 일레나의 얼굴을 살폈다.

"혹시 무슨 일이 있습니까?"

"아뇨, 일이라고 할 것까진 아닌데……."

갈등하던 일레나가 입을 벌렸다. 결심이 서린 목소리가 공기 중으로 흩어졌다.

"조만간 당신 손님이 올 것 같아요."

데넌은 가까운 시일 내에 공작성에 방문해도 되겠냐는 말을 무척 정중한 어투로 편지에 적어 보냈다. 편지를 읽은 일레나는 고민했지만, 답은 정해져 있었다.

"방문을 허락해 주셔서 감사합니다."

"뭘."

'어차피 내 손님도 아닌데.'

데넌 밀리스토는 남편과 인연이 깊었다. 공작성에 방문 의사를 밝힌 건 당연히 남편을 보기 위해서일 것이다.

'내가 오지 못하게 하는 것도 이상하지.'

그리고 애초에 그럴 이유도 없었다. 남편을 잘 따르는, 보는 눈이 똑바로 박힌 성실한 청년. 꺼리는 것이 오히려 부자연스럽다.

연회장에서 봤을 때보다 간편한 차림새의 데넌은 이번에도 긴 흑갈색 머리카락을 하나로 단정히 묶고 있었다. 여러모로 겉모습은 반듯하단 느낌이 들었다.

"집사가 머물 방을 안내해 줄 거야. 식사가 준비되면 사람을 올려 보낼 테니 내려오게."

"네, 배려에 감사드립니다."

짧은 만남에 감사 인사를 두 번이나 들었다. 일레나는 벤을 뒤따르는 데넌에게 오래 시선을 주지 않고 돌아섰다.

그런 바람에 데넌의 시선이 뒤늦게 그녀에게 향했다는 사실은 알지 못했다.

※※ ✦ ※※

만찬은 평탄하게 진행되었고, 그날 하루는 평범하게 지나갔다. 일레나는 남편의 손님으로 성에 방문한 데넌을 거의 신경 쓰지 않았다.

……아니, 신경 쓰지 않으려 했다. 충분히 그럴 수 있었을 것이다.

'뭐지?'

성을 거닐다 시시때때로 데넌과 맞닥뜨리지만 않았다면.

'왜 자꾸 만나?'

심지어 만날 때마다 눈이 마주쳤다. 마치 데넌이 일레나 주변을 얼쩡거리며 그녀를 지켜보기라도 하는 것처럼…….

'설마.'

아니겠지. 상대에게 그럴 이유가 뭐가 있단 말인가.

'착각일 거야.'

일레나는 명쾌하게 답을 내렸다. 우연의 일치일 것이다.

그러나 그런 그녀의 답을 비웃는 것처럼, 그날 오후 데넌이 일레나에게 먼저 말을 걸었다.

"공작 부인, 드릴 말씀이 있습니다."

'뭘까.'

일레나는 응접실에 앉아 불안한 기색을 숨기려 노력하며 데넌을 쳐다보았다.

"잠깐만 시간을 내주실 수 있겠습니까? 부디 부탁드립니다."

데넌은 진지한 얼굴로 말했다. 워낙 정중히 청해 거절할 수가 없었다. 불편한 침묵을 견디던 일레나가 문득 밝은 목소리로 말했다.

"남편과 관련된 일인가?"

"아닙니다."

희망이 꺼졌다.

일레나는 왜 아니냐고 따져 묻고 싶은 것을 꾹 참았다.

남편에 관한 이야기도 아니다. 그럼 저에게 할 말이 대체 뭐가 있다는 거지? 데넌은 잠깐만 시간을 내달라고 한 주제에 좀처럼 입을 열지 않았다.

일레나가 그를 재촉하기 직전 데넌이 목소리를 냈다.

"죄송합니다. 긴장이 되어서……."

거짓말이 아닌지 그는 연거푸 주먹을 쥐었다 폈다 했다. 덕분에 일레나도 긴장이 되었다. 별로 좋지 못한 의미의 긴장이었다.

'왜?'

불안이 크기를 키웠다.

'왜 긴장이 되는데?'

무슨 말을 하려고?

불길한 상상이 머리를 스치고 지나갔다. 일레나는 고개를 흔들고 싶었다. 아니겠지. 아닐 것이다. 아니어야만 했다.

그때 데넌이 말을 꺼냈다.

"왕성 연회 이후 내내 고민했습니다."

"……."

"쉽게 꺼내서는 안 되는 말이고, 실례가 될 수 있다는 걸 알아 계속 망설였지만……."

잠깐. 서두가 너무 심상치 않았다. 일레나의 사고가 거침없이 흘러갔다.

그러고 보니, 이제는 오지 않을 미래에서 그녀는 데넌 밀리스토와 어떻게 이어졌던 걸까? 앤다이든이 징검다리 노릇을 해줬을 거라는 것까진 쉽게 짐작할 수 있었다. 애초 일레나는 앤다이든에게 데넌을 소개받을 뻔했으니까. 그녀가 없던 일로 만들었지만.

'설마…….'

일레나의 눈이 흔들렸다.

남녀가 소개받았다고 다 잘되는 것은 아니다. 너무나 당연한 이야기였다. 관계가 진전되기 위해서는 보통 양쪽이, 적어도 어느 한쪽은 호감을 보여야 한다. 특히 결혼까지 갈 정도라면 웬만한 호감 정도론 어림도 없을 것이다.

큰 호감, 그러니까 가령 첫눈에 반해 주위 시선이나 환경 따위 아랑곳하지 않고 적극적으로 구애하는 수준의…….

'안 돼!'

일레나는 입술을 달싹였다. 상대의 말을 듣기도 전에 안 된다는 말이 먼저 튀어나올 것 같았다.

데넌이 심호흡했다. 그의 앞가슴이 부풀었다. 일레나의 마음속 불길함도 부풀었다.

"다름이 아니라……."

그때, 말을 이어가려던 데넌이 멈칫하더니 별안간 자리에서 몸을 일으켰다.

"잠깐 실례하겠습니다."

양해를 구한 데넌은 응접실 문가로 이동했다. 잠시 후 닫혀 있던 문이 벌컥 열렸다.

"차를 내왔어요. 늦어서 죄송해요…… 앗!"

다소 성급하게 안으로 들어온 메리가 그만 발을 헛디뎠다. 그녀의 손에 있던 쟁반이 앞으로 기울어졌다.

그러자 데넌이 마치 기다렸다는 듯 움직였다. 그는 한 손으로 쟁반을 받치고, 남은 팔로 넘어지려는 메리의 허리를 단단히 붙들어 지탱했다.

"괜찮습니까?"

"……아, 네, 괜찮아요. 가, 감사합니다."

삽시간에 벌어진 일이라 그런지 얼떨떨해하는 메리를 바르게 세워준 후 데넌이 직접 쟁반을 들고 자리로 돌아왔다.

일레나가 기묘한 표정으로 데넌을 보며 눈을 깜박였다.

방금 메리가 넘어질 거라는 걸 미리 알고 있었던 것 같은데, 착각인가?

일레나의 눈이 가늘어졌다. 그녀가 조금 전의 상황에 대해 자세히 묻기 전, 데넌이 쟁반을 내려놓고 다시 의자에 앉아 입을 열었다.

"계속 말씀드리겠습니다."

그가 긴장한 목소리로 말을 뱉어냈다.

"지난 왕성 축하연 때 공작 부인의 드레스를 만들었다는 하녀를 제 저택으로 데려가고 싶습니다."

일레나가 눈을 휘둥그레 떴다. 아직 응접실에서 나가지 않은 메리의 눈도 큼지막하게 변했다.

"뭐라고?"

"축하연에서 공작 부인의 드레스를 보는 순간 시선을 사로잡혔습니다. 그래서 공작님께 디자이너가 누군지 물었죠. 부인의 하녀가 만든 것이라고 하시더군요."

"……."

"의상실을 개업할 계획인데, 그 하녀를 의상실의 메인 디자이너로 영입하고 싶습니다."

"……그러니까."

일레나는 눈을 깜박거리다 뒤늦게 다시 입을 열었다. 생각지도 못한 말에 찰나 굳었던 머리가 차차 제 기능을 하기 시작했다.

"내 드레스를 만든 하녀를 자네가 디자이너로 데려가고 싶다?"

"그렇습니다."

"……혹시 공작성에 방문한 이유가 이 제안을 꺼내기 위해서인가?"

"네."

데닌에게서 긍정의 답이 떨어지는 순간 일레나의 입이 살짝 벌어졌다. 허탈해지며 잇새로 한숨이 흘러나왔다.

뭐야, 그런 거였…….

'잠깐만.'

머릿속을 저절로 스치는 의문이 있었다.

"실례라며?"

"예?"

"조금 전에 분명 실례가 될 수도 있다고 하지 않았나?"

"쉽게 꺼내서는 안 되는 말이고, 실례가 될 수 있다는 걸 알아 계속 망설였

지만……."

일레나는 데넌이 했던 말을 똑똑히 기억했다. 누가 들어도 뭔가 엄청난 고백이 뒤따를 것 같던 서두였다.

"공작성의 하녀를 디자이너로 영입하고 싶다는 것이 실례가 될 정도의 말인가 궁금해서."

일레나의 혼란과 의문이 뒤섞인 시선에 데넌이 아, 하고 추임새를 뱉고는 대답했다.

"공작님께 들었습니다. 공작 부인께서 어렸을 때부터 줄곧 곁에서 모셔온 하녀라고."

"……."

"그런 사람을 데려가고 싶다고 말하기가 아무래도 고민되었습니다. 불쾌해하셔도 어쩔 수 없다고 생각합니다. 허락해 주지 않으신다고 해도…… 달게 받아들이겠습니다."

데넌이 조심스러운 기색으로 말을 끝맺었다. 그리고 일레나는 마침내 긴장과 경계를 완전히 풀어냈다.

……아하.

"나는 또 뭐라고……. 사랑과 전쟁이라도 시작되는 줄 알았네……."

"예? 실례지만, 방금 뭐라고 하셨습니까?"

"아무것도 아니야. 그나저나 자네 제안 말인데."

긴장한 듯 데넌이 몸을 뻣뻣하게 굳혔다. 일레나는 오해했던 것이 어처구니없기도 하고 약간 민망하기도 해서 조금 빠르게 말을 뱉어냈다.

"내게 허락을 구할 일이 아니라, 당사자에게 의견을 직접 묻는 것이 났겠는데."

"그래도 되겠습니까?"

"되고 말고 할 게 있어?"

"감사합니다."

"말 나온 김에 지금 바로 물으면 되겠네."

"지금이요? 아, 혹시 이 자리로 불러주시겠단 말씀입니까?"

"아니."

데넌이 당황하는 낌새를 내비칠 때 일레나가 말을 이었다.

"이미 여기 있어."

일레나의 시선이 한쪽으로 이동했다. 데넌의 고개가 그녀의 시선을 좇아 자연스럽게 돌아갔다. 그의 은회색 눈이 그 자리에 어색하게 서 있던 메리를 담았다.

"대화해 봐. 난 잠시 자리를 비켜줄 테니까."

메리는 갈팡질팡하며 이틀 가까이 고민했지만, 결국 데넌의 제안을 수락했다. 메리가 떠나기로 한 날 아침, 일레나는 마지막으로 확인했다.

"확실하게 마음 정한 거지?"

"……네. 죄송해요, 마님."

"나한테 왜 죄송해?"

일레나는 디자이너가 되어 이름을 떨치는 메리를 상상해 보았다. 쉽게 그려지진 않았지만, 딱히 어색하거나 이상하단 느낌은 들지 않았다. 메리의 손재주가 탁월하다는 걸 알고 있었기 때문일까. 그래도 설마 이 정도 수준일 줄은 몰랐지만.

'메리 때문에 공작성까지 온 거였다니.'

물론 데넌이 메리를 디자이너로 영입하려는 이유가 온전히 그녀의 실력에만 있지는 않을 것이다.

"의상실 말아먹고 다시 돌아오면 받아주실 거죠?"

"그럼, 자리 비워둘게."

일레나는 그처럼 대답했지만, 내심 그럴 일은 결코 없을 거라고 생각했다.

지금 사교계에서 메이하드 공작 부부는 가장 뜨거운 화제였다. 여기서든 저기서든 매일같이 그들의 이름이 오르내리고 있을 것이다. 보지 않아도 뻔했다.

그런 상황에 일레나의 전속 하녀였던 메리를 메인 디자이너로 내세운 의상실이 오픈한다면? 설령 디자이너의 실력이 엉성하다고 해도 문전성시를 이룰 판에, 메리의 솜씨라면…….

일레나는 피식 웃었다. 제대로 얼굴 보고 대화를 나눠본 것은 이번이 처음이었지만, 데넌에게선 사업가의 수완이 엿보였다.

'드레스가 마음에 들었다는 말도 진심인 것 같긴 했지만.'

메리는 데넌이 응접실에서 무려 한 시간 가까이 그녀가 만든 드레스가 얼마나 아름답고 어떤 점에서 특별하며 어떤 식으로 고객을 사로잡을 수 있는지 설명했다고 했다. 단지 일레나의 유명세만 노리고 메리를 선택한 거라면 그렇게까지 말할 순 없었겠지.

결국 데넌은 의상실 홍보 효과와 실력 있는 디자이너, 두 마리 토끼를 모두 잡은 셈이었다.

데넌의 수완에 딱히 불만이 생기진 않았다. 어쨌든 메리는 지금 기뻐

보였으니까.

　게다가.

　"메리, 의상실 지분이 너한테도 일부 있다고 했지?"

　"네. 정말 파격적인 계약서였어요."

　"2호점, 3호점 개업할 때 연락해. 꽃 보내줄게."

　"어머! 그런 경사가 있을지는 모르겠지만, 그럴게요."

　일레나는 틀림없이 있을 거라고 말하는 대신 조용히 미소 지었다. 메리가 멈췄던 손을 움직여 일레나의 긴 머리카락을 빗어 내렸다. 손길에 아쉬움을 비롯해 복잡한 감정이 담겨 있었다.

　"마님."

　"응?"

　"……제 주인은 언제나 아가씨뿐이에요. 아시죠?"

　일레나는 아가씨라는 호칭을 지적하지 않았다.

　"응, 알아."

　"어디에 있든지 늘 마음으로 모실게요."

　"그래, 나도 마음으로 메리를 변함없이 전속 하녀라고 생각할게."

　"어머나!"

　감격이라는 듯 과장된 탄성을 내뱉은 메리는 그 뒤로도 정돈이 끝난 일레나의 머리카락을 계속 빗겨주었다. 그 바람에 메리가 떠나기로 한 시간이 조금 늦춰졌지만, 누구도 불평하지 않았다.

　"조심히 가."

"도착하면 바로 편지할게요. 개업 날에도 편지하고, 처음 드레스가 팔린 날에도……."

"마음껏 해."

일레나는 메리와 가볍게 포옹했다. 데넌은 한 걸음 떨어진 곳에 묵묵히 서서 두 사람을 지켜보고 있었다.

메리와 작별 인사를 마친 일레나가 데넌과 눈이 마주치자 문득 입을 열었다. 데넌이 이곳에 있는 이유가 그녀가 아닌 메리라고 생각하자 말이 편히 나왔다.

"물을 것이 있는데."

"네, 편히 말씀하십시오."

"혹시 지금 자네를 모시는 하녀 중에……."

일레나는 그녀가 엿보았던 20년 후 미래에서 그녀를 지키고 대신 마수의 발톱에 배를 뚫렸던 하녀를 떠올렸다. 기억을 더듬어 그녀의 외모를 최대한 자세히 설명한 후 일레나가 데넌을 쳐다보았다.

"……이런 하녀가 있나?"

"한 사람 떠오르긴 합니다만……."

"잘해줘. 이유는 묻지 말고."

데넌은 의아해하는 눈치였지만, 이유를 묻지 말라는 일레나의 말에 순순히 따랐다.

"알겠습니다."

"조심히 가."

배웅이 끝났다. 데넌이 허리를 굽히고, 메리는 손수건을 꺼내 들었다. 일레나가 돌아섰다.

이내 자세를 바로 한 데넌이 일레나의 뒷모습을 꽤 오래 쳐다보았지만, 한 번도 뒤돌아보지 않은 일레나는 알지 못했다.

배웅을 마치고 성안으로 들어오자마자 일레나는 침실에서 잠시 낮잠을 청했다.

아닌 척했지만 역시 메리와 영영 떨어진다고 생각하니 기분이 묘했다. 결혼해서 백작저를 떠나올 때 한 번 작별하긴 했었지만 익숙해지진 않았던 모양이다. 어쨌든 덕분에 싱숭생숭해서 전날 잠을 조금 설쳤다.

일레나는 침대에 몸을 눕히자마자 빠르게 수마에 잠겨 들었다.

그러곤 꿈을 꿨다.

왕국 한복판, 부활한 트리제프가 사방을 난장판으로 만들고 있었다.

'부활 안 한다더니!'

물론 꿈이니 누구에게도 따질 수 없었다.

일레나는 사람을 뜯어 먹는 마수와 그녀를 죽이려고 혈안이 된 트리제프를 피해 정신없이 달아났다. 그러나 꿈에서 만난 망할 놈의 트리제프는 끈질겼다. 일레나가 어디로 도망치든 끝끝내 따라왔다.

급기야 퇴로가 막혔다.

막다른 길에 몰린 일레나는 점점 가까워지는 트리제프를 무력하게 바라보았다. 형형한 붉은 눈과 날카로운 손톱이 위협적으로 그녀를 압박했다.

"성녀의 후손, 드디어 네년을……."

그때, 누군가가 일레나와 트리제프 사이를 가로막았다. 그는 손에 쥔 장검으로 순식간에 트리제프의 왼쪽 가슴을 꿰뚫었다.

"커헉!"

트리제프가 무기력하게 쓰러졌다. 일레나는 그녀를 막아선 등을 보며 남편의 이름을 불렀다.

"카이휜?"

상대가 천천히 일레나를 돌아보았다. 일레나는 그제야 이상한 점을 눈치챘다.

꿈이기 때문일까. 눈으로 보면서도 그녀는 상대에 대해 아무것도 알 수 없었다.

키가 큰지, 작은지. 여자인지, 남자인지. 외모는 어떤지.

다만 한 가지 알 수 있는 건…….

바다처럼 새파란 눈이 일레나의 시야에 박혀들었을 때, 상대의 입술이 달싹였다.

"어머니."

일레나가 눈을 번쩍 떴다. 가장 먼저 눈에 들어온 건 다름 아닌 카이휜의 얼굴이었다.

"일레나."

"……카이휜?"

"저녁 식사를 걸렀다는 말에 걱정이 돼서 와봤습니다. 자고 있었군요."

침대에서 몸을 일으킨 일레나가 창을 응시했다. 밖은 어두웠다.

메리를 배웅했을 때는 아직 한낮이었다. 잠깐 잠들었다 깰 줄 알았는데, 생각보다 오래 잔 모양이었다.

'……아니, 그게 중요한 게 아니야.'

일레나는 잠기운이 달아난 눈을 깜박이며 카이휜을 쳐다보았다. 꿈에서 본 구원자는 카이휜과 똑같은 파란색 눈이었다. 그리고…….

'어머니라고 했어.'

틀림없이 그렇게 말했다. 목소리는 잘 떠오르지 않지만, 상대의 입술이 움직이던 모습은 지금도 선명했다. 분명 그 단어였다.

'설마?'

순간 일레나의 손이 그녀도 모르게 아랫배로 향했다. 시선이 따라서 움직였다.

……그러고 보니, 마지막으로 달거리를 한 것이 언제더라?

"혹시 배가 아픈 겁니까?"

걱정이 담긴 카이휜의 목소리가 일레나의 주의를 끌었다. 일레나가 퍼뜩 고개를 들었다.

"음, 그게……."

"닥터를 부르겠습니다."

"잠깐만요!"

일레나는 자리에서 일어나려는 카이휜을 다소 급하게 붙잡았다.

그녀가 지금 생각하는 것이 맞다면, 그렇다면…….

진찰은 그녀 혼자 받고 싶었다. 카이휜이 없을 때.

"딱히 의사를 부를 만큼 아픈 건 아니에요. 조금 불편한 정도인데……. 여기서 더 복통이 심해지면 그때 내가 직접 부를게요."

"……."

"정말이에요. 정 마음 쓰이면…….'

일레나가 다시 침대에 누웠다. 그러곤 카이휜의 손을 붙잡아 그녀의 배 위에 얹었다.

"남편 손이 약손, 해줘요. 그럼 좀 괜찮을 것 같아."

머뭇거리던 카이휜이 결국 요청대로 천천히 손을 움직였다. 크고 길쭉한 손은 조금만 움직여도 일레나의 아랫배 구석구석에 자취를 남겼다.

일레나는 옷을 사이에 두고 전해지는 온기를 느끼며 눈을 감았다. 꿈에서 보았던 새파란 눈동자가 다시금 선명히 떠올랐다.

"축하드립니다."

이튿날 아침, 카이휜이 집무실로 출근하자마자 일레나는 다그터를 찾았다.

"회임하셨습니다."

일레나의 입술이 달싹였다. 도톰한 입술이 위아래로 살짝 벌어졌다가 다시 달라붙기를 반복했다.

마침내 그녀가 작게 목소리를 냈다.

"……정말?"

"네. 대략 6주에서 7주 정도로 추정됩니다."

일레나가 눈을 질끈 감았다가 떴다.

정말이다. 정말 아이가 생겼다!

일레나는 의자에서 벌떡 일어날 뻔했다가 가까스로 참았다. 임산부는 거동을 조심해야 한다는, 어디서 주워들은 주의 사항이 머릿속을 스쳤기 때문이다.

몸을 일으키는 대신 일레나는 조심조심 아랫배에 손을 얹었다. 손끝에 떨림이 묻어났다. 일레나는 침묵하며 배에 손을 붙이고 있었다. 아랫배는 납작했고, 당연하게도 아무것도 느껴지지 않았다.

하지만 아이가 있다. 이 안에.

남편과 그녀 사이에서 피어난 생명의 씨앗이 들었다.

신기했다. 아직은 현실감이 없었다. 일레나는 아랫배를 제 몸이 아닌 남의 몸처럼 매우 조심스럽게 매만지다 문득 입을 열었다.

"가만, 6주에서 7주라고?"

"제가 진단하기론 그렇습니다."

'그럼……'

날짜를 세어보던 일레나의 머릿속에 남편과 보냈던 첫날밤이 떠올랐다.

'혹시 그때?'

첫 잠자리를 가졌을 때 바로 아이가 들어섰던 걸까?

불가능한 건 아니라는 생각이 들었다. 그야 두 사람은 이틀 내내 침실에서 나오지 않았으니까.

"……큼."

귀가 붉어진 채 일레나가 헛기침했다.

'……그렇다면 남편의 얼룩이 사라진 것과, 내가 추위를 덜 타게 된 게 아이와 연관이 있나?'

변화의 원인이 잠자리보다는 아이라고 보는 편이 더 설득력이 있긴 했다. 어차피 전부 추측일 뿐이지만.

일레나는 이런저런 생각을 해 보다가 이내 다그터에게 단단히 당부했다.

"다그터, 이 사실은 한동안 비밀로 부탁해. 특히 공작님께는 절대 말하지 말게."

"알겠습니다."

다그터는 이유를 묻는 대신 고개를 끄덕였다. 그는 의사였고, 많은 여인이 임신 소식을 남편에게 직접 알리고 싶어 한다는 걸 알고 있었다.

먼 옛날 그의 누이도 그랬다. 다그터는 매부 앞에서 입조심에 실패했다가 생애 처음 누이의 손맛을 알게 되었던 날을 상기했다. 그때 흔들렸던 어금니가 요새도 날이 궂으면 한 번씩 시렸다.

그날의 고통을 기억하는 다그터의 눈빛이 단단해졌다.

"결코 발설하지 않을 테니 믿어주셔도 됩니다."

"좋아."

"우선 임신 초기이니만큼 간단히 주의해야 할 부분을 말씀드리겠습니다. 세부 내용은 아비를 통해 적어 보내 드릴 테니……."

일레나는 다소 멍한 얼굴로 카이휜을 빤히 쳐다보았다.

식사 중이었다. 한참이나 떨어지지 않는 시선에 카이휜이 의아하게 그녀를 돌아보았다.

"할 말이 있습니까?"

"……아뇨."

일레나가 고개를 저었다.

입이 간질거렸다. 당장에라도 그녀의 배 속에 자리 잡은 새 생명에 대해 이야기하고 싶었다.

하지만 지금은 아니다. 이렇게 평범하게 전달하는 건 아쉬웠다. 뭔가 더 기발한 방법이 있지 않을까. '짜잔!' 하고 남편에게 아이의 존재를 알릴 방식이.

"……."

일레나가 어느새 아랫배에 얹는 것이 습관이 된 손을 꼼지락거렸다. 물론 남편의 눈을 피해 식탁보 아래에서 배를 만졌다.

'기뻐해 줄까?'

얼핏 그런 생각이 들었다.

남편은 한때 아이를 원하지 않았다. 물론 과거의 일이라고 볼 순 있었다. 일레나와 잠자리했다는 것 자체가 아이에 대해 긍정적으로 생각하게 되었다는 뜻일 테니까.

그렇지만…….

'어쩌면.'

아직 아이를 좋아해 줄 준비는 되지 않았을지도 모른다. 그저 아내를 사랑해 그녀의 결정에 맞춰주기로 한 거라면.

머릿속이 점점 복잡해졌다. 입맛이 조금씩 달아났다. 일레나는 자기가 이렇게 예민하고 생각이 많은 인간이라는 걸 오늘 처음 알았다.

"일레나?"

아내의 이상을 눈치챈 카이휜이 그녀를 불렀다. 일레나가 말없이 미소 지었다. 불안감을 떨쳐내려는 듯 일레나가 카이휜의 손을 잡았다. 가느다란 손에 힘이 들어갔다.

사흘 후, 일레나가 부른 극단이 공작성에 방문했다.

며칠 내내 카이휜에게 아이의 존재를 알릴 방법을 고안했다. 그 노력의 결과물이었다.

공작 부부는 연회 홀에서 단둘이 오붓하게 극단이 준비한 공연을 관람했다. 카이휜은 일레나가 갑자기 성에 극단을 부른 것을 크게 의아하게 생각하지 않는 것 같았다.

공연의 막이 내린 후, 일레나가 물었다.

"어땠어요?"

"좋았습니다."

"정말요?"

"무대에 오른 배우가 연기를 잘하더군요."

카이휜이 순수하게 대답했다. 일레나는 그 답을 들으며 내심 뿌듯해졌다. 번거롭긴 했지만 유명한 극단을 수배하길 잘했다. 질 낮은 공연으로 남편의 시간을 뺏는 것은 역시 내키지 않았다.

비록 그 공연이…….

"저희가 준비한 공연은 즐거우셨습니까?"

지금 이 순간을 위한 부수적인 것에 불과하다 해도.

아직 연회 홀에 앉아 있는 일레나와 카이휜에게 극단 관계자가 다가와 말을 걸었다. 일레나는 관계자가 그녀에게 말을 건넨 것처럼 자연스럽게 나서서 답했다.

"응, 즐거웠어. 훌륭하더군."

"감사합니다. 그렇다면 관람비를 받아도 되겠습니까?"

보통 이런 식으로 극단을 불러 공연시키는 경우 대금은 당연히 선불로 지급한다. 일레나는 카이휜이 이상함을 느끼고 끼어들기 전에 재빨리 말했다.

"그래, 관람비가 얼마인가?"

"대인은 은화 세 개, 소인은 은화 하나입니다."

가격 책정 방식도 이상하기 짝이 없었다. 처음부터 두 사람만을 위해 기획된 전용 공연에 관객 머릿수로 돈을 받겠다니?

그러나 일레나는 아무런 문제도 느끼지 못하는 양 천연덕스럽게 대화를 이어갔다.

"대인 두 명에 '소인' 한 명이면 총 은화 일곱 개군. 맞지?"

"그렇습니다."

"자, 여기 일곱 개. 정확히 '세 사람' 몫으로 일곱 개니 잘 세어보게."

"감사합니다."

극단 관계자는 은화를 받자마자 후다닥 사라졌다. 마치 자기 역할을 다했다는 것처럼.

일레나의 가슴이 쿵쾅거렸다. 입이 마르고 목구멍이 살짝 조여들었다.

알아챘을까? 그녀가 말하고자 하는 바가, 잘 전해졌을까?

고개를 돌려 남편을 쳐다보면 답을 알 수 있을 것이다. 그런데 왠지 돌아볼 용기가 나지 않았다.

일레나는 겁쟁이가 되어버린 스스로가 생소했다. 익숙하지 않았다. 긴장이 되는 걸 넘어 겁이 나는 이 상황이 낯설었다.

'웃을 거야.'

그래, 웃어줄 거다. 기뻐하며 웃어줄 것이다. 남편이라면 그럴 거다.

일레나는 속으로 여러 번 되뇐 후 심호흡하고 고개를 돌렸다. 그러곤 멈칫했다.

"카이휜?"

놀란 일레나의 눈이 살짝 크기를 키웠다.

카이휜은 완전히 넋이 나가 있었다. 뒤통수를 연달아 열 대쯤 얻어맞은 사람의 얼굴이 저럴까? 생각했던 것보다 더 심하게 넋이 나가 일레나는 당황했다. 남편의 얼굴 앞에 손바닥을 펼쳐 흔들어줘야 할 것 같았다.

일레나가 그 생각을 실행에 옮기기 직전, 카이휜이 입을 달싹였다.

"부인, 지금……."

"……."

"……내가 생각하는 그것이 맞습니까?"

"네, 맞아요."

일레나는 약간 조심스럽게 대답했다. 놀랄 거라는 예상은 했지만, 이 정도로 혼이 나갈 줄은 몰랐다.

일레나가 카이휜의 얼굴을 살폈다.

그때였다.

그의 얼굴에서 눈물이 후드득, 떨어졌다.

"헉!"

얼마나 놀랐는지 일레나는 자리에서 벌떡 일어섰다. 임산부의 몸가짐이 어쩌고 하는 말도 생각나지 않았다. 남편의 눈물은 처음 봤다. 카이휜의 앞에 선 일레나가 안절부절못했다.

"왜 울어요?"

"……운다고요? 내가 지금 울고 있습니까?"

'심지어 자기가 우는 것도 몰라?'

눈물방울이 저렇게 굵게 떨어지는데 어떻게 모른단 말인가.

카이휜이 손을 들어 손등으로 뺨을 훔쳤다. 축축하게 묻어나는 물기에 그가 그제야 깨달은 얼굴을 했다.

"……우는군요."

일레나는 눈만 깜박거렸다.

지금의 남편은, 눈물을 보인 것도 그렇지만 여러모로 평소 같지 않았다. 평소보다 나사가 하나쯤, 아니, 적어도 두어 개는 빠진 것 같은 느낌이랄까.

"당신, 괜찮아요?"

덕분에 일레나는 이런 질문을 하지 않을 수가 없었다.

카이휜은 염려가 한가득 묻어나는 질문에 대답하는 대신 의자에서 내려왔다. 그러곤 바닥에 무릎을 꿇고 일레나의 배와 눈높이를 맞춘 뒤 그녀를 끌어안았다.

카이휜이 일레나의 배에 뺨을 댔다. 아주 조심스럽게.

"내가 아이의 아버지가 되는군요."

"……."

"부인이, 어머니가 될 테고."

"……그렇죠."

"기쁩니다."

"……."

"기쁩니다…… 정말로."

카이휜은 그에게 환희를 가져다주는 말랑하고 따뜻한 품에 얼굴을 묻은 채 생각했다.

언제부터였더라.

아내가 그의 앞에 나타난 후부터 모든 순간이 생생했지만, 그럼에도 확실히 구분 지을 순 없었다.

언제부터…… 그와 아내 사이에 태어날 아이가 불행하지 않을 거라는 확신이 들었는지. 어느 순간부터 미래를 그려볼 때 두 사람의 아이를 함께 새겨 넣게 되었는지. 과거의 자신이 들었다면 말도 안 된다고 비웃었을 기대와 바람을 처음 품기 시작한 것이 언제였는지…….

알 수 없었다.

다만 확실한 건, 그가 지금 행복하다는 사실이었다. 누구보다도.

뺨에 닿은 아내의 품에서 맥박이 전해졌다. 안정적인 울림이었다. 일레나의 손이 카이휜의 머리카락 사이로 파고들어 왔다. 그리고 천천히 쓰다듬었다.

단 손길이었다.

카이휜은 일레나의 몸을 끌어안고 놓지 않았다. 기억도 나지 않는 언젠가부터 그에게 구원이 된 기꺼운 온기 속에서 그는 눈을 감았다.

긴 속눈썹에 맺혔던 남은 눈물이 바닥으로 떨어졌다.

Chapter 13

운명

일레나의 회임 사실이 알려진 후 공작성은 축제 분위기에 휩싸였다. 다그터는 더는 입조심하며 노심초사하지 않아도 된다는 사실에 가슴을 쓸어내렸다.

"있잖아요."

일레나는 그녀의 아랫배에 뺨을 붙이고 있는 카이휜을 보며 입을 열었다.

임신 소식을 알게 된 후 카이휜은 업무 도중에도 이렇게 걸핏하면 집무실에서 빠져나와 일레나에게 달라붙곤 했다. 정확히는 그녀의 배에.

"그러면 뭐가 느껴져요?"

"……아직은 아무것도."

그렇겠지. 다그터가 말하길 태동이 시작되려면 적어도 두 달은 더 남았다고 했다.

일레나는 시시때때로 그녀의 배에 관심을 보이는 카이휜이 신기했다. 배가 나온 것도 아니고, 겉으로 보기에 달라진 건 현재로선 딱히 없는데.

일레나의 의문을 읽기라도 했는지 카이휜이 그녀의 배에서 얼굴을 떼지 않은 채 말했다.

"그냥 좋습니다. 이렇게 하고 있으면."

"……흐음."

낯간지럽긴 하지만, 일레나는 카이휜의 이런 태도가 싫지 않았다.

아니, 사실 좋았다.

아이를 가진 걸 알았을 때 카이휜이 그다지 달가워하지 않으면 어쩌나 걱정했다. 사랑하는 아내를 위해 기뻐하는 척해도, 단지 시늉일 뿐 진심이 담겨 있지 않으면 어떡하나 마음을 졸이기도 했다.

지금 생각하면 얼마나 부질없는 우려였는지.

일레나는 그녀의 배에 붙인 뺨을 좀처럼 떼어낼 생각이 없어 보이는 카이휜을 보며 입매를 부드럽게 녹여냈다.

"이러고 있으니까, 당신 울었던 거 생각나요."

"……그런가요."

"당신 이전에도 그렇게 울어본 적 있어요? 어렸을 적 말고."

"없습니다."

사실 카이휜은 어릴 때도 그렇게 눈물이 많은 편은 아니었다. 처음 어머니에게 학대당했을 때 너무 놀라고 두려워 눈물을 쏟긴 했지만, 그때뿐이었다.

특히 슬퍼서가 아닌 다른 이유로 울어본 적은…….

"처음입니다. 기뻐서 눈물이 났던 건."

일레나는 말없이 카이휜의 머리카락을 만지작거렸다. 남편의 솔직한 말이 자꾸만 가슴 한구석을 건드렸다. 심장이 빠르게 뛰었다.

결 좋은 검은 머리카락을 괜히 이리저리 헤집어대던 일레나가 내심 탄식을 삼켰다. 아쉬웠다.

'덮치고 싶어.'

마음 같아선 그랬다.

솔직히 말하자면 지금 당장 남편을 침대에 넘어뜨리고 그 위로 올라타고 싶은 심정이다.

하지만 그럴 수 없었다. 닥터가 알려준 임신 초기 주의 사항 중엔 잠자리를 자제해야 한다는 것도 있었기 때문이다.

커피를 끊으라든가, 가급적 오래 서 있는 일은 피하라든가, 꽃차도 몸에 좋지 않으니 멀리하라든가. 일레나는 다른 모든 주의 사항에 그저 덤덤히 고개를 끄덕였지만, 저 내용을 들었을 때는 그럴 수 없었다.

잠자리를 자제하라니! 다른 사람도 아닌 이런 남편을 두고 수절하라니!

'아이를 위한 거니 어쩔 수 없지만…….'

완전히 고문이 따로 없었다. 특히 남편이 지금처럼 그녀 앞에서 사랑스럽게 굴 때는.

일레나는 해소할 수 없는 욕망을 잊을 방법으로 대화를 택했다. 마침 떠오른 주제도 있었다.

"카이휜, 나 궁금한 게 생겼는데요."

"네."

"내가 알리기 전까지 정말 내게 아이가 생겼다는 걸 전혀 몰랐어요?"

그야 몰랐겠지. 몰랐으니 그처럼 넋이 나가고 눈물까지 보였던 것이 아닐까. 다만 이제 와 생각해 보면 의아한 점이 있었다.

"내가 그때 며칠간 평소와 좀 달랐을 텐데, 이상한 걸 느끼지 않았었 나 해서……."

일레나는 뒤늦게 자각했다. 다그터를 통해 임신 사실을 알게 된 후 공작성에 극단이 도착할 때까지, 그녀가 꽤 부자연스럽게 행동했었다 는 걸.

그때는 완벽하게 연기했다고 생각했는데 지나고서 돌이켜 보니 아니 었다. 카이흰에게 그녀가 뭔가를 숨기고 있다는 걸 들키지 않았던 것이 놀라웠다.

"부인이 평상시와 어딘가 다르다는 걸 느끼곤 있었습니다. 하지만……."

"하지만?"

"얼마 전에 부인의 하녀가 성을 떠났으니, 그것 때문이라고만 짐작했 습니다."

"아하."

일레나가 작게 고개를 끄덕였다. 그랬구나. 이해했다.

그러고 보니 오늘 아침 메리에게서 편지가 도착했다. 수도에 있는 데 넌의 저택에 잘 도착했다는 것이 주 내용이었다.

메리는 시드리온이 설치해 준 이동 포탈을 이용하라는 제안을 거절 하고 구태여 데넌의 마차에 직접 올랐다. 아마 앞으로 오랫동안 함께할 동업자이자 고용주와 나름대로 친해질 시간을 가져보고자 하는 의도였 던 것 같았다.

그 의도가 먹혀들었는지, 메리는 데넌과 꽤 친해진 듯했다. 편지를 보 면 알 수 있었다. 편지에서 메리는 데넌을 편하게 호칭했다.

'데넌 님이랴고 썼지.'

짐작하건대 메리가 데넌을 친근하게 여기게 된 데에는 그가 앤다이든
의 친구라는 점도 한몫했을 것이다.

메리는 일레나를 모시면서 어려서부터 함께 봐온 앤다이든을 무척 신
뢰하고 좋아했다. 그런 그와 친분이 있다고 하니 경계심이 풀리기도 했
을 거다.

'그 며칠 새에 얼마나 가까워진 건지.'

마음이 제법 통했는지 메리는 편지에 데넌에 대한 사족을 이것저것
덧붙였다. 덕분에 일레나는 별로 궁금하지 않았던 내용들을 알게 되
었다.

가령 데넌이 돈을 모아 작위와 영지를 사려 한다거나. 그 이유가 경멸
하는 아버지에게서 아무것도 물려받고 싶지 않아서라거나.

또⋯⋯.

[그리고 이건 추측이긴 한데, 이 사람 아무래도 최근에 실연당한 것 같아요. 마차
에서 창밖을 내다보며 어딘지 쓸쓸한 표정으로 중얼거리는 걸 들었거든요.

'내가 먼저 만났다면 뭔가 달라졌을까⋯⋯'라고 했나?

아무리 봐도 차인 게 확실한 것 같죠? 번듯한 외모와 재산을 겸비해도 역시 사
랑은 어려운 건가 봐요.

맞아요. 사랑은 어려운 거예요. 전 남친, 아니, 그 개자식을 수도에서 다시 만나
기만 하면 모가지를 그냥 XXXX 해서 XXXX⋯⋯.]

이후 메리의 편지는 반 페이지 내내 그녀의 헤어진 전 남자 친구를 저
주하는 내용으로 가득했다.

'답장해야지.'

일레나는 오늘 안에 메리에게 답신해야겠다고 생각했다. 다른 건 몰라도 배신했던 전 연인을 가만두지 않겠다는 결심은 꼭 응원해 줄 참이었다.

사실 전에 이미 작살 내놨다고 들었던 것 같지만, 뭐, 두 번도 괜찮겠지. 일레나는 언젠가부터 연인의 외도 및 배신에 무척 민감해졌다.

그녀가 만나본 적도 없는 남자를 향해 속으로 사형선고를 내릴 때, 카이훤이 고개를 들었다. 그는 일레나의 납작한 아랫배에서 좀처럼 눈을 떼지 못하며 아쉬운 어조로 말했다.

"다시 집무실로 가봐야겠습니다."

"그래요."

일레나는 카이훤을 붙잡지 않았다.

남편은 현재 무지막지하게 바빴다. 왕이 하사한 영지 때문이었다. 영지는 수도 가까이에 위치했으며 생각보다 크고 번화했다. 대리인을 세워 다스리게 될 테지만, 그 전에 절차적으로 처리해야 할 일들이 제법 있었다.

"이따 봐요."

그러나 이따 보자고 말하면서 일레나의 손은 카이훤의 옷자락을 놓아주지 않았다.

"아, 나도 모르게."

"……."

"……작별 키스 하고 갈래요?"

대답 대신 일레나에게 말랑한 입술이 내려앉았다. 입맞춤을 나누다 일레나가 카이훤의 옷깃을 쥐고 강하게 잡아당겼다. 두 사람의 몸이 침대 위로 쓰러졌다.

'잠자리는 자제하라고 했지만…… 그래, 잠자리만 자제하면 되는 거 잖아.'

마지막 선(?)만 넘지 않으면 되는 게 아닌가.

좋을 대로 생각한 일레나가 카이휜의 어깨를 내리누르고 단단한 육체 위로 올라갔다.

그로부터 시간이 한참 지나서야 카이휜은 다소 흐트러진 행색으로 침실을 나설 수 있었다.

일레나는 가까운 사람들에게 편지를 써서 회임 소식을 알렸다. 자연히 공작성에 손님이 여럿 방문했다.

"일레나!"

"로잘린."

첫 타자는 로잘린이었다. 가까운 거리에 있는 만큼 로잘린은 소식을 듣자마자 그날 바로 찾아왔다.

"빨리 왔네."

"당연히 빨리 와야지! 내가 무슨 소식을 들었는데."

로잘린의 얼굴은 홍분으로 붉게 달아올라 있었다.

"나보다 네가 먼저 엄마가 되는구나……. 기분 정말 이상하다."

"그러게. 나도 네가 더 빠를 줄 알았는데."

로잘린은 일레나보다 일 년이나 결혼을 일찍 했다. 그녀가 손가락을 세워 무척 조심스럽게 일레나의 배를 찔러보았다.

"아직 신혼이면서……."

로잘린은 일레나가 결혼 후 남편을 꼬시기 시작했다는 걸 알고 있었다. 그걸 생각하면 정말이지 예상보다 이른 소식이었다.

"비법이 뭐야?"

"글쎄……."

남편과 침실에 이틀 동안 갇혀 있기?

일레나는 답을 아끼며 찻잔을 들어 올렸다. 루이보스 차였다. 공작성의 사용인들은 요새 일레나에게 루이보스 차, 생강차, 마늘 차를 번갈아 내왔다. 셋 다 임산부에게 좋기로 알려진 차였다.

일레나는 그중 루이보스 차가 가장 마실 만하다고 생각했다. 나머지는…… 특히 마늘은 좀…….

그래도 아이를 위해 아직 차를 물린 적은 없었다.

일레나가 적당히 식어 따뜻한 루이보스 차를 꼴깍 삼킬 때 로잘린이 주섬주섬 뭔가를 꺼냈다.

"뭐야?"

"나, 안 그래도 네게 줄 선물이 있었거든. 공작성에 방문하는 김에 가져왔어."

"선물?"

"나도 받은 거긴 한데, 나 혼자 쓰기 아까워서……."

로잘린이 내놓은 것은 약지 하나 길이의 유리병이었다.

"향유야. 목덜미에 바르면 돼."

"웬 향유?"

진한 향을 딱히 좋아하지 않는 로잘린은 향수나 향유를 즐겨 쓰지 않았다. 친구의 취향을 아는 일레나가 고개를 갸웃할 때 로잘린이 의미심장한 미소를 지었다.

"지금 쓰긴 어렵겠지만…… 두 달쯤 지나서 사용해 봐."

상체를 앞으로 숙여 로잘린이 작게 속삭였다.

"남편과 사이가 소원할 때 쓰면 아주 좋은 향유야."

"……남편과 사이가 소원할 때?"

일레나가 눈을 깜박거렸다.

"그럼 두 달 뒤에도 딱히 쓸 일 없을 것 같은데."

"그럴 때 쓰면 좋다는 거지, 꼭 그때만 쓰라는 건 아냐. 아무튼 써봐. 정말 좋아."

"흠."

로잘린은 자신만만한 어투로 말했다. 그래서 일레나는 더 자세히 묻는 대신 그런가 보다 했다. 어쨌든 상대는 그녀가 한때 대단히 신뢰했던 연애 스승이었다.

"알겠어. 선물 고마워."

"뭘, 친구끼리 좋은 건 나눠야지."

"이렇게 찾아와 준 것도 고맙고……. 머물다 갈 거지?"

"그럴게."

로잘린은 흔쾌히 공작성에서 이틀간 시간을 보낸 후 돌아갔다.

그리고 로잘린이 성을 떠나자마자 기다렸다는 듯 다음 손님들이 도착했다.

"일레나, 너 편지!"

"잘 지냈어, 일레나?"

"오빠. 언니."

에드워드와 릴리아나였다.

릴리아나는 일레나를 보자마자 그녀를 끌어안았다. 에드워드는 당당히 나타나 놓곤 막상 일레나를 앞에 두자 쭈뼛거렸다.

"너, 크흠, 그, 편지…… 진짜냐?"

"그럼 가짜겠어?"

"……배가 안 나왔는데."

일레나의 아랫배에 시선을 주며 에드워드가 중얼거렸다. 무식한 발언이었다.

"아직 두 달도 안 됐어. 안 나온 게 당연하지."

"그런가?"

핀잔을 들은 에드워드가 멍청히 대답했지만, 사실 그도 알고 있었다. 임신과 출산에 대해 기본적인 것은 배웠으니까. 다만 갑자기 현실로 닥쳐 버린 문제 앞에서 머리가 잠시 파업했을 뿐이었다.

릴리아나는 그저 일레나의 어깨를 어루만졌다. 대견하다는 듯.

"아버지도 같이 오고 싶어 하셨어. 그런데 포탈 최대 수용 인원이 두 명이더라."

"아, 맞아."

시드리온이 설치해 준, 공작성과 수도를 이어주는 이동 포탈은 한 번에 최다 두 사람까지만 이용할 수 있었다.

"보수해서 늘려보겠다곤 하던데…… 시일이 얼마나 걸릴지는."

"아버지야 내가 다음에 모시고 오면 되지, 뭐."

"왜 누나가?"

에드워드가 끼어들었다. 릴리아나가 받아쳤다.

"넌 바쁘잖아."

"에드워드가 바빠?"

일레나가 순수하게 궁금하다는 듯 물었다.

평소라면 듣자마자 자길 한량으로 취급하는 거냐고 발끈했을 텐데, 웬일로 에드워드는 조용했다.

아니, 조용한 정도가 아니라…….

'설마 지금 쑥스러워하는 건가?'

에드워드의 얼굴 위로 떠오른 어떤 빛을 읽고 일레나가 찰나 스스로의 눈을 찌르고 싶어졌을 때 릴리아나가 말했다.

"쟤 조만간 결혼할 거야."

담담한 목소리였으나 내용은 충격적이었다.

"뭐?"

"그게…… 흠."

에드워드가 어색한 손길로 목덜미를 쓸었다.

"그, 그렇게 됐다."

"누구랑?"

"……님이랑."

"누구?"

"에이든 왕국 조세핀 공주님이랑."

에이든 왕국이라면 바로 옆 나라였다. 그리고 공주…….

"뭐라고!"

일레나의 눈이 큼지막하게 변했다.

에드워드가 난데없이 옆 나라의 부마 자리를 꿰차게 된 사연을 간략히 축약하여 정리하면, 다음과 같았다.

"운이 좋았네."

"그랬지."

식탁 앞에서 릴리아나가 고개를 끄덕였다. 이야기는 생각보다 길어 만찬 자리까지 이어졌다.

'에이든 왕국의 조세핀 공주님이 케딜라 왕녀 전하와 친구였을 줄이야.'

우연의 연속이었다.

마수의 침공이 일어났을 때, 조세핀 공주는 마침 친구를 보러 이곳 리브란테 왕국의 왕성에 머물고 있었다. 시드리온은 일레나의 가족을 데리고 왕성으로 피신했었다. 그때 놀랍게도 공주와 에드워드가 눈이 맞은 것이다.

"용맹하게 몸을 날려 마수에게서 자길 감싸 지켜주는 모습에 반했다고 했지. 실은 발을 헛디딘 거였는데."

"그만 좀 말해."

에드워드가 얼굴을 새빨갛게 물들였다.

"그 뒤로 공주님을 지키려고 했던 건 진심이었단 말이야."

"그래, 그래."

계기가 뭐였든 결혼까지 가게 된 걸 보면, 그래도 인연은 인연이었던 모양이다. 일레나는 카이휜이 먹기 좋게 썰어준 고기 조각을 입에 가져가며 생각했다.

'그럼 백작위는 역시 언니가 물려받게 되겠네.'

처음부터 그렇게 되지 않을까 내심 상상하긴 했지만, 이젠 정말로 확실해졌다. 공주와 결혼하려면 에드워드는 옆 나라로 떠나야 할 테니까.

기분이 묘했다. 꽤.

"에드워드."

“왜?”

릴리아나와 한창 아웅다웅하던 에드워드가 일레나의 부름에 시선을
주었다.

“축하해. 잘 살아.”

갑자기 떨어진 축하 인사에 에드워드가 우물쭈물하다 입을 열었다.

“……너처럼 살게.”

그는 식당에 들어선 이후 줄곧 일레나와 카이휜 부부를 한 번씩 흘끔
거렸다. 카이휜의 얼굴에 놀란 것 같기도 했고, 그저 금실 좋은 부부가
눈에 밟히는 것 같기도 했다.

일레나는 에드워드의 말에 눈을 동그랗게 떴다가 이내 피식 웃었다.

“꿈도 크다.”

에드워드와 릴리아나 다음으로 앤다이든과 미엘르, 린든 후작이 찾
아와 차례로 축하의 말을 건네고 돌아갔다. 손님들이 전부 떠난 뒤에도
공작성은 여전히 축제 분위기였다.

왕국의 꽃이라 불리는 제시카 에이버린 영애가 공작성에 도착한 것은
그쯤이었다.

“여기 차 드세요.”

“……고맙습니다.”

“쿠키도 있어요.”

“감사…….”

“담요도 덮으세요! 오늘 응접실 공기가 조금 차네요.”

제시카의 녹색 눈이 정처 없이 흔들렸다.

잘해준다. 공작성의 사용인들은 불청객에게 지나칠 만큼 잘해줬다. 덕분에 제시카는 가시방석에 앉아 있는 기분이었다.

"반갑습니다, 이 성의 집사를 맡고 있는 벤입니다."

잠시 후 응접실에 노집사가 나타났다. 제시카는 바짝 긴장했지만, 그의 태도도 앞서 다른 사용인들과 크게 다를 것은 없었다. 친절한 미소를 지은 집사가 상냥하게 말했다.

"기사단을 견학하러 오셨다고요?"

"……네."

"며칠 전에 서신을 보내셨었군요."

제시카의 가문인 에이버린 자작가에서 얼마 전 공작성으로 서신을 보낸 건 사실이다. 하지만 답을 듣지 못했다.

그 상황에서 제시카가 무턱대고 찾아온 것이니, 이대로 쫓겨나도 할 말은 없었다.

"잠시만 기다려 주시겠습니까? 마님의 허락이 떨어지는 대로 방을 내어드리겠습니다."

하나 그렇게 말하고 사라진 집사는 곧 돌아와 제시카에게 손님용 방을 내어 주었다.

제시카는 화려한 복도를 걸어 처소로 이동하는 내내 마음이 불편했다.

왜 이렇게 잘해주는 거지? 왜 다들 이렇게 상냥하고 친절할까?

'난 그럴 자격이…….'

그때, 복도를 지나가던 하녀들이 떠드는 소리가 제시카의 귀에 흘러 들어왔다.

"공녀님이 태어나실까, 공자님이 태어나실까?"

"난 공녀님이셨으면 좋겠어! 마님을 쏙 빼닮은 아가씨라니, 어쩜, 생각만 해도……."

"나는 공자님이어도 좋을 것 같은데. 단, 공작님의 외모를 고대로 물려받은."

"어느 쪽이든 기대된다."

하녀들은 조잘거리며 제시카를 스쳐 갔다.

'아.'

제시카는 그제야 깨달았다.

성을 감싼 이 붕 뜬 분위기. 불청객마저 친절히 맞이해 주는 여유가 어디에서 나오는 것인지.

'그렇구나. 공작 부인께서…….'

곧 제시카가 배정받은 방에 도착했다. 그녀는 짐을 풀자마자 침대에 걸터앉았다. 양손으로 얼굴을 남김없이 덮어 가렸다.

"최악이야……."

제시카가 입술을 깨물었다. 그녀의 머릿속에 며칠 전 들은 차가운 목소리가 떠올랐다.

"메이하드 공작성으로 가라."

"……공작성에요?"

에이버린 자작은 제시카가 그녀의 집무실로 불려 오자마자 명령했다.

제시카는 속이 서늘해졌다. 예감이 좋지 않았다.

아니나 다를까.

"가서 공작의 씨를 품어. 어떻게 해서든."

제시카의 눈앞이 아찔했다. 안색이 하얗게 질렸다.

"공작 부부 사이에 아직 아이 소식이 없다더구나. 네가 애를 배면 그 아이가 장손이 될 테니, 잘하면 후계를 넘볼 수도 있을 거야."

"……."

"그게 아니어도 제 자식을 낳은 여자에게 두 번째 부인 자리 정도는 내줄 테니 딱히 손해 보는 장사는 아니지."

장사.

딸을 상대로 쓰기에는 지나치게 노골적인 말이었으나 자작은 담담했다.

사실 그럴 법했다. 제시카 에이버린은 자작의 딸이 아니었다. 그녀는 하녀의 소생이었다. 정확히는 에이버린 자작의 남편이 하녀와 통정하여 제시카가 태어났다.

하녀는 아이를 가진 사실을 알자마자 도망치듯 저택을 떠났다가 제시카가 열 살이 되던 해 생활고를 견디지 못해 자작저로 돌아왔다.

"아이를 사지. 원하는 액수를 부르고 나가."

에이버린 자작은 장사치였다. 그녀는 남편의 외도에 분노하는 대신 열 살 난 여자아이의 가치를 계산했다. 당시 제시카는 제대로 먹지 못해 마르고 꾀죄죄했음에도 눈에 띌 만큼 예뻤다.

"어, 엄마. 나 두고 가지 마요. 엄마……."

"너도 여기 있는 게 더 행복할 거야."

친모는 영양실조에 걸릴 만큼 마른 제시카를 자작저에 남겨두고 떠났다.

제시카는 그렇게 제시카 에이버린이 되었고, 자작의 눈이 틀리지 않았다는 것을 증명하듯 눈부시도록 아름답게 자랐다. 사교계에 데뷔한 후에는 '왕국의 꽃'이라는 별명까지 얻었다.

그럴수록 제시카는 불안하고 숨이 막혀왔다. 에이버린 자작이 그녀를 비싼 값에 팔려고 들 날이 가까워지는 것 같아서.

그리고 그것이 정말 현실이 되었다.

"어, 어머니. 아니, 자작님. 저는……."

"내가 언제 네 의견을 물었나?"

"……."

"미적대지 말고 오늘 안에 출발해. 아, 만일 아무 소득 없이 돌아온다면 몸 성히 돌아다닐 생각은 하지 않는 게 좋을 거다."

꾸욱.

제시카의 손이 침대 시트를 파고들었다. 이내 그녀가 허탈한 웃음을 내뱉었다.

"어쩌죠, 자작님. 웬일로 계산이 틀리셨네요. 제가 설령 애를 낳아도 그 애는 첫째가 아닌데요."

제시카는 중얼거렸지만, 애초에 정말 애를 배서 낳을 생각 같은 건 추호도 없었다.

결혼한 남자의 아이를 가지라니. 그것도 이쪽에서 유혹해서?

'싫어.'

친부의 부정으로 태어난 아이.

제시카는 누구보다 본인의 태생을 경멸했다.

친부는 그녀를 딸로 여기지도 않았다. 평생 지울 수 없는 오점과 허물을 보듯 제시카를 대했다.

그런 삶을 살아온 제가 직접 부정을 저지르라고?

'차라리 칠십 먹은 노인에게 시집가는 것이 낫지.'

그쪽도 끔찍하긴 마찬가지지만, 적어도 지금처럼 자기혐오에 시달리지는 않아도 될 것이다.

"하아."

한숨을 내쉰 제시카가 창가로 다가갔다. 싱그럽다고 칭송받던 녹색 눈동자가 음울하게 가라앉았다. 마침 창밖으로 정원을 산책 중인 공작 부부의 모습이 보였다.

"……."

제시카는 홀린 듯 그들에게서 눈을 떼지 못했다.

공작 부인은 가는 몸을 완전히 덮고도 남는 커다란 외투를 걸치고 있었다. 그녀가 웃었다. 그러자 공작이 세상을 모조리 가진 사람의 얼굴로 아내를 쳐다보았다.

멍하니 넋을 놓고 두 사람을 보던 제시카가 커튼을 치고 돌아섰다.

문득 알 수 있었다.

그녀는 저 두 사람 사이에 비집고 들어갈 수 없다. 무슨 수를 쓰든. 아무리 애써도 자작의 명령을 따르는 것은 처음부터 불가능한 일이었다.

마음이 편해졌다. 안도가 되었다.

……동시에 부러웠다.

가슴이 새까맣게 타들어가다가 부서지는 것 같았다. 자신도 저런 사람을 만날 수 있을까.

'안 되겠지.'

에이버린 자작은 제시카의 몸값으로 터무니없는 금액을 요구할 것이다. 그런 돈을 내고 그녀를 데려갈 사람은 결국 여인을 상품이나 트로피로 여기는, 돈 많고 탐욕스러운 남자에 불과할 것이 뻔하다.

"헉."

가슴에 구멍이 뚫리는 기분이다. 제시카는 숨이 막혀 도망치듯 방에서 벗어났다.

밖으로 나와 발이 닿는 대로 걸었다. 워낙 정신없이 걸어 길을 잃은 것도, 그러다 누군가와 부딪히는 것도 몰랐다.

"아!"

단단한 몸에 부딪히는 바람에 제시카가 거의 튕겨 나갔다. 상대가 넘어질 뻔한 제시카를 급히 붙잡았다.

"괜찮으십니까?"

방에서 정신없이 나온 제시카는 옷차림이 무척 가벼웠다. 그걸 본 상대가 겉옷을 벗어 그녀에게 덮어주었다. 그러곤 뒤늦게 멈칫하더니 허둥거렸다.

"아, 죄송합니다. 훈련이 끝난 지 얼마 안 되어 땀 냄새가 날 수도……."

"……안 나요."

"예?"

"안 난다고요. 땀 냄새."

제시카는 고개를 숙였다.

상대가 벗어 준 재킷은 그녀에겐 너무 컸다. 공작 부인도 이렇게 큰 겉옷을 걸치고 있었지. 행복해 보였다.

"……흑, 흐끅."

"영애?"

"흑, 으흑, 어어엉!"

눈물을 참아보려 했지만 쉽지 않았다. 재킷은 크고 따뜻했으며, 오늘 처음 만난 상대의 목소리는 쓸데없이 듣기 좋았다.

제시카는 결국 목 놓아 울었다. 상대는 울기 시작한 그녀 앞에서 당황해 안절부절못했다. 그러다 크게 결심한 얼굴로 제시카를 살짝, 정말 살짝 끌어안고 토닥거려 주었다.

어설픈 손길이었다.

테라스 난간에 매달린 일레나가 밖을 내다보며 중얼거렸다.

"별일이 다 있네."

공작성은 얼마 전 한바탕 뒤집어졌다. 토마스가 결혼 허락을 받으러 수도로 떠났기 때문이다.

상대는 무려 왕국의 꽃, 사교계의 보석이라 불리는 제시카 에이버린 영애였다.

"배신자!"

"이건 배신이야! 으악!"

"토마스 이 새끼! 돌아오면 가만 안 둬!"

기사단 내에서 토마스는 자연스럽게 척결 대상 1호가 되었지만, 일레나는 제시카 에이버린과 결혼하기 위해 토마스가 감당한 대가를 알고 있었다.

"평생 갚아도 다 갚기 힘들 텐데……."

토마스는 카이휀에게 엄청난 액수의 돈을 빌려 갔고, 사실상 남은 인생을 공작성에 저당 잡혔다.

"뭐, 잘된 일인가."

일레나가 난간에 팔을 얹고 턱을 괴었다.

죽었다가 살아난 후 토마스는 마치 목숨이 열댓 개는 되는 사람처럼 굴었다. 일레나는 줄곧 그것이 마음에 들지 않았다. 특히 페넬 영주성에서 허리에 밧줄을 묶고 자살 행위 비슷한 걸 하려 했을 땐 얼마나 기막혔는지.

'이제 어디 가서 함부로 목숨을 내던지진 않겠지.'

책임져야 할 사람이 생겼으니 말이다.

한시름 덜은 기분이라고 해야 할까. 속이 좀 시원해졌다. 일레나는 바깥 경치를 보며 이런저런 생각을 했다. 그때 뒤에서 나타난 단단한 팔이 그녀를 껴안았다.

"무슨 생각 합니까?"

일레나는 바로 직전까지 고민하던 내용을 순순히 입에 올렸다.

"우리 얌얌이 이름은 뭘로 할지 생각 중이었어요."

얌얌이.

일레나의 배 속에 자리 잡은 아이의 태명이었다.

얌얌이라고 부르게 된 이유는 간단했다.

일레나는 임신 후 여태 한 번도 입덧을 하지 않았다. 오히려 전보다 가리는 음식이 적어졌다.

"아가야, 정말 아무거나 얌얌 잘 먹는구나."

그렇게 엄마를 고생시키지 않는 기특한 아이의 태명은 얌얌이가 되었다.

"이름……."

일레나의 어깨를 감싸고 있던 카이휜의 손이 자연스럽게 아래로 내려갔다. 여전히 납작하기만 한 아랫배 위로 커다란 손이 조심조심 깃털처럼 내려앉았다.

겉으론 전혀 티가 나지 않아도, 남편은 이 안에 아기가 있다는 걸 절대 잊지 않는 것 같았다. 간지러울 만큼 조심스러운 손길이 싫지 않았다.

일레나가 고개를 돌려 카이휜의 옷깃을 쥐고 끌어당겼다. 뺨과 입술에 차례로 입을 맞추는 동안 카이휜은 상을 받는 사람처럼 얌전히 있었다.

가벼운 키스 세례가 끝난 뒤 일레나가 입을 열었다.

"혹시 생각해 둔 이름 있어요?"

"……있긴 합니다."

그냥 던져본 말인데, 언제 이름까지 생각해 놨대.

궁금해진 일레나가 재촉했다.

"뭔데요?"

"입맞춤을 한 번 더 해준다면 말해주겠습니다."

일레나는 눈을 깜박거렸다.

호오. 곧 애 아빠가 된다고, 사람이 아주…….

"입 벌려요."

물론 이쪽에선 환영이다. 완전히 돌아선 일레나가 카이휜의 목에 팔을 걸었다. 부부는 테라스에서 깊게 입맞춤을 나눴다. 체온이 높아져 공기가 전보다 덜 차게 느껴졌다. 카이휜이 일레나의 허리를 꼭 끌어안았다.

얼마나 서로의 온기를 주고받았을까. 입술이 얼얼하고 다소 부은 듯한 느낌이 들 무렵에야 일레나가 숨을 몰아쉬며 물러났다.

입술 새로 뜨거운 숨을 내뱉자 옅게 입김이 났다. 그 모습을 본 카이휜이 곧바로 일레나를 테라스에서 따뜻한 침실로 데리고 들어갔다.

푹신한 침대에 걸터앉은 일레나가 침대 아래 바닥에 무릎을 세우고 앉은 남편의 머리카락을 만지작거렸다.

"이제 말해줄 거죠? 이름."

"……네."

"이상하다. 왜 아쉬워하는 것 같지? 분명 입맞춤 한 번이라고 말했으면서."

놀리듯 흘러나온 말에 카이휜이 귓가를 살짝 붉혔다. 일레나는 그 모습을 보고 작게 웃음을 터뜨린 후 말했다.

"아쉬운 건 조금 이따 해결하기로 하고. 자, 그럼 딸이 태어났을 때 지어줄 이름부터."

아기의 성별은 태어나기 전에 미리 알 수 없다. 그래서 보통 아이가 생긴 집안에선 아이에게 지어줄 이름을 두 개씩 정해놓곤 했다. 딸일 경우, 아들일 경우.

잠시 시간을 끌다 카이휜이 입을 벌렸다.

"……다이아나, 가 어떨까요?"

"다이아나?"

"애칭은 '다나'로……."

애칭까지 생각했어?

"아들 이름은요?"

"다이앤."

"애칭은?"

"……앤."

일레나는 눈을 깜박이다 손으로 입술을 가렸다. 정말이지 준비된 남자가 아닐 수 없었다.

"둘 다 사멸된 고대어로 '선물'이라는 뜻이네요."

"……맞습니다."

축복, 선물.

자주 쓰이는 뜻이지만, 그만큼 아이에게 붙여주기 더할 나위 없는 이름이긴 했다.

"다나, 앤……."

"……."

"마음에 들어요."

"정말입니까?"

"네. 우리 곁에 다나가 올지, 앤이 올지는 지켜봐야 알겠지만."

카이휜의 얼굴이 조금 상기되었다. 미래를 상상하는 것 같던 그가 조심스럽게 바람을 내뱉었다.

"딸이었으면 좋겠습니다."

"왜요?"

전에 딸이 좋냐, 아들이 좋냐 물었을 때는 모르겠다고 하더니. 그때는 임신 사실을 모르고 있었을 때긴 하지만.

카이휜은 잠시 주저한 후 대답했다.

"왠지 딸이면 부인을 더 닮을 것 같아서……."

"어쩜, 편견이에요."

"그런가요?"

"하지만 이렇게 말하는 나도 내심 당신 닮은 아들이 상상되긴 하네요. 난 아들이었으면 좋겠어요."

일레나가 손을 움직였다. 결 좋은 까만 머리카락이 손가락 사이로 걸리는 것 없이 부드럽게 감겼다가 빠져나갔다.

일레나는 내심 생각했다. 과연 아이는 남편의 흑발을 닮게 될까, 아니면 파란색 눈동자를 물려받게 될까. 꿈에서 본 건 파란 눈이었지만……

'둘 다여도 좋겠다.'

흑발에 파란 눈. 그럼 아이는 마치 남편을 작게 축소해 놓은 것 같겠지. 일레나의 가슴이 떨렸다.

세상에, 상상만 해도 너무 귀여웠다.

'흑발에 파란 눈. 흑발에 파란 눈……'

그때 일레나의 무릎에 얼굴을 묻고 있던 카이휜이 말했다.

"토끼를 닮은 아이가 태어났으면 합니다."

"여우 같은 아내와 토끼 같은 자식, 할 때 그 토끼요?"

"그보다는……"

작은 목소리로 카이휜의 말이 이어졌다.

"그냥 토끼처럼 생긴……."

토끼처럼 생긴 게 어떻게 생긴 거지. 작고 눈이 동그란 걸 말하는 건가. 고개를 갸웃하던 일레나가 이어서 입을 벌렸다.

"아, 그래요. 그러고 보니 당신 토끼 좋아했죠?"

지난 기억이 떠올랐다.

"예전에 나한테 토끼 모양 사과를 깎아주면서 말해줬잖아요."

남편에게 좋아하는 동물이 있다는 사실을 알고 내심 놀랐던 기억이 난다.

"아직도 좋아하나 봐요, 토끼."

"……네, 무척 좋아합니다."

'무척' 좋아한다고? 그 정도라니.

"우리 토끼 키울까요? 후원에."

"괜찮습니다."

"아, 지금은 날이 춥지. 그럼 성안에서 키워도 되는데."

"아뇨, 그럴 필요 없습니다."

"왜? 토끼 좋아한다면서요."

"좋아하긴 하는데…… 아무튼 괜찮습니다."

연이은 거절에 일레나가 머리를 한쪽으로 기울였다.

'뭐, 그렇다면야.'

사실 일레나는 토끼를 그렇게 좋아하는 편이 아니었다. 작고 귀여운 동물은 토끼 외에도 많았다. 가령 다람쥐나, 새라든가…….

아주 어렸을 때 에드워드가 일레나에게 너 토끼 닮았으니까 귀 좀 늘려보라고 귓바퀴를 잡아당겼던 때 이후로 토끼는 딱히…….

'어?'

일레나가 눈을 깜박거렸다.

'혹시?'

그녀가 카이휜을 빤히 바라보았다. 시선을 느낀 카이휜이 그녀의 무릎에서 고개를 들었다.

"부인."

"……흐응. 그렇구나. 아하, 그런 거였어."

"일레나?"

일레나의 입술 끝이 거침없이 말려 올라갔다. 일레나는 입술에 힘을 줘 표정을 단속하며 말했다.

"당신, 좀 일어서 볼래요?"

카이휜이 순순히 몸을 일으켰다. 일레나는 눈높이가 껑충 높아진 남편의 옷자락을 쥐고 체중을 실어 확 끌어당겼다.

"……!"

일레나의 등이 푹신한 침대에 닿고, 중심을 잃은 카이휜이 그 위로 올라왔다. 당황이 옅게 떠오른 남편의 얼굴을 구석구석 눈에 새기던 일레나가 입술을 달싹였다.

"이제 슬슬 아쉬움을 해결해 볼까 하는데."

아. 무슨 말인지 알아들은 카이휜이 작게 탄성을 뱉었다.

이내 다소 조급하게 말캉한 피부가 서로 만났다. 일레나가 기껍게 커다란 몸을 끌어안았다.

며칠 후 릴리아나가 소르테 백작을 데리고 한 번 더 공작성에 방문했다.

"아빠."

아버지 대신 이번에는 아빠라고 불렀다. 소르테 백작은 바로 입을 열지 못했다. 눈시울이 붉었다.

"……지금 여기서 울면, 내가 너무 주책이 심한 사람이 되는 거냐."

"아뇨, 안 울면 냉혈한이 되시는 거죠."

소르테 백작은 결국 눈물을 보였다. 금방 훔치려고 애썼지만, 쉽지는 않아 보였다.

"네 엄마 생각이 나는구나. 너를 가졌다는 걸 알았을 때, 정말 깜짝 놀랐었는데."

"그래요?"

"그때 네 엄마가 얼마나 기발했는지 아느냐? 갑자기 찾아와 내 손을 붙잡더니 정원에서 보물찾기를 하자고 하더구나. 그래서 대뜸 정원을 뒤졌는데, 거기서 아이 신발과 옷이……."

백작은 일레나와 한참 두런두런 이야기를 나눴다.

소르테 백작과 릴리아나가 떠날 채비를 한 건 이동 포탈을 다시 작동할 수 있게 된 사흘 뒤였다. 떠나는 날 백작은 일레나의 손을 쥐고 오랫동안 머뭇거렸다.

"네가 어렸을 때 네게 다정한 아버지였던 기억이 별로 없구나. 미안하다."

"아니에요. 항상 절 사랑하시고, 또 어머니를 사랑하셨어요. 충분해요."

"……그래."

눈가에 주름을 잡으며 웃는 백작에게 카이휜이 인사를 건넸다.

"감사합니다, 백작님."

"……아니, 내가 더 고맙지. 딸아이와 머잖아 태어날 손주도 잘 부탁하네."

백작은 본래 카이휜에게 깍듯하게 말을 높였으나, 카이휜이 거듭 권해 이젠 편히 말하게 되었다. 소르테 백작은 카이휜을 흘끔거리다가 일레나의 귓가에 슬쩍 속삭였다.

"넌 역시 네 엄마를 닮았다."

"왜요?"

"네 엄마도 내 얼굴을 보고 나와 결혼했거든."

"……."

아닐 거란 생각이 들었지만, 일레나는 아버지를 사랑하는 마음에 그냥 말을 아꼈다.

수도에서 돌아온 토마스는 바로 제시카와 결혼식을 올렸다.

그리고 그쯤 갑자기 날이 추워졌다. 칼바람이 불기 시작하자 일레나는 외출 횟수를 줄이고 자연스럽게 태교에 집중하기 시작했다.

물론 그녀 혼자가 아닌, 부부가 함께하는 태교였다.

"……카이휜, 그게 다 뭐예요?"

침실 문이 열리고 안으로 들어서는 카이휜을 보며 일레나가 당황스럽게 눈을 깜박였다.

오늘 부부는 일레나의 배 속 아기에게 책을 읽어주기로 했다. 책 읽어주기는 태교의 기본 중 기본. 일레나는 카이휜에게 동화책 몇 권을 가져다 달라고 부탁했었다.

그런데…….

'몇 권이 아니잖아.'

카이휜은 그의 얼굴이 보이지 않을 만큼 높게 쌓인 책 더미를 들고 나타났다. 얼핏 보기엔 힘자랑이나 곡예를 하는 것 같았다.

뭐가 저렇게 많아?

당황하는 일레나의 시선을 받으며 카이휜이 침실 한쪽에 책을 내려놓았다.

"얌얌이가 뭘 좋아할지 몰라서……."

"……."

반박할 말이 없어졌다. 음, 일리 있는데?

"그래도 이렇게 많으면……. 아드리안 부인이 책을 골라주느라 고생 좀 했겠어요."

아드리안 부인은 토마스와 결혼한 제시카를 부르는 말이었다.

토마스가 과거 기사로 임관되며 받았던 성은 아드리안이었다. 대부분이 몰랐지만. 사실 평기사를 호칭할 때는 이름 뒤에 바로 '경'을 붙여 불렀기에 상대의 성을 접할 일이 별로 없긴 했다.

"아드리안이라고? 그랬군."

일레나도 이번에 처음 알았다.

어쨌든 제시카는 아드리안 부인이 되었고, 행복해 보였다. 가문의 호적에서 파였다는 말을 들었지만 정작 그녀는 그 사실이 기꺼운 것 같았다.

아드리안 부인은 공작성에 사서로 취직했다. 기존에 일하던 사람이 마침 사정이 생겨 사직해 자리가 비어 있던 차였다. 새 사서는 일을 잘했다. 일단 의욕이 있었고, 적성에도 맞는 듯했다.

'그 정도면 유능하지.'

일레나가 공작성에 새로 들어온 인재에 대해 생각하고 있을 때 카이휀이 고개를 저었다.

"도움을 받진 않았습니다."

"응?"

"책은 직접 골랐습니다."

"……이걸 전부? 당신이?"

"……네."

"세상에. 시간이 적지 않게 걸렸을 텐데."

휘둥그레 변한 눈으로 일레나가 재차 책 더미를 살폈다. 이 많은 것을 하나하나 다 손수 골랐다니.

"당신 바쁘잖아요."

"그 정도 시간은 낼 수 있습니다."

"우리 얌얌이를 위해서라면?"

카이휀이 미미하게 귀를 붉힌 채 작게 고개를 끄덕였다. 일레나는 남편을 유심히 보다가 씩 웃었다.

"흠, 그래요. 하긴, 예비 아빠라면 그 정도는 되어야지."

'아빠'라는 호칭에 카이휀의 귓가가 한결 붉어졌다.

"어디 우리 얌얌이 아빠의 안목 좀 볼까요?"

일레나가 책 더미로 다가가 제목을 살폈다. 곧 마음에 드는 것들을 골라낼 수 있었다.

부부는 제목에 '용사'가 들어가는 몇 권의 동화책을 들고 소파로 이동했다. 두 사람이 다정하게 붙어 앉아 책을 펼쳤다.

"용사의 하루는 오늘도 부모님을 위해 집안의 나쁜 적을 물리치는 걸로 시작해요……."

겨울의 끝자락.

일레나가 별안간 헛숨을 들이켜며 아랫배에 손을 얹었다. 그 모습에 카이휜이 놀라서 동작을 멈췄다. 그는 평소처럼 일레나 곁에서 직접 고른 동화책을 읽어주던 중이었다.

"왜 그럽니까?"

"아기가……."

"아기가 왜……."

"움직였어요."

"예?"

"얌얌이가 움직이는 게 느껴졌어요. 방금."

카이휜이 눈을 깜박거렸다.

이내 그가 손에 들고 있던 책을 내팽개치고 일레나의 앞에 무릎을 꿇고 앉았다. 그리고 배를 가린 그녀의 손을 조심스럽게 치우곤 그 자리에 귀를 가져다 붙였다. 그러자 마치 기다렸다는 듯 움직임이 느껴졌다.

꿀렁.

"……!"

카이휜이 믿을 수 없다는 얼굴로 고개를 들었다.

"태동…… 입니까?"

"……그렇겠죠?"

일레나는 날짜를 계산해 보았다. 그러고 보니 슬슬 다그터가 말했던 '첫 태동을 느낄 시기'가 되기는 했다.

카이휜은 반쯤 넋이 나간 표정으로 다시 일레나의 배에 귀를 붙였다. 그 모습을 지켜보던 일레나의 시야 끝에 문득 카이휜이 내팽개친 동화 책이 보였다.

그녀가 무심코 아이에게 말을 걸듯 중얼거렸다.

"얌얌아, 방금 읽어준 책이 마음에 드니?"

그래서 움직인 거야?

그런데 그때 놀랍게도 배 속이 재차 꿀렁였다. 마치 일레나의 질문에 대답하는 것 같았다.

물론 그럴 리는 없을 것이다. 우연의 일치겠지. 하지만 그걸 알면서도 일레나는 가슴이 두근거리는 것을 어떻게 할 수 없었다.

들뜬 기분에 일레나가 계속 말을 붙였다.

"다시 읽어줄까?"

꿀렁.

"아니지, 지겨울 테니 다른 걸 읽어줄까?"

꿀렁.

"……혹시 조금 전 고른 책이 별로였니?"

꿀렁.

"괜찮았니?"

꿀렁.

일레나의 표정이 미묘해졌다. 우연이 반복되고 있을 뿐이라는 걸 안다. 아는데…….

"우리 얌얌이는 변덕쟁이인가 봐요."

그 말에 일레나의 배에 달라붙어 태동을 고스란히 느끼던 카이휜이 답했다.

"엄마의 말이라면 뭐든지 좋다는 게 아닐까요?"

"……그런가? 정말이니, 얌얌아?"

아이는 잠잠했다.

좀 더 기다려도 태동은 다시 찾아오지 않았다. 일레나는 내심 밀려드는 아쉬움을 뒤로하고 입을 열었다.

"난 얌얌이가 변덕쟁이여도 좋을 것 같아요. 그래도 분명히 사랑스러울 테니까."

혹자는 변덕쟁이 애를 키우는 건 하나가 아니라 마치 아이 둘을 키우는 것 같아 무척 고달프다고 말했다. 하나 아직 육아의 고통을 모르는 일레나에겐 와닿지 않는 이야기였다.

"같은 생각입니다."

다정한 목소리를 들으며 일레나가 눈을 감았다.

공작성의 사용인들이 땔감을 아끼지 않는 것은 어제오늘 일이 아닐 텐데. 왠지 오늘따라 피부에 닿는 침실의 공기가 따뜻하게 느껴졌다.

성큼 다가왔던 겨울은 그만큼 빠르게 물러갔다. 이제 한낮이면 꽁꽁

언 땅에 봄볕이 내리쬈다.

일레나는 임신 사 개월을 지나 오 개월 차로 접어들었다. 유산의 위험이 있어 각별히 주의를 기울여야 했던 초기와 달리 이젠 제법 안정기라고 불러도 좋을 법한 시기였다.

그리고 이 시기…….

"조심히 다녀오세요, 부인."

"……네."

일레나가 약간 우울한 얼굴로 고개를 끄덕였다.

그녀는 카이휜 없이 혼자 에이든 왕국으로 갈 준비를 마쳤다. 정확히는 혼자가 아니라 시드리온이 함께였지만, 어쨌든 남편이 동행하지 못한다는 점이 중요했다.

일레나의 머릿속에 한 대 때려주고 싶은 사람의 얼굴이 떠올랐다.

'에드워드.'

오늘 아침. 에이든 왕국에서 에드워드가 보낸 청첩장이 도착했다. 다만 문제가 있었는데, 청첩장에 기재된 결혼식 날짜가 바로 오늘이었다는 것이다. 식은 오후에 시작된다고 적혀 있었다.

실수로 청첩장 발송을 누락했다가 부랴부랴 다시 보낸 것이든 아니면 오는 과정에서 문제가 생겼던 것이든, 일레나는 에드워드의 결혼식에 참석하려면 당장 몇 시간 안에 국경을 넘어야 하는 처지가 됐다.

다행히 서둘러 수배한 시드리온이 바로 에이든 왕국으로 이동할 수 있단 말을 하긴 했다. 단 일레나 혼자 이동해야 한다는 조건이 붙었다.

카이휜까지 두 사람을 데리고 가려면 마나 소모가 극심해 장거리를 단번에 이동하지 못하고 중간에 한 번 쉬어야 하는데, 그러려면 시간이 약 하루는 걸린다는 것이 그 이유였다. 하루 뒤면 결혼식은 이미 끝난 후일 것이다.

일레나는 선택해야 했다.

'확 불참할까 고민하기도 했지만……'

결국 일레나는 혼자서라도 식에 참석하기로 결정했다.

겨울의 한기가 이제 겨우 걷힌 이 시점. 에드워드가 다소 성급하다 싶게 결혼식을 올리는 이유를 알기 때문이다.

"네가 참석할 수 있을 때 식을 올릴 테니까, 꼭 와라."

만삭이 되면 거동이 불편해진다. 산달이나 아이를 낳은 직후에는 말할 것도 없다. 에드워드는 최대한 일레나가 움직이기 편할 때로 맞춰 식 날짜를 당겼다.

'무려 공주와 결혼하면서 그 고집을 관철했으니, 인정해 줘야지.'

하지만 그렇게 생각하면서도 카이휜의 가슴팍을 아쉽게 만지작거리는 일레나의 손은 떨어질 줄을 몰랐다.

"시드리온이 같이 있으니 위험한 일은 없을 겁니다."

"네, 저도 그렇게 생각합니다. 그러니 작별 인사는 그쯤하고 이만 출발하시는 게. 기다린 지 한 시간은 된 것 같은데……"

일레나의 날카로운 시선을 받은 시드리온이 입을 다물었다. 일레나가 까치발을 들며 카이휜의 옷깃을 쥐고 당겼다. 시드리온이 알아서 양손으로 자기 눈을 가렸다.

"다녀올게요."

잠시 후 시드리온이 시야를 가렸던 손을 내리고 마법을 발동했다.

에드워드는 일레나를 보곤 헛것을 본 양 놀랐다가, 이내 눈물을 글썽이며 식장으로 끌려갔다.

청첩장이 아슬아슬하게 도착했던 연유는 본식 후 피로연 자리에서 밝혀졌다.

"실은 청첩장 발송이 통째로 누락됐었거든. 아무도 못 올 줄 알았는데, 일레나 네가 와줘서 난 정말……."

"잠깐 비켜 봐요, 허니."

일레나 앞에서 구구절절 감격스러운 소감을 밝히는 에드워드를 밀치고 공주가 일레나의 손을 잡았다. 그때 일레나는 상대의 눈에서 어떤 빛을 읽었다.

'기대감?'

공주가 입을 열었다.

"반가워요. 꼭 뵙고 싶었어요, 성녀님."

성녀. 잠시 잊고 지냈던 호칭에 일레나가 멈칫할 때 공주의 말이 이어졌다.

"실은 성녀님께서 왕국에 오시면 꼭 부탁하고 싶었던 일이 있었답니다."

그 말에 먼저 반응한 것은 아내의 손길에 종잇장처럼 밀려났던 에드워드였다.

"부탁이라니? 그게 무슨 소리예요, 달링?"

그가 당황한 얼굴로 자리로 끼어들었다. 일레나는 귀를 고문하는 달링이라는 호칭에 주의를 기울이지 않으려 애썼다.

"나한테는 그런 말 한 적 없었잖아요."

"이야기하려 했었어요. 며칠 전에."

"그런데 왜……."

"근데 그때 허니가 청첩장 발송이 누락된 걸 알고 울고불고했잖아요. 아무도 못 올 거라고."

일레나의 시선이 자연스럽게 에드워드에게 향했다. 에드워드의 얼굴이 잘 익은 토마토처럼 달아올랐다.

"우, 울고불고한 것까지는……."

"어쨌든 허니가 그러니까 나도 정말 아무도 못 오는 줄 알고 미리 포기하고 얘기하지 않았던 건데……."

공주가 재차 일레나를 눈에 담았다. 일레나의 손을 잡은 공주의 손에 한결 단단히 힘이 들어갔다. 그래 봐야 아플 정도는 아니었다.

일레나가 잡힌 손을 뿌리치는 대신 상대와 눈을 맞추자 공주가 말을 이었다.

"이렇게 와주셨으니까."

"……."

"부탁, 드려도 될까요?"

공주의 목소리가 간절해졌다.

에드워드는 아내와 동생을 번갈아 쳐다보며 이러지도 저러지도 못하고 쩔쩔맸다. 그러다 이내 결심한 얼굴을 하곤 일레나에게 다가와 속삭였다.

"일레나, 나 때문에 무리해서 부탁을 들어줄 필요는……."

"그럴 생각 없으니 걱정 마."

"어? 그, 그래."

에드워드가 머쓱해하며 물러났지만, 일레나는 공주의 부탁을 들어줄 생각이었다. 상대가 '무리한' 부탁을 하지는 않을 거란 믿음이 있었으니까.

공주이기 전에 에드워드의 아내였다. 일레나는 혈육의 사람 보는 눈을 꽤 신뢰하는 편이었다.

'사랑 때문에 콩깍지가 썬 거라면 말이 다르지만.'

그땐 그냥 마음을 바꿔 바로 돌아가면 그만이다.

일레나가 입을 열었다.

"부탁이 뭔가요?"

에이든 왕국의 왕성 안쪽에는 대접견실이라는 곳이 있었다. 신과 소통하고 대화하기 위한 장소였는데, 최근 귀족들 사이에서 그곳을 폐쇄하거나 용도를 바꾸라는 목소리가 나오고 있었다.

"수십 년 가까이 대접견실이 제 역할을 하지 못했거든요. 신의 말씀을 들을 수 있는 사람이 나타나지 않은 것뿐인데……. 귀족들은 장소의 문제로 몰아갔어요."

왕권을 약화시킬 기회를 놓치지 않은 귀족들은 대접견실이 쓸모를 다했다고 주장했다. 대접견실은 왕가와 신을 이어주는 중요한 상징성을 지닌 공간이었다. 잃는 순간 왕권에 타격이 갈 것은 자명한 일이었다.

"부탁드려요. 대접견실에서 신과 대화해 주세요."

"흠······."

대접견실 내부로 들어선 일레나가 천천히 걸음을 옮겼다. 내부는 쓸쓸할 정도로 휑했다. 넓은 공간에 존재하는 것이라곤 신을 본떠 만든 조각상과 소파 하나뿐이었다.

소파에 앉은 일레나가 조각상을 응시했다.

'과연 될까?'

공주의 부탁 자체는 별것 아니었다. 그저 대접견실에 들어와 잠시 시간을 보내다 나가면 되는 일이었으니까.

하지만 공주가 기대하는 바를 이뤄줄 수 있을지는.

'신과 대화라······.'

일레나가 신성력을 쓸 수 있고 '성녀'라 불리니 희망을 품은 것이겠지.

하지만 정작 일레나는 스스로에게 그다지 기대가 없었다. 신의 목소리 같은 건 살면서 한 번도 못 들어봤다.

"이곳에 들어왔다고 갑자기 들을 수 있을 리······."

[왔구나.]

"헉?"

일레나가 몸을 굳히고 눈을 큼지막하게 떴다. 희멀건 조각상에 갑자기 전에 없던 안광이 비치는 것이 보였다. 일레나는 잠시 넋을 놓고 바라보다가 입을 열었다.

"신····· 이신가요?"

[그런 이름으로 불리고 있지.]

맙소사.

일레나가 눈을 깜박거렸다. 정말 신과 대화가 가능하다니? 직접 듣고 있으면서도 믿을 수 없었다.

"어……."

이내 일레나가 주저했다.

생각해 보니, 공주는 일레나에게 신과 대화해 달라고만 부탁했지 어떤 대화를 나눠달라는 세부적인 요청은 하지 않았다.

'무슨 말을 하지?'

평소 신에게 궁금했던 것이 있었나?

'……남편을 만들 때 고생했었냐고 물어봐도 되나?'

왜냐면 그녀의 남편은 너무 완벽하니까. 빚으면서 힘들지 않았을까.

갑자기 신의 목소리를 들어 얼떨떨해진 일레나가 내심 그런 것을 진지하게 고민할 때, 목소리가 다시 들렸다.

[기억하느냐?]

"네?"

[날 만나러 올 기회가 있을 거라고 했던 걸.]

"무슨……."

그때 일레나의 머릿속에 어떤 것이 떠올랐다.

온통 희고, 아무것도 존재하지 않던 공간. 그 공간에 나타난 노파가 그녀에게 했던 말.

"조만간 나를 만나러 올 기회가 있을 테니, 그때 여러 이야기를 들려주지."

"설마!"

일레나가 소파에서 몸을 벌떡 일으켰다. 머릿속에서 울리는 목소리가 답을 주었다.

[그래, 나였다. 정확히는 내게 눈과 귀, 입을 빌려준 대리인이었지.]

일레나는 꼼짝없이 굳어 입만 벙긋거렸다. 노파가 신의 대리인이었다고?

'평범한 사람이 아닐 거라곤 생각했지만.'

예상했던 것보다 훨씬 놀라운 정체였다.

[미래가 바뀌었고, 네가 이리 직접 나를 찾아왔으니 나도 전보다 네게 많은 것을 들려줄 수 있겠구나. 그래, 무엇이 가장 궁금하느냐?]

일레나는 퍼뜩 정신을 차렸다. 뭐가 궁금하냐고?

"아, 음……."

다시 소파 위로 천천히 앉은 일레나가 생각을 정리했다. 충격에 머리가 복잡했지만 사고력이 아예 사라진 건 아니었다.

노파에게 묻고 싶었던 것. 우선 그녀의 정체가 궁금했다. 하지만 그건 방금 들었으니까. 그럼…….

"……가족."

[가족?]

"제 가족이 죽는 미래는 제가 봤던 그대로인가요? 그렇다면 바꾸고 싶어요. 반드시."

노파, 즉 신의 대리인이 보여주었던 미래에서 일레나의 가족은 이미 죽고 없었다. 아버지는 병으로 돌아가셨고 언니와 오빠는 사고로 일찍 세상을 떴다. 20년 후에 다가올 미래는 바뀌었지만, 정작 가족의 미래가 어떻게 되는지는 몰랐다.

"제발 부탁드려요."

[형제의 죽음은 걱정할 필요 없다. 두 사람의 행보가 바뀌면서 미래도 변했으니까.]

"그럼 안 죽는다는 말인가요?"

[적어도 네가 불안해하는 만큼 일찍 죽진 않을 거야.]

"하……."

일레나는 안도의 한숨을 내쉬다가 멈칫했다. 신의 대답에서 빠진 사람이 있었다.

"제 아버지는요?"

[네 부친의 운명은 현재로선 변함없지만…….]

일레나의 손이 움찔거렸다. 어떻게 빌면 좋을까, 머리가 빠르게 굴러 갔다. 조각상 앞에 무릎을 꿇어야 하나? 그 상태로 조각상을 잡고 매달리는 게 효과가 좋을까. 뭐든 할 수 있었다.

일레나가 그렇게 생각할 때 신의 목소리가 이어졌다.

[부친의 병이 예정대로 발병하면, 네가 약을 찾을 수 있게 해주마.]

"……정말요?"

[신이 거짓말하는 걸 보았느냐?]

못 봤다. 아니, 못 봤다고 믿고 싶다.

"……감사합니다, 정말."

[괜찮다. 네게는 감사 인사를 벌써 두 번이나 듣는구나.]

일레나는 그 말에 문득 그녀가 노파에게 고맙다고 했던 것을 떠올렸다.

"신님."

[그래.]

"전에 제게 고마워하고 안심하기엔 아직 이르다고 하셨잖아요."

노파의 모습을 한 채 분명 그렇게 말했다.

[그랬지.]

"그건 무슨 의미였나요?"

[네 배 속에 아이가 생기기 전이었으니 그리 말한 것이다.]

일레나가 무심코 배를 어루만졌다. 아랫배는 옷을 입고선 티가 나지 않지만, 만져보면 알 수 있을 만큼 미세하게 볼록했다.

"이젠 안심해도 괜찮은 건가요?"

[그렇단다.]

'아이가 생겼으니 안심해도 된다니, 얌얌이가 정말 용사가 되는 건가.' 마왕이 죽었어도 세상을 구하는 일이 생기는 걸까.

"아, 마왕은 확실하게 죽은 거죠?"

[그럼.]

"휴."

[달리 더 궁금한 것은 없느냐? 이젠 네게 답해주지 못할 것이 거의 없단다. 세계의 운명이 되돌릴 수 없을 만큼 움직였으니.]

"글쎄요……."

일레나는 말끝을 흐렸다.

몇 가지 질문이 머릿속에 떠올랐다가 금방 사라졌다. 이제 와선 뭐든 딱히 중요하지 않단 생각이 들었다.

"아."

그러다 언뜻 일레나의 입이 벌어졌다.

"있어요, 궁금한 거."

[무엇이지?]

"우리 얌얌이. 여자애인가요, 남자애인가요?"

머릿속이 잠시 잠잠했다.

이윽고 신의 목소리가 들렸다.

[그건 비밀이란다.]

───── ✳ ─────

일레나가 신과 대화를 마친 후에도 조각상의 안광은 사라지지 않았다. 신과 소통한 증표로, 약 사흘간 지속된다고 했던가.

일레나가 복도로 나온 뒤 접견실 내부를 살핀 시종은 공주에게 소식을 전하기 위해 부리나케 사라졌다.

"정말 신과 대화하셨습니까?"

시드리온은 문밖에서 대기하고 있었다. 일레나가 고개를 들었다.

"응."

"그렇군요."

"궁금하면 자네도 저 안에 들어가 볼래?"

"됐습니다."

"왜? 신이 응답해 줄지도 모르잖아. 가봐."

"아뇨."

미련 없이 대답하며 시드리온이 시선을 돌렸다. 그때 그의 머릿속에 목소리가 울렸다.

[약속은 지켰다. 아이야.]

멈칫한 시드리온의 미간에 미약하게 주름이 졌다.

"공작 부인, 혹시 방금 뭐라고 말씀하셨습니까?"

"뭐?"

"목소리가……."

말은 끝까지 이어지지 못했다. 그전에 머리가 반으로 갈라지는 것 같은 통증이 시드리온을 덮쳤다.

"큭!"

"흑탑주?"

시드리온이 머리를 감싸 쥐고 비틀거렸다. 꼿꼿이 서 있던 몸이 바닥으로 무너지는 건 순식간이었다.

"흑탑주!"

당황한 일레나의 목소리를 뒤로한 채 시드리온의 의식이 저편으로 잠겨 들었다.

"마스터."

흑탑 소속 마법사의 목소리에 시드리온이 창가에서 시선을 떼어냈다.

"무슨 걱정 있으십니까?"

수하의 목소리는 조심스러웠다. 오랜 시간 모셔온 상관에게서 평소답지 않은 낌새를 발견하곤 염려하는 모양새였다.

시드리온은 고개를 저었다.

"아무것도 아니다."

그러나 그 후로도 그의 시선은 걸핏하면 창밖으로 향했다.

이상한 일이었다. 딱히 창밖에 무언가가 있는 것도 아닌데.

'뭘까.'

정체를 알 수 없는 어떤 것이 그의 감을 건드렸다. 불안감 같기도 하고, 기묘한 위화감 같기도 했다.

결국 하루가 끝나기 전 시드리온은 수하에게 제 하나뿐인 친우의 안부를 물었다.

"공작 각하께선 어쩌고 계시지?"

흑탑은 시드리온의 명에 따라 항시 메이하드 공작령과 공작성을 주시하고 있었다. 수하는 기다렸다는 듯 대답했다.

"평소와 같은 일과를 보내셨습니다. 며칠 전엔 잔여 몬스터 소탕 때문에 산맥에 오르셨고요."

"다친 곳 없이 무사히 돌아오셨고?"

"예."

"그 여자는?"

그 여자. 메이하드 공작 부인을 지칭하는 말이었다.

수하는 이번에도 지체하는 기색 없이 답했다.

"최근 노네임 자작령에서 열린 연회에 이틀 내리 참석하셨습니다."

"여전히 별채에서 지내나?"

"그렇습니다."

"……알겠다."

이쪽도 그다지 특별한 내용은 없었다.

공작 부부는 결혼한 지 얼마 안 되어 별거나 다름없는 생활을 시작했다. 그 생활의 첫 막을 연 것은 공작 부인이었다.

"나와 한 공간에서 지내길 원한다면, 성안에서도 가면을 써줘요. 그게 싫다면…… 내게 별채를 내줬으면 해요."

카이휜은 별말 없이 순순히 아내에게 별채를 내주었다.

결혼 전 린든 후작 영애로 불렸던 공작 부인은 억지로 카이휜과 혼인했다. 그녀의 부친과 카이휜 사이에서 오간 사업 거래 때문에 본인의 의지와는 관계없이 영지로 오게 되었다.

공작 부인은 혼인 후에도 여전히 사귀던 연인과 관계를 이어갔고 공작성의 내정에는 손도 대지 않았다. 그저 별채에서 지내며 최대한 카이휜과 마주칠 일 없도록 주변 영지에서 열리는 파티에 참석하거나 했다.

카이휜은 이름뿐인 아내에 불과한 공작 부인의 행실에 전혀 참견하지 않았다. 벌써 근 이십 년째였다.

"나가봐."

시드리온은 손짓 하나로 수하를 내보냈다.

이십 년이나 지난 일에 이제 와 감정이 상하는 것은 아니다. 그러기엔 너무 늦었다. 그렇다면 이건 대체 뭘까.

시드리온은 그날 내내 가슴을 짓누르는 기이하고 갑갑한 감각에 잠을 설쳤다.

그리고 다음 날.

괴물이 세상을 침공했다.

"마, 마스터! 지금 탑 바깥에……!"

"아악!"

"사, 살려줘!"

아무런 예고도 없이 세계를 덮친 괴물은 빠르고 강했다. 또한 아무리 죽여도 숫자가 줄지 않았다. 마치 어딘가에서 쉴 새 없이 쏟아져 나오는 것 같았다.

흑탑의 상황은 한결 절망적이었다.

"아티팩트가 전혀 작동하지 않습니다!"

"아무리 해도 마법이 제대로…… 으아악!"

알 수 없는 기류가 마법사들이 마법을 사용하는 걸 방해했다.

시드리온은 그나마 평소 역량의 절반이라도 낼 수 있었지만, 다른 마법사들은 사정이 달랐다. 마법사는 일반적으로 신체를 단련하지 않는다. 마법을 쓰지 못하는 마법사들은 일반인보다 약했다.

흑탑의 구성원 대부분이 순식간에 무력해졌다.

"마스터!"

"마스터, 도와주십시오!"

시드리온은 사실상 거의 혼자서 흑탑을 건사했다. 그러길 시간이 얼마나 흘렀을까.

제아무리 천재라고 불려온 시드리온에게도 한계는 있었다. 괴물의 등장 후 대략 반년이 지났을 때. 흑탑은 결국 괴멸을 눈앞에 두었다.

탑에 생존자가 거의 남지 않게 되었을 때, 시드리온은 마지막 힘을 쥐어짜 탑을 벗어났다.

'카이휜.'

그러곤 메이하드 공작령으로 향했다. 하나뿐인 친우의 생존을 간절하게 바라면서.

그러나…….

"아, 아아."

가까스로 공작성에 도착한 시드리온을 반긴 건 이미 싸늘하게 식은 시신이었다.

강력한 힘을 지닌 존재와 격렬한 전투가 있었던 듯 성은 반쯤 폐허가 되어 있었다. 시드리온은 잔해 사이에서 카이휜의 시체를 찾아냈다.

"아냐, 이건 아니야. 이건 정말로 아니야……."

괴물을 피해 구석지고 안전한 곳으로 숨은 시드리온은 숨이 멎은 친우를 끌어안고 만 하루를 오열했다. 그리고 그런 끝에 간신히 떠올려

냈다.

현자의 탑.

이곳에서 멀리 떨어진 왕국 어딘가에 그런 이름으로 불리는 건축물이 있었다. 까마득한 과거, 신이 인간의 한계를 시험할 목적으로 만들었다고 전해지는 그 탑에는 전설 같은 이야기가 존재했다.

"탑의 최상층에 오르는 이는 특별한 힘을 가질 수 있다."

마냥 허무맹랑한 이야기는 아니었다. 실제로 힘을 얻었다는 사람이 간혹 등장했으니까.

다만 누구든지 탑의 최상층에 오를 수 있는 건 아니었다. 최상층에 오르는 데 성공하여 힘을 얻은 사람보다 실패하여 도중에 비참한 죽음을 맞이한 사람의 숫자가 압도적으로 많았다.

시드리온은 탑의 존재를 떠올린 순간 망설이지 않았다. 망설일 이유가 없었다. 어차피 지금 그가 고를 수 있는 유일한 선택지였다.

성치 않은 몸으로 현자의 탑까지 이동하는 데 반년이 걸렸다. 그리고 일 층에서 최상층까지 오르는 데는 무려 일 년이 소요되었다.

시드리온이 목숨만 붙은 상태로 탑의 최상층에 발을 들였을 때, 밖은 이미 괴물에 의해 멸망을 맞이한 상태였다.

[놀랍구나.]

탑은 시드리온의 앞에 '신'을 불러냈다.

[나를 부를 정도로 강렬한 염원이라니.]

현자의 탑은 최상층에 올라선 사람이 지닌 염원에 반응했다.

가령 어떤 이는 눈앞에서 가까운 이가 사고로 죽는 걸 목격한 후, 미래를 알 수 있길 원했다. 그래서 바라는 대로 한 치 앞을 예견하는 능력을 갖게 되었다.

또 어떤 이는 소중한 사람에게 자신만만하게 내보일 수 있는 힘을 원했다. 탑은 그에게 정령을 다룰 수 있는 능력을 주었다.

시드리온이 바란 것은…….

"당신이 신입니까?"

[그러하다.]

"그렇다면 제발, 바꿔주십시오."

'쿵' 소리를 내며 시드리온의 무릎이 바닥에 닿았다. 이마가 차가운 돌바닥에 달라붙었다.

"세상의 끝을, 제 친우의 마지막을 바꿔주십시오."

시드리온은 살면서 한시도 잊어본 적이 없었다. 카이휜이 제 앞에 신전의 명부를 던져주던 순간을. 그 명부에서 제 이름을 지울 수 있게 해주고, 저를 지옥에서 해방시켜 주었던 그때를.

평생을 빚졌다. 상대는 저의 인생을 구했다. 그는 절대 이렇게 죽어서는 안 되는 사람이었다.

빚도 갚지 못했는데. 카이휜은 아직 세상이 그에게 주었던 불행의 한 조각도 보상받지 못했는데.

결코 이대로 모든 걸 끝낼 수는 없었다.

"시간을 되돌려 주십시오. 현재가, 미래가 변할 수 있게 해주십시오. 그런 최후를 맞이해선 안 되는 사람입니다. 제발, 부디……."

[보기 드물 만큼 맑은 영혼을 지녔구나. 덕분에 네가 살아온 삶이, 네 혼이 그대로 비친다.]

"……."

[최후를 바꿔주고 싶은 사람은, 카이휜 페이하드 공작이겠지?]

"맞습니다."

시드리온이 황급히 대답했다. 그저 빛 덩어리의 형상을 한 신이 말을 이었다.

[그래……. 아이야, 네 바람을 이해한다. 확실히, 그의 삶에는 억울한 부분이 있지.]

"……."

[본래 그에게 주어진 불행은 용사를 낳기 위한 대가였으니까.]

"예?"

시드리온의 고개가 휙 젖혀졌다. 시선이 위를 향했다.

"그게 무슨……."

[카이휜 페이하드 공작이 타고난 얼룩. 그것이 왜 있었는지 아느냐?]

"모릅…… 모릅니다."

[육체가 감당할 수 없는 힘을 품었던 탓이다. 그의 자손인 용사에게 물려줄 힘이었지.]

"……!"

[즉, 자식이 생겨나면 자연스럽게 사라졌을 흔적이야.]

시드리온의 눈빛에 혼란이 생겨났다.

"하지만……."

[그래, 그 자손은 태어나지 못했지. 그건 땅의 의지 때문이었다.]

"땅의…… 의지요?"

[땅 위에 살아갈, 세상의 주인을 바꾸고자 하는 의지.]

연령도, 성별도 알 수 없는 신의 목소리가 이어졌다.

[쉽게 말해 인류를 멸망시키고자 한 땅의 의지가 개인의 운명을 이긴

것이다. 이 땅이 네 친우에게 주어진 운명을 방해하고 비튼 거지. 용사가 탄생하지 못했던 것은 그 탓이다.]

땅의 의지. 개인의 운명.

시드리온은 신의 말을 온전히 이해할 수는 없었다. 다만, 이 순간 무엇이 가장 중요한지는 알았다.

"그래서, 바꿀 수 있습니까?"

그가 절절하게 물었다.

"시간을 돌리고, 미래를 뒤집을 수 있습니까?"

시드리온은 자신에게 주어진 시간이 얼마 없다는 것을 깨달았다. 탑의 최상층까지 오르는 데 모든 기력을 소모했다. 그는 죽어가고 있었다.

점점 희미해져 가는 생명의 불씨를 느끼며 시드리온이 빛 덩어리, 신을 똑바로 쳐다보았다.

잠시 침묵이 흐른 끝에 기다리던 답이 들렸다.

[불가능하진 않다.]

"그럼……"

[하나 확신할 수도 없어.]

"그게, 무슨 뜻입니까?"

[시간을 되돌릴 순 있다. 내가 개입해서 네 친우의 운명에 힘을 실어줄 수도 있어. 그러나 거기까지다.]

"……"

[그 이후의 결과는 장담하지 못해. 내가 나선다고 한들 미래가 정말 바뀔지는 알 수 없단 소리다.]

"상관없습니다."

시드리온이 다급히 대답했다.

괜찮다. 그렇더라도. 어쨌든 가능성이 존재하기만 한다면. 일말의 희망을 붙잡고 발악이라도 해볼 수 있다면, 그것으로 족했다.

[아직 중요한 이야기가 남았다.]

"……무엇입니까?"

[나는 대가 없이 힘을 쓰지 않는다. 더구나 시간을 건드리는 건 내게도 꽤 부담이 되는 일이지.]

"……"

[넌 확실하지도 않은 결과를 위해 네가 가진 어떤 것을 나에게 바쳐야 한다. 그래도 하겠느냐?]

"하겠습니다."

망설임은 없었다. 오히려 시드리온은 마음이 급했다.

신이 제안을 거두기 전에. 남은 생의 시간이 다하기 전에. 이 이야기를 마무리 지어야 했다.

"제가 무엇을 드릴 수 있습니까? 다 드리겠습니다. 뭐든 좋으니 가져가십시오."

다시 고개를 숙이고 간절히 빌었다.

"전부 거두어 가시고…… 부디 그를 도와주십시오."

[갸륵하구나.]

신의 목소리에 은은한 흥미가 스쳤다.

[은혜를 갚고자 하는 마음이 무척 깊고 강해. 영혼이 맑기 때문인가? 탐이 날 정도야. 좋다, 네가 원하는 대로 해주마.]

"……!"

[시간을 되돌리고 네 친우의 운명이 제대로 흐르도록 돕겠다. 단, 앞서

말했듯 결과는 정말 장담할 수 없어. 이후는 네 친우와…… 그의 운명의 상대에게 달렸지.]

"알겠습니다. 충분합니다. 감사…… 합니다."

시드리온은 가까스로 마지막 말을 이었다.

시야가 흐릿했다. 몸에서 급속도로 힘이 빠져나가는 것이 느껴졌다.

아, 어쩌면 그의 신체는 진작 한계를 맞이했던 것일 수도 있다. 당장 숨이 끊어져도 이상하지 않은 상태에서, 그저 강렬한 의지로 마지막 삶의 끈을 붙잡고 있었던 것일지도.

차가운 바닥이 가까워졌다. 신의 목소리가 아득하게 들렸다.

[대가는 네 다음 생으로 받도록 하마. 내생에는 나의 신실한 종으로 태어나 살아가거라.]

시드리온은 대답하지 못했다. 눈앞이 어두워졌다.

[약속은 반드시 지켜주마. 머잖아 나의 것이 될 아이야.]

시드리온은 무거운 눈꺼풀을 들어 올렸다. 정신을 차린 그의 시야에 가장 먼저 들어온 건, 침대 근처에 앉아 흰 가운 차림으로 꾸벅꾸벅 조는 남자였다.

"안 돼, 로즈, 가지 마……. 널 위해서라면 관리하는 남자가 될게……. 군것질 끊고 운동할게……. 가지 마!"

야무지게 잠꼬대까지 하던 남자가 의자 위에서 파드득 경기를 일으키며 눈을 떴다. 그러곤 이내 의식이 돌아온 시드리온과 눈이 마주치곤 깜짝 놀랐다.

"……."

"헉. 의식이……!"

잠시 후 서둘러 방을 나선 남자가 사람을 불러왔다. 방으로 불려 온 인물은 일레나였다.

"흑탑주, 괜찮나?"

일레나가 걱정스러운 얼굴을 하고 침대로 다가왔다. 시드리온이 몸을 일으켜 앉았다.

"갑자기 쓰러져서 놀랐어. 머리를 부여잡던데……."

"……제가 얼마나 오래 의식을 잃고 있었습니까?"

"반나절 정도?"

"그렇군요."

그런데 대답하고 난 일레나의 표정이 묘했다. 시드리온을 빤히 보던 그녀가 이내 자기 눈을 의심하는 기색으로 입을 열었다.

"맙소사, 자네 울어?"

"예?"

"잘못 본 게 아니네. 세상에, 진짜 울잖아."

시드리온은 그 말에 뒤늦게 얼굴을 더듬었다. 뺨을 훔치자 손끝에 분명하게 물기가 묻어났다.

"왜 우는 건가?"

일레나가 조심스럽게 질문했다.

시드리온은 바로 대답하지 않았다. 그는 제 손에 묻어난 물기를 물끄러미 응시하다, 역으로 일레나에게 물었다.

"공작 부인, 카이휜을 사랑하십니까?"

"응?"

일레나가 눈을 깜박였다. 속눈썹이 팔랑거렸다. 난데없이 그건 왜 묻는 거지. 물론 언제 어느 때 물어도 답은 정해져 있었다.

"물론이지."

"……사랑하는 사람과 함께해 행복하십니까?"

"당연한 걸 왜 물어?"

"카이휜에게 물어도 같은 답을 주겠죠."

그러더니 시드리온의 뺨을 타고 눈물방울이 새롭게 흘러 길을 만들었다. 그러나 그의 입매는 호선을 그렸다. 그는 우는 동시에 웃고 있었다.

일레나가 자기도 모르게 뒤로 한 걸음 물러났다.

"……아, 오해하지 마. 가만히 서 있으려니 발이 저려서."

"평생을 바쳐도 갚지 못할 빚이라고 생각했습니다."

"……?"

"그런데 이미 갚았군요."

"……."

"빚을…… 갚았습니다, 제가."

일레나는 묵묵히 시드리온에게 시선을 주었다.

저게 무슨 말일까. 뭔가 막대한 채무를 상환했는데 잊고 있다가, 기절했다 깨어난 김에 생각이 났다는 건가?

'모르겠다.'

알 수 없었다.

하지만 일레나는 굳이 시드리온에게 자세한 사정을 캐묻지 않기로 했다.

상대는 정신을 잃었다가 되찾은 지 얼마 안 됐다. 아직 안정이 필요한 시기였다. 조금 전부터 아무리 봐도 그렇게 보였다.

"음, 일단 푹 쉬도록 해. 필요한 것이 있으면 사람을 부르고. 공작성에는 급하게 돌아가지 않아도 되니까······."

일레나는 배려하듯 부드럽게 말하곤 도망치는 느낌이 나지 않도록 최대한 천천히 방을 빠져나왔다.

시드리온은 혼자가 된 후에도 얼굴에서 미소를 지우지 않았다.

일레나는 이틀 만에 에이든 왕국에서 공작성으로 돌아왔다.

시드리온은 기절했다가 깨어난 날 자긴 괜찮으니 바로 출발해도 된다고 말했지만, 일레나가 그에게 강제로 만 하루라는 휴식 시간을 부여했다.

"있잖아요, 카이휜. 그간 우리가 너무 시도 때도 없이 흑탑주를 부려먹었던 걸까요?"

"네?"

"아무래도 혹사시켰던 것이 아닌가 싶어서······. 앞으로는 정말 급한 일이 아니라면 부르지 않는 편이 낫겠어요."

"혹시 에이든 왕국에서 무슨 일 있었습니까?"

"······당신의 친우를 위해 아무것도 묻지 말고, 그냥 그렇게 하기로 해 줘요."

"부인의 뜻이라면, 알겠습니다."

어쨌든 무사히 귀환했다.

성으로 돌아온 후 일레나는 한동안 사랑하는 남편의 곁에서 떨어지지 않으며 평화로운 시간을 보냈다.

한번은 문득 에드워드와 공주가 주고받았던 호칭이 떠올라 기습적으로 카이휜을 '허니'라고 불러보기도 했다. 효과는 무척 좋았다. 카이휜은 얼굴을 붉게 물들이고 당황함으로써 일레나에게 흡족함을 안겨주었다.

'허니…… 생각보다 괜찮은데?'

그것이 불과 어제의 일이다.

하루 일과를 마치고 씻을 준비를 하던 일레나가 부끄러워 쩔쩔매던 전날의 남편을 떠올리며 턱을 쓰다듬었다.

'다른 호칭도 써볼까.'

달링, 아기 새, 나의 피앙세, 자기, 뭐 기타 등등……. 여태 입에 담아본 적은 없지만 주워들은 것은 많았다.

남편을 놀리는 일은 언제나 즐거웠다. 솔직히 그녀의 남편은 당황해서 어쩔 줄 몰라 하는 모습이 가장 매력적이다.

짓궂은 생각을 하던 일레나의 눈에 문득 로잘린이 주고 간 향유 병이 들어왔다.

"참."

그러고 보니 저걸 아직도 안 써봤다.

'안정기에 접어들고 나면 꼭 써보라고 로잘린이 신신당부를 하고 갔는데.'

한번 눈에 들어오고 나니 호기심이 생겼다. 뭐 얼마나 심신에 좋은 향유이기에.

'오늘 써볼까?'

그래, 마침 로잘린에게서 안부 편지가 도착한 참이니까. 향유를 사용해 보고 어땠는지 답신에 후기를 적어 보내줘도 좋을 것이다.

일레나는 씻고 나와서 로잘린이 선물해 준 향유를 발라봐야겠다고 생각하며 욕실로 들어갔다.

카이휜이 걸음을 재촉해 적막한 복도를 가로질렀다. 생각보다 업무를 늦게까지 잡고 있었다. 밖이 까맣게 물들고 나서도 시간이 제법 지났다.

'아직 깨어 있을까.'

일레나는 최근 잠이 늘었다. 하지만 늦은 밤에도 먼저 잠들지 않고 꼭 카이휜을 기다렸다.

'피곤할 텐데.'

아내가 걱정되는 마음에 카이휜의 걸음이 초조해졌다. 그가 다소 성급한 손길로 침실의 문고리를 쥐었다. 그런데 이내 문을 열고 침실 안으로 들어선 그의 귀에 희미하게 앓는 소리가 들렸다.

'앓는 소리?'

어디 아픈 건가. 놀란 카이휜이 재빨리 침대로 다가갔다.

"일레나."

침대에 누워 끙끙거리던 일레나가 그의 목소리에 반응해 고개를 들었다. 카이휜은 일레나와 눈을 마주치곤 찰나 멈칫했다.

젖은 눈과 상기된 뺨.

어딘지 묘한 분위기에 저도 모르게 시선이 사로잡혔던 카이휜이 곧 정신을 차렸다.

"부인, 괜찮……."

말이 끝나기 전, 일레나가 손을 뻗어 카이휜의 목깃을 낚아챘다. 힘을 줘 잡아당기자 커다란 몸이 쉽게 침대 위로 쓰러졌다. 돌처럼 단단한 어깨를 꼭 잡고 누르며 상체를 일으킨 일레나가 원망스럽게 말을 꺼냈다.

"왜 이제 왔어요?"

일레나의 입술을 타고 흘러나오는 목소리엔 미묘한 헐떡거림이 섞여 있었다.

카이휜은 귀를 예민하게 스치는 그 할딱임에 신경을 쓰지 않으려 노력했다. 왠지 스스로가 짐승이 된 것처럼 느껴져 자괴감이 들기 직전이었다.

그는 지금 제 아내가 아픈 상태일지도 모른다는 사실을 머릿속에 주문처럼 욱여넣으며 입을 열었다.

"미안합니다. 일이 예상보다 늦어져서……."

"조금만 더 늦었으면, 내가 직접 당신 집무실로 찾아가려 했어요. 큰일 날 뻔했다고……. 알아요?"

"정말 미안합니다."

일레나가 말하는 '큰일'이 뭔지도 모르면서 카이휜이 거듭 사과했다. 일레나는 눈을 가느스름하게 뜨고 그녀의 아래에 깔린 남편을 내려다보았다.

"다시는 오늘처럼 늦지 않을……."

맹세하듯 이야기하던 카이휜이 말을 멈췄다. 일레나가 손을 움직여 그의 목덜미를 더듬은 탓이었다. 뻣뻣하게 목 근육을 굳혔던 그가 이내 놀란 듯 눈을 키우며 몸을 일으켰다.

"일레나."

그의 손이 일레나의 손을 덥석 붙잡았다.

"손이 뜨겁습니다."

"……."

"……열이 납니다, 부인."

일레나의 이마를 짚어본 카이휜의 표정이 딱딱하게 굳었다. 일레나는 열이 난다는 말에도 별달리 동요하는 기색 없이 태연히 눈만 깜박였다.

"어쩐지 덥더라."

"당장 다그터를……."

"안 돼."

"예?"

카이휜이 침대를 벗어나지 못하게 단단히 붙잡은 일레나가 눈을 반짝였다.

"지금 여기서 다그터 불러오면, 당신 나한테 정말 못 할 짓 하는 거야."

"그게 무슨……."

당황하는 카이휜을 보며 일레나가 길게 숨을 내뱉었다. 체온만 올라간 것이 아니다. 입술 사이로 새어 나오는 숨도 평소보다 뜨거웠다.

일레나는 카이휜의 파란색 눈을 가만히 들여다보았다. 카이휜은 마치 뭔가에 묶인 사람처럼 꼼짝도 하지 못했다.

"내가 지금 아픈 사람처럼 보여요?"

"아닙…… 니까?"

대답을 들으며 일레나가 손을 움직였다. 거침없이 움직인 손이 그녀의 몸보다 더한 열기를 띤 욕망을 찾아내 꾹 눌렀다.

"……!"

카이휜의 전신에 팽팽하게 힘이 들어갔다. 일레나를 밀어내려는 것처럼 작은 어깨를 덥석 쥐었으나 정말 그녀를 어쩌지는 못했다.

이러지도 저러지도 못하며 그가 당혹스럽게 목소리를 짜냈다.

"잠깐, 일레나. 손을……."

"흠, 아픈 사람을 상대로는 적절하지 못한 반응인데."

"그건."

일레나는 손을 치우지 않았다. 카이휜의 동공이 떨렸다.

"오햅니다."

"오해 아닐걸요."

일레나가 작게 웃었다.

"나 안 아파요. 아파서 열나는 거 아니야."

"……"

"로잘린이…… 얼마 전에 찾아와 나한테 웬 향유를 주고 갔거든요."

"향유요?"

카이휜은 그 말에 뒤늦게 일레나에게서 나는 향에 집중했다. 확실히 평소엔 맡을 수 없었던 인위적인 달콤한 향이 일레나의 목덜미에서 느껴졌다.

카이휜의 턱이 움찔했다. 아, 하마터면 어깨에 코를 박고 냄새를 들이마실 뻔했다.

가까스로 충동을 참아낸 그가 문득 밀려온 생각에 일레나와 눈을 맞췄다.

"설마, 이 향……."

"응. 맞아요."

일레나가 다시 카이휜을 붙잡고 체중을 실었다. 두 사람이 마주 보며 침대 위로 쓰러졌다. 팔꿈치를 침대에 찍어 눌러 체중을 지탱한 카이휜이 흔들리는 눈으로 일레나를 응시했다.

"이런 건 줄 몰랐어. 알았으면 당신이 침실에 오고 나서 발랐을 텐데……."

발가락이 가만히 있지 못하고 자꾸 안으로 굽어들었다. 일레나는 가쁘게 호흡하며 카이휜의 목에 팔을 걸었다.

"내가, 진짜…… 얼마나 힘겹게 당신을 기다렸는지 몰라."

"……."

"슬슬 한계인 것 같으니, 어떻게 좀 해줘요. 빨리."

애타는 요구에 대한 답은 바로 돌아왔다.

거추장스러운 방해물을 걷어내고 말랑한 피부 위로 낙인이 숱하게 찍혔다. 침대보가 엉망으로 구겨졌다.

잔뜩 성나고 달아오른 열기가 금세 가장 여린 곳을 점령했다. 강렬한 자극이 발끝까지 전해졌다. 머릿속을 하얗게 비워내는 감각 속에서 일레나의 입이 제멋대로 움직였다.

어서. 더.

……여기서 '더'가 있긴 할까?

그러나 그렇게 생각하면서도 보채고 재촉하듯 흘러나오는 말을 막을 순 없었다.

신음인지 흐느낌인지 모를 것이 차츰 더운 침실을 채워 나갔다. 이성이 통째로 자취를 감춰 버린 것 같던 시간은 이후로도 한참이나 끝나지 않았다.

다음 날.

일레나는 눈을 뜨자마자 향유를 봉인했다.

'위험해.'

로잘린은 일레나에게 향유를 선물하며 인체에 해가 되는 성분은 없으니 걱정하지 말라고 했다. 하지만 그런 문제가 아니었다.

향유는 다른 의미에서 위험했다. 몹시.

"……이 편지를 맥스 백작저로 보내주렴."

"네, 마님."

일레나는 로잘린의 안부 편지에 답장을 썼다. 다만 답신에 향유 사용 후기를 기재하겠다는 당초의 계획은 폐기했다. 여러모로, 도저히 글로 옮길 수 있는 시간이 아니었으니까.

시시콜콜한 일상적 내용만 적은 편지를 발송한 후 일레나는 식당으로 향했다.

오후 느지막이 기상하는 바람에 아침과 점심 식사를 한꺼번에 건너뛰고 그녀는 남편과 조금 이른 저녁 식사를 함께했다.

식사는 기묘한 분위기로 진행되었다. 부부는 대화를 나누다가도 눈이 마주치면 말을 멈췄다. 식기가 부딪치며 나던 소리도 끊기고, 이어 누가 먼저랄 것 없이 작게 헛기침하는 소리만이 식당 내부에 울렸다. 그런 상황이 한 번에서 그치지 않고 반복됐다.

덕분에 그날의 식사는 평소보다 좀 더 오랜 시간 진행되었다.

수도의 신전 안쪽.

"끙, 끙."

머리에 물수건을 이고 드러누운 베카가 연신 앓았다. 그의 눈은 절망이 깃들어 까맣게 죽어 있었다.

마수가 세상을 습격했던 사태 이후. 신전은 빠르게 몰락의 길을 걸었다.

우선 민심이 신전에게서 완전히 등을 돌렸다. 마수에게 조금도 대항하지 못하는 신전의 무력함을 확인한 후 왕국민은 더는 신전을 찾아 기도하지도, 신전에 헌금이나 헌물을 내지도 않았다.

문제는 그뿐만이 아니었다.

"트라엑스 백작. 자네, 앞으로도 신전에 계속 기부금을 낼 생각인가?"

"글쎄……. 찬스 자작, 자네 의견은 어때?"

"전 내지 않는 것이 좋다고 생각합니다. 신전이 메이하드 공작과 오랫동안 반목해 온 것은 다들 암암리에 알고 계신 사실 아닙니까?"

"그건 그렇지."

"왕실이 메이하드 공작의 손을 잡았습니다. 저희도 이번 기회에 늦지 않게 갈아타야만 합니다."

"흠, 역시 그래야 하나……."

"그리고 듣기로는, 메이하드 공작 부인의 친정인 소르테 백작가도 진작 신전과 척을 졌다더군요."

"뭐? 그게 정말인가?"

"이번 사태가 있기 훨씬 전부터 신전에 내던 기부금을 끊어, 대사제와 백작의 사이가 좋지 않았다고……."

"이번에 소르테 백작의 장남이 에이든 왕국 공주와 결혼했다지?"

"뒷방 공주도 아니고 금지옥엽이라던데……."

"……내가 여태 매해 신전에 기부금을 얼마씩 냈더라? 이제 그 돈으로 공작가와 백작저에 선물을 보내야겠어. 집사! 장부 가져와!"

신전은 귀족의 지지 또한 잃었다. 타격은 상당했다. 귀족들이 내던 막대한 기부금이 끊기자 신전의 재정은 순식간에 휘청거렸다.

지난 몇 달 사이 신전은 상당수의 일손을 정리했다. 대저택 못지않게 많은 수의 하인과 기사로 북적거렸던 수도의 신전은 이제 남은 사람이 거의 없어 썰렁하게 느껴질 정도였다.

그러나 베카는 상황이 그렇게 되어서도 크게 걱정하지 않았다. 그에겐 보험이 있었으니까.

바로 에이든 왕국이었다.

언젠가 오늘 같은 날이 닥칠 것을 대비해, 베카는 진작 에이든 왕국에 끈을 만들어두었다. 에이든 왕국에서 제법 영향력이 있는 귀족에게 주기적으로 뇌물을 보내며 친분을 유지해 왔고, 얼마 전엔 마침내 제게 신전 고위직 자리를 내주겠단 약속을 받았다.

베카는 그 약속만 믿었다. 모든 게 완벽했다. 이제 이곳 신전이야 몰락하든 말든 홀가분하게 에이든 왕국으로 망명하면 그만이다.

그곳에서 다시 고위 사제로서 지금처럼 떵떵거리며 살면 된다!

그렇게 생각했다.

오늘 아침, 그에게 한 통의 서신이 도착하기 전까지만 해도.

베카는 앓느라 정신없는 와중에도 머릿속에 새겨지듯 선명히 남은 서신의 내용을 떠올렸다.

[베카 사제에게.

베카 사제, 무탈히 잘 있는가? 로비 후작일세.

다른 게 아니라, 전에 약속했던 것을 지키기 어렵게 되어 이리 편지하네.

본국의 공주님과 에드워드 소르네 경의 국혼에 대해서는 자네도 알 것이네. 사실 그것뿐이면 크게 문제가 안 되었을 거야. 내가 어떻게든 손을 써봤을 거네.

그런데 말일세. 얼마 전 메이하드 공작 부인이 본국 대접견실에서 신과 소통했지 뭔가?

무슨 말이냐면, 공작 부인이 본국 왕가에 더없이 중요한 은인이자 귀인이 됐단 뜻일세.

자네, 그쪽에서 몸담은 신전이 소르헤 백작가와 척을 진 데다 특히 메이하드 공작가와 감정의 골이 깊다지? 본국 신전은 왕가의 소속이야.

이 상황에서 자넬 신전 고위직에 추천하는 건 내 입지까지 곤란하게 만드는 일이라네.

내가 무슨 말을 하려는 것인지 알겠지? 자네라면 내 결정을 이해해 주리라 믿어.

그간 자네와 깊은 우정을 나눌 수 있어 즐거웠네.

—미안함과 그간의 고마움을 담아.

에이든 왕국 로비 후작으로부터.]

편지는 종이에 여백이 거의 남지 않았을 만큼 길었으나 요약하면 결국 세 줄에 불과했다.

너 메이하드 공작 부인이랑 사이 나쁘다며? 근데 우리가 이번에 공작 부인이랑 사이가 엄청 좋아졌거든.

그래서 널 팽하기로 했어.

미안. 그럼 안녕!

"이…… 개새끼……!"

베카가 끙끙거리며 욕설을 내뱉었다. 몸에 힘이 전혀 없었지만 편지의 내용을 떠올리자 다시금 극심한 분노가 머리를 어지럽혔다.

"내가 지금까지 저한테 먹인 돈이 얼만데! 그걸 죄 받아 처먹고 이제 와서……! 끙."

역정을 냈더니 머리가 어지러웠다. 골이 띵, 하고 울리는 감각에 베카가 누운 채 신음했다.

"빌어먹을, 대체 이를 어쩌면……."

최악의 사태였다. 감히 상상조차 해 보지 못했다.

누가 짐작할 수 있었겠는가? 메이하드 공작 부인이 무려 에이든 왕국에서 신과 소통할 거라고. 그로 인해 그가 붙잡고 있던 끈이 썩은 동아줄이 될 거라고!

"아이고, 아이고……."

동아줄이 썩어 끊어졌다는 사실에 치밀어 올랐던 분노와 배신감은 곧 공포와 절망으로 바뀌었다. 앓아누운 것도 그 끔찍한 좌절감을 견디지 못했기 때문이다.

'이대로 끝인가? 이렇게 주저앉는다고? 내가, 이 베카가?'

신전이 몰락하면, 당연히 사제인 그의 삶도 끝이었다.

어찌어찌 배를 곯지 않고 살아갈 순 있을 것이다. 그가 몰래 빼돌려 놓은 돈이 없는 건 아니었으니까.

하나 대단한 금액은 아니었다. 애초 이렇게 될 줄 모르고 로비 후작의 주머니에 절반 넘게 실컷 갖다 바쳤다. 남은 금액으론 가까스로 생계만 이어갈 수 있을 뿐, 사치는 결코 불가능했다.

'그럴 순 없어!'

베카는 지난 삶을 떠올렸다.

어떻게 살아왔던가? 가지고 싶은 것이 생기면 뭐든 사들였다. 귀족 앞에서도 머리를 숙이지 않았다. 대부호 부럽지 않게 사치하고 소국의 왕인 양 언제나 고개를 빳빳이 쳐들고 살았는데!

"그걸 다 포기할 순 없어……. 어떻게든 해야 해, 어떻게든……."

하지만 어떻게? 아무리 생각해 봐도 뾰족한 수는 떠오르지 않았다.

이제 쫄딱 망할 일만 남은 신전을 되살리는 것도. 개인의 사치스러운 생활을 책임져 줄 막대한 돈을 마련하는 것도.

어느 쪽도 절대 쉽지 않은 일이었다. 사실 불가능에 가깝다.

현실의 벽 앞에서 베카가 다 죽어가듯 신음했다.

그때였다.

두어 번 노크하는 소리가 들린 후 사제의 거처라기엔 지나칠 만큼 호화로운 방의 문이 열렸다.

"베카 사제님."

"끙…… 무슨 일이냐?"

"저, 손님이 오셨습니다."

"손님? 누구?"

"신분은 밝힐 수 없다 하십니다. 다만 신전 책임자와 이야기하고 싶다고……."

신전의 책임자는 엄밀히 말해 대사제다. 그러나 그는 현재 의식불명 상태였다. 마수가 신전을 습격했을 때 대피하던 와중 잘못 넘어져 기둥에 머리를 세게 부딪치면서 그렇게 되었다.

베카는 대사제 다음으로 신전에 오래 몸담은 인물이었다. 베카가 와락 인상을 찌푸렸다.

"신분을 밝힐 수 없어? 그럼 지금 나더러 이 몸을 이끌고 누군지도 모르는 놈을 맞이하러 나가라 이 말이냐? 내가 똥개더냐?"

"그것이…… 손님이 돈이 많아 보였습니다."

"돈?"

베카의 몸이 멈칫했다.

"굉장한 거부인 것 같았습니다. 무려 마법사를 호위로 부리고 있었거든요."

'마법사!'

마법사는 콧대가 무척 높기 때문에 어지간한 액수로는 움직이지 않기로 유명했다.

'거물이다.'

언제 누워서 끙끙거렸냐는 듯 베카가 벌떡 몸을 일으켰다. 물수건이 바닥으로 떨어졌다.

"손님을 접견실로 모셔라. 아니, 아니."

베카가 허둥지둥 침대에서 내려섰다. 지금은 한 푼이 아쉬운 처지였다.

"내가 직접 가야지. 손님께선 어디 계시나?"

똥개니 어쩌니 하며 성을 냈던 것은 까맣게 잊은 베카가 재빨리 젊은 사제를 따라나섰다.

왕세자는 기분이 저조했다. 그래서 갑자기 찾아온 손님을 다정히 맞이해 줄 마음이 들지 않았다.

"뭔가? 중요한 용건이 아니라면 빨리 말하고 돌아가게. 내가 요새 좀 바빠서."

거짓말이다. 왕세자는 바쁘지 않았다. 전에도 지금도 바빠본 적 없었다. 왕세자의 하루가 한량의 그것과 별반 다르지 않다는 건 왕세자와 조금만 안면이 있는 사람이면 다 아는 사실이었다.

베카도 그 '안면이 있는 사람'에 속했지만, 그는 상대의 뻔뻔하고 성의 없는 태도에도 그저 미소만 지어 보였다.

"왕세자 전하. 근래 메이하드 공작 때문에 심려가 깊으신 걸로 압니다."

그 말에 왕세자의 표정에 뾰족하게 날이 섰다.

"지금 누굴 놀리러 온 건가?"

베카의 말대로, 왕세자는 최근 짜증을 달고 살았다. 아니, 최근이 아니다. 족히 몇 달간 그랬다.

기본적으로는 카이휜이 왕족이 되는 걸 기어이 막지 못했다는 점에서 짜증이 치밀었다.

거기에 왕세자가 보내는 편지와 선물을 일레나가 족족 무시하고 있다는 것도 기분이 진창에 처박히는 데 한몫했다.

여기서 추가로 왕세자를 돌게 만든 것은, 다름 아닌 공작 부인의 회임 소식이었다.

일레나는 그와 아무 사이도 아니다. 아이를 갖든 말든 그가 신경 쓸 일이 아닐 텐데. 마치 자기 여자를 뺏긴 것처럼 모욕감이 들고 속에서 신물이 올라왔다.

'제기랄.'

다시 생각해도 뱃속이 부글부글 끓었다.

험악하게 일그러지는 왕세자의 얼굴을 보며 베카가 달래듯 부드럽게 말했다.

"놀리다니요. 전하, 저는 오늘 이 자리에 전하의 근심을 해결해 드리기 위해 나왔습니다."

"뭐? 무슨 수로?"

왕세자가 헛웃음을 뱉었다.

"자네가 어떻게. 뭐, 메이하드 공작을 내 눈앞에서 치워주기라도 할 건가?"

베카는 대답하는 대신 품에서 웬 약병을 꺼냈다.

"잘 봐주십시오."

"⋯⋯?"

그러더니 마개를 열어 약병에 든 내용물을 조금 마셨다. 이변은 바로 나타났다.

눈을 부릅뜬 왕세자가 자리에서 벌떡 일어섰다.

"자네, 얼굴이⋯⋯!"

"어떻습니까?"

멀쩡했던 베카의 얼굴에 한순간에 얼룩이 생겨났다.

조잡하고 까만 얼룩. 피부를 뒤덮은 그 형태가 마치 어디에서 본 것 같은 익숙함을 불러일으켰다.

"흡사하지 않습니까? 얼룩이 사라지기 전, 메이하드 공작의 얼굴과."

"비슷하긴 한데⋯⋯."

답을 들은 베카가 품속에서 다른 약병을 꺼내 들이켰다. 그러자 얼굴을 뒤덮었던 얼룩이 처음부터 없었던 것처럼 말끔하게 사라졌다.

왕세자가 그 과정을 묘한 표정으로 지켜보다가 다시 자리에 앉았다.

"신기하군. 근데, 그래서 뭐? 그걸로 어떻게 내 근심을 해결하겠다는 거지?"

"이걸 메이하드 공작에게 먹이십시오."

"뭐라고?"

"만찬에 초대해 물이나 술잔에 섞는 겁니다. 어려운 일은 아니지 않습니까?"

"그렇게 하면 지금과 뭐가 달라지는데?"

왕세자가 모처럼 이성적으로 대꾸했다.

카이휜의 입지가 전과 달라진 건 그의 얼굴에서 얼룩이 사라져 외모가 번듯해졌기 때문이 아니었다.

영웅이라 불리며 민간에서 추앙받는 것도. 왕족의 신분을 얻는 것도. 전부 그가 마왕을 죽였기에 생겨난 변화였다.

외모 따윈 부가적인 것에 불과했다. 어울리지 않게 현실을 정확히 평가한 왕세자가 냉담한 눈으로 약병을 쳐다보았다.

"얼굴을 전처럼 망쳐놓으면 잠깐 속은 시원하겠지. 하지만 그런 건 결국 아무 의미도……."

"제가 메이하드 공작령의 우물에 이 약을 풀겠습니다."

"뭐?"

"이것이 식수에 섞이면 어떻게 되겠습니까?"

놀란 표정을 짓는 왕세자를 보며 베카가 목소리를 낮췄다.

"얼굴이 흉측한 얼룩으로 뒤덮인 사람이 공작령에 우후죽순 생겨나겠죠."

"……!"

"그때 주장하는 겁니다. 메이하드 공작의 저주가 결국 사람들에게 전염되었다고."

"베카, 자네……."

왕세자는 머리를 한 대 얻어맞은 얼굴로 쉽게 말을 잇지 못했다. 그런 상대의 반응을 감상하듯 느긋하게 눈에 담으며 베카가 태연히 말을 이었다.

"조금 전 보셨다시피, 제겐 얼룩을 없앨 수 있는 약도 있지요."

베카가 테이블 위에 약병 두 개를 나란히 올려놓았다. 주름진 손가락이 그중 해독제가 담긴 병의 마개를 툭 건드렸다.

"저주가 전염되었다는 소문이 충분히 퍼지면, 그때 신전이 나설 겁니다."

"……."

"저주를 정화하고 사람들을 구해야지요. 뭐, 저주의 힘이 너무 강한 나머지 몇 사람 정도는 안타깝게 희생될 수도 있겠지만……."

왕세자가 자기도 모르게 침을 꿀꺽 삼켰다.

그는 베카의 말에 숨겨진 의미를 알아들었다. 좀 더 극적인 효과를 위해 고의로 영지민을 몇 명 죽이겠다는 이야기다. 당연히 그 책임은 전부 카이휜에게 전가될 것이고.

"어쨌든 그리되면 메이하드 공작의 처지도, 신전의 처지도 지금과는 크게 달라질 테지요."

"대체……."

이야기를 경청하던 왕세자가 입술을 달싹였다. 곧 감탄이 섞인 목소리가 두 사람 사이로 떨어졌다.

"어떻게 이런 생각을 해낸 건가? 자네 혹시 천재인가? 아니, 자넨 분명히 천재야!"

거창한 찬사에 베카는 말없이 웃음으로 답했다.

'운이 좋았어.'

사실 지금 이 계획은 그가 생각해 낸 것이 아니었다. 하나부터 열까지 남의 머리를 빌린 것이다.

베카는 오늘 오전 그를 찾아왔던 손님을 떠올렸다.

"사제님께서 필요로 하실 만한 물건을 보여 드리러 왔습니다."

상대를 접견실로 들인 후 베카는 크게 실망했다.

상대가 품이 넉넉한 로브로 체형과 얼굴을 숨긴 것, 목소리 변조 마법을 쓴 것 따위는 별로 중요하지 않았다. 그보다는 기부금을 뜯어낼 요량으로 만난 상대가 외려 그에게 상품을 팔려 든다는 것이 베카를 기운 빠지게 했다.

마법사를 부린다는 말에 눈이 멀어 잡스러운 판매상을 잘못 들였구나. 그리 생각하며 후회했다.

상대가 물건을 꺼내, 베카의 앞에서 직접 물건의 효과를 보여주기 전까지.

"이 물건을 어떻게 사용하면 좋을지, 장사치의 의견을 한번 들어보시겠습니까?"

상대는 완벽한 계책을 내놓았다. 적어도 베카가 받아들이기엔 그랬다.

다만 한 가지 문제가 있었는데, 상대가 부른 물건값이 너무 비쌌다는 것이다. 현 신전의 사정으로는 결코 감당할 수 없는 액수였다.

베카가 돈이 부족해 쩔쩔매자 상대는 그에게 또 하나의 제안을 했다.

'왕세자를 끌어들이라는 것도 상인 놈의 의견이었지.'

듣는 순간 눈이 번쩍 뜨이는 것 같았다. 확실히 왕세자라면 부족한 물건 대금 따위는 쉽게 마련해 줄 것이었다.

'이 계획을 들으면 누구보다도 혹할 테고…….'

베카가 왕세자를 흘끗 살폈다. 왕세자는 테이블 위의 약병에 정신이 팔려 있었다.

휴우. 베카에게서 안도의 한숨이 작게 흘러나왔다.

"전하."

"……응?"

"한데 이것들 말입니다. 아직 팔겠다는 상인에게 약속한 대금을 다 준비하지 못했는데……."

"아, 돈이 모자란 건가? 그런 것쯤은 내가 얼마든지 해결해 줄 수 있지. 돈 걱정은 말게."

"감사합니다."

"그런데 말이야."

베카가 깊숙이 숙였던 고개를 들어 올렸다. 왕세자는 그새 팔짱을 끼고 있었다.

"이 약들, 한낱 상인이 대체 무슨 수로 만든 거지? 그리고 왜 하필 자네에게 팔겠다고 한 것이고?"

충분히 품을 수 있는 의문이었다. 상대가 왕세자만 아니었어도 베카가 속으로 비웃음을 삼키는 일은 없었을 것이다.

'웬일로 생각이란 걸 할 줄 아는 사람처럼 구는군.'

속내를 숨기며 베카가 입을 열었다. 왕세자가 품은 의문들은 이미 그도 확인을 끝낸 내용이었다.

"우선, 그 약은 마수의 피로 만들어졌습니다."

"마수?"

"일전에 세상을 어지럽혔던 괴물들 말입니다."

왕세자의 미간이 일그러졌다. 유쾌한 기억이 아니었다. 애초에 그 사태가 계기가 되어 카이휜의 위상이 지금처럼 변한 것이기도 하고.

"큼."

"그래 봬도 마법사를 호위로 쓸 정도로 돈이 많은 상인입니다. 쓸모가 있을까 해서 마수의 시체로 이런저런 실험을 해 보다가 이 약을 만들게 되었다고 합니다."

"그래?"

"네. 그리고 놈이 제게 물건을 팔러 온 이유는…… 간단합니다."

베카가 확신에 차 말을 꺼냈다. 이건 상대가 본인 입으로 시인한 부분이기도 했다.

"상인은 물건값으로 꽤 막대한 액수를 불렀습니다. 제가 아니면 누가 그 돈을 주고서 이것들을 사겠습니까?"

사람의 얼굴에 얼룩을 만들어내고, 지우는 약.

기이하고 신기하긴 하나 그뿐, 솔직히 효용은 없었다. 이 약의 효과를 이용해 어떤 사람을 궁지로 몰아넣으려 획책하는 경우가 아니라면.

"돈 냄새를 맡을 줄 아는 상인입니다. 가장 비싼 값에 물건을 팔 수 있는 상대를 고른 겁니다."

"흐음……."

왕세자가 잠자코 제 턱을 쓰다듬었다. 그 모습이 마치 고민에 빠진 것처럼 보여 베카가 테이블 아래로 주먹을 움켜쥐었다.

'단순무식한 놈이, 뭘 고민하는 척해? 당장 알겠다고 하고 시종을 시켜 돈이나 내오라고!'

침착함을 가장하고 있지만, 사실 베카는 지금 반쯤 제정신이 아니었다. 정확히는 상인이 그를 찾아와 물건을 보여주었을 때부터 그랬다. 흥분이 머릿속을 어지럽혔다. 이성적으로 사고하기 어려웠다.

'이것뿐이야. 이것만이 유일한 기회야.'

하늘이 그를 가엾게 여겨 황금 동아줄을 내려준 것이다. 잡아야 했다. 이걸 놓치면 자신에게 다음은 없을 것이다.

베카가 초조하게 주먹을 쥐었다 폈다 하며 왕세자의 기색을 살폈다.

그러나 그의 걱정과 달리 왕세자는 현재 상대의 계획에 가담할지 말지 고민 중인 게 아니었다.

그는 망상하고 있었다. 세상을 구한 영웅에서 다시금 저주를 퍼뜨리는 괴물이 되어 몰락한 카이휀의 모습을. 나락으로 떨어지는 남편을 보며 좌절에 빠질 일레나를.

'약해진 틈에 내가 손을 뻗어서……'

상상 속에서 일레나를 제 첩 자리에 앉히는 데 성공한 왕세자가 별안간 폭소를 터뜨렸다.

"하하!"

"……?"

"좋군, 정말 좋아. 더러운 씨를 밴 것이 걸리지만, 그거야 지우게 하면 그만이니."

왕세자가 베카를 마주 응시했다. 평소에도 결코 총명한 편이라곤 할수 없는 그의 눈이 욕망으로 한결 혼탁하게 흐려져 있었다.

"필요한 약 대금은 오늘 자네가 돌아가는 길에 바로 내주지."

"……!"

"그리고 내게 약병을 하나 주고 가. 며칠 내로 자리를 만들어 공작에게 약을 먹일 테니."

베카의 얼굴이 환해졌다.

"잘 부탁드립니다, 전하."

베카에게 예고했던 대로 왕세자는 정말 며칠 안에 자리를 만들었다.

"메이하드 공작을 만찬에 초대하자고? 네가 드디어 정신을 차렸구나! 좋다, 바로 준비하마."

왕은 카이휜을 포함한 고위 귀족에게 식사를 대접하고 싶다는 왕세자의 말에 크게 기뻐했다. 마침내 철없는 제 아들이 천지 분간을 할 수 있게 되었다고 여기는 듯했다.

물론 실상은 그와 전혀 달랐지만.

만찬 당일.

초대에 응해 늦지 않게 장소에 모습을 드러낸 카이휜을 보며 왕세자가 비릿한 미소를 머금었다.

'기대되는군.'

식당으로 들어서는 카이휜은 누가 봐도 오늘 이 자리의 주인공처럼 보였다. 빚어놓은 것 같은 반듯한 외모에 격식에 맞게 의복을 차려입은 모습이 보는 사람의 혼을 쏙 빼놓을 만큼 근사했다. 이미 자리에 앉은 귀족들이 체면도 잊고 카이휜을 연신 흘끔거리거나 대놓고 쳐다보았다.

다른 때였다면 그 광경이 왕세자의 속을 벅벅 긁어놓았을 테지만, 오늘은 달랐다.

'지금 그 시선을 실컷 즐겨놔라.'

왕세자가 카이휜의 지정석에 놓인 술잔을 흘긋 응시했다.

'지금쯤이면 베카도 공작령에 도착했을 테고…….'

입꼬리가 실룩거렸다.

잠시 후면 이 자리는 경악에 휩싸일 것이다. 그리고 내일이면 충격적인 소문이 왕국을 뒤흔들겠지.

기대감에 기분이 들떴다. 벌써 몸이 달았다. 히죽거리는 얼굴을 감추기 위해 왕세자가 자리에 앉아 고개를 숙였다.

그러느라 보지 못했다.

지난 며칠 내내 만면에 웃음을 띠고 지냈던 왕이 이 순간 이상하리만치 굳은 얼굴로 카이휜을 맞이하는 것을.

"……급히 만든 자리인데 이리 참석해 줘서 고맙네, 공작."

"아닙니다."

곧 빈자리가 전부 채워졌다.

왕세자는 식사가 시작되길 기다리며 입술 안쪽 여린 살을 꾹 깨물었다. 자칫 잘못했다간 크게 웃어버릴 것 같았다.

그때 왕이 입을 열었다.

"만찬을 시작하기 전, 한 가지 제안할 것이 있네."

"……?"

"내 오늘은 특별히 왕국을, 아니, 세상을 구한 영웅인 메이하드 공작을 가까이서 보며 식사하고 싶군."

왕이 그의 우측 대각선 자리를 돌아보았다.

"그러니 공작과 자리를 바꾸도록 해라. 왕세자."

'뭐?'

하마터면 왕세자는 크게 소리 낼 뻔했다.

가까스로 왕의 앞에서 목청을 키우는 불상사를 막아낸 왕세자가 당황해서 입을 열었다.

"아버지, 아니, 국왕 전하. 갑자기 그게 무슨……."

"이유는 앞서 이야기하지 않았더냐? 어서 바꾸어라."

"하지만 국왕 전하, 소자는 지금 이 자리가……."

"권유가 아니라 명령이다!"

"……."

"이런 것도 하나하나 알려주어야 하느냐?"

왕세자가 시선을 떨어뜨렸다. 수치심에 손가락이 말렸다.

'대체 뭐야?'

느닷없이 자리를 바꾸라니. 그것도 하필 메이하드 공작과!

낭패도 이 이상의 낭패가 없었으나, 단호한 왕의 태도를 보니 어떤 항변도 먹히지 않을 듯했다. 어쩔 수 없이 왕세자가 미적미적 몸을 일으켰다.

'제길…….'

억지로 카이휜과 자리를 바꿔 앉은 왕세자가 착잡한 눈으로 그의 앞에 놓인 술잔을 쳐다보았다.

'이 술에 약을 타두었는데.'

왕실에서 지금처럼 만찬을 여는 경우, 초대하는 손님의 자리는 미리 정해놓는다. 이번에도 마찬가지였다. 그래서 시종을 시켜 몰래 카이휜의 자리에 약을 섞은 술잔을 놔둔 것인데.

'설마 일이 이렇게 될 줄은.'

왕세자가 왕을 원망스럽게 흘긋 응시했다. 예상치 못했던 왕의 변덕 때문에 계획이 어그러졌다.

'빌어먹을. 이러면……'

왕세자의 머리가 바쁘게 굴렀다. 상황이 변해 버린 이상 그에 맞게 새로운 방법을 동원해야 했다.

어떻게든 카이휜에게 약을 먹일 생각에 남보다 작고 매끈한 왕세자의 뇌가 무리해서 돌아가는 사이 왕이 술잔을 집었다.

"그럼 건배하지. 왕국의 무한한 번성과 영광을 위하여."

"위하여!"

자리를 채운 이들이 저마다 왕을 따라 술잔을 들고 목을 축였다. 그렇게 하지 않은 것은 왕세자 한 사람뿐이었다.

"왕세자."

생각에 잠겨 있던 왕세자가 퍼뜩 대답했다.

"예?"

"마시거라."

왕의 시선이 왕세자 앞에 놓인 술잔에 닿았다. 순간 왕세자의 얼굴이 당혹감에 얼룩졌다.

'이걸 어떻게 마셔?'

약을 섞은 술이다. 마시는 순간 얼굴이 흉측한 얼룩으로 뒤덮일 테지.

"저, 술을 마시기엔 소자가 오늘 몸이 좋지 않아……."

"한 모금이라도 좋다."

"……."

"맛을 보아라. 당장."

왕세자가 눈썹을 찡그렸다. 조금 전에도 느꼈지만, 오늘의 국왕은 어딘지 평소보다 단호하고 집요했다.

"왜 그러시나요, 전하. 왕세자가 몸이 좋지 않다는데……."

왕비가 곁에서 조금 당황한 기색으로 말을 붙였으나 왕은 꿈쩍도 하지 않았다.

결국 왕세자가 마지못해 술잔을 들었다.

이때 왕의 얼굴에 일종의 기대감이 번졌다. 마치 마지막 희망의 끈을 쥔 듯한 모습이었다.

하지만 왕세자는 술잔을 노려보듯 응시하느라 그 낌새를 전혀 알아차리지 못했다.

'마시는 시늉만 할까.'

왕세자가 내심 고개를 저었다. 그러다 실수로 몇 방울 정도 목으로 넘어가면? 그런 일이 일어나지 않는다 해도 애초 입을 대는 것 자체가 내키지 않았다.

'별수 없지.'

왕세자가 일부러 손에서 힘을 풀었다. 잔이 바닥으로 떨어졌다.

쨍!

대리석과 부딪히며 술잔이 날카로운 소리를 냈다. 유리잔이 아니라 깨지지는 않았지만, 담겨 있던 술은 모조리 바닥에 쏟아졌다.

"아, 죄송합니다. 손이 미끄러져서. 이보게, 여기 술을 새로 내오……."

천연덕스럽게 시종에게 말을 건네던 왕세자가 멈칫했다. 왕의 얼굴이 그야말로 무시무시하게 굳어 있었다.

"……근위병."

왕이 입술을 달싹였다. 고통에 가득 찬 목소리가 흘러나왔다.

"왕세자를 움직이지 못하게 붙잡아라."

"국왕 전하?"

순식간에 벌어진 일이었다. 왕의 명령대로 근위병이 양쪽에서 왕세자의 어깨와 팔을 단단히 붙들었다. 식당이 술렁거렸다.

"이거 놔라! 전하, 아니, 아버지! 왜 이러십니까?"

왕은 대꾸하는 대신 손짓했다. 그러자 식당의 문이 열리고 시종이 웬 쥐를 데리고 들어왔다.

식사 자리에 쥐가 나타나자 몇몇 귀족이 눈살을 찌푸렸으나, 이내 그들의 얼굴은 경악으로 물들었다.

"헉!"

"저건……!"

바닥을 더럽힌 술에 혀를 대자마자 쥐가 게거품을 물고는 배를 까뒤집었다.

왕세자가 근위병의 손아귀에서 벗어나려 저항하던 것을 멈췄다. 왕이 주먹을 움켜쥐었다. 핏줄이 퍼렇게 돋아났다.

"……믿었다."

배신감인지 분노인지, 그도 아니면 슬픔 때문인지 목소리 끝이 가늘게 떨렸다.

"만찬 직전 네가 메이하드 공작의 술잔에 독을 탔다는 밀보를 받았을 때도, 널 믿었어!"

식당 여기저기서 헛숨을 들이켜는 소리가 들렸다. 자리에 앉은 귀족들이 저마다 충격에 찬 시선을 교환했다.

왕세자는 멍하니 눈을 깜박거렸다. 이해할 수 없는 상황에 머리가 느리게 굴러갔다.

"착오겠거니 했다. 무언가 오해가 있을 거라고. 한데…… 그런데 네가 어떻게 이런 짓을!"

"아, 아버지. 잠깐만요, 아니, 아닙니다. 독이라니요."

"방금 네 눈으로 똑똑히 보지 않았더냐? 저건 대체 어떻게 설명할 셈이냐!"

배를 뒤집고 죽은 쥐의 사체가 지금 이 자리에서 그 무엇보다 강하게 존재감을 발산했다. 왕이 괴로움에 일그러진 얼굴을 손으로 감싸 쥐었다.

"그저 철이 덜 든 줄로만 알았다. 시간이 지나면 어련히 정신을 차릴 거라 여겼는데……."

"아버지, 저, 제 말 좀 들어보세요."

"……끌고 나가. 재판이 열릴 때까지 방에 구금해라."

"아버지! 정말 아닙니다! 제가 공작의 술잔에 약을 탄 건 맞지만……!"

너무 당황한 나머지 왕세자는 자기 입에서 나가는 말을 제대로 인식하지도 못하는 것 같았다.

창백해진 왕이 왕세자를 내쫓으라는 듯 손을 휘저었다.

"아버지, 아버지! 아니에요! 전 정말 아닙……!"

근위병에 손에 식당에서 끌려나가는 왕세자의 목소리가 멀어졌다.

"아아."

왕비가 이마를 짚고 쓰러졌다. 케딜라 왕녀가 벌떡 일어나 그녀를 돌보았다.

"왕비님!"

그러는 사이 왕이 대단히 침중한 낯으로 카이휜을 돌아보았다.

"공작, 내 이번 일은 대신 사과하지."

"괜찮습니다."

"왕세자는…… 근시일 내로 재판을 치를 것이고, 반드시 합당한 벌을 받을 것이네."

카이휜의 눈치를 보듯 왕의 목소리에 초조함이 묻어났다. 카이휜은 지금 이 모든 상황이 남의 일이라도 되는 것처럼 담담히 대답했다.

"예."

그때 쓰러진 왕비를 부축하던 케딜라 왕녀와 카이휜의 시선이 마주쳤다. 아주 잠깐이었다.

왕세자의 재판은 그로부터 열흘이 채 지나기도 전에 열렸다.

왕세자는 재판 내내 억울하다고 발광했다. 베카와 공모한 내용을 털어놓으며 자신이 카이휜에게 먹이려 했던 것은 절대 독이 아니라고 주장했다.

하지만 그의 주장은 그저 죄질을 가볍게 하기 위한 변명으로 받아들여졌다. 왕세자의 처소에서 술잔에 탔던 독, 즉, 명확한 물증이 발견되었기에 더욱 그랬다.

"판결한다."

재판 후 왕세자, 아니, 바르테즈 리브란테는 왕세자의 직위를 박탈당했다. 그리고 서부 끝 작은 영지에서 평생 근신하란 처벌을 받았다.

사실 이만하면 죄목에 비해 꽤 유하게 내려진 판결이었다. 왕은 카이휜에게 바르테즈가 합당한 벌을 받게 될 거라고 장담했지만, 결국 사랑하는 왕비의 눈물과 혈육의 정을 완전히 이겨내지 못했다.

바르테즈는 관대한 처분에도 납득하지 못해 발작하다가 나중엔 베카를 들먹였다.

"베카 사제를 잡아들여! 그놈도 벌을 받아야 해! 내가 죄인이면, 그놈도 죄인이다!"

그러나 바르테즈가 그렇게 외칠 때 베카는 이미 감옥에 갇혀 있었다. 밤중에 몰래 메이하드 공작령의 우물에 약을 타려다 현장에서 발각되었기 때문이다.

"안녕. 우리 구면인 것 같은데."
"어, 어떻게……!"

베카를 잡은 건 호위를 잔뜩 대동한 일레나였다.
베카는 마치 기다렸다는 듯 나타난 일레나를 보며 뒤늦게 자신이 함정에 빠졌다는 걸 알아차렸다.

"설마 그 상인 놈이 처음부터……!"

그러나 이제 와 깨달아봤자 늦었다.
욕심에 눈이 멀고 판단력이 흐려졌던 대가로 베카는 왕성 지하 감옥에 처박혔다. 죄목은 독극물을 이용한 대량 살인 미수. 거기에 왕세자의 고발로 카이휜 독살 미수 공모죄가 더해져 그는 평생 감옥에서 나갈 수 없는 처지가 되었다.
당연하지만 억울하다는 베카의 주장을 들어주는 사람은 아무도 없었다.

"마님."
"왜?"

화병에 꽃을 한 송이씩 꽂아 넣던 일레나가 벤의 목소리에 대답했다.

"왕세자, 아니, 이젠 왕세자가 아니지요. 그 망할 죄인 놈 말입니다."

"응."

"아무리 생각해도 저지른 죄에 비해서 벌이 너무 약합니다."

벤이 불만을 숨기지 않고 투덜거렸다.

"고작 변방 영지 근신이라니. 말이 평생이지, 적당히 시간이 지나면 은근슬쩍 다시 왕성으로 불러들일 게 뻔한데……."

"못 할걸."

"예?"

일레나가 꽃의 줄기를 만지작거리며 태연히 응수했다.

"바르테즈가 다시 수도에 발을 붙이는 일은 없을 거야. 왕녀님께서 그렇게 놔두지 않을 테니까."

"케딜라 왕녀 전하께서요? 어떻게 확신하십니까?"

"느낌이 그래."

일레나는 자세히 이야기하는 대신 화병을 응시하며 턱을 괬다. 화병을 장식한 꽃은 다름 아닌 흰 달리아와 아게라텀으로, 케딜라 왕녀가 보내준 선물이었다.

꽃말은 고마움과 신뢰.

'……우리 편이라 다행이지.'

마수 침공 후, 케딜라 왕녀는 꾸준히 마수를 연구했다. 훗날 혹시라도 이와 같은 일이 일어나면 피해를 최소화하고 마수에게 대항하기 위해서였다.

그리고 그러던 중, 우연히 어떤 마수의 피에 닿은 동물이 까맣게 변하는 것을 발견했다.

그저 기괴한 현상 중 하나로 치부하고 넘겨 버릴 수도 있었을 것이다. 하지만 왕녀는 그 광경을 보자마자 왕세자를 그 자리에서 끌어내릴 계획을 떠올렸다. 베카는 덤이었다.

둘을 어떻게 함께 묶어서 보내 버릴 것인지 대략적인 그림을 그리자마자 왕녀는 흑탑에 약을 만들어달란 의뢰를 넣었다. 그리고 일레나와 카이휜에게 연락해 계획을 밝히며 협조를 구했다.

흑탑은 부부의 협조 의사를 확인한 후 약을 만들기 시작했다.

'행동력이 참……'

약이 완성된 후, 정체를 감추고 직접 베카를 만난 것도. 바르테즈의 약을 독약으로 바꿔치기하고 증거와 상황을 조작한 것도.

왕에게 바르테즈가 카이휜의 술잔에 독을 탔다는 밀보와 함께 이 사실을 은폐하려 한다면 직접 카이휜에게 진실을 알리겠다는 협박 서신을 보낸 것도.

전부 케딜라 왕녀가 한 일이었다.

일레나는 손을 뻗어 화려한 꽃잎을 만지작거렸다.

케딜라 왕녀는 베카를 만날 때 구태여 자기 사람이 아닌 흑탑의 마법사를 대동했다. 그녀가 벌인 일에 대한 증거를 일부러 남긴 셈이었다.

'안심하란 뜻이겠지. 절 압박할 약점을 내줄 테니, 혹여 배신할까 걱정하지 말라고……'

일레나가 만지작거리던 꽃잎에서 손을 떼어냈다. 하여간 여러모로 아군이라서 마음이 놓이는 상대였다.

"참, 벤."

창밖을 확인한 일레나가 입을 열었다. 해가 하늘 중앙에 떠 있었다.

"공작님께 전해줘. 꽃놀이를 나가자고."

날은 딱 적당했다. 아침과 밤에는 아직 추웠지만, 해가 높이 뜬 낮이면 햇빛이 강해 나들이하기에 무척 좋은 날씨가 되었다.

일레나는 넓게 펼쳐진 들판을 보며 즐거운 상상을 했다.

피크닉을 나오는 것이다. 남편과 그녀 둘이서가 아니라, 아이까지 셋이.

새싹이 무성하거나 꽃이 흐드러지게 핀 가운데 피크닉 매트를 깔고, 그 위에 세 사람이 나란히 함께 누운 광경을 상상하던 일레나가 카이휜의 어깨에 머리를 기댔다. 그러자 카이휜이 화들짝 놀라 물었다.

"혹시 몸이 안 좋습니까? 기운이 없다거나."

"그런 거 아니에요."

일레나가 황당해져 웃음을 흘렸다.

일레나의 배가 겉으로도 보일 만큼 불러오기 시작한 후, 카이휜은 몹시 사소한 일에도 걸핏하면 안절부절못했다.

지금도 그랬다. 다정히 붙어 앉아 꽃구경하다가 잠시 어깨에 기댄 것뿐인데.

지나친 걱정과 과보호가 어처구니없었지만, 또 한편으론 그런 남편의 모습이 귀여워 보이는 것도 사실이었다.

"큰일 났네."

"예?"

"누가 그랬는데. 남자가 잘생기거나 멋있게 보이는 게 아니라, 귀여워 보이면 끝이라고……."

"그게 무슨 말입니까?"

"당신이 날 평생 책임져야겠다는 말이에요."

"당연히 그럴 겁니다."

매사에 진지한 남편을 빤히 보던 일레나가 이내 그의 얼굴을 끌어당겼다. 순순히 끌려온 얼굴을 붙잡고 입을 맞추자 카이휜이 기다렸다는 듯 눈을 감았다. 가볍게 시작한 입맞춤은 조금씩 깊이를 더해갔다.

잠시 후 카이휜의 얼굴을 놓아준 일레나가 숨을 작게 헐떡이며 말했다.

"……이만 돌아갈까요?"

꽃놀이를 나온 지 아직 얼마 안 됐다. 하지만 어서 실내로 돌아가야겠다. 어쩐지 그런 기분이었다. 카이휜도 비슷한 심정인지 별말 없이 고개를 끄덕였다.

"흑탑주!"

일레나의 부름에 멀리 떨어져 있던 시드리온이 두 사람 앞에 모습을 드러냈다.

"돌아가야겠네. 공작성으로 데려다줘."

"공작 부인."

"왜?"

"제가 분명 얼마 전에 공작 부인께 이런 말을 들은 것 같거든요. 지금껏 자네를 너무 무리하게 한 것 같으니, 앞으론 급한 일이 아니고선 부르지 않겠다고……."

부부의 오붓한 꽃놀이를 위해 빠르고 간편한 이동 수단으로 사용된 시드리온이 떨떠름한 낯을 했다.

"혹시 제가 환청을 들었던 걸까요?"

일레나가 눈 하나 깜빡하지 않고 뻔뻔하게 웃음 지었다.

"응."

—⟡—

계절과 날이 순식간에 변했다. 봄이 물러가더니 더위가 성큼 찾아오고, 요샌 그 더위도 한풀 꺾이기 시작했다.

그쯤 일레나의 배는 누가 봐도 막달임을 알 수 있을 만큼 불러 있었다.

일레나는 하루 내내 그녀의 곁에서 떨어지지 않으려 하는 카이휜을 겨우 떼어놓고 모처럼 가족과 단둘이 시간을 가졌다.

"언니."

상대는 릴리아나였다.

"응?"

"내가 지금까진 얌전히 기다렸지만…… 이젠 정말 물어봐야겠어."

일레나가 심각한 얼굴로 입을 열었다.

"대체 흑탑주랑은 어떻게 되고 있는 거야?"

에드워드가 에이든 왕국 공주와의 결혼 소식을 알렸을 때만 해도 다음 순서는 당연히 릴리아나일 거라고 생각했다. 릴리아나에게 청첩장을 받았을 때 어떤 표정을 지으면 좋을까, 혼자 몰래 연습도 해 봤다. 그러나 그 후 몇 개월이 지나도 기다렸던 이야기는 들려오지 않았다.

결국 일레나는 두 사람의 관계가 대체 어디까지 진척된 건지 직접 확인하기로 했다.

그러나 돌아온 답은 충격적일 만큼 뜻밖이었다.

"흑탑주? 마스터 시드리온?"

"마스터 시드리온이 뭐야. 연인 사이에 정 없게. 애칭 정도는 불러줘야……." ᵕ

"연인 아닌데?"

"뭐?"

"마스터 시드리온이랑 그런 사이 아니라고. 일레나, 네가 어쩌다 그런 오해를 한 건진 모르겠지만……."

릴리아나가 당혹스러운 표정을 지었다. 하지만 일레나야말로 진정 당혹스러웠다.

"그럴 리 없어!"

일레나가 벌떡 몸을 일으켰다. 배신감과 비슷한 감정이 몰려왔다.

"내 착각이었다고? 두 사람이 아무 사이도 아냐? 그럼 언니가 흑탑에 머물렀던 거랑, 흑탑주가 언니를 릴리아나 양이라고 부른 건……."

하나씩 꼽아보던 일레나가 멈칫했다.

생각보다 별거 아니었다. 그러니까 두 사람을 연인 관계로 묶을 근거 치고는 둘 다 빈약하다는 말이다.

"……아니, 아냐. 어쨌든 뭔가 있었어. 설명하긴 힘들지만 미묘한 기류가 있었다니까?"

"일레나, 일단 진정하고……."

"난 이미 흑탑주를 내심 새 가족으로 인정했는…… 헉!"

현실을 부정하던 일레나가 별안간 배를 감싸 쥐었다. 얼굴이 새하얗게 질렸다.

진통이 시작됐다.

"좀 진정하시죠, 주인님."

산실 앞에서 도무지 가만히 있지 못하는 카이휜에게 벤이 한마디 했다. 그러나 그렇게 말하는 벤도 수염을 하도 잡아 뜯어 코 아래에 감각이 없는 상태였다.

복도에 선 카이휜이 연신 같은 자리를 초조하게 맴돌며 움직였다. 그러다 산실 안에서 비명이 새어 나오면 돌처럼 그 자리에 우뚝 굳었다.

카이휜은 귀가 좋았고, 고통에 찬 일레나의 비명이 잘 들려도 너무 잘 들렸다. 카이휜의 매끈한 낯에서 점차 핏기가 사라졌다.

"원래…… 원래 이런 건가?"

저 정도로 아파하는 아내의 비명은 들어본 적도 없었다. 아니, 사실 비명을 듣는 것 자체가 처음이긴 한데, 어쨌든 처음 듣는 비명이 너무 처절했다.

피가 통하지 않을 정도로 주먹을 움켜쥔 카이휜의 손이 떨렸다.

할 수만 있다면 시간을 되감고 싶다. 시간을 되돌려 아이를 가지는 걸 없었던 일로 하고 싶다. 아니면 흑탑을 뒤집어서라도 고통을 느끼지 못하는, 혹은 남에게 통증을 떠넘기는 마법을 개발하게 하거나.

"본래 아이를 낳는다는 게 결코 쉬운 일이 아닙니다."

"쓰레기로군."

"네?"

"아내가 이렇게 고통스러워하는데, 구태여 애를 낳게 해? 아이가 있는 남자란 작자들은 다들 머리가 어떻게 된 게 아닌가? 분명 전부 미친 게 틀림없어."

"……"

곧 그 '아이가 있는 남자'가 될 사람의 입에서 나올 말은 아니었다.

그렇게 카이휜이 괴로워하며 복도에서 전전긍긍한 지 얼마나 되었을까. 비명이 잠시 멎는가 싶더니, 문틈 사이로 아기 울음소리가 작게 들렸다.

"……!"

카이휜이 번쩍 고개를 들었다. 그쯤 그는 울기 직전처럼 양손에 얼굴을 묻고 있었다.

드디어. 이제야.

아내의 고통이 끝났다는 생각에 카이휜이 환희에 차서 움직이는 찰나, 산실에서 다시 비명이 시작됐다.

"……아악!"

카이휜은 시간이 정지한 사람처럼 멈춰 섰다.

왜? 아이를 낳은 것이 아닌가? 아기의 울음소리가 들렸는데? 왜, 아내가 아직도 고통스러워하는 거지?

카이휜의 머리에서 이성이 날아갔다. 더 생각할 것도 없이 그가 산실의 문을 부수듯 열고 들어갔다. 정말 부서진 문손잡이가 달랑거렸지만 아무도 신경 쓰지 않았다.

카이휜은 산실 안으로 들어서자마자 동작을 멈췄다.

피 냄새. 피부로 느껴지는 방의 열기. 그리고 일레나의 눈꼬리에 맺힌 눈물이 무엇보다 먼저 시야에 들어왔다.

카이휜이 다급하게 일레나 곁에 달라붙었다. 일레나의 안색만큼 카이휜의 얼굴도 창백하게 질렸다.

"일레나, 부인."

"왜…… 들어왔어요. 내가, 밖에서, 기다리라고…… 악!"

"미안합니다. 내가 정말 미안합니다, 부인."

허락 없이 쳐들어온 걸 말하는 건지, 아니면 다른 걸 뜻하는 것인지.

연달아 사과하는 카이휜이 꼭 금방이라도 눈물을 흘릴 것 같아서 일레나는 아파서 정신이 혼몽한 와중에도 남편에게서 눈을 떼지 못했다.

남편의 우는 얼굴. 귀한데. 남에게 보여주고 싶지 않았다. 울 거면 둘만 있는 데서 울었으면 좋겠다.

"당신, 눈물, 아껴…… 아악!"

"마님, 조금만! 조금만 더 힘을 주세요! 다 됐습니다!"

카이휜은 그제야 산실의 상황이 어떻게 된 것인지 알아차렸다. 일레나가 출산해야 하는 아이는 하나가 아니었다. 쌍둥이였다.

"내 말, 헉, 들었어요? 당신, 울지 말라고……."

"네, 들었습니다. 들었습니다, 부인. 안 울게요. 울지 않겠습니다."

일레나의 말이라면 지금 당장 창문 아래로 뛰어내리라는 명령도 따를 준비가 되어 있는 카이휜이 정신없이 대답했다.

"좋아요, 그 말, 꼭 지키…… 아악!"

"마님! 조금만 더!"

실제로는 잠깐에 불과하나 일레나에게, 또 카이휜에게 억겁처럼 느껴지는 시간이 지났다. 그리고…….

"경하드립니다."

일레나가 색색 숨을 몰아쉬며 눈을 깜박거렸다. 땀과 눈물 때문에 시야가 흐렸다.

"건강한 공주님과 왕자님이십니다."

우렁찬 아기의 울음소리와 감격한 듯 물기가 묻어나는 아비의 목소리가 귓가에서 웅웅 울렸다.

왼쪽에서 일레나의 손을 잡고 있던 릴리아나가 한숨을 탁 터뜨리며 그녀의 손에 이마를 묻었다.

"안아보시겠습니까?"

산파의 말에 일레나가 무심코 고개를 끄덕였다.

하녀들이 일레나를 부축해 일으켜 앉혔다. 산파가 탯줄을 자르고 양동이에 담긴 물로 씻긴 아이를 깨끗한 천에 감싸 일레나에게 안겨주었다. 먼저 태어난 아기는 카이휜의 품에 안겨 있었다.

"은발……."

일레나가 중얼거렸다.

검은 머리였다면 좋았을 텐데. 하지만 은발을 지니고 태어난 아기도 충분히 예뻤다.

그래, 예뻤다.

어쩌면 '예쁘다'는 말이 이 순간을 위해 만들어진 표현은 아닐까 싶을 만큼, 천에 싸인 조그마한 생명체는 믿기 어려울 정도로 예쁘고 또 예뻤다.

일레나는 아기를 빤히 응시하다 고개를 들었다.

혹시나 했는데. 일레나에게 했던 약속이 무색하게도, 아기를 안은 카이휜은 눈물을 흘리고 있었다.

"울지 말라니까……."

하지만 그다지 타박할 마음이 들지 않는 건 왜일까.

일레나는 힘없이, 하지만 진심을 다해 웃었다.

누가 다이아나이고 누가 다이앤인지, 지금은 아직 정신이 없어서 모르겠지만.

그래도 반가운 만남이었다.

'나중에 피크닉은 넷이서 가야겠네.'

눈을 꼭 감은 아기의 속눈썹은 벌써 촘촘했다. 일레나는 저 속눈썹 아래 감춰진 눈동자 색에 내심 기대를 걸며 눈매를 휘었다.

〈완결〉

외전 1
마법사와 소백작(1)

"꺄악! 도련님!"

"……"

바람결에 희미하게 실려 온 목소리에 펜을 쥔 카이훤의 손이 멈췄다. 이내 서류 위에 펜을 내려놓고 몸을 일으킨 카이훤이 익숙하게 창가로 향했다.

그는 숱한 경험을 이미 통해 알고 있었다. 문을 통해 나갔다간 늦을지도 모른다는 걸.

창문을 활짝 열고 밖으로 뛰어내린 카이훤이 고양이처럼 조용히 바닥에 착지했다. 잠시 후, 그는 저택 부지 한쪽에서 희게 질려 안절부절못하는 하녀를 발견해 냈다.

"도련님, 이를 어째!"

"무슨 일이지?"

"······공작님!"

카이훤의 등장에 하녀가 대번에 화색이 되었다. 구세주를 발견한 낯빛이었다.

"그것이, 산책을 나와 제가 잠시 도련님께 깔아 드릴 새 손수건을 찾는 사이 도련님께서······."

하녀의 발치에 깨끗한 천과 아기용품이 담긴 바구니가 굴러다녔다. 카이훤은 하녀의 설명을 귀담아듣는 대신 잠자코 고개를 들었다. 무슨 일이냐 묻긴 했지만, 상황이 어찌 된 것인지는 도착하자마자 바로 알 수 있었다.

"앤."

카이훤이 침착하게 팔을 벌리며 입을 열었다.

"이리 내려와."

그러자 무려 3층 난간에 대롱대롱 매달려 있던 아이가 빼꼼 고개만 돌려 카이훤을 내려다보았다.

무척 작은 아기였다. 이제 겨우 제힘으로 기어 다니는 것이 고작일 법한.

대체 무슨 수로 저 높은 곳까지 올라갔는지 충분히 의아할 만한 일이었으나, 카이훤은 놀라지 않았다. 이번이 처음이 아니었으니까. 아이가 어떻게 저곳에 올라갔는지 따지는 것보다, 무사히 내려오게 하는 것이 먼저였다.

아기는 유리구슬 같은 파란색 눈을 깜박거리기만 할 뿐 아무런 행동도 보이지 않았다.

그러자 카이훤이 다른 말로 재차 재촉했다.

"어서 내려와. 그럼 엄마에게 데려다줄 테니."

"빠."

엄마라는 말에 반응한 아이가 곧장 난간에서 손을 놓았다.

"꺅!"

아기의 몸이 바닥으로 추락했다. 하녀가 저도 모르게 비명을 지르는 사이 카이휜이 가뿐하게 아기를 받아냈다. 카이휜의 단단한 품에 갇힌 아기는 털끝 하나 상하지 않았다.

"……하아."

아기의 무사함을 확인한 하녀가 한숨을 쉬며 바닥에 주저앉았다. 아직 어려 보이는 하녀는 다리가 풀린 듯 쉽게 일어나지 못했다.

"다이앤은 내가 데리고 가지."

"그, 그러시겠어요? 죄송합니다."

카이휜은 고개를 저어 보인 후 돌아섰다.

아기, 다이앤은 카이휜의 품에 안겨 그의 널찍한 가슴팍을 손바닥으로 탁탁 쳐댔다. 표정을 보아하니 신이 나서 그러는 듯했다.

카이휜이 픽 웃음을 삼켰다. 왜 신이 난 것인지 어렵지 않게 짐작할 수 있었다. 엄마에게 데려다주겠다던 그의 약속 때문이겠지.

그러나 카이휜은 발길을 돌리지 않고 바로 집무실로 향했다. 집무실에는 당연하게도 다이앤이 찾는 '엄마'는 없었다. 그저 카이휜이 처리해야 하는 일감만 한가득 있을 뿐.

어리둥절해하는 다이앤을 푹신한 소파에 내려놓은 카이휜이 책상으로 향했다.

"얌전히 있어. 일이 끝나면 그때 엄마를 만나게 해주마."

커다란 눈을 깜박이던 다이앤이 이내 자그마한 얼굴 가득 노기를 띠었다. 자신이 속았다는 사실을 깨달은 듯했다.

"빠! 빠아!"

화가 난 다이앤은 당연히 얌전히 있지 않았다. 할 수 있는 힘껏 집무실 안에서 깽판을 쳐댔다.

집무실의 집기가 망가지는 건 상관없지만 다이앤이 다치는 것은 안 될 일이다. 자기가 넘어뜨린 소파에 깔릴 뻔한 다이앤을 재빠르게 구조해 낸 후, 카이휜은 아예 아이를 품에 안고서 업무를 봤다.

다이앤은 카이휜에게 안겨서도 여전히 분노를 표출했다. 카이휜의 가슴이나 턱을 주먹으로 때리고, 저를 가둔 팔을 힘껏 깨물어댔다.

치아라고는 고작 아랫니 두 개밖에 나지 않은 상태라 깨무는 행동은 별반 위협이 되지 않았다.

하지만 주먹질은 이야기가 달랐다. 3층 난간을 기어 올라가고 소파를 넘어뜨리는 등 아기답지 않은 힘이었으니 제법 아플 법도 한데, 카이휜은 얻어맞으면서도 눈 하나 깜빡하지 않았다.

그렇게 얼마나 시간이 흘렀을까. 카이휜을 공격하다 지친 다이앤이 꾸벅꾸벅 졸고, 책상 위에 쌓인 일감이 절반 정도 줄어들었을 무렵. 카이휜의 예민한 청력이 공기 중에 섞인 아주 작은 소리를 잡아냈다.

"세상에나, 마님! 아가씨!"

카이휜이 벌떡 몸을 일으켰다. 그는 다이앤을 품에 안은 채 눈 깜빡할 새 창문을 넘더니 금세 소리가 들린 장소로 이동했다.

"카이휜."

정원에서 막 걸어 나온 일레나가 남편을 발견하곤 습관처럼 얼굴에 웃음을 걸쳤다. 그러나 기진맥진한 듯 어딘지 힘이 없어 보이는 미소였다.

"아이고, 마님. 어쩌다 이렇게……"

일레나의 몰골은 엉망이었다. 온몸으로 정원을 굴러다니기라도 한 것인지 머리카락과 옷 여기저기 나뭇잎이 붙어 있었다. 그건 일레나의 품에 안긴 작은 아기도 마찬가지였다.

"다나가 술래잡기에 재미를 붙여서⋯⋯."

"이리 줘요."

카이휜이 한 팔로 다이앤을 안은 채 다른 팔을 뻗었다. 곧 일레나가 데리고 있던 아기, 다이아나도 카이휜의 품으로 넘어왔다. 체구가 워낙 커서 아기 둘을 안고도 품이 꽉 차기는커녕 오히려 자리가 남았다.

"우선 씻으셔야겠어요, 마님."

나이가 제법 든 하녀가 일레나의 어깨에 커다란 숄을 둘러주며 말했다. 일레나와 카이휜의 눈이 마주쳤다. 카이휜은 어느새 깨어나 일레나를 보자마자 그녀에게 가고 싶어 안달이 난 다이앤을 꼭 품에 가둔 채 입을 열었다.

"다나는 내가 씻기겠습니다. 애들은 내게 맡기고 다녀와요."

"그럼 부탁할게요."

일레나는 사양하지 않고 하녀를 따라 걸음을 옮겼다. 지쳐 보이는 일레나의 가느다란 뒷모습에 카이휜의 시선이 오래 머물렀다.

수증기가 뿌옇게 떠다니는 욕실의 문이 열렸다. 목욕 시중을 마친 하녀를 조금 전에 내보낸 참이었다.

'하녀가 다시 들어온 건가?'

그렇게 생각하던 일레나는 곧 들려온 의외의 목소리에 눈을 떴다.

"일레나."

"카이휜?"

욕조에 기대 반쯤 누워 있던 일레나가 허리를 바로 세웠다. 가벼운 차림을 한 카이휜이 욕조 곁에 자리를 잡았다.

"애들은요?"

"다나는 씻자마자 잠들었고, 앤도 방금 막 잠에 들었습니다."

"아하……."

카이휜이 손을 뻗어 일레나의 뺨에 붙은 머리카락을 귀 뒤로 넘겨주었다. 젖은 머리카락을 만지자 카이휜의 손에도 물기가 묻어났다.

일레나는 부드러운 손길에 재차 눈을 감았다. 기분이 좋았다. 붉고 도톰한 입술 사이로 나른한 한숨이 새어 나왔다.

그러나 거기서 끝이었다.

이전 같았으면 물이 아직 따뜻하니 들어오라느니, 이제 보니 혼자 쓰기엔 욕조가 넓다느니 수작을 부렸을 일레나가 웬일로 얌전했다.

이유는 간단했다. 피곤해서.

남편을 도발하여 그의 정력에 불을 붙일 만큼 일레나는 체력이 남은 상태가 아니었다. 그걸 아는지 카이휜도 일레나의 머리카락만 정돈해 줄 뿐 그 이상 뭘 더 어쩌지는 않았다.

눈을 감은 채 한 공간에 있는 남편의 존재를 느끼던 일레나가 문득 입을 열었다.

"왜 온 거예요?"

"……부인이 쓰러질까 봐."

"그랬구나."

일레나가 낮게 소리 내 웃었다.

터무니없는 걱정을 한다고 타박할 수는 없었다. 이미 전적이 있었으
니까. 물론 그땐 쓰러졌다기보단 욕조에서 깜빡 잠이 들었던 것뿐이
지만…….

어쨌든 카이휜을 걱정시켰던 것은 사실이었다. 일레나는 카이휜의 손
을 붙잡아 그의 손바닥에 뺨을 묻었다. 굳은살이 군데군데 박인 살갗에
열 오른 볼을 문지르자 움찔하는 반응이 전해졌지만, 손을 빼려는 기색
은 없었다.

"시원해."

중얼거리던 일레나가 문득 말했다.

"그러고 보니 당신, 손이 많이 차가워졌어요."

"그렇습니까?"

"정확히 말하면 이제 남들과 비슷해진 거지만……."

본래 카이휜은 일반 사람보다 체온이 높은 편이었다. 일레나는 그 반
대였고.

한데 지금은 달라졌다. 일레나는 전처럼 유난히 추위에 약하지 않았
고, 카이휜의 몸은 뜨겁지 않았다. 둘 다 평범해졌다는 소리다.

곰곰이 생각에 잠겨 있던 일레나가 목소리를 냈다.

"당신…… 지난번 이후로 열이 끓은 적 없죠?"

지난번.

아무런 전조 없이 카이휜이 고열에 시달려 일레나가 물수건을 쥐고 곁
에서 간호했던 때를 말했다. 밤중에 나무를 타는 짓까지 서슴지 않았
고, 덕분에 남편의 해묵은 상처를 마주했던 그날.

"없습니다."

"역시……."

벤은 카이휜이 일 년에 한 번씩 그 같은 고열에 시달려 왔다고 말했다. 말하자면 연례행사 같은 일이었다.

그런데 이번에는 그 행사를 건너뛰었다. 어쩌면 앞으로도 영영 찾아오지 않을 수도 있겠단 생각이 들었다.

"아무래도 다나와 앤이 우리에게 안겨준 선물이 하나가 아닌가 봐요."

다이아나 메이하드와 다이앤 메이하드.

쌍둥이 남매가 일레나의 배 속에 자리 잡으면서부터 부부에겐 몇 가지 변화가 생겼다.

'대표적인 건 남편의 얼굴에서 얼룩이 사라진 거고.'

그밖에 부가적인 것들이 앞서 이야기한 내용이겠지.

'내 신성력도 좀 약해진 것 같은데.'

아이들이 가져간 것일까?

일레나는 별로 상관없다고 생각했다. 어차피 이제 '용사'라는 타이틀은 아이들의 몫이기도 하고. 또 어떤 부모가 자식에게 제 것을 내주는 걸 아까워할까.

"뭐, 어차피 다나와 앤 자체가 선물이긴 하지만."

카이휜이 아내의 말에 동의한다는 듯 묵묵히 고개를 끄덕였다. 그런 카이휜을 보며 일레나가 눈매를 휘었다.

"카이휜."

"네."

"나 행복해요."

"……."

"정말로."

"……."

"진짜 행복한데……."

욕실의 열기로 인해 발그스름해진 일레나의 얼굴이 똑바로 카이휜을 향했다.

풍성한 은색 속눈썹 아래 반짝이는 분홍색 눈. 하얀 피부에 선정성을 부여하듯 붉게 달아오른 뺨. 물기를 머금은 과일의 겉면처럼 매끄러운 입술.

무엇 하나 보는 이의 시선을 사로잡지 않는 부위가 없었으나, 정작 카이휜이 눈길을 빼앗긴 곳은 누구도 눈여겨보지 않을 만한 곳이었다.

바로 일레나의 눈 밑. 다소 어둑하게 자리 잡은 피로의 흔적이 카이휜의 시선을 휘어잡고서 놓아주지 않았다.

"왜 이렇게 힘들지?"

때마침 카이휜의 팔에 무너지듯 고개를 기댄 일레나가 푸념을 뱉었다.

"난 말이에요. 육아가 이 정도로 힘든 건 줄은 정말 몰랐어……."

일레나가 아무것도 모른 채 무턱대고 출산을 준비했던 것은 아니다. 지식이 필요하다고 생각했고, 그래서 주변의 경험담을 수집했다. 일레나보다 먼저 아이를 낳은 귀족 여성들이 들려준 이야기는 대개 비슷했다.

"아이? 낳는 것이 죽을 만큼 힘들지, 키우는 것은 별것 아니라고."

그럴 수밖에 없는 것이, 귀족가의 아이는 보통 여럿의 보살핌을 받으며 자란다. 젖을 먹여줄 유모, 울면 달래줄 하녀, 아이의 안전을 보살피고 방을 치워줄 하인. 그 가운데 부모의 역할은 그리 크지 않았다. 그저

한 번씩 아이가 잘 자라고 있는지 확인하고, 품에 안아 교감을 나누기만 하면 된다. 그것이 귀족의 보편적인 양육이었다.

일레나도 처음에는 보통의 경우와 크게 다르지 않았다. 출산으로 축난 몸을 어느 정도 추스른 후엔 매일같이 카이휜과 함께 아이를 보러 갔다.

갓난쟁이 쌍둥이의 일과는 온종일 자는 것이 전부였다. 일레나는 잠든 아이들을 한참 구경하다가, 아이가 깨면 카이휜과 번갈아 조심스레 품에 안아보곤 했다.

새파랗게 빛나는 아이들의 눈동자를 처음 확인했을 땐 얼마나 기뻤는지 모른다.

남편을 꼭 빼닮은 눈.

카이휜은 일레나를 닮기를 바랐는지 조금 실망한 기색이었지만, 그러거나 말거나 일레나는 만족스러웠다. 오히려 머리카락까지 남편을 닮지 못한 것이 아쉬울 따름이었다.

"앤, 다나."

곤히 자는 쌍둥이의 귓가에 아이들이 알아듣지 못할 애칭을 속삭여 주었을 때.

그럴 리 없지만 마치 대답하듯 잠꼬대를 웅얼거리는 것을 보며 가슴이 벅찼던 순간이 아직도 생생했다. 괜히 눈가에 눈물이 살짝 고여 울지 않은 척 재빨리 닦아내기도 했다. 결국 서로에게 들켰지만.

'좋았지.'

즐거웠다. 평온했다.

……평온했었다.

분명 '보편'의 범주에 들었던 일레나의 육아가 갑자기 천지개벽 수준으로 달라진 것은, 쌍둥이가 제 몸을 가눌 수 있게 되면서부터였다.

몸을 뒤집고, 앉고, 길 수 있게 되었을 때.

그 전까지만 해도 천사 같았던 쌍둥이는, 과장을 조금 보태 저택에 재앙을 몰고 왔다.

"도련님!"

"위험해요, 제발 내려오세요!"

"맙소사, 저긴 대체 어떻게 올라가신 거야?"

"꺄악! 아가씨!"

"아가씨, 그 석상은 밀면 안……!"

"으악, 다들 피해!"

"꺄악!"

놀랍게도 쌍둥이는 작달막한 몸으로 저택 곳곳을 종횡무진 기어 다니며 사고를 치고 다녔다. 하나같이 말도 안 되는 수준의 사고였다.

나무 타기, 테라스 난간에 매달리기, 벽 오르기는 기본.

천장에 올라가 샹들리에 떨어뜨리기, 조각상 밀어서 넘어뜨리기, 갖은 세간 부수기…….

열거하자면 끝이 없었고, 그때마다 눈코 뜰 새 없이 바빠진 것은 일레나와 카이휜이었다. 재해 수준으로 날뛰는 쌍둥이를 제어할 수 있는 사람이 저택 내에 둘밖에 없었기 때문이다.

카이휜은 일반적이지 않은 힘과 순발력, 체력 등으로 아이들을 감당했고, 일레나는 이유는 알 수 없지만 그저 존재만으로 쌍둥이를 얌전해지게 만들었다.

다만 그 '얌전하다'의 정도도 어디까지나 상대적인 것이라, 일레나는 근래 쌍둥이 중 하나와 시간을 보내고 나면 기력을 죄 잃고 축 늘어지곤 했다.

지금처럼.

'애를 키우는 것과 용사를 키우는 건 다른 거였어.'

대체 세상 어느 애가 태어난 지 반년 만에 저택을 뒤집어엎고 걸핏하면 사용인들을 혼란에 몰아넣는단 말인가. 그저 남다르다, 비범하다는 속 편한 말로 설명하기엔 정도가 지나쳤다.

"당신도 아기 때 이랬어요?"

"앤과 다나처럼 사고를 일으켰냐는 말입니까?"

"응."

"아니었을 겁니다."

추측성 답변인 것치곤 목소리에 확신이 묻어났다. 하긴.

"그래요, 만약 그랬으면 진작 소문이 났겠지……."

그쯤 되면 단순히 얼굴의 얼룩이 문제가 아니었을 것이다. 악마에게 저주받았다는 소문 대신 '악마의 현신'이라는 거창한 별칭이 따라붙지 않았을까.

"누굴 닮아 이런지."

일레나가 길게 한숨을 내쉬었다. 더운 숨이 소매를 걷은 카이훤의 팔을 간지럽혔다.

"그래도 귀여우니까."

"……."

"내가 진짜, 귀엽고 예뻐서 봐준다……."

"이만 나가겠습니까?"

늘어지는 일레나의 목소리에서 노곤함과 졸음을 읽어낸 카이휜이 말했다. 일레나가 고개를 끄덕이자 카이휜이 망설임 없이 욕조 안으로 손을 넣어 일레나를 물속에서 건져냈다.

제 몸이 젖든 말든 일레나를 안아 올린 후, 깨끗한 천으로 그녀를 돌돌 말아 침대에 내려놓았다. 한두 번 해 본 것이 아닌지 욕실에서 침실까지 이어지는 일련의 동작이 깔끔하고 신속했다.

"카이휜."

"네, 일레나."

젖은 머리칼의 물기를 닦아주는 능숙하고 편안한 손길 속에서 일레나가 무거운 눈꺼풀에 힘을 주었다.

"우리 여행 갈까요?"

"가고 싶은 곳이 있습니까?"

"글쎄요, 장소는 어디든……."

짧은 하품 끝에 겨우겨우 말이 이어졌다.

"당신이랑 같이 가면 다 좋을 것 같아요."

"……."

"가서 실컷 자고, 놀고, 그러면 좋을 것 같아."

생각만 해도 좋은지 일레나의 입매가 호선을 그렸다.

"지금 당장은 못 가겠지만, 나중에……."

정확한 날짜를 기약하지 못하고 말이 끊겼다. 이어서 규칙적인 숨소리가 적막한 공간을 채웠다.

카이휜이 아내의 머리카락을 말려주던 수건에서 손을 뗐다. 그의 손끝이 일레나의 눈 밑, 거뭇한 흔적을 조심스레 쓸었다.

"가서 실컷 자고, 놀고, 그러면……."

일레나가 언급한 말 중 '실컷 자고'라는 부분이 유독 선명하게 카이휜의 가슴에 박혔다. 왜 저런 소망이 흘러나왔는지 알 것 같았다.

눈 아래만 봐도 짐작할 수 있다시피, 일레나는 최근 수면 부족에 시달렸다. 원인은 단순했다. 다이앤과 다이아나가 밤이고 새벽이고 가리지 않고 난리를 피웠기 때문이다.

사태를 수습하는 건 주로 카이휜이었지만, 문제는 그러면서 일레나도 잠에서 깬다는 데 있었다. 본래 한번 잠들면 누가 업어가도 모르는 일레나였지만, 사람의 기질이란 바뀌는 것인가 보다.

출산 후 일레나는 잠귀가 밝고 예민해졌다. 특히 배우자의 부재에 민감해져 카이휜이 쌍둥이를 건사하느라 한 시간이고 두 시간이고 자리를 비우면 일레나도 자다 깨서 꼭 그 시간만큼 잠들지 못했다.

결국 잠에서 깬 김에 한밤중에 카이휜과 함께 쌍둥이를 돌보는 것이 근래 일레나가 보내는 나날이었다.

"……."

안타까움이 담긴 카이휜의 손길이 일레나의 눈 아래에서 좀처럼 떠나지 못했다.

여행이라.

생각에 잠겨 있던 그의 눈에 곧 어떤 결심이 생겨났다.

"흑탑주에게 앤과 다나를 맡기고 여행을 다녀오자고요?"

"네."

다음 날. 갑작스러운 카이휀의 제안에 일레나가 식사를 이어가던 것을 멈췄다.

"다치지 않게 잘 돌볼 겁니다."

"그야 흑탑주의 능력이라면 그럴 것 같지만……."

쌍둥이는 물론 쌍둥이의 주변도 무사히 건사해 줄 것이다. 잠깐 고민하는가 싶던 일레나는 곧 고개를 흔들었다.

"괜찮아요."

"그렇지만……."

"됐어요. 애들을 두고 내가 어딜 가요? 어제 했던 얘기는 별 뜻 없이 한 말이니까 신경 쓰지 않아도 돼요."

일레나의 단호한 답에 카이휀이 차마 그녀를 더 설득하지 못하고 물러섰다. 무척 아쉬웠지만, 상대방의 대답이 저리 확고하니 별다른 도리가 없어 보였다.

"……알겠습니다."

카이휀은 시드리온에게 보내려던 서신을 취소하기로 했다.

그리고 그날, 일레나의 오빠인 에드워드가 마차 사고를 당해 다리가 부러졌다는 소식이 전해졌다.

"걱정 말고 다녀오십시오, 공작 부인."

시드리온이 멀끔한 얼굴 위로 신뢰를 더해주는 미소를 덧그렸다. 일레나는 그 모습을 보며 내심 한숨을 삼켰다.

기가 막혔다. 아니, 에드워드는 왜 하필 이때 다른 것도 아닌 마차 사고로 다리가 부러진단 말인가? 다리가 부러졌다는 점이 중요한 게 아니다. 물론 그것도 문제이긴 했지만, 일레나의 가슴을 철렁하게 한 것은 바로 '마차 사고'라는 점이었다.

본래 일레나가 알던 미래에서 에드워드의 최후는 다름 아닌 릴리아나와 함께 마차 사고로 사망하는 거였으니까. 이젠 미래가 바뀌어 오지 않을 사건이란 걸 알지만, 그래도 괜히 기분이 어수선하고 마음이 좋지 않은 건 어쩔 수 없었다.

결국 일레나는 고민 끝에 이 불안을 잠재울 방법으로 멀쩡한 에드워드의 모습을 직접 보고 오는 걸 택했다.

"……잘 부탁해. 자리를 오래 비우진 않을 거야."

일레나의 시선이 시드리온의 품에 안겨 곤히 잠든 두 아이에게 닿았다. 오늘도 어김없이 저택을 한바탕 뒤집어엎고 곯아떨어진 쌍둥이는 외간 남자에게 안겨서도 도통 깰 줄을 몰랐다.

일레나는 에드워드를 만나러 가는 길에 아이들을 데려가지 않기로 했다.

다이아나, 다이앤. 그녀가 보기엔 눈에 넣어도 아프지 않을 천사들이지만, 객관적인 관점에선 기어 다니는 재난이란 것을 안다. 아무래도 남의 나라, 그것도 왕성에 손님으로 가는 입장으로 동행하기엔 적절하지 못한 구성원이었다.

아무튼 그리하여 일레나와 카이휜이 저택을 비우는 동안 쌍둥이를 맡아줄 사람이 필요했고, 그 적임자는 당초 카이휜의 의견대로 시드리온이 맡게 되었다.

일레나의 염려 섞인 눈빛에 시드리온이 입을 열었다.

"공작 부인, 제가 누굽니까?"

"자네? 흑탑주."

"그렇습니다. 인재만 모였다는 흑탑에서도 제일가는 불세출의 천재가 접니다. 최고이자 최강의 보모가 되어드릴 테니 마음 놓으시죠."

당당한 수준을 넘어 뻔뻔하게도 들리는 말에 일레나가 순간 실소를 뱉었다. 하지만 지적하지는 않았다. 이유 없는 자신감은 아니었으니까.

"그래, 알겠네. 자네 말대로 마음 놓고 다녀오지."

"공작 부인, 공작님! 출발 준비가 끝났습니다."

그때 검은 로브를 두른 마법사들이 우르르 다가와 일레나와 카이휜 곁에 섰다. 쌍둥이를 돌봐야 하는 시드리온 대신 오늘 공작 부부를 무사히 에드워드가 있는 에이든 왕국까지 데려다줄 이들이었다.

일레나는 한눈에도 흑탑의 소속임을 알 수 있는 마법사들에게 힐끗 눈길을 주었다가 다시 시드리온을 쳐다보았다.

"자넨 복장 통일 안 해?"

새까만 로브를 제복처럼 차려입은 여타 마법사들과 달리 시드리온은 저 혼자 눈처럼 하얀 의복 차림이었다.

"지금 소속감을 위해 제 미적 감각을 희생하란 말씀입니까?"

"섞여 있으면 자네만 너무 튈 것 같은데."

"튀는 게 칙칙한 것보다 낫습니다. 그리고 튀어야 더 대장처럼 보이는 법이죠."

그렇다니 할 말은 없었다. 이내 일레나와 카이휜이 마법사들이 그린 마법진 위로 올라섰다. 자리에 나와 있던 공작가의 식솔들이 열렬하게 주인 내외를 배웅했다.

"잘 다녀오세요!"

"아가씨와 도련님은 마법사님만 믿으세요."

"그래요, 마법사님이 계시니 걱정 마세요!"

빈말로도 자기들을 믿으라고는 하지 않았다. 일레나는 그들의 솔직함을 굳이 나무라지 않고 눈감아주었다.

번쩍!

잠시 후, 눈부신 빛과 함께 공작 부부와 마법사들이 한꺼번에 후원에서 사라졌다. 후원이 썰렁해지자 한곳에 모인 사용인들도 하나둘 흩어지기 시작했다.

"아이고, 그럼 난 내 일을 마저 하러 가볼까."

"잘 부탁드려요, 마법사님."

"마법사님만 믿어요."

"감사합니다, 마법사님!"

"마법사님 힘내세요!"

기분 탓일까. 어딘지 과한 응원의 말을 남긴 이들이 곧 시드리온을 등졌다.

쌍둥이의 침실과 시드리온이 머물 방은 이미 안내받은 상태였다. 시드리온은 바로 장소를 옮기지 않고 잠시 제자리에 머물렀다. 그의 시선이 품에 안긴 작은 두 생명체에게 닿았다.

"……."

기분이 묘했다.

'보모라.'

자신이 누굴 대신해 아기를 돌봐주게 되는 날이 오다니. 과연, 살다 보니 별일을 다 겪는다 싶었다.

그렇지만 나쁜 기분은 아니었다. 아니, 외려 좋았다.

신용하지 않는 상대에게 자식을 맡기는 부모는 없다. 이번 부탁은 어찌 보면 메이하드 부부가 시드리온을 얼마나 믿고 있는지 증명하는 일이기도 했다.

　그리고 꼭 그게 아니더라도…….

　'근래 줄곧 무료했으니까. 할 일이 생겨 잘됐지.'

　시드리온은 흑탑 최상층에 있는 그의 집무실에서 카이휜이 보낸 편지를 수신했을 때를 떠올렸다.

　부탁이니 공작성에 와서 아이들을 돌봐달란 내용의 편지.

　처음에는 황당해서 눈을 의심했다. 하지만 이어서 찾아들었던 감정은 반가움이었다. 느닷없는 보모 제의, 즉 그에게 주어진 새 일감이 달갑게 느껴질 정도로 시드리온은 최근 무료함에 시달리고 있었다.

　'뭐가 문젤까.'

　지루함, 공허함. 혹은 무상함.

　이 원인 모를 감정은 대체 어디서 오는 것일까.

　'목표가 사라진 탓인가.'

　사실 짚이는 곳이 전혀 없지는 않았다.

　시드리온이 쥐고 있던 일생 최대 목표는 카이휜에게 빚을 갚는 거였다. 삶을 구제해 준 것에 대한 빚. 동등한 무게만큼 갚으려면 평생이 걸릴지도 모른다고 생각했다.

　그래서 오직 그것만 목적으로 삼고 지내왔는데, 알고 보니 그 빚을 이미 갚았다는 걸 얼마 전에 알게 됐다.

　과거의 기억이 돌아왔다. 시드리온은 제가 신께 청탁하여 시간을 되돌렸음을 깨달았다. 그렇게 시간을 되감고, 비틀렸던 카이휜의 운명을 바로잡았다. 그 결과가 시드리온의 품에 안긴 두 아이와 이 세계의 평화였다.

'잘됐어.'

새삼 안도감으로 마음이 젖었다.

신은 도움을 주면서도 미래가 정말 바뀔지 확신할 수는 없다고 말했다. 한데 정말 바라던 대로 미래이자 현재가 개척되었으니, 백 번을 안도해도 모자랄 일이다.

어쨌든, 따지고 들면 시드리온은 카이휜의 인생을 한 번 구제했다. 서로 한 번씩 구해주었으니 동등하다. 시드리온이 졌던 빚은 사라졌다. 동시에 그의 인생에서 가장 큰 비중을 차지하던 목표도 사라졌다.

그렇다면 역시 현재 그를 괴롭히는 이 허망함은 그 상실에서 오는 것일까.

'아니…… 아냐.'

시드리온이 조용히 고개를 저었다.

정확히 설명할 수는 없지만, 그것만은 아니다. 단순히 목표의 부재에서 비롯된 감정만은 아닐 거란 생각이 들었다. 무료함이라 표현했으나 자세히 파헤치면 그 안에 허전함과 답답함이 있었다.

가슴 한쪽에 작은 구멍이 뚫린 기분. 무언가로 그 틈을 막고 싶은데, 대체 그게 무엇인지 알 수 없는 느낌.

그것이 단순히 '목표'는 아닐 것이다. 좀 더 구체적인 어떤 것이 존재할 거란 확신이 섰다. 지금으로선 일말의 갈피조차 잡을 수 없었지만.

"……주어진 역할에나 최선을 다해볼까."

미련을 내려놓은 시드리온이 몸을 돌렸다.

더 고민해 봐야 당장 답을 얻기 힘든 문제다. 이 이상 매달리는 건 효율적이지 않았다. 지금 당장 중요한 것은 품에서 새근새근 잠든 아기들을 깨우지 않는 일이었다.

후원을 벗어나는 시드리온의 걸음걸이가 모처럼 신중하고 조심스러 웠다.

'그나저나, 두 사람은 정말 운명이었군.'

공작 부부가 사라진 자리에서 멀어지며 시드리온이 새삼 생각했다.

과거 언젠가 카이휜과 일레나를 보며 '운명'이란 단어를 떠올린 적이 있었다. 그때는 그냥 누가 봐도 잘 어울리는 연인에 대한 비유였는데. 이 제 와 다시 생각해 보니 그 말은 비유가 아닌 사실 그 자체였다.

'언제 그런 생각을 했었더라.'

시드리온이 자연스럽게 지난 기억을 헤집었다.

그는 기억력이 좋은 편이었다. 과거의 특정한 순간을 머릿속에 고스 란히 되살리는 일은 그리 어렵지 않았다. 그걸 증명하듯 금세 모든 것이 선명하게 떠올랐다.

그때의 장소, 시간. 분위기, 뺨을 스치던 바람의 따스함. 주변의 조명, 배경을 이루던 조형물, 풀과 와인 냄새……

……웃는 얼굴.

"……."

우뚝.

시드리온의 발이 멈췄다. 기억은 그가 의도했던 것보다 생생했고, 그 림처럼 선연한 그 장면의 중심에는 한 사람이 존재하고 있었다.

그 사람의 얼굴이 통제할 틈 없이 시드리온의 머릿속을 가득 채우는 순간.

파앗!

수도의 소르테 백작저와 연결된 공작성 후원 부지의 이동 마법진이 빛을 발했다.

"일레나! 공작!"

에드워드는 일레나와 카이휜의 방문을 진심으로 반가워했다. 얼마나 반가워했느냐면, 다리가 부러진 주제에 저도 모르게 침상에서 벌떡 일어나 둘을 맞이하려 했을 정도였다.

"어서 오…… 으악!"

"후작님!"

공주와 결혼하면서 에드워드는 에이든 왕국으로부터 후작 작위를 받았다. 일레나는 제 오라비의 볼썽사나운 작태를 가만 구경하다 카이휜의 눈을 슬쩍 가렸다. 조금 민망했다.

"후우……. 큰일 날 뻔했네. 그나저나 어쩐 일이냐? 나 괜찮은지 보러 온 거야?"

"웅."

일레나가 고개를 끄덕였다.

"멀쩡하네."

부러진 왼 다리에 붕대를 칭칭 감은 채 침대에서 운신조차 제대로 못하고 있던 에드워드가 멈칫했다.

"……멀쩡한 건 아니지 않나?"

"안 죽었잖아."

"내가 살아 있다는 사실은 편지로 이미 밝히지 않았니?"

일레나는 대답하는 대신 어깨를 으쓱했다. 하지만 언뜻 냉정하게까지 느껴지는 반응과 달리 일레나의 안색은 에드워드를 만난 후 한결 좋아졌다.

"끄응. 뭐, 좋아. 아무튼 이렇게 와줘서 고맙다. 공작께도 정말 고맙습니다. 시간 내기 쉽지 않으셨을 텐데."

"아닙니다."

"그런데 일레나. 그, 혹시 애들은 같이 안 왔나?"

에드워드의 얼굴에 숨기지 못한 기대감이 번졌다.

"우리 사랑스러운 앤과 다나 말이야. 네가 보낸 서신만 읽어봐도 얼마나 귀여울지……."

에드워드는 아직 쌍둥이를 본 적이 없었지만, 일전에 주고받은 연락을 통해 이름과 애칭 정도는 알고 있었다. 참고로 쌍둥이가 아직 기어 다니지 못할 때 주고받았던 연락이었다.

일레나는 손으로 쥐면 잡힐 것처럼 선명한 에드워드의 기대를 가뿐하게 무너뜨렸다.

"우리 앤과 다나가 아니라 내 앤과 다나고, 두고 왔어."

"왜!"

저도 모르게 반박한 에드워드가 이내 시무룩하게 고개를 떨어뜨렸다.

"아니, 아니다. 이유는 당연히 알지. 먼 길 오는데 아직 어린 아기들을 데려오는 건 역시 부담이 됐겠지."

"……."

"거칠고 험한 바깥은 우리 작고 여린 조카들에겐 너무 위험하니까……. 걱정됐을 거야. 이해해."

"……."

"그렇지만 듣자 하니 마법사들과 함께 온 것 같던데, 그럼 앤과 다나도 데려올 수 있었던 거 아냐? 일레나 너, 애들을 너무 과보호해도 안 좋다!"

"좋을 대로 생각해."

일레나는 에드워드의 착각을 구태여 바로잡지 않고 내버려 두었다.

에드워드는 그 뒤로도 계속해서 떠들다가—대개 쌍둥이를 보지 못하는 것에 대한 불만이었다—시간이 한참 지나서야 일레나와 카이휜을 놓아주었다. 두 사람은 왕성에서 가장 호화로운 손님방으로 안내되었다.

공작 부부는 에이든 왕국에서 꼬박 이틀을 지내기로 했다. 콕 집어 이틀인 이유가 있었다. 두 사람을 에이든 왕국으로 데려다준 마법사들이 돌아갈 여력을 회복하는 데 딱 그 정도의 시간이 걸렸기 때문이다.

"산책이나 좀 할까요?"

부부는 나란히 에이든 왕성 부지를 거닐었다.

"기분이 나아진 것 같아서 다행입니다."

"내가요?"

"안색이 좋습니다."

"아아, 그러게요. 에드워드가 저렇게 멀쩡히 살아서 주절거리는 걸 보니 마음이 좀 놓이네요."

"미래를 보는 꿈을 꿨다고 했었죠."

일레나는 갑작스러운 그녀의 에이든 왕궁행을 이해시키기 위해 진실을 조금 각색해서 카이휜에게 설명했다.

"응, 맞아요. 악몽이었죠. 죽어도 하필 마차 사고로 죽어선⋯⋯."

"혹시 나는 어땠습니까?"

"응?"

"그 꿈에 나는 나오지 않았습니까?"

일레나는 머뭇거렸지만, 이내 솔직하게 이야기했다. 어차피 꿈 얘기니까.

"당신도 죽어요."

"어떻게요?"

"……마왕한테 당해서?"

"마왕은 죽었으니 현실과 다르군요."

"그럼요. 꿈인데."

"부인은 어떻게 됩니까? 무사히 살아남습니까?"

"그랬으면 좋았겠지만……."

아니, 좋았을까?

일레나는 스스로에게 질문했고 금방 답을 얻었다.

가족도 친구도 터전도 잃고, 또 카이휜도 없는 세계. 빨리 죽는 게 나았을 거다. 결국 실제로도 그렇게 됐지만.

"나도 죽어요. 뭐, 어차피 다 죽는 결말이라."

"내가 지키지 못했군요."

"뭘요? 사람들을?"

"부인을."

"애초에 지키고 말고 할 것도 없었어요. 꿈에서 우린 부부가 아니었거든요."

그렇다. 예정대로의 미래에서 카이휜은 일레나와 결혼하지 않았다. 미엘르와 결혼했지.

새삼 일레나의 기분이 확 가라앉았다.

질투는 이성이 아니라 감정이다. 이젠 존재하지 않는 일이라는 걸 알면서도 마음이 좋진 않았다.

뾰족해진 기분이 책임을 전가할 대상을 찾았다. 왜 이 내용을 떠올리게 해서는!

"당신, 내 꿈 내용은 왜 그렇게 궁금……."

"레아! 그리로 가면 안 돼!"

그때 다급한 목소리가 일레나의 말을 끊었다. 잠시 후, 작은 충격이 그녀의 다리에 전해졌다.

"으아앙!"

일레나에게 달려와 부딪힌 조그마한 아이가 주저앉아 울음을 터뜨렸다.

"레아, 괜찮니? 아휴, 정말 죄송합니다."

"아니에요."

일레나가 무심결에 무릎을 굽혀 앉아 넘어진 아이를 살폈다.

참 어렸다. 세 살이나 되었을까? 아니면 네 살?

"레아야. 울음 그치고 너도 죄송합니다, 해야지."

"괜찮아요."

아이의 보호자에게 고개를 저은 일레나가 아이를 빤히 관찰했다. 뭐가 그리 서러운지 눈물을 펑펑 쏟던 아이는 일레나의 시선에 고개를 들더니, 훌쩍이며 울음을 그쳤다. 포동포동하고 작은 손가락이 일레나를 가리켰다.

"……이뽀."

"어, 어머, 얘가. 죄송해요, 이 애가 어린데 벌써 사람 외모를 볼 줄 알아서……."

"엉니 이뽀!"

"쉿, 레아. 그러는 거 아니야. 조용히 해야지."

"엉니 도아. 언니랑 갈래!"

"가긴 어딜 가!"

젊은 부인이 기겁하며 아이를 안아 올렸다.

"실례했습니다. 오늘 이 결례는 마샤 자작저로 찾아주시면……."

"정말 괜찮아요. 마음만 받을게요."

일레나에게 꾸벅 인사를 건넨 부인이 아이를 안은 채 재빠르게 사라졌다. 그 와중에 보호자의 품 밖으로 빼꼼 몸을 내민 아이가 일레나에게 열심히 손을 흔들었다. 일레나도 아이에게 손을 흔들어주었다. 저절로 흐뭇한 미소가 맺혔다.

"카이휜. 방금 저 아이, 몇 살이나 됐을까요? 세 살?"

"그 정도로 보였습니다."

"앤과 다나도 저 나이가 되면 저쯤 크겠죠?"

"그렇겠죠."

"저렇게 말하고 뛰어다니면 얼마나 귀여울까요. 그리고 얼마나……."

"……."

침묵이 부부를 감쌌다. 일레나의 얼굴에 깊은 근심이 피어나는 것을 본 카이휜이 서둘러 말했다.

"오히려 저만큼 자라 말이 통하기 시작하면 지금보다 나을 겁니다."

"정말?"

"네."

"좋아요."

희망이란 귀한 것이다. 일레나는 낙관을 버리지 않기로 하고 카이휜의 손을 잡았다.

쌍둥이 이야기를 하고 나니 자연스럽게 저택의 근황이 궁금해졌다.

"잘 있을까요?"

"괜찮을 겁니다. 시드리온이 있으니까."

"그래요. 다른 사람도 아니고 흑탑주니……."

시드리온에게 보모로서의 자질이 있을 거라 기대하는 건 아니다. 다만 일레나는 그의 마법 실력을 높이 샀다.

다이앤이 기상천외한 곳에 올라가도 마법으로 내려주고, 다이아나가 각종 물건을 밀어 넘어뜨려도 마법으로 받아주겠지. 즉 깽판을 수습해 줄 거란 믿음이 있다는 뜻이었다.

'그리고 흑탑주 혼자서만 아이를 돌보는 건 아니니까.'

정서적인 보살핌은 다른 사람이 맡아줄 것이다. 일레나는 그 적임자가 지금쯤 공작성에 도착했을까 생각해 보며 남편의 손을 제 손안에 꼭 가뒀다.

"더 걸을까요?"

"좋습니다."

모처럼 한가해진 부부가 느긋하게 산책을 이어갔다.

시드리온은 당황했다.

어지간한 일에도 동요하지 않는 그의 성미상 무척 드문 일이었으나, 그 순간 그를 지배했던 것은 분명 당황이었다.

"릴리아나 양? 여긴 어떻게……."

이동 포탈이 빛을 뿜은 후 그 자리에 나타난 건 다름 아닌 릴리아나 소르테였다. 릴리아나 또한 시드리온을 보곤 놀랐는지 멈칫했다.

그러나 두 사람은 그 자리에서 바로 인사를 나누지 못했다. 때마침 잠에서 깬 다이앤과 다이아나가 나란히 울음을 터뜨렸기 때문이다.

쌍둥이가 운 이유는 배가 고파서였다. 릴리아나와 시드리온은 재빨리 주방으로 달려갔고, 이유식을 잔뜩 먹고 배를 채운 쌍둥이는 다시 곤히 잠들었다.

"……."

그리고 나서 지금 이런 상황이 펼쳐졌다.

시드리온은 널찍하지만 가구가 별로 없는 쌍둥이의 침실에서 말없이 릴리아나를 지켜보았다. 그녀는 잠든 쌍둥이를 살피느라 시드리온에게 시선을 주지 않고 있었다.

"……둘 다 잠들었어요. 당분간은 깨지 않을 것 같아요."

"릴리아나 양."

"네?"

마침내 후원에서의 만남 이후 처음으로 두 사람의 눈이 다시 마주쳤다. 시드리온이 뒤늦은 인사를 건넸다.

"오랜만입니다."

"……네, 오랜만이에요."

"갑작스러운 말이지만, 이렇게 있으니 문득 릴리아나 양에게 거절당했을 때가 생각납니다."

릴리아나의 표정이 미묘해졌다. 이내 그녀의 입에서 상대를 힐난하는 투로 말이 흘러나왔다.

"표현을 좀 더 명확히 하시는 편이 좋지 않을까요? '영입 제안'을 거절당했다고."

"같은 말 아닙니까?"

"……뭐, 좋아요."

뭔가 설명해 주려던 릴리아나가 고개를 저었다.

"그리고 그때 그건 어차피 거절당할 걸 예상하고 하셨던 제안 아닌 가요?"

"그렇습니다."

시드리온이 순순히 인정했다.

'그때'.

그건 릴리아나가 일전에 흑탑에서 보름간 머물렀던 때를 말한다. 탑을 방문했던 목적은 레베카에게서 얻은 보석 가루의 연구를 돕는 거였는데, 시간이 흐르자 릴리아나의 능력은 다른 데서 빛을 발했다.

행정 업무.

흑탑의 전반적인 행정 체계를 릴리아나가 나서서 갈아엎었다고 해도 과언이 아니었다. 그녀 한 사람 덕에 탑 전체의 일 처리가 전보다 배는 효율적으로 변했다.

흑탑의 마법사들은 일제히 그녀의 능력을 칭송했고, 시드리온이 총대를 멨다.

"행정 책임자로서 이대로 탑에 남아주지 않겠습니까?"

바로 거절당했다.

시드리온은 크게 아쉬워하지 않았다. 릴리아나가 경쟁자 에드워드를 제치고 다음 대 가주가 되리라는 걸 그때 이미 짐작하고 있었으니까.

안 될 걸 예상하고서 제안을 던졌고, 역시나 안 됐다.

릴리아나가 황당하다는 양 팔짱을 꼈다.

"그러면서 그 일은 뭐 하러 다시 꺼내시나요?"

"그러게요."

"......?"

"잘 모르겠습니다, 저도. 어쩌면 이제 와 새삼 아쉬워졌는지도 모르죠."

시드리온이 물끄러미 릴리아나를 눈에 담았다.

조금 전 공작저의 후원에서 릴리아나와 마주쳤던 때를 떠올렸다. 그때 그는 너무 당황한 나머지 움직이지도 못했다. 잠에서 깬 다이앤과 다이아나가 울음을 터뜨리기 직전까지 자리에 멍청하게 굳어 있었다.

왜 그랬을까?

마침 릴리아나를 선명하게 그려냈던 과거의 일을 떠올린 순간, 그녀가 정말 눈앞에 나타났기 때문일까? 하지만 제가 고작 그 정도 이유로 그렇게나 꼴사납게 동요하는 인물이었던가.

고민해 봤지만 잘 모르겠다. 답을 얻을 수 없었다. 그래서 시드리온은 내심 혼란스러웠다. 아무 말이나 입에서 나가는 대로 뱉은 것도 그 때문일지 모른다.

"릴리아나 양도 아이들을 돌봐달란 연락을 받고 이곳에 온 겁니까?"

시드리온이 화제를 전환했다. 릴리아나가 고개를 끄덕였다.

"마스터 시드리온께서도요?"

"그렇습니다."

답하고 나니 뭔가가 묘하게 거슬렸다. 곧 그 거슬림의 원인을 찾아낸 시드리온이 제의했다.

"그냥 시드리온으로 불러주셔도 됩니다."

"아뇨."

"예?"

"싫다고요."

금테를 두른 시드리온의 동공이 흔들렸다. 이 정도로 단호한 거절은 예상 못 했다.

"하지만……. 이전에는 그렇게 불러주지 않았습니까?"

시드리온이 기억을 더듬었다. 특히 흑탑에서 머무는 동안 릴리아나는 꼬박꼬박 그를 그냥 '시드리온'이라고 불렀다.

"그땐 그랬죠."

"그때와 지금이 뭐가 다릅니까?"

"제가 탑에서 나오고서 느낀 게 있거든요."

"……?"

"거리를 둬야겠구나. 안 그러면 곤란해지겠구나."

"……거리를 둔다니, 저와 말입니까?"

"그래요."

"대체 왜?"

"말했잖아요. 곤란해질 것 같아서라고."

"어떤 점이 곤란해진다는 말입니까?"

시드리온이 집요하게 캐물었다. 이해가 되지 않아서였다. 그러나 릴리아나는 시드리온의 의문을 해결해 주지 않았다. 대신 주제 자체를 무의미한 것으로 만들었다.

"호칭이야 이렇게 부르든 저렇게 부르든 제 마음이죠. 딱히 중요한 건 아니잖아요?"

"……그건."

시드리온이 머뭇거렸다.

옳은 말이었다. 애초에 남이 저를 부르는 호칭에 크게 신경 써본 적이 없었다. 유일하게 거부감이 들었던 게 일레나가 붙여준 흑탑주라는 별칭 정도일까.

마스터 시드리온이라고 불리나 그저 시드리온이라고 불리나 별 차이도 없건만, 왜 이리 집착하게 되는지 모를 일이다.

시드리온이 조용해지자 릴리아나가 미소를 머금었다. 일견 논쟁에서 이긴 승리자의 미소 같기도 했다.

그러나 그때 시드리온이 불만을 담아 작게 내뱉은 중얼거림이 릴리아나의 뒤통수를 쳤다.

"언제는 친밀하게 시리라고도 불렀으면서."

"흡, 콜록콜록!"

릴리아나가 크게 기침했다. 시드리온이 놀라 그녀를 쳐다보았다.

"괜찮습니까?"

"괜찮, 사레들려서, 콜록!"

"숨 쉬다가 사레가 들려요?"

미묘하게 변하는 시드리온의 표정에 릴리아나는 덜컥 억울해졌다.

아니, 이게 누구 때문인데.

"치사하게, 콜록, 누구 쪽에서 이미 지난 일을 들먹이지만 않았어도 안 이랬어요."

"지난 일이요?"

"……시리, 말이에요!"

"아."

시드리온이 픽 웃었다. 릴리아나가 민망해한다는 사실을 발견한 그는 어쩐지 즐거워 보였다.

"왜요? 저는 추억이라서 말한 겁니다. '시리야, 이리 와'. 정말 다정한 부름이었죠."

"악!"

릴리아나가 저도 모르게 비명을 질렀다가 입을 막았다. 그녀의 눈동자가 도르륵 굴러 아기용 침대에서 자고 있는 쌍둥이를 확인했다.

다행히 둘 다 잠에서 깰 기미는 보이지 않았다. 안도의 한숨을 내쉬고 마음을 진정시킨 릴리아나가 시드리온을 쏘아보았다.

"잊어주기로 했던 일 아닌가요?"

소곤소곤 흘러나온 목소리는 또렷한 원망을 담고 있었다.

주량보다 많이 마시는 바람에 그날 처음 본 손님 앞에서 추태를 보였다. 릴리아나로서는 당연히 기억에서 통째로 삭제하고 싶은 어두운 과거였다.

"그랬던가요?"

이쪽은 아닌 것 같지만.

"그랬어요."

"기억이 잘 안 나네요."

"그렇게 기억력이 나쁘세요?"

"정정합니다. 잊어드리려 했는데, 기억력이 너무 좋아서 잊히지 않네요."

릴라아나가 기가 막혀 입을 벌렸다가 도로 다물었다.

"이렇게 유치하신 분인 줄은 몰랐어요."

"이제야 실체를 밝히게 돼서 유감입니다."

한마디도 안 진다.

물론 릴리아나도 얌전히 물러설 마음은 없었다. 그녀가 눈앞의 이 얄미운 상대에게 뭐라고 쏘아주어야 할까 고민하던 참이었다.

"우웅……"

다이앤이 침대에서 뒤척이며 작게 앓는 소리를 냈다. 릴리아나가 바로 몸을 움직였다. 다이앤의 침대로 다가간 그녀가 작은 몸을 안아 들었다.

"착하지, 앤. 이모 여기 있어."

"응……"

"옳지."

완전히 잠에서 깼던 것은 아닌지 다이앤은 릴리아나의 품에서 금세 조용해졌다. 시드리온이 신기하다는 듯 릴리아나를 쳐다보았다. 그녀가 애를 달랜 것이 놀라운 게 아니었다.

"아이를 구분합니까?"

앤이라고 불렀다. 그 점이 신기했다.

"당연히 구분하죠."

"쌍둥이잖습니까."

시드리온의 눈엔 다이아나나 다이앤이나 서로 복제한 것처럼 똑같이 보였다. 릴리아나가 부드럽게 웃으며 설명해 주었다.

"자세히 보면 달라요."

"어떻게요?"

"이리 와봐요."

여전히 다이앤을 품에 안은 릴리아나의 눈짓에 시드리온이 순순히 그녀 곁에 다가가 섰다.

"더 가까이 와요."

"……네."

"자, 보이죠? 여기 왼쪽 쌍꺼풀. 앤이 다나보다 이쪽 쌍커풀이 조금 더 진해요."

"……"

"이것 말고 다른 특징도 있어요. 여기 입술을 보면……"

한참 설명하던 릴리아나가 이상함을 느끼고 고개를 들었고, 곧장 시드리온과 눈이 마주쳤다.

"……왜 저를 보실까요? 제 생김새가 아니라 앤의 얼굴에 대해 설명 중이었는데."

"아이를 좋아합니까?"

"네?"

"……아니, 실례했습니다. 아이를 안고 있는 모습이 편안해 보여서."

시드리온이 무례를 인정하며 뒤로 반걸음 물러났다. 릴리아나는 묘한 눈초리로 시드리온을 보다가 입을 열었다.

"의외인가요?"

"의외라고요?"

"자주 듣거든요. 제가 남에게 어떤 사람으로 보이는지."

"……"

"대부분 그러더라고요. 정 없고, 성공밖에 모르고, 야망이 먼저라 가정을 이루거나 아이를 낳는 건 뒷전으로 여길 것 같다고."

"실제로는 어떻습니까?"

"정확해요."

다이앤을 침대 위에 조심스럽게 눕힌 릴리아나가 눈을 내리깔았다.

"아이를 좋아하냐고 물었죠. 아니요."

"……"

"작은 생명체니 본능적으로 귀엽다고는 느끼죠. 하지만 그게 전부예요."

"그런 것치고는 지금 아이들을 사랑스럽게 여기는 것 같은데요."

"이 애들은 사랑스럽죠, 당연히. 그냥 아이가 아니라, 내 동생의 행복 그 자체니까."

릴리아나가 고개를 들었다. 그녀의 시선이 시드리온의 얼굴에 고정되었다.

"내게 가장 중요한 건 아버지를 이어 백작이 되는 거고, 훌륭한 가주가 되어 내 가문을 다스리는 거예요."

"……."

"결혼도, 아이를 갖는 것도 내겐 크게 중요하지 않아요. 상황에 따라선 후계만 따로 들이고 평생 가정을 꾸리지 않을 생각도 있어요."

시드리온의 환한 금발과 금안, 높은 콧대와 잘 다물린 입술 등이 하나하나 릴리아나의 시야에 들어왔다.

"……그래서 곤란해요, 참."

시드리온의 미간에 미세하게 금이 갔다. 또 나왔다. 저 '곤란하다'는 말. 그로서는 들을 때마다 무슨 뜻인지 알아듣기 힘든 말이었다. 그래서일까. 답답함이 그의 가슴을 꽉 채웠다.

"릴리아나 양. 그 곤란하다는 표현, 좀 더 자세히……."

기우뚱.

그때, 다이앤이 누운 아기용 침대가 갑자기 기울었다.

"앤!"

깜짝 놀라 침대를 붙잡으려던 릴리아나의 손길이 허공을 가르고, 시드리온이 침대가 완전히 넘어지기 전에 재빨리 마법으로 다이앤을 구출해 냈다.

"이게 왜……."

원인은 곧 밝혀졌다. 침대가 넘어진 자리에 다이아나가 주저앉아 해맑게 웃고 있었던 것이다.

"꺄."

"맙소사, 다나! 대체 언제 깨어난, 아니, 침대에선 또 언제 탈출한……안 돼!"

다이아나가 침실을 종횡무진 기기 시작했다. 그러다 살짝 열린 침실 문틈으로 나가려는 것을 릴리아나가 몸을 던져 막았다. 그리고 그 순간, 시드리온에게 안겨 있던 다이앤이 그의 얼굴을 주먹으로 쳤다.

"윽!"

"다이앤!"

미처 대비하지 못한 충격에 시드리온이 휘청하는 사이, 그의 품에서 벗어난 다이앤이 침실 문틈으로 쏙 나가 버렸다.

"무슨 아기 주먹이……."

"이럴 때가 아니에요. 빨리 다이앤 찾으러 가야죠!"

릴리아나가 침실 문을 활짝 열고 밖으로 뛰어나갔다. 얼얼한 통증이 번지는 얼굴을 문지르던 시드리온도 곧 그 뒤를 따랐다.

전쟁 같은 육아가 막을 올렸다.

"괜찮아요?"

괜찮을 리가 있나.

시드리온은 차마 그렇게 대답하지 못하고 입을 꾹 다물었다.

육아 전쟁이 시작된 지 이틀. 시드리온은 다이아나와 다이앤에게 숱하게 얻어맞았다.

아기들의 손길에 자비라곤 없었다. 쌍둥이는 제 행동을 제한하는 시드리온에게 어지간히 짜증이 났는지 걸핏하면 그의 얼굴에 주먹을 날리고, 머리카락을 쥐어뜯고, 손을 물었다. 그중 고작 두 개밖에 안 난 이로 손을 무는 것 외엔 모든 행동이 치명적이었다.

'이게 육아라고?'

뭔가 이상했다. 아무리 그가 여태껏 아기를 돌봐본 적이 없다지만 지금 이것이 정상이 아니라는 건 알았다.

시드리온은 뒤늦게 깨달음을 얻었다.

"……하필 나한테 아이를 맡긴 이유가―"

"몰랐군요."

릴리아나가 어색하게 웃었다.

그녀는 기기 시작한 다이앤과 다이아나가 어떤 사고를, 어떤 규모로 치고 다니는지 대략적으로나마 알고 있었다.

그래서 처음 일레나에게서 연락을 받곤 놀랐다. 하나면 몰라도, 쌍둥이를 제 힘으로 돌보라고? 당황했으나 그래도 일레나라면 무슨 수를 써놨겠지, 하고 왔더니 시드리온이 있었다.

"그래도 이제 곧 고생 끝이에요. 오늘 일레나와 공작님께서 돌아올 테니까."

그랬다. 공작 부부는 에이든 왕성에서 이틀 밤만 보내고 돌아오기로 약속하고 떠났다. 오늘이 바로 부부가 귀환하기로 한 날이었다.

"……그렇죠."

시드리온은 어딘지 조금 마지못한 투로 호응했다. 드디어 쌍둥이의 무자비하고 차별적인―다른 사람은 두고 그만 골라서 패니까―폭력에서 벗어날 수 있다니, 마땅히 기뻐해야 할 텐데.

왠지 이유를 알 수 없지만 씁쓸했다. 일레나 부부가 돌아오는 것이 달가워야 하는데 달갑지 않았다.

'너무 맞아서 어떻게 됐나.'

고작 이틀 사이 얻어맞는 일상에 익숙해진 것일까? 더는 맞지 않아도 되는 나날이 허전하게 느껴질 만큼?

"……."

시드리온이 눈썹을 꿈틀거렸다. 영 좋지 못한 가정이었다.

"어, 잠깐."

그때 릴리아나가 뭔가를 발견했는지 시드리온과 바짝 간격을 좁혔다.

"조금만 실례할게요."

릴리아나의 손이 시드리온의 눈썹 위 앞머리를 걷어냈다.

시드리온은 반사적으로 숨을 참았다. 이유를 물어도 모른다. 그저 몸이 시키는 대로 했을 뿐.

"다쳤네……."

릴리아나가 안타까운 어조로 중얼거렸다.

"다쳤다고요?"

"왼쪽 눈썹 위에 생채기가 났어요. 쓰라리지 않았어요?"

"상처가 난 줄도 몰랐습니다."

시드리온은 솔직하게 답했다. 그리고 알게 된 지금도 여전히 별 느낌 없었다. 그보다는 불과 한 시간 전에 다이아나에게 얻어맞은 오른쪽 광대뼈가 더 아팠다. 꼴사납게 멍이 들지 않아 다행이지. 진심으로 그 사실에 안도하던 참이었다.

"미안해요. 하녀에게 말하거나 아니면 내가 직접 앤과 다나의 손톱을 정리해 줬어야 했는데."

"왜 릴리아나 양이 사과합니까? 릴리아나 양 탓도 아닌데."

"음…… 같이 아이를 돌보는 처지인데, 한쪽만 계속해서 얻어맞고 상처가 생기는 불합리한 상황에서 오는 죄책감 때문에?"

아하. 그건 그렇지.

지금 이 피해는 아무리 봐도 불공평한 데가 있다. 하지만 그렇다고 쌍둥이가 릴리아나에게도 난폭하게 굴길 바라는 건 아니었다. 오히려 그런 일이 생겼다면 진작 시드리온이 차라리 혼자 아이를 돌보겠다고 나섰을 것이다.

시드리온은 릴리아나의 손끝이 닿았던 눈썹 위를 무심결에 만지작거리다가 손을 내렸다.

"아이들이 릴리아나 양을 꽤 잘 따르는 것 같습니다."

"절 좋아하긴 해요. 제가 일레나의 언니라 그런 것 같지만."

"릴리아나 양 자체를 좋아하는 것일 수도 있죠."

"그런 걸까요?"

릴리아나가 가볍게 웃었다. 그 미소가 시드리온의 눈에 박혔다. 기억 속 상대의 웃는 얼굴이 다시금 떠올랐다.

이상하리만치 선명한 과거의 한 조각. 그날에 담긴 알 수 없는 감정들이 지금 이 순간 시드리온을 에워쌌다.

그의 입이 충동적으로 열렸다.

"나와 함께 가줄 수 없겠습니까?"

"응?"

한발 늦게 시드리온이 정신을 차렸다. 그가 제 입에서 흘러 나간 말에 당황하는 사이 릴리아나가 대수롭지 않게 받아쳤다.

"나 참, 그때 하셨던 영입 제안 다시 하는 건가요?"

"……아, 네. 그렇습니다. 그겁니다."

"몇 번을 물어도 거절이에요. 이유는 아시잖아요?"

그렇지. 안다. 너무 잘 알고 있다.

시드리온은 그를 채운 혼란을 감추기 위해 아무 말이나 이어갔다.

"탑의 일원이 되시는 게 어렵다면 정기적으로 방문해 도움을 주는 형태는 어떻습니까?"

"백작이 되어서요? 몸이 두 개라도 모자랄걸요. 거리도 거리고."

"탑을 방문할 때마다 제가 직접 데리러 간다면……."

"제 능력이 그렇게나 탐나세요?"

능력? 그런가? 아니, 그렇지. 그렇겠지. 그 외에는 설명할 말이 없으니까.

시드리온이 고개를 끄덕였다.

"예."

"참, 저를 그리 열렬히 원해주시니 고맙긴 한데…… 역시 거절이에요. 제게 가장 중요한 건 가문을 건사하는 거라고 전에 말씀드렸잖아요."

"……."

"탑 행정 업무는 다른 적임자를 찾아보세요. 전에 보니 탑에 전혀 인재가 없진 않던데?"

"……릴리아나 양의 말이 맞습니다."

흑탑의 행정에는 현재 아무런 문제가 없었다. 릴리아나가 손봐준 후로는 잘만 돌아갔다. 당시 그녀에게 속성으로 가르침을 받은 몇몇 인물이 훌륭한 행정 직원으로서 활약 중인 것도 한몫했다.

"욕심을 냈습니다. 미안합니다."

"사과하실 건 아니고요."

릴리아나가 재차 미소로 화답했다. 누가 제 능력을 높게 판단해 준다는 건 기분 좋은 일이었다.

"아, 이럴 게 아니라 연고라도 좀 가져올게요. 상처에 바르게."

"저 때문이라면 괜찮습니다."

"제 죄책감을 덜기 위한 거니까 사양하지 말아요."

릴리아나는 그렇게 말하곤 자리를 비웠다.

시드리온은 햇살 좋은 후원 한쪽에서 곤히 낮잠에 빠진 쌍둥이와 함께 남겨졌다.

"……."

시드리온이 손을 들어 제 얼굴을 감쌌다. 그는 여전히 혼란스러웠다. 지금 이 기분이 대체 뭔지 모르겠다.

손가락 틈의 시선이 잠든 쌍둥이에게 닿았다. 차라리 저 아기들이 깨어나서 저를 정신없이 때려주기라도 하면 좋을 텐데. 야속하게도 릴리아나가 연고를 가지고 다시 돌아올 때까지 그런 일은 일어나지 않았다.

그리고 그날 저녁.

일레나로부터 오늘 공작성에 돌아갈 수 없을 것 같다는 긴급한 연락이 도착했다.

"나, 힘이 하나도 없어요."

마법 통신구를 끈 일레나가 소파에 젖은 빨랫감처럼 늘어져 카이휜의 옷깃을 잡아당겼다. 방금 꺼낸 말이 빈말이 아닌지 정말로 기력이라곤 거의 느껴지지 않는 손길이었다.

"그런데 씻고 싶네."

"하녀를……."

"따뜻한 물에 몸을 푹 담그고 싶네."

"욕탕에 데려다주겠습니다."

일레나의 의도를 알아차린 카이휜이 그녀를 곧바로 번쩍 안아 들었다. 카이휜에게 안겨 왕성의 넓은 복도를 이동하며 일레나가 기분 좋게 미소 지었다.

흔들리지 않는 편안함. 이것이 바로 남편의 품.

마음에 차는 안정적인 감각을 만끽하고 있자니 어느새 대욕탕에 도착했다. 카이휜이 일레나를 욕탕의 대리석 위에 내려주었다.

"그럼 일레나, 목욕이 끝나면 그때 다시……."

"어딜 가?"

일레나가 돌아서는 카이휜을 덥석 붙잡았다.

"당신도 씻어야지. 같이 들어가요."

일레나의 말에 욕탕 안에서 대기하던 하녀들이 타월만 두고 재빠르게 자리를 비웠다. 눈치 빠른 그들의 퇴장에 부부는 넓은 욕탕에 둘만 덩그러니 남겨졌다.

옷을 훌렁훌렁 벗은 일레나가 바로 탕에 입수했다.

"따뜻해."

"……."

"빨리 와요."

카이훤은 눈을 꾹 감았다가 떴다.

아내는 지금 피곤하다. 아내는 쉬어야 한다.

두 가지 사실을 머릿속에 또렷이 각인한 그가 이내 순순히 탈의하고 물에 몸을 담갔다.

"어때요, 따뜻한 물에 들어오니까 좋죠?"

"……예."

"긴장이 막 풀리지 않아요?"

"……글쎄요."

"하아, 좋다."

일레나가 나른하게 중얼거리며 카이훤에게 기댔다. 맨살끼리 접촉하자 근육질 몸이 움찔했다. 카이훤이 재차 눈을 감았다가 떴다.

먼 과거, 산에 고립되어 몬스터와 삼 일 밤낮으로 싸웠던 일을 떠올렸다. 고문 같았던 고행이었지만 견뎠다.

그러니 지금도 견딜 수 있다. 어쩐지 그때보다 지금이 더 힘든 것 같지만 어쨌든 버텨낼 수 있다.

남편이 홀로 극도의 정신 수행에 들어갔다는 것을 아는지 모르는지 일레나가 편안히 입을 열었다.

"레아가 무사해서 정말 다행이에요."

레아 마샤. 마샤 자작의 외동딸.

올해 네 살이 된 레아는 이틀 전 웬 괴한에게 납치당했고, 일레나는 그 사실을 알자마자 아이의 구출에 기꺼이 힘을 보탰다.

에이든 왕국에서의 파란만장한 지난 이틀은 그렇게 시작되었다.

간도 크게 왕성에서 아이를 납치했던 이들은 알고 보니 에드워드의 마차 사고와도 연관이 있었다. 에드워드가 당한 사고가 단순한 사고가 아니었던 것이다.

일의 규모가 달라졌다. 왕성은 관련된 모든 자를 색출, 추격하는 데 총력을 기울였고 일레나와 카이휜도 함께했다.

"범인이 전부 잡힌 것도 다행이고."

그 덕분일까, 에이든 왕성은 이틀 만에 사건에 연루된 모든 인물을 잡아들일 수 있었다. 그중 머리라고 할 수 있었던 이는 바로 클로저 백작. 그는 반나절의 고문 끝에 조세핀 공주의 국혼에 반감을 품어 이 같은 짓을 저질렀노라고 실토했다.

"내 아버지께서 얼마 전 돌아가시며 이런 유언을 남기셨다. 신성한 에이든 왕가에 감히 다른 피를 섞은 더러운 반역자를 처단해야 한다고! 나는 아버지의 뜻을 따른 것이다."

하필 레아가 납치되었던 이유는 마샤 자작 부인이 조세핀 공주의 절친한 지기였기 때문이다.

"그렇군. 아비의 뜻을 따랐으니 아비 곁으로 가라."

클로저 백작의 처분은 당연히 사형이었다. 내일이면 그는 처형대에서 목이 떨어질 것이다. 일레나는 구태여 참관하진 않기로 했다.

"로이드 후작께서 더 크게 다치지 않으셨던 것도 다행입니다."

로이드 후작은 에드워드의 또 다른 이름이다. 마차 사고가 의도된 것이었다면, 에드워드의 부상이 다리 골절에서 그친 것은 확실히 운이 좋은 일이었다.

일레나가 고개를 끄덕였다.

"그것도 그래요."

손으로 가볍게 물장구치며 그녀가 말을 이었다.

"어쨌든 일이 신속하게 해결되어서 마음이 놓여요. 우린 닷새 뒤에나 돌아가게 됐지만……."

범인 검거에 고작 이틀, 정확히는 하루 반 정도밖에 걸리지 않았던 이유가 있었다.

일레나 부부와 함께 온 흑탑의 마법사들.

그들은 말 그대로 최선을 다해 굴렀다. 체력과 마나를 아끼지 않고 왕국 곳곳을 누비며 죄인 세력 소탕에 일조했다. 그리고 그 결과 하나같이 탈진하여 쓰러졌고, 공작성으로 돌아갈 만큼 마력이 돌아오려면 지금부터 약 닷새의 휴식이 필요하다는 자가 진단을 내놨다.

결론적으로 공작 부부는 에이든 왕성에서 총 일주일이란 시간을 보내야 하게 되었다.

일레나는 공작성을, 더 자세히는 현재 공작성에 머무르고 있을 두 사람을 떠올렸다.

"있잖아요, 카이흰."

"네."

"내 언니와 흑탑주, 이 두 사람 어때요?"

"무슨 뜻입니까?"

"잘 어울리지 않냐고요."

바른대로 실토하면 일레나는 아직 미련을 버리지 못했다. 하필 두 사람에게 쌍둥이의 보모를 맡긴 건 물론 능력치를 감안한 결정이었지만. 다른 의도가 전혀 없었다곤 말 못 한다.

카이휜은 나름 진지하게 생각해 보다가 대답했다.

"연인으로선 나쁘지 않을지도요."

긍정이지만 마음에 걸리는 부분이 있었다. 일레나가 그 부분을 놓치지 않고 자세히 캐물었다.

"연인으로선? 혹시 그 이상은 나쁘다는 거예요?"

"나쁘다기보다 이루어지기 어렵겠죠."

"왜요?"

"두 사람 다 책임져야 할 것이 있지 않습니까?"

릴리아나는 부친을 이어 소르테 백작이 될 것이고, 시드리온은 이미 흑탑을 이끌고 있었다.

"……아."

일레나가 작게 탄성을 뱉었다.

어느 쪽도 자신의 터전을 떠나 상대에게 가기 어렵다. 두 사람은 그런 위치에 있었다.

"그렇구나……. 그러네요, 미처 생각 못 했어요."

"두 사람이 맺어지길 바랍니까?"

"서로 좋아하면?"

마음이 있어 보였다. 적어도 일레나의 눈에는 그랬고, 그래서 잘 되길 바랐던 것이다. 하지만 저런 장벽이 있다면…….

"모르겠어요. 이젠 내가 끼어들 일은 아니란 생각이 드네요."

한쪽이 희생해서 장벽을 부술 만큼 사랑한다면 성사될 것이고, 아니라면 안 될 것이다. 일레나는 그 과정에 그녀의 몫은 없다는 걸 인정했다.

"후우."

일레나가 가볍게 머리를 흔들며 몸을 일으켰다. 더운 걸 보니 충분히 열이 올랐다.

"이만 씻고 나갈까요?"

"예."

카이휜의 시선이 일레나의 젖은 나신에서 미묘하게 비껴 나갔다. 그걸 빤히 보던 일레나가 냅다 고개를 숙였다.

"……!"

기습적으로 입술을 빼앗긴 카이휜이 놀라는 사이 허리를 세운 일레나가 빙긋 미소 지었다.

"이다음은 침실에서."

"……하지만, 부인."

"피곤하지 않냐고요? 그야 피곤하긴 한데, 체력을 소모하고 나면 더 깊게 잠들 테니까."

"……."

"잘 자야 피로도 풀리는 거고."

일레나의 손끝이 명백한 의도를 담고 카이휜의 쇄골 부근을 만지작거렸다.

"그렇죠?"

답은 행동으로 돌아왔다. 잠시 후, 부부의 침실 문이 굳게 닫혔다.

"닷새 후에 돌아온다니……."

통신구를 통해 일레나에게 사정을 들은 릴리아나가 곤혹스럽게 중얼거렸다. 곧 그녀의 시선을 받은 시드리온이 어깨를 으쓱했다.

"어쩔 수 없죠."

일견 체념한 것처럼 들리는 것과 달리 그의 목소리엔 묘하게 밝은 기색이 있었다. 마치 나쁜 소식이 아니라 꼭 희소식을 들은 사람 같았다.

그런 부분까진 미처 발견하지 못한 릴리아나가 고민에 휩싸였다.

'안 그래도 마음이 별로 안 좋았는데…….'

시드리온이 이틀 내내 걸핏하면 쌍둥이에게 얻어맞는 걸 보며 솔직히 마음이 편하진 않았다. 특히 눈썹 위에 난 생채기를 봤을 땐 기분이 확 가라앉았다. 그런데 그 꼴을 앞으로 닷새나 더 지켜봐야 하다니.

그렇다고 릴리아나가 나서서 대신 맞아줄 수도 없는 노릇이었다. 그럴 의향은 있었지만, 쌍둥이가 집념이 느껴질 만큼 시드리온만 골라 때렸다.

갈등하던 릴리아나가 마침내 입을 열었다.

"혹시 사물에 위치 추적 마법을 걸 수 있나요?"

"사물이라면?"

"옷이나 신발에요."

"가능합니다."

"얼마나 걸리죠?"

"어려운 마법은 아니라 바로 할 수 있습니다만…… 그런데 그건 왜?"

릴리아나가 설명했다.

"사실 앤과 다나를 잠깐이나마 얌전하게 만드는 방법을 하나 알아요."

"예?"

그런 묘수가?

"이 애들이 사람이 많은 곳을 좋아하거든요. 일레나 말로는 시장에 데려갔더니 그 뒤로 한동안 얌전하더래요."

그렇지만 일레나는 이 방법을 자주 쓰지는 않았다. 행여 찰나라도 한 눈을 파는 사이 쌍둥이를 잃어버릴까 걱정이 됐기 때문이다.

시드리온은 릴리아나가 하려는 말을 바로 알아들었다.

"아이들에게 위치 추적 마법을 걸고 바깥에 다녀오자는 거군요."

"맞아요."

그렇게 하면 일레나가 걱정하던 일도 예방할 수 있었다.

"좋습니다. 혹 가고 싶은 곳이 있습니까?"

"가고 싶은 곳이요?"

"꼭 시장이 아니어도 사람이 많은 곳이기만 하면 되니까. 축제 같은 것도 괜찮겠죠."

"아……."

수긍한 릴리아나가 고개를 끄덕거렸지만, 바로 떠오르는 장소는 없었다.

"축제에 크게 관심이 없어서 그런가, 마땅히 생각나는 곳은 없네요."

그때 마침 저녁 식사를 마치고 잠들었던 쌍둥이가 깨어나려는 조짐을 보였다. 그중 다이앤—다이애나에 비해 주먹질이 아주 조금 덜 아프다—을 능숙하게 품에 안아 들며 시드리온이 제안했다.

"그럼 제가 안내해도 괜찮겠습니까?"

"어딘데요?"

호기심을 담은 시선이 시드리온에게 향했다. 릴리아나와 눈이 마주치는 순간, 시드리온이 눈매를 살짝 접어 웃었다.

"야경이 예쁜 곳을 압니다."

오색의 등으로 화려하게 장식된 거리는 사람들로 붐볐다. 특이한 점이 있다면 거리를 누비는 사람들이 약속이라도 한 듯 하나같이 가면을 쓰고 있다는 부분이었다.

"가면 축제네요."

릴리아나가 중얼거렸다. 그녀 또한 얼굴의 반을 가리는 은색 가면을 쓴 상태였다.

"네."

시드리온은 금색 가면을 착용했다. 참고로 서로가 서로에게 어울릴 법한 가면을 골라주었다.

'갑자기 가게에 들러 가면을 사자기에 뭔가 했더니⋯⋯.'

두 사람, 아니, 쌍둥이를 포함하여 총 네 사람은 축제가 벌어지는 장소로 바로 향하지 않았다. 그 전에 저잣거리에 들렀고, 파티용 가면을 파는 가게에 방문했다.

처음에는 설마하니 가면무도회라도 참석하려는 것인가 했다. 한데 가면무도회가 아니라 가면 축제였다니.

얼굴에 쓴 가면을 만지작거린 릴리아나가 픽 웃었다. 이런 것이 있는 줄 몰랐다. 의외이기도 하고, 재미있었다.

한 가지 아쉬운 점이라면 가게에 아기용 가면이 없었다는 것이지만.

"므먀!"

"빠, 빠!"

사람이 많은 곳을 좋아한다던 말이 사실인지, 쌍둥이는 본인들의 미모를 고스란히 드러낸 채 신이 난 기색으로 주변을 구경했다. 다이아나는 릴리아나에게, 다이앤은 시드리온에게 안긴 채였다. 위치 추적 마법은 쌍둥이가 입은 웃옷에 새겼다.

누가 봐도 즐거워 보이는 다이앤은 시드리온의 품에 안겨서도 모처럼 그를 때리지 않았다. 그저 제 기분이 좋다는 것을 알리기라도 하듯 시드리온의 널찍한 가슴팍이나 어깨 따위를 탁탁 두드렸을 뿐이다. 그 정도야 당연히 애교에 속했다.

예상보다 더 평화로운 광경에 릴리아나가 내심 생각했다. 진작 나올 걸 그랬나.

"어떻습니까?"

"여기요? 음, 좋네요. 사람도 많고, 볼거리도 다양한 것 같고. 특히 앤과 다나가 신이 난 걸 보니 장소를 잘 고른 것 같아요."

"다행이군요."

"이런 곳은 어떻게 알았어요?"

릴리아나는 정말로 궁금해져서 물었다.

"사실 좀 의외예요. 축제나 놀거리를 잘 알 것 같은 느낌은 아니었거든요."

오히려 그런 것에 대단히 관심 없을 것처럼 보였다. 릴리아나가 본 시드리온은 그랬다.

"그렇습니까?"

"제가 오해했던 걸까요?"

"아뇨, 정확히 보셨습니다."

시드리온이 시인한 후 뜸 들이다 덧붙였다.

"축제에 놀러 나온 건 이번이 처음입니다."

"네?"

놀란 릴리아나가 저도 모르게 그 자리에 멈춰 섰다. 그러느라 잠깐 동안 인파를 막아선 꼴이 되고 말았다. 성격 급한 행인 몇몇이 릴리아나를 어깨로 밀치고 지나갔다.

"앗."

그 탓에 휘청거리는 릴리아나의 몸을 시드리온이 한 팔로 끌어안아 단단히 붙잡았다. 팔에 담긴 안정적인 힘은 마법사의 것이라기보다는 꼭 수시로 몸을 단련하는 기사의 것 같았다.

"괜찮습니까?"

"……네, 고마워요."

두 사람이 인파를 피해 길가로 물러났다. 릴리아나는 그녀를 지탱해 주던 팔에서 풀려나 조금 어색하게 뒤로 물러섰다.

"축제를 보러 나온 게 정말 이번이 처음이에요?"

침묵을 만들지 않으려는 듯 릴리아나가 재빨리 끊겼던 화제를 입에 담았다.

"네."

"세상에."

"놀라운 일입니까?"

"엄청요. 보통은……."

릴리아나도 딱히 축제를 즐기는 편은 아니었다. 최근 몇 년은 너무 바빠 축제 근처에 얼씬할 겨를도 없었다. 하지만 보통 사람이 축제를 제일 많이 방문할 때가 언제던가. 어릴 때, 통상 유년기에 부모의 손을 잡고 축제 거리를 둘러보는 것이 일반적일 텐데…….

'아.'

릴리아나는 침음을 삼켰다. 그러고 보니 그녀가 상대의 과거사에 대해 아는 바가 거의 없다는 사실이 떠올랐다. 모든 사람이 '보통'이고 '일반적'인 범주에 속하는 유년을 보내지 않는다는 건 너무나 당연한 사실인데.

입을 다문 릴리아나가 눈을 굴렸다. 어떻게 하면 최대한 자연스럽게 이 주제를 넘겨 버릴 수 있을까 고민하다 결국 솔직히 실토했다.

"미안해요."

"왜 갑자기?"

"내가 조금 전 굉장히 무심하게 당신의 어떤…… 말하고 싶지 않을 과거 같은 걸 건드린 것 같아서."

조심조심 내놓은 말은 릴리아나의 걱정과는 반대로 시드리온의 입꼬리를 살짝 올라가게 했다. 그는 말의 내용에 주목하지 않았다. 그보다는 호칭이 먼저 귀에 감겼다.

'당신'.

마스터 시드리온보다 훨씬 듣기 좋았다. 딱딱하지 않고 벽도 느껴지지 않았다. 정작 그렇게 부른 본인은 당황한 나머지 제 입에서 나간 말조차 인식하지 못하는 것 같았지만.

순간 시드리온의 눈이 옅게 빛났다. 기회를 잡은 것 같았다.

"좋습니다. 릴리아나 양의 사과를 받아들이죠."

"아, 고마……."

"대신 조건이 있습니다."

"응?"

릴리아나의 눈이 당혹으로 물들었다.

"조건, 이요?"

"내게 실수했다고 인정하는 상황이 아닙니까?"

"……그렇죠."

"그러니 난 마땅한 대가를 받고 릴리아나 양의 실수를 넘어가 주겠다는 겁니다."

릴리아나의 목울대가 움직였다. 그녀의 표정에 작게 결심이 서렸다.

"좋아요, 말씀하세요. 제게 원하시는 것이 뭔지……."

"시드리온."

"네?"

"시드리온이라고 불러주세요."

"……."

"그게 내가 바라는 조건입니다."

그렇게 말하는 시드리온은 속이 꽤 후련해 보였기에, 그와의 지난 논쟁을 기억하는 릴리아나로서는 황당할 수밖에 없었다.

"그걸 아직도 신경 쓰고 계셨어요?"

"들어줄 겁니까, 말 겁니까?"

"아니……."

"참고로 내겐 정말 아픈 과거가 있습니다. 떠올리기만 해도 당장 눈물이 흐를 정도죠."

"……."

"아, 가슴이 괴롭습니다. 여태 간신히 묻어 두고 살았는데―"

"알았어요, 알겠다고요."

침통하게 고개를 떨어뜨리는 시드리온의 가식적인 몸짓에 릴리아나가 급히 말했다.

"좋다고요. 그 조건 들어드릴게요."

"그럼 불러주세요."

"……지금요?"

"네, 지금."

"꼭 지금 당장이어야 하나요?"

"지금 당장 듣고 싶은걸요."

"그래야 할 이유가 있을까요?"

"제 마음이 그러고 싶다고 하네요."

"……유치하기만 한 게 아니라 집요하기도 하네요."

"그런 사람입니다."

"뻔뻔하고."

"맞습니다."

무슨 말을 들어도 시드리온은 물러설 의사가 없어 보였다.

"……그깟 호칭이 뭐라고."

"그러게 말입니다. 그깟 호칭이 뭐라고, 그냥 불러주시면 될 텐데."

결국 릴리아나가 먼저 백기를 들었다. 어차피 그녀가 질 싸움이었다. 실수에 대한 사죄의 의미로 상대가 원하는 것을 들어주기로 했을 때부터.

"……."

릴리아나가 입술을 달싹였다.

'이게 뭐라고.'

생각해 보면 정말 별것 아닌 일인데, 상대가 유난이라 저까지 물들어 버린 건가. 목 안쪽이 민감해지는 기이한 긴장감 속에서 릴리아나가 마침내 작은 울림을 뱉어냈다.

"시드리온."

"……."

"만족하세요?"

시드리온은 릴리아나를 빤히 보고 있었다. 답은 조금 늦게 나왔다.

"네, 마음에 듭니다."

"……."

"앞으로도 계속 그렇게 불러주세요."

"하아."

릴리아나가 몸을 돌렸다. 걸음을 빨리해서 걷는 그녀의 뒤로 시드리온이 따라붙었다.

"어딜 갑니까?"

"축제 구경해야죠. 그냥 가만히 서 있을 거예요?"

"그렇군요."

신장 차이는 자연스럽게 보폭의 차이를 불러온다. 시드리온이 성큼성큼 몇 걸음 내딛자 두 사람은 금세 나란히 서게 되었다.

릴리아나는 고개를 들어 그녀보다 머리 하나는 더 위에 있는 시드리온의 눈높이를 확인하곤 불만스럽게 시선을 내렸다.

"마법사가 쓸데없이 키만 커서는."

"마법사인 것과 키가 큰 게 무슨 상관입니까?"

"그러게요."

릴리아나는 담백하게 인정했다. 자신은 지금 그저 트집을 잡고 싶을 뿐이라고.

그런 릴리아나를 물끄러미 내려다보던 시드리온이 허물어지는 입매를 다잡았다.

실없이 웃음이 났다. 이유는 모르겠지만.

"이곳을 어떻게 알았냐고 물으셨죠."

"이제 별로 안 궁금한데요."

"그래도 대답해 드리겠습니다. 전에 공작 부부를 이 장소에 데려다준

적이 있습니다."

"⋯⋯일레나와 공작님을요?"

"네. 쉽고 빠른 이동 수단으로 부려졌던 경험인데, 뜻하지 않게 지금 도움이 됐네요."

그랬다. 남의 데이트에 이용되었던 그날의 일을 설마하니 이렇게 써먹게 될 줄은.

그런데 그때 답을 듣고 눈을 깜박이던 릴리아나가 별안간 웃음을 터뜨렸다.

"아하하."

웃음소리가 생각보다 컸다. 그녀는 아예 그 자리에 멈춰 서서 고개를 숙였다. 웃느라 어깨가 연신 들썩였다.

"⋯⋯릴리아나 양?"

"아, 너무 웃어서 배 아파."

"어느 부분이 그렇게 재미있었는지 이해가 잘 안 됩니다만."

"아니, 왜 그렇게 막 부려지고 그래요? 이동 수단이라니, 명색이 흑탑의 수장이면서."

그 부분이 웃겼나. 여전히 왜 웃긴지는 모르겠지만, 어쨌든 웃는 릴리아나를 보니 기분이 썩 괜찮았다.

"뭐, 지금은 보모도 하는데요."

"그건 그러네."

실컷 웃은 릴리아나의 눈가에 눈물이 고였다. 그 물기에 시드리온의 손이 갈등을 품고 움찔하는 찰나, 축제 거리의 상인이 큰소리로 호객했다.

"거기 금슬 좋은 젊은 부부 두 분! 이리 와서 이것 좀 드셔보세요."

젊은 부부.

릴리아나와 시드리온은 처음엔 저 말이 누굴 호칭하는 것인지 몰랐다. 그래서 듣고도 무시했는데, 이어진 상인의 말은 그냥 넘어갈 수가 없었다.

"아기 안고 계신 은색 가면 숙녀분과 금색 가면 신사분!"

구체적이고 정확한 묘사에 릴리아나의 고개가 저절로 돌아갔다. 그녀의 시선을 받은 먹거리 판매 상인이 웃으며 손짓했다.

"그래요, 그래. 와서 구경이라도 해 보세요, 젊은 부부 손님."

"우린……."

"어머, 과일 사탕이네."

시드리온이 상인의 착각을 정정해 주기 전에 릴리아나가 노점의 메뉴에 관심을 보였다.

"릴리아나 양?"

붙잡을 틈 없이 릴리아나가 노점 앞에 자리를 잡았다. 흥미로운 눈이 매대 위 먹거리를 살폈다.

"솜씨가 좋으시네요. 이 과일은 과즙이 많아 사탕으로 만들기 쉽지 않았을 텐데."

"어휴, 그럼요. 저니까 이 정도로 만든 거지, 다른 사람들은 어림도 없습니다요."

칭찬에 헤벌쭉해진 상인의 음성이 한결 커졌다.

"아름다운 아내분께서 뭘 좀 아시네!"

"……."

"아, 여기 잘생긴 남편분도 오셨네. 남편분도 한번 골라보세요."

시드리온은 다소 엉거주춤 릴리아나 곁에 섰다. 얼굴을 가린 가면 덕에 감정이 밖으로 드러나진 않았으나 그는 내심 당황한 상태였다.

그래서일까. 실없는 질문이 튀어나갔다.

"생긴 게 보입니까?"

눈을 깜박이던 상인이 파하하 웃음을 터뜨렸다.

"손님들께서 미남, 미녀이신 거야 여기 어여쁜 아기님만 봐도 알지
요. 엄마, 아빠를 닮아 이리 천사 같은 아기님들이 태어난 게 아니겠
어요?"

"……."

"……왜요? 설마 한쪽만 닮았나?"

그때 릴리아나가 과일 사탕 두 개를 골라 계산까지 마쳤다. 그러곤 상
인의 귀에 뭐라고 속삭여 준 후 바로 자리를 벗어났다. 그 뒤를 시드리
온이 뒤쫓았다.

"……뭐라고 한 겁니까?"

"별건 아니고, 백작저에서 일할 생각이 있으면 추후 내 가문으로 찾아
오라고 말해뒀어요."

릴리아나가 손에 든 과일 사탕 중 한 개를 시드리온에게 내밀었다.

"관심 없는 사람은 잘 모르지만, 이렇게 큰 과일을 잘라 사탕으로 모
양을 내는 건 보기보다 어렵거든요."

시드리온이 받아 든 건 파인애플 과육을 잘라 설탕물을 입혀 굳힌 사
탕이었다.

"작은 과일을 쓸 때와 달리 설탕이 잘 안 굳어서……. 뭐, 자세한 설
명은 됐고. 어쨌든 만들기 까다로운데 인기는 많단 말이에요. 특히 젊
은 레이디들에게."

릴리아나의 손엔 멜론으로 만든 사탕이 들려 있었다.

"제가 내년 초부터 정기적으로 다과회를 개최하게 돼서, 안 그래도 주방 인원을 늘릴 셈이었는데……."

사탕을 한 입 베어 문 릴리아나의 얼굴에 만족감이 떠올랐다. 외관만 그럴듯한 것이 아니라 맛도 훌륭했다.

"아마 별일 없는 한 저택으로 찾아오겠죠? 이를 어쩌나, 누구와 달리 전 인재 영입에 성공할 것 같네요."

릴리아나가 일부러 시드리온을 놀리듯 말했다. 그러나 발끈하든 약 올라 하든 뭔가 반응이 있을 거라 생각했던 상대가 웬일로 조용했다. 의아함을 느낀 릴리아나가 고개를 들었다. 시드리온은 상념에 빠진 사람처럼 허공을 보고 있었다.

"시드리온?"

"……예?"

"무슨 생각 해요?"

"아무것도 아닙니다."

시드리온이 답을 피했다. 그의 목덜미가 약간 붉게 달아올라 있었다.

사실 릴리아나가 설명한 말들은 거의 듣지 못했다. 지금 그의 머릿속을 어지럽히는 건 노점에서 상인이 했던 말이었다. 젊은 부부니, 남편이니, 아내니 했던 것들. 심지어 두 사람의 품에 안긴 쌍둥이를 그들의 아이로 오해하기까지 했다.

어쩌면 별것 아닌 오해라고도 할 수 있을 것이다. 젊은 남녀가 아기를 데리고 있을 때 한 가족으로 보이는 건 흔한 일이니까.

그래. 정말 흔히 겪을 법한, 대수로울 것 없는 착각인데…… 왜일까. 자꾸 신경이 쓰인다. 특히 되새기면 되새길수록 상인의 말이 귀에 달라붙는 것 같았다.

그처럼 지난 일에 실컷 심력을 낭비하던 시드리온은 문득 억울해졌다.

왜. 어째서 나만.

"릴리아나 양은 아무렇지 않습니까?"

"네?"

"상인이 우릴⋯⋯. 아니, 아닙니다."

말을 다 하기도 전에 이 투정이 얼마나 유치하고 터무니없는 것인지 불시에 깨달았다. 중도 회피를 택한 시드리온이 고개를 돌렸다.

"뭐라고요?"

"못 들은 걸로 해주세요."

"들은 게 있어야 그렇게 해주든 말든 하죠."

시드리온은 대꾸하지 않고 먼 곳만 쳐다보았다. 그러느라 미처 보지 못했다. 릴리아나의 귓가 역시 평소보다 약간 붉어져 있는 것을. 그리고 또한 알아차리지 못했다. 조금 전 그녀가 불필요하게 말이 많았다는 것도.

"큼."

릴리아나가 시드리온의 시선을 피해 작게 헛기침했다. 그러는 사이 애먼 곳을 살피던 시드리온의 눈에 마침 낯익은 얼굴들이 걸렸다.

특색 없는 가면에 평범한 체구의 남자 둘. 어딜 가나 눈에 띌 일은 없어 보이는 용모였으나, 시드리온은 저들을 알고 있었다. 성격이 급한 이들이었다. 잠깐 길을 가로막은 레이디를 구태여 어깨로 밀치고 지나갈 만큼.

"⋯⋯."

시드리온이 손이 까딱, 움직였다. 그러자 바람이 의지를 품고 남자들

에게 날아들었다. 이어 아무것도 없는 평지에서 발을 헛디딘 남자 둘이
바닥으로 고꾸라졌다.

"아악! 내 어깨!"

"내, 내 팔이……!"

하필 넘어진 자세가 좋지 못했던지 어깨가 빠지고 팔이 부러진 이들
이 고통에 차 비명을 질렀다.

"기분이 좋아 보이네요?"

시드리온의 얼굴에서 개운한 기색을 읽어낸 릴리아나가 말을 걸었다.

"그렇습니까?"

시드리온이 천연덕스럽게 대답했다. 릴리아나는 고개를 갸웃했지만,
더 추궁하진 않았다. 대신 상대의 옷소매를 잡아끌며 화제를 돌렸다.

"저기서 재미있는 공연을 하는 것 같으니 가 봐요."

시드리온의 시선이 릴리아나에게 붙잡힌 제 소매에 머물렀다. 발은
이미 순순히 이끌리는 대로 따라나서고 있었다.

축제 거리의 뒷골목.

어둡고 고요한 그곳에는 각양각색의 가면을 쓴 남자 다섯이 옹기종기
모여 있었다.

"돈이 될 만한 아기를 발견했다고?"

"그래!"

무리 중 둘째가 흥분한 목소리로 외쳤다.

"그냥 돈이 아니라 엄청난 돈이 될 만한 애야. 무조건 대박이라니까?"

"그 정도야?"

"보고 나면 다들 나처럼 생각할걸? 외국으로 빼돌려 팔면 틀림없이 억만금을 받을 수 있을 거라고!"

둘째의 확신에 찬 주장에 무리의 첫째이자 대장인 트레시가 고심하듯 턱을 매만졌다.

"그래도 귀족의 아이는……."

"호위가 없었어. 고작 남녀 둘이었다고. 귀족이 아닐 수도 있고, 귀족이어도 별 볼 일 없는 작위겠지."

"흠."

"뭘 고민해? 대장! 우리가 오늘 왜 모였는데. 얼굴도 가렸겠다, 이참에 한탕 하러 나온 것 아냐?"

"그렇지."

"기왕 하는 거 제대로 해 보자고. 인생이 바뀔 정도로 거하게 벌어보잔 말이야."

그쯤 되니 트레시로서도 흔들리지 않을 수 없었다.

"좋아, 우선 안내해. 단, 결정은 내 눈으로 그 아기를 직접 보고 나서 한다."

잠시 후.

눈을 휘둥그레 뜬 트레시가 턱이 빠져라 입을 벌렸다.

'대박이다!'

달을 갈아 뿌린 것 같은 은발에 영롱한 파란 눈동자.

생전 처음 목격하는 아기의 미모에 트레시의 가슴이 세차게 뛰었다.

보물이다. 둘째의 말이 정확했다. 실로 일확천금의 길이 그의 눈앞에 있었다.

"그것 봐, 내가 뭐랬어?"

"⋯⋯작전을 짜자."

일당이 급하게 모여 머리를 맞댔다. 성공률을 높이기 위해 그들은 쌍둥이 중 한쪽만 노리기로 했다.

"내가 나가서 여자의 주의를 끌 테니, 그 틈에 발이 빠른 셋째가 아기를 낚아채고⋯⋯ 나머지는 남자를⋯⋯."

작전 모의를 끝낸 이들이 빠르게 행동에 나섰다.

'주의를 끈다.'

아기를 안은 여자에게 다가간 트레시가 정중하게 말을 붙였다.

"실례지만, 레이디."

"네?"

"이것 혹시 레이디께서 떨어뜨리신 것이 아닌지⋯⋯."

여자의 시선과 관심이 트레시가 내민 물건에 쏠리는 순간.

'이때다!'

신호를 받은 셋째가 재빠르게 여자의 품에서 아기를 낚아챘다.

"아!"

'됐어!'

성공이다. 트레시의 입가에 웃음이 맺혔다. 아기를 낚아챈 셋째가 그대로 몸을 돌려 달음박질쳤다.

아니, 그러려 했다. 그전에 아기의 주먹이 그의 코를 강타하지만 않았어도.

"크아악!"

"뭐야?"

예사롭지 않은 비명에 주변이 술렁이는 사이 셋째가 바닥으로 쓰러졌다. 그는 아기의 주먹 한 방에 콧대가 주저앉은 상태였으나, 아기는 그를 놓아주지 않았다. 이어 쓰러진 그의 목 위로 올라타 계속해서 상대를 공격했다.

"빠! 마아!"

"아악! 악! 사, 사람 살려!"

셋째의 처절한 구원 요청을 들으며 트레시가 뒷걸음질 쳤다.

뭔가 잘못됐다.

'달아나야 해.'

위기를 감지한 트레시가 도주로를 살피는 찰나, 웬 남자의 손이 그의 목을 강하게 틀어쥐었다.

"컥!"

"이것 참."

트레시를 붙잡은 시드리온이 황당한 웃음을 흘렸다. 그를 막아섰던 다른 이들은 이미 정신을 잃고 바닥에 널브러져 있었다.

"릴리아나 양의 말대로 됐군요."

"제가 뭐랬어요."

쓰러진 이들을 피해 릴리아나가 침착하게 다이나아에게 다가갔다. 다이아나는 그때까지도 무자비한 주먹질을 멈추지 않았다.

"자, 다나. 그만 때리고 이리 와. 옳지."

"빠아."

릴리아나의 목소리에 순순히 사냥감을 놓아준 다이아나가 이어 익숙한 품에 안겼다. 앙증맞지만 매서운 주먹에 흠씬 두들겨 맞은 상대는 진작 실신한 상태였다.

품에 안긴 조카의 작은 등을 두들겨 주며 릴리아나가 입을 열었다.

"내기는 제 승리네요. 그렇죠?"

시드리온과 릴리아나는 수상한 일당이 그들을 지켜보는 걸 아까부터 눈치채고 있었다. 다만 일당의 목적에 관해서는 둘의 의견이 갈렸다. 시드리온은 염탐에서 그칠 거라고 내다본 반면, 릴리아나는 일을 벌일 것이라 예측했다.

엇갈린 의견은 자연히 내기를 불러왔는데, 지금의 상황을 보면 알 수 있다시피 승자는 릴리아나가 되었다. 수상한 일당은 시드리온의 예상보다 더 생각이 없었으며 무모했다.

"······그러네요."

시드리온은 잠시 릴리아나의 말끔한 얼굴을 눈에 담았다. 담담하게 내기의 승패를 운운하는 그녀에게선 어떠한 놀람이나 동요의 기색도 찾아볼 수 없었다.

조금 전 일당이 아기를 낚아챌 때, 혹 릴리아나가 다칠까 하는 걱정에 바짝 긴장했던 그의 가슴이 아직도 조금 빠르게 뛰는 것과는 대조적이었다.

시드리온은 남몰래 작은 감탄을 삼켰다. 대담한 사람이었다. 어딘지 가슴 한구석이 이유를 알 수 없게 울렁일 만큼.

"축하합니다. 그래서 소원으로 무엇을 빌 겁니까?"

내기에 걸린 상품은 흔하다면 흔한 '소원 들어주기'였다.

"글쎄요. 그건 차차 생각해 보기로 하고······."

시드리온에게 목이 잡혀 숨을 쉬지 못하고 있던 트레시가 막 기절했다. 축 늘어지는 덩치를 보며 릴리아나가 말을 이었다.

"우선 이 사람들부터 경비대에 넘길까요?"

그러나 예상치 못했던 일은 한 가지 사건을 더 불러왔다. 신고를 받고 달려온 경비원 중 한 사람이 쌍둥이를 알아본 것이다.

"이, 이 외모는 설마……. 잠시만 기다려 주십시오! 영주님을 모셔 오겠습니다."

허둥지둥 사라지는 경비원을 보며 시드리온이 미간을 좁혔다. 메이하드 공작성에서 저 경비원과 꼭 닮은 하녀를 봤던 기억이 스치듯 떠올랐다.

"이런……."

그쯤 릴리아나도 돌아가는 상황을 파악했다.

"이만 귀가할까요?"

"그래야 할 것 같군요."

사라진 경비원이 정말로 영주와 함께 돌아올 때까지 기다렸다간 일이 귀찮아질 것이다. 그들을 손수 성에 모셔 대접하겠다고 야단법석을 떠는 영주와의 실랑이를 피할 수 없겠지.

"가요."

릴리아나가 시드리온의 팔을 잡았다. 이동 마법은 사용자와 동행자가 접촉한 상태여야 서로에게 부담이 적다.

"……네."

곧 눈부신 빛이 두 사람, 아니, 네 사람을 감쌌다.

축제 구경이 막을 내렸다.

에이든 왕국 왕성에서 3년간 일한 시녀, 릴 플로라에겐 한 가지 꿈이 있었다. 바로 권력자의 후처가 되어 호의호식하는 것!

'내 신분에 고위 귀족의 정실은 무리야. 더구나 그 자린 해야 할 일도 많고……. 그저 예쁨받으며 놀고먹는 후처가 최고지.'

세상엔 다양한 사람만큼이나 다양한 꿈이 있다. 어쨌든 릴의 얼굴이 최근 며칠 꽃이 개화하듯 활짝 폈다. 그 변화를 놓치지 않고 릴과 친한 동기 시녀가 물었다.

"무슨 좋은 일 있어?"

"너 내 꿈 알지?"

"권력자 후처의 꿈? 당연히 알지."

"그 꿈을 이뤄줄 사람을 드디어 찾았어."

"누군데?"

"카이휜 메이하드 공작!"

양손을 맞잡은 릴의 표정이 꿈꾸듯 몽롱해졌다.

"완벽하지 않니? 세상을 구한 영웅에, 공작에, 심지어 잘생겼어! 아아, 내가 원하던 이상형 그대로야. 반드시 그의 두 번째 부인이 되겠어……."

"어렵지 않을까?"

"뭐?"

릴이 눈에 쌍심지를 켰다.

"지금 날 무시하는 거니? 아님 내 가문을 낮잡아보는 거야? 나, 자작의 딸이야. 상대가 공작이라고 해도 두 번째 부인 정도는 문제없다고."

"그게 아니라, 메이하드 공작은 아내를 대단히 사랑하기로 유명하잖아. 그런데 너를 받아줄까?"

공작 내외의 금슬은 이미 에이든 왕성에도 소문이 퍼져 있었다. 그러나 동기 시녀의 타당한 지적에도 릴은 전혀 물러서지 않았다. 오히려 코웃음을 치더니 목소리를 낮춰 가르치듯 말했다.

"너 아무것도 모르는구나?"

"뭘?"

"사내란 족속은 말이야, 아내가 아이를 낳고 나면 그때부턴 여자로 보이지 않는대."

"뭐? 왜?"

"난들 아니? 어쨌든 아내를 사랑하는 것과 잠자리는 별개라는 얘기지. 난 그 빈자리를 채워줄 거야."

릴이 의기양양하게 웃었다. 확실히 그녀는 미인이었고, 주위로부터 고혹적인 매력을 지녔단 평을 자주 듣곤 했다.

"오늘 밤 당장 유혹하겠어."

그러나 그날, 미처 밤이 되기도 전에 메이하드 공작과 공작 부인이 한 침대에 들었다.

"침실 문이 단단히 닫혔다는데?"

"의무적인 행위지. 금방 나올 테니 기다려 줄 수 있어."

하지만 다음 날이 되어도 부부는 침실에서 나올 생각을 하지 않았다. 그다음 날. 또 그다음 날에도……

"우와, 오늘을 넘기면 나흘째인데."

동기 시녀의 담담한 현실 적시에 릴의 얼굴이 새빨갛게 달아올랐다. 며칠 전의 여유와 자신감은 온데간데없어진 릴이 꼭 쥔 양 주먹을 바르르 떨었다.

"이, 이……"

"이?"

"이 짐승들!"

외마디를 남긴 릴이 상처받은 사람처럼 몸을 돌려 사라졌다.

"릴, 어디 가! 너 그냥 이참에 나랑 같이 쭉 시녀 일이나 하자. 평생직장, 좋잖아?"

그리고 그런 릴의 뒤를 동기 시녀가 어딘지 즐거운 얼굴로 쫓아갔다.

다정한 손길이 일레나의 이마에 달라붙은 머리카락을 천천히 떼어냈다. 상체를 비스듬히 세운 카이휜이 잠든 일레나를 눈에 담았다.

두 사람이 침실에서 나오지 않은 지도 벌써 사흘째. 방 안에서만 보내기엔 꽤 긴 시간이 흘렀다.

다만 주변에서 생각하는 것처럼 두 사람이 사흘 내내 뜨거운 시간만 보낸 것은 아니었다. 나란히 누워 도란도란 이야기를 나누다 그대로 잠이 들기도 하고, 음식을 안으로 들여 오붓하게 식사 시간을 가지기도 했다. 물론 그 사이사이 남들이 상상하는 어떤 일이 존재했던 것도 부정할 수는 없지만…….

문득 카이휜의 시선이 일레나의 맨몸에 닿았다. 흰 피부 위에 지난 사흘의 흔적이 무수히 꽃피어 있었다. 그중에선 불과 몇십 분 전에 생긴 것도 있었다.

카이휜이 괜히 멋쩍은 손길로 이불을 끌어 올려 일레나의 몸을 덮어 주었다.

"……."

이내 이불로 감싼 일레나를 끌어안아 완전히 제 품에 가둔 카이휜이 눈을 감았다. 그의 머릿속에 떠오른 건 일레나가 들려주었던 꿈 얘기였다.

"나도 죽어요. 뭐, 어차피 다 죽는 결말이라."

궁금했던 적이 있었다. 왜 이 사랑스럽고 완벽한 사람이 저와 결혼하려 했을까. 왜 제 아이를 원했을까. 언젠가부터 이유 따위 상관없다고 생각했지만, 줄곧 풀리지 않는 의문으로 남아 있었다.

그리고 그 답을 마침내 얻었다.

일레나는 꿈이라고 했지만 카이휜은 직감적으로 알았다. 그것이 꿈이 아닌, 그녀의 경험이라는 걸.

세상은 한 번 실패했다. 마왕의 침략으로 인류가 무너졌고, 일레나와 만나지 못했던 카이휜은 그녀를 살릴 수 없었다. 어찌 된 일인지 몰라도 일레나는 그 실패를 알고 있었다. 그래서 이번에는 실패하지 않기 위해 카이휜을 택한 거다. 미래를 바꾸기 위해 그에게 온 것이다.

일레나를 끌어안은 카이휜의 팔에 힘이 들어갔다.

다른 무엇보다 자책감이 가장 컸다.

왜 저는 멍청하게 몰랐을까. 이 사람이 이렇게 사랑스럽다는 걸, 이 품이 이토록 소중하다는 걸 왜 상대가 저를 먼저 찾기 전까지 알지 못했을까. 미리 알았다면, 그랬다면 처음의 실패 또한 없었을 텐데. 그의 아내를 그가 모르는 곳에서 죽게 놔두는 일 따위 존재하지 않았을 텐데.

지나간 일임에도, 정확히는 도래하지 않을 미래임에도 가슴이 아팠다.

"부디 다음 생이 있다면……."

카이휜이 신을 찾았다. 먼 과거, 삶을 포기하고 싶던 순간에도 기대본 적 없는 초월적 존재가 이 순간 간절해졌다.

이미 지나간 일은 어쩔 수 없지만, 다음 기회가 주어진다면.

그렇다면…….

"그때는 내가 먼저 이 사람을 찾길."

모든 걸 걸고 바라건대, 감히 그럴 수 있게 해주시길.

간곡한 염원이 신에게 무사히 닿았기를 빌며 카이휜이 감았던 눈을 떴다. 그리고 그 순간 그의 품에서 선명한 목소리가 흘러나왔다.

"누구 마음대로?"

"부인?"

놀란 카이휜의 눈이 살짝 커졌다. 언제 깨어났냐, 그런 것을 묻기도 전에 일레나가 벌떡 일어나 카이휜의 어깨를 손으로 내리눌렀다. 은색 머리카락이 잘 조각된 상반신 위로 우수수 쏟아졌다.

"일……."

"참 나. 뭐 하나 봤더니, 나 자는 사이 그런 얌체 같은 소원을 빌고 있어?"

얌체라니.

당황하는 카이휜에게 일레나가 고개를 숙였다. 입술이 기습하듯 살짝 맞닿았다가 떨어졌다. 가벼운 입맞춤에 조용해진 카이휜을 향해 일레나가 중얼거리듯 말했다.

"그동안 봐서 알겠지만, 난 욕심이 많아요."

"……."

"다음 생? 꿈 깨. 그때도 내가 먼저 당신을 발견할 거고, 그다음 생에도 내가 먼저야."

일레나의 손등이 카이휜의 뺨을 부드럽게 쓸었다.

"알겠어요?"

입술이 다시 겹쳐졌다가 이번엔 좀 더 길게 온기를 남기고 물러갔다. 하지만 그새 생겨난 갈증을 달래기엔 턱없이 모자랐다. 아쉬움에 카이휜의 손이 움찔하는 순간 일레나의 입매가 씩 호선을 그렸다.

"자신 있으면 나랑 경쟁하든가."

호전적인 목소리가 또렷하게 귀에 꽂혔다. 카이휜이 눈을 깜박였다.

이내 불가항력이란 말이 어울릴 만큼 어쩔 수 없는 웃음이 새어 나왔다. 정말이지, 그의 아내다운 선전포고였다.

"좋습니다. 경쟁하죠."

"어? 자신 있나 봐?"

"최선을 다하면 내가 부인을 이기는 날도 오지 않겠습니까?"

"언제?"

"언젠가."

저 말은 곧 그들에게 무수히 많은 기회가 주어진다는 걸 전제로 한다. 다음 생, 그다음 생 그리고 또 그다음에도.

영혼이나 환생이라는 것이 존재한다면, 언제까지고 계속 당신을 만나 함께하고 싶다는 욕심. 손에 잡힐 듯 선연한 그 욕심을 꾹꾹 눌러 담은 말에 일레나가 마음에 든다는 듯 답했다.

"좋은 자세예요. 쭉 노력해 봐."

"그럼 이제 키스해도 됩니까?"

"응?"

단단한 팔이 한순간에 일레나의 허리를 휘감아왔다. 자세를 뒤집어 일레나를 제 아래에 가둔 카이휜이 그녀와 시선을 맞췄다.

아니, 눈이 맞은 건 잠깐이고 그의 눈길은 곧 일레나의 입술에 머물렀다.

"하고 싶습니다."

"키스를 허락받는 건지, 다른 걸 원하는 건지 모르겠네."

넓게 벌어진 카이휜의 어깨가 움찔했다.

그렇게 묻는다면…….

"……둘 다."

"……"

"라고, 대답해도 될까요."

"아니면 실망할 뻔했어."

일레나가 카이휜의 얼굴을 당겨 그의 입술을 물어뜯었다. 그건 허락의 표시이자 곧 신호였다. 지금부터 이 침실에서 일어날 일을 알리는.

그 일은 쉽게 끝나지 않을 것이고, 결국 단단히 닫힌 침실의 문은 하루가 더 지나도록 열리지 않았다.

축제에 다녀온 후 쌍둥이는 정말로 얌전해졌다. 마법 같은 변화였지만—실제 마법으로도 불가능했다—효과는 일시적이라, 릴리아나와 시드리온은 이후 쌍둥이와 함께 한 번 더 저잣거리로 외출했다.

그러고 나니 닷새가 지났다. 공작 부부가 귀환했고, 다이앤과 다이아나는 부모의 품에 안겼다.

하지만 보모 역할을 마치고도 릴리아나와 시드리온은 바로 공작성을 떠나지 않았다. 그들을 위한 만찬이 준비되었기 때문이다.

지난 일주일의 노고에 보답하는 의미로 마련된 자리는 무척 화려했다. 비싼 요리들이 상을 채웠고, 그만큼 좋은 술이 함께했다. 덕분에 화기애애한 식사가 얼추 마무리되었을 때, 릴리아나의 양 뺨은 제철 복숭아처럼 발그스름해져 있었다.

"먼저 일어날게, 일레나. 산책을 좀 해야겠어."

"같이 가죠."

걱정이 된 시드리온이 곧장 따라나섰다. 그는 만찬 내내 릴리아나에게서 눈을 떼지 못했고, 덕분에 그녀가 와인을 얼마나 마시는지 봤다.

그러나 시드리온의 걱정이 무색하게도 릴리아나는 아무 어려움 없이 후원에 도착했다. 비틀거리는커녕 감탄이 나올 만큼 곧은 걸음걸이였다.

'안 취한 건가?'

하지만 식사 내내 홀짝거린 와인의 양이 적지 않았는데.

만찬 동안 한 사람만 지켜본 제 행동이 얼마나 이상한 것인지 깨닫지 못한 시드리온이 그렇게 생각했다. 그때 후원 안쪽에 들어선 릴리아나가 멀쩡한 벤치를 두고 평평한 돌 위에 걸터앉았다.

시드리온은 마침내 확신을 얻었다.

취했군.

"시드리온."

"예?"

갑자기 불리는 바람에 놀란 시드리온이 릴리아나를 따라 후원에 들어서던 발을 멈췄다. 릴리아나가 그런 시드리온에게 손짓했다. 마치 가까이 오라는 듯이.

시드리온이 다시 걸음을 옮겨 상대와 간격을 좁혔다. 그가 멈춰 선 건 둘 사이에 거리가 두 걸음 정도 남았을 때였다.

릴리아나가 생긋 웃었다.

"왜 따라왔어요?"

"솔직한 답과 준비된 핑계가 둘 다 있습니다만."

"흠, 준비된 핑계는?"

"마침 저도 바람을 쐬고 싶었습니다."

"참신함이 떨어지네요. 솔직한 답은?"

"릴리아나 양이 걱정돼서요. 술을 많이 마시지 않았습니까."

"아하."

릴리아나가 납득했다는 듯 고개를 끄덕였다. 그러더니 한쪽 무릎을 세워 팔을 올리고 턱을 괬다. 멀쩡한 정신이었다면 가족이나 연인이 아닌 남자 앞에선 하지 않았을 행동거지였다.

그러나 시드리온은 구태여 지적하지 않았다. 취한 이에게 잔소리하는 것이 얼마나 효율이 떨어지는 일인지는 차치하고서도, 그냥 그러고 싶지 않았다.

좋았다. 릴리아나가 그를 편하게 여기는 모습을 보는 게.

기분 탓일까, 아니면 취기 때문일까. 지금의 릴리아나는 시드리온을 그다지 경계하지 않는 것처럼 보였다. 늘 그를 어떠한 경계 밖으로 밀어내고자 하던 의지가 이 순간에는 느껴지지 않았다. 혹은 무척 희미해졌거나.

시드리온은 그런 것을 가늠하다 이내 눈썹을 한데 모았다.

억울했다. 그리고 불만이 생겼다.

대체 제가 뭘 어쨌다고. 어째서 릴리아나의 경계를 사고, 그녀가 거리를 둬야 하는 대상이 됐단 말인가. 단순히 타인이라? 정말 그것뿐인가?

그와 거리를 둬야 하니 구태여 그를 '마스터 시드리온'이라고 부르겠다던 릴리아나의 말이 불쑥 떠올랐다. 새삼 가슴이 갑갑해진 시드리온이 이참에 따져 물을까 진지하게 고민하던 찰나, 릴리아나의 입이 열렸다.

"시드리온, 궁금한 게 있는데요."

"……네."

"축제 어땠어요?"

"축제요?"

"재미있었나요?"

갑작스러운 질문이었으나 대답하지 못할 것은 없었다. 시드리온이 꾸밈없이 답했다.

"재미있었습니다."

"얼마나?"

"글쎄요. 비교는 어렵지만……."

"아, 그렇지. 축제 구경은 처음이라고 했죠."

릴리아나가 여전히 턱을 괸 채 고개를 반대편으로 기울였다.

"미안해요. 또 무신경하게 말했네."

취한 사람에게서 사과를 받은 시드리온의 양심이 조금 아파오기 시작했다. 결국 그가 실토했다.

"그 일 말입니다. 신경 쓰지 않아도 됩니다."

"응?"

"축제 구경이 처음이든 아니든 제겐 전혀 중요하지 않은 일이고……."

오늘따라 유독 순수해 보이는 릴리아나의 눈망울이 시드리온의 자백을 부채질했다. 덕분에 나머지 말이 술술 이어졌다.

"딱히 앙금으로 남은 불우한 과거 같은 건 없습니다. 아니, 물론 평범한 유년이 아니긴 했지만 전부 잊은 지 오랩니다."

"……."

"그러니까 내 말은, 릴리아나 양이 그날 내게 실수했던 건 없다는 말입니다. 사과할 필요도 없었고요."

"그날과 말이 다르네요?"

그때 시드리온은 릴리아나의 말실수를 빌미로 그녀에게 이름을 불릴 권리를 얻어냈다. 얼결에 사기 행각을 들키게 된 시드리온의 시선이 비스듬히 내려갔다.

"네, 잘못했습니다."

"나 참."

릴리아나가 어처구니없다는 양 헛웃음을 뱉었다. 하지만 그뿐이었다. 딱히 화를 내지도, 따져 묻지도 않았다.

"됐어요. 지난 일인 데다 솔직히 고백했으니 봐줄게요."

심지어 바로 용서해 줬다. 자백을 택했던 죄인의 표정이 묘해졌다. 혹시 저것도 술김일까.

"원래 와인을 마시면 너그러워지는 편입니까?"

"뭘 이런 걸로? 그리고 사실 안 봐준다고 해도 내가 뭘 어쩌겠어요. 때리기라도 해요?"

"원하신다면."

"별로 원하지 않거든요. 거기다 이미 실컷 맞았잖아요."

"제가요? ……아."

쌍둥이 이야기였다. 반박 못 할 사실에 시드리온이 입을 다물었다. 조용해진 그를 보며 릴리아나가 작게 웃음을 터뜨렸다.

"흠, 그럼 이젠 시드리온이라고 불러주면 안 되겠네? 부당하게 취득한 호칭이니까."

"그건-"

"농담이에요. 계속 이름으로 불러줄게요."

"정말입니까?"

시드리온이 반색하는 순간 후원에 바람이 불었다. 릴리아나는 제멋대로 부는 바람에 헝클어지는 머리카락을 정돈하지 않고선 입을 열었다.

"그럼요. 어차피 오늘이 마지막이니까, 그 정도는 해줄게요."

"예?"

저도 모르게 반문한 시드리온이 릴리아나와 눈을 맞췄다.

"……마지막이라뇨?"

"마지막이죠, 그럼. 오늘이 지나면 더 볼일 없는 사이 아닌가?"

동의를 구하듯 릴리아나가 고개를 까딱였다. 그 고갯짓에 시드리온은 아무런 대답도 하지 못했다.

마지막.

맞는 말이다. 왜 대답하지 못했는지 스스로도 의문일 만큼, 그녀의 말에 틀린 내용은 없었다.

공작성을 떠나고 나면 각자 제 할 일을 하느라 바빠질 테지. 아마 우연히 마주치는 일도 거의 없을 것이다. 실제로 두 사람은 이번에 약 1년 만에 다시 만났다. 그마저도 일레나의 주도가 있었기에 가능했다.

그래. 오늘이 지나면, 지금처럼 얼굴을 보는 일은…….

"……."

시드리온의 가슴이 불쾌하게 뛰었다. 달갑지 않은 낯선 감각에 그가 당황하는 사이, 릴리아나가 중얼거리듯 말을 꺼냈다.

"그러고 보니 원래는 오늘이 가기 전에 헤어질 예정이었는데."

혼잣말이 자연스럽게 질문으로 변했다.

"왜 공작성에 남았어요? 시드리온."

시드리온이 문득 정신을 차렸다. 그의 입이 움직였다.

"……만찬을 대접해 주신다기에."

일레나가 그를 붙잡았다. 그러나 그건 표면적인 이유였다. 얼마든지 거절해도 되는 제의를 시드리온이 덜컥 수락한 건, 그의 기저에 깔린 아쉬움 때문이었다.

공작 부부가 귀환했을 때, 해방감은커녕 '벌써'라는 감상이 들었던 것을 또렷하게 기억한다. 그 감상이 그의 발을 묶었다. 일레나가 만찬을 준비했으니 하루 더 묵고 가지 않겠냐고 했을 때 시드리온은 머리로 생각하기 전 이미 그러겠노라고 대답했다.

시드리온이 그런 자세한 사정을 목구멍 너머로 삼켰을 때 릴리아나가 말했다.

"하지만 바쁘지 않아요? 지금도 어느 곳에서는 시드리온을 애타게 찾고 있을 것 같은데."

"흑탑을 말하는 겁니까?"

"네."

정확히 맞혔다.

전날, 바빠 죽겠으니 제발 빨리 돌아와 달라는 흑탑의 편지가 도착했다. 뒤이어 두 번째 편지는 만찬 시작 직전에 왔다.

"딱히 그렇지도 않습니다."

그렇지만 시드리온은 무심코 사실을 부정했다. 마치 바쁘다는 것을 들키면 당장 이 자리에서 쫓겨날까 두려워진 사람처럼.

"제가 있든 없든 다르지 않은 곳이 흑탑이라서요. 제 부재에 관심도 없을 겁니다."

"그래요? 아닐 것 같은데."

"예?"

"시드리온에게 많이 의지하는 걸로 보였거든요. 탑 사람들이."

릴리아나가 흡사 제 눈으로 직접 본 것처럼 이야기했다. 시드리온은 그제야 한 가지 사실을 떠올렸다. 아, '처럼'이 아니었다.

"……그건 혹시 릴리아나 양이 지난번 흑탑에 머무르면서 받았던 감상입니까?"

"맞아요."

릴리아나가 선선히 긍정했다.

바람이 다시 불었다. 아까보다 강한 바람에 머리카락이 갈피를 잃고 시야를 가렸다. 성가시다는 손길로 그녀가 머리카락을 쓸어 넘길 때, 시드리온의 손이 움직였다. 바람이 멎었다.

"설마 지금 바람 멈췄어요?"

"……네."

"어떻게 한 거예요?"

"주변에 투명한 장막을 쳤습니다. 공기까지 가둔 터라 장시간 유지할 순 없지만, 바람을 잠시 막아줄 겁니다."

"아하."

신기하네. 릴리아나가 읊조리며 손을 내려 걸터앉은 바위를 편하게 짚었다. 세웠던 무릎도 펴고 몸에서 쭉 긴장을 뺐다. 일레나의 것보다는 조금 어두운 은발이 가느다란 어깨선을 따라 차분히 흘러내렸다.

시드리온의 시선이 한데 묶이는 찰나 말이 이어졌다.

"어쨌든, 내가 봤을 때 시드리온은 흑탑에 굉장히 중요하고, 꼭 필요한 사람으로 보였어요."

"……."

"아닌가요?"

아닐 리가.

흑탑이 시드리온에게 의지한다는 부분은 실상 정곡을 짚었다고 봐도 좋았다.

시드리온은 역대 수장 중에서도 손에 꼽히게 강했으며 그걸 떠나서라도 사람을 끌어당기는 매력이 있었다. 즉, 흑탑 구성원 중 상당수가 시드리온 한 사람에게 반해 탑에 소속되었단 이야기다.

그들 사이의 소속감은 종잇장처럼 얄팍했다. 과장을 조금 보태 시드리온이 당장 흑탑을 양분하려면 그럴 수도 있었다. 시드리온이 현재 흑탑에 끼치는 영향은 그만큼 컸다.

"흠."

차마 아니라고 말하지 못하는 시드리온을 보며 릴리아나가 옅게 웃음을 흘렸다. 그러나 상대의 거짓말을 간파해 즐거운 기색은 아니었다.

이내 릴리아나가 바위에서 몸을 일으켰다. 순간 자리를 떠나려나 싶어 시드리온이 움찔했지만, 그녀는 외려 그에게 다가왔다.

손을 뻗으면 끌어안을 수 있을 것 같은 간격을 남기고 멈춰 선 릴리아나가 시드리온을 올려다보았다. 술 냄새가 옅게 풍겼다.

"있잖아요. 시드리온."

침묵을 틈타 풀벌레가 작게 울었다.

"이건 당신이 잘못한 거예요."

"……예?"

"나는 아무것도 하지 않으려 했고, 분명 그럴 자신이 있었거든요?"

시드리온의 눈에 혼란이 생겨났다. 그러거나 말거나 아랑곳하지 않는 기색으로 릴리아나가 하고 싶은 말을 계속했다.

"왜 그랬어요?"

"릴리아나 양?"

"왜 굳이 내게 이름을 부르게 하고, 축제에서 부부로 오해받은 걸 신경 쓰고."

시드리온의 전신이 뻣뻣하게 굳었다. 전자는 그렇다 쳐도 후자를 이렇게 갑자기 지적받을 줄은 몰랐다. 강제로 옷이 한 꺼풀 벗겨진 것처럼 낯이 달아올랐다.

"그……."

"왜 오늘 떠나지 않고 공작성에 남고, 하필 취한 나를 여기까지 따라나오고."

"그건 말했다시피 릴리아나 양이 걱정돼서."

"대답 안 해줘도 돼요. 이건 사실 질문이 아니거든."

잠시 긴 속눈썹 아래 가려졌던 구슬 같은 눈동자가 재차 시드리온을 담았다.

"투정이거나, 원망이거나."

말이 조곤조곤 흘러나왔다.

"혹은 책임 전가겠지."

한 마디, 한 음절도 놓치지 않고 귀에 담았다. 그러나 시드리온은 여전히 뜻을 알 수 없었다.

"무슨…… 의밉니까, 그게?"

마침내 소리 내 물었으나 답은 돌아오지 않았다. 대신 릴리아나의 손이 시드리온의 목깃에 닿았다. 시드리온이 숨을 죽였다.

"난 소유욕이 강해요. 그래서 가질 거면 남과 나누지 않고 전부 가지자는 주의고, 그럴 수 없으면 처음부터 손대지 말자는 게 내 지론인데……."

"……"

"지금은 내 앞에 있는 당신 탓 좀 할게요. 아니면 술기운 탓이나."

맥박이 전해졌다. 가까운 거리 탓에 누구의 것인지 알 수 없었다.

"내기 기억해요?"

"……내기라면."

"축제에서 한 내기 말이에요. 이긴 사람 소원을 들어주기로 했고, 내가 이겼죠."

알 수 없는 긴장에 시드리온이 간신히 목소리를 끌어냈다.

"기억합니다."

"그 소원, 지금 말할게요."

릴리아나가 손에 쥔 목깃을 확 잡아당겼다. 두 사람의 얼굴이 한순간에 닿을 듯 가까워졌다.

시드리온이 미처 반응을 보이기도 전에 단호한 속삭임이 내려앉았다.

"나한테 반항하지 말고, 앞으로 벌어질 일에 대해 이후 어떤 말도 하지 마요."

그리고 입술이 겹쳤다.

시드리온의 호흡이 정지했다. 마법이 풀려 후원에 바람이 불어닥쳤다.

코를 스치는 달짝지근한 와인의 향. 부드러운 감촉. 뒤이어 잇새를 가르고 파고드는 아찔한 침입자까지, 모든 감각이 시드리온의 사고와 행동을 속박했다.

그가 가까스로 제 신체를 통제하는 법을 다시 떠올려 낸 건, 릴리아나가 낙인처럼 강렬한 입맞춤을 끝내고 물러났을 때였다.

옷깃을 붙잡은 손이 떨어졌다. 불규칙한 호흡과 잠시간의 정적 끝에, 후련한 것 같기도 하고 아쉬운 것 같기도 한 인사가 바람에 실렸다.

"잘 자요."

"⋯⋯."

"그리고 잘 가요. 며칠이지만 같이 지내서 즐거웠어요."

작별 인사를 마지막으로 릴리아나가 시드리온을 지나쳤다. 시드리온이 반사적으로 돌아서서 입술을 달싹였지만, 아무런 말도 나오지 않았다.

이 일에 대해 어떤 말도 하지 말라는 릴리아나의 명령이 혼잡한 머릿속을 비집고 떠올랐다. 그러는 사이 그와의 거리를 벌린 릴리아나가 완전히 후원에서 벗어났다.

시드리온이 우두커니 서서 사라진 사람의 자취를 눈에 담았다. 그는 한참이나 그 자리에서 움직이지 못했다.

다음 날, 릴리아나는 아침 일찍 공작성을 떠났다. 반면 시드리온은 자리를 지켰는데, 일레나는 그가 떠나지 '않은' 게 아니라 '못한' 거라는 걸 곧 알아차렸다.

"흑탑주, 뭐 해?"

"⋯⋯."

"무슨 생각해? 이거 보여?"

"⋯⋯."

"깊게 잠들어서 아무도 안 때리는 귀여운 다나 볼래?"

"⋯⋯."

언제부터 그랬는지 시드리온은 완전히 넋이 나가 있었다. 일레나는 그런 시드리온에게 주기적으로 말을 걸며 그의 상태를 살폈는데, 다른 이유가 있는 건 아니었다.

'너무 맞아서 저렇게 된 거면 어떡하지?'

쌍둥이가 시드리온을 어떻게, 얼마나 두들겨 팼는지는 성의 사용인들이 증언해 줬다.

그렇게 한 사람이 양심의 가책 때문에 부지런해진 사이 시간은 계속해서 흘러 오후. 별 기대 없이 일레나가 습관처럼 시드리온의 거처에 들러 노크했을 때, 굳게 잠겨 있던 문이 벌컥 열렸다.

"공작 부인."

"헉! 깜짝이야."

"궁금한 게 있습니다."

일레나는 저도 모르게 놀란 가슴을 달랜 후 근 한나절 만에 드디어 정신이 돌아온 시드리온을 쳐다보았다.

"뭔데? 말해."

태연하게 허락했지만, 내심으론 조금 긴장했다. 만약 '며칠 전 쌍둥이한테 얻어맞은 부위에 감각이 돌아오지 않는데 어떡하면 좋을까요?' 같은 질문이 나오면 어쩌지. 그럴 경우 뭐라고 답변해야 서로에게 최선의 답이 될 수 있을지 미리 머리를 굴려보기도 했다.

그러나 곧이어 시드리온이 내놓은 물음은 완전히 뜻밖의 것이었다.

"카이휀을 사랑한다는 걸 어떻게 확신하셨습니까?"

"응?"

뜻밖인 걸 넘어 생뚱맞았다. 일레나는 눈을 동그랗게 떴다가, 귀를 의심하고, 마지막으로 범인을 보는 수사관의 눈빛으로 시드리온을 샅샅이 뜯어보았다.

사랑! 다른 것도 아니고 갑자기 사랑이라니!

'혹시 언니랑 무슨 일 있었나?'

그러나 희망은 잠깐 타올랐다가 금방 다시 꺼져 버렸다. 릴리아나가 날이 밝자마자 서둘러 수도로 돌아가 버린 사실이 생각난 것이다.

만약 둘 사이에 '사랑'을 운운할 만한 일이 있었다면 그렇게 뒤도 돌아보지 않고 가버리지는 않았겠지. 좋아하는 사람과 떨어지기 싫은 마음은 누구나 같을 테니까…….

'그럼 뭐야?'

다른 사람?

흑탑주 이 인간이 지금 언니 외에 다른 사람 때문에 제게 연애 상담을 하는 건가?

'그건 좀 배은망덕……! 아니, 그 정도는 아닌가…… 그래도!'

머릿속이 혼잡해진 일레나가 입을 다물고 시드리온을 한참 응시했다. 덕분에 시드리온이 그의 질문에 대한 답을 기다리는 시간이 점점 길어졌다.

다른 사람은 알지 못할 긴장 속에서 그가 흘러가는 시간을 인내할 때, 마침내 일레나의 입이 열렸다.

"모르겠는데……."

긴 시간을 감내하게 한 것치고는 당혹스러울 만큼 허무한 답이었다.

"예?"

시드리온이 표정을 숨기는 데 실패했을 때 일레나가 말을 이었다.

"그냥 매 순간 숨 쉬듯이 확신하게 되거든."

"……"

"아침에 눈을 떠서 얼굴을 보면 아, 사랑이구나. 같이 식사를 하다가 아, 사랑이구나."

"……."

"나란히 산책하다가 아, 사랑이구나. 목소리를 듣다가 아, 사랑이구나. 입을 맞추다가 아, 사랑이구나……."

입을 맞춘다는 말에 시드리온이 움찔했다. 그러나 워낙 찰나의 반응이라 일레나는 미처 눈치채지 못했다.

"이런 식인데, 더 들려줄까? 끝이 안 날 것 같긴 한데."

"……아뇨, 괜찮습니다."

시드리온이 고개를 저었다. 그는 일레나가 하고자 하는 말을 얼추 이해한 것 같았다. 하지만 그와 별개로 원하던 해답을 얻은 기색은 안 보였다.

흠. 제 턱을 쓰다듬던 일레나가 불쑥 입을 열었다.

"만일 사랑인지 아닌지 확인하려는 거면, 이렇게 할 순 있겠네."

"……?"

"다른 사람이랑 비교해 보는 거지. '아, 사랑이구나' 하는 건 한 사람에게만 느껴질 테니까."

물론 드문 확률로 둘 이상에게 느낄 수도 있다. 그럼 그때부턴 막장이 시작되는 거지. 일레나는 굳이 그런 우스갯소리까지 덧붙이진 않았다.

시드리온은 일레나의 말에 한 대 얻어맞은 얼굴을 했다.

효과가 있나?

일레나가 그녀의 주장을 한 줄로 요약해 덧붙여 줬다.

"그러니까 그 상대가 유일하다면 높은 확률로 사랑이라는 거지."

"유일……."

중얼거리며 일레나의 말을 따라 한 시드리온이 별안간 입을 가렸다.

그러곤 고개를 숙이더니 어깨를 들썩거렸다.

'뭐야! 우나?'

경악할 뻔했던 일레나는 다행히도 평정을 되찾았다.

시드리온은 우는 게 아니라 웃고 있었다. 그렇게 한참을 웃은 끝에 그가 고개를 들었다. 황금색 눈동자가 한결 또렷한 빛을 품고 있었다.

"그렇구나."

"……."

"그런 거였군요. 감사합니다."

"……개운해 보이네?"

"네, 덕분에."

시드리온의 미소를 마주한 일레나는 심란해졌다. 한때 언니의 신랑감 후보였던 인물인데. 사실 꽤 마음에 들었는데. 이렇게 보내주는 건가?

'청첩장 보내면 가야 하나, 가지 말아야 하나……'

그래도 남편의 벗이니까, 가긴 가야겠지……?

"아, 한 가지 더 질문해도 됩니까?"

"응?"

"혹시 지……."

"지?"

일레나는 이어질 시드리온의 말을 기다렸다. 그러나 시간이 지나도 뒷말이 완성되는 일은 없었다.

"지, 뭐?"

"……아뇨, 죄송합니다. 이 말은 잊어주세요."

한 글자밖에 못 들었는데, 한 글자를 잊으라니. 고개를 갸웃하는 일레나의 머릿속이 바빠졌다.

'지……? 지금, 지각, 지면, 지상, 지하, 지성, 지형, 지병…….'

'지'로 시작하는 단어를 되는 대로 떠올려 보던 일레나의 생각이 무심코 두 글자로 된 욕설에까지 닿았을 때, 시드리온이 훌쩍 뒤로 물러섰다. 문득 그가 저대로 사라질 것 같단 예감이 드는 순간 시드리온의 입이 열렸다.

"카이횐에게 전해주십시오."

"……?"

"이제 빚 안 갚는다고."

그러더니 그 말을 마지막으로 시드리온은 정말 꺼지듯 자취를 감췄다. 일레나는 텅 빈 자리를 황당하단 눈으로 쳐다보다 중얼거렸다.

"갚으라고 한 적도 없을 텐데……."

과거 카이횐과 시드리온 사이에 어떤 일이 있었는지는 그녀도 들어서 알고 있다. 그러니 저 '빚'이 뭘 의미하는지도 어렵지 않게 짐작할 수 있었다.

"뭐, 어쨌든 전해주라니 전해줘야지."

남편은 아마 듣자마자 자긴 한 번도 빚쟁이였던 적이 없다고 답할 테지만.

그런데 잠시 후, 부부가 만난 자리에서 카이횐이 관심을 보인 건 시드리온이 마지막으로 남긴 말이 아니었다.

그는 제 아내를 꼭 끌어안았고, 실토했다. 질투했노라고. 아침부터 내내, 시드리온이 대체 언제 성을 떠나는지에만 온 주의가 쏠려 있었다고.

"진짜?"

일레나는 돌덩이 같은 품에 안겨 눈을 깜박거렸다.

"나는 그냥 당신 친구니까 신경 써줬던 건데……."

"……."

"앗, 숨 막혀. 알겠어요. 다음번엔 안 그럴게요."

어차피 시드리온도 제 짝을 찾아간 것 같다는 말을 지금 당장은 하지 않기로 했다. 일레나는 짐짓 토라진 행색을 한 남편의 귀가 붉은 것을 보고 지저귀는 새처럼 맑은 웃음을 터뜨렸다.

아, 사랑이구나.

웃는 걸 보면 기쁘다. 이야기를 듣다 보면 간혹 목소리에 집중해 내용을 놓치게 된다. 사소한 동작이나 버릇에서 이따금 눈을 뗄 수 없다. 함께 있으면 시간이 누군가가 베어가는 것처럼 빠르게 흐른다. 헤어지는 순간을 상상하고 싶지 않다…….

단 한 사람에게만 해당되는 '유일한' 것은 많았다. 계속해서 떠올린다면 날이 샐 때까지 열거할 수 있을 것 같았다.

결국 이번에도 시드리온은 같은 결론을 얻었다.

사랑이다. 그래, 사랑이었다.

한번 정의 내리고 나자 놀라울 만큼 선명해지고 명백해졌다. 이젠 이게 사랑이 아니라고 하는 게 미친 소리처럼 느껴질 지경이었다.

그리고 종종 어떤 깨달음은 또 다른 깨달음을 불러오기도 한다. 시드리온의 경우가 그랬다. 그는 사랑을 자각했고, 그와 동시에 물 흐르듯 하나의 사실을 더 알게 되었다.

이 감정은 꽤 전부터 그의 안에 있었다.

"마스터!"

"돌아오셨군요!"

시드리온의 귀환에 흑탑 소속 마법사들이 그의 바짓가랑이라도 붙들 기세로 기뻐했다. 며칠 내내 바쁘던 차에 마침 하얀 로브 자락을 휘날리며 등장한 시드리온은 그들의 눈에 마치 구세주처럼 보였다.

구세주가 말했다.

"회의장으로 사람 모아."

"예?"

"할 말 있으니까, 부재중인 사람 빼고 전부 모이라고 해."

흑탑의 마법사들은 의아해하면서도 하던 일을 놓고 지시에 따르기 위해 움직였다. 시드리온은 인원이 모이길 기다리며 그가 발을 디디고 선 곳을 천천히 훑어보았다.

묘한 기분이었다.

과거, 그러니까 카이휜에게 빚을 갚는 것만을 우선으로 생각하며 지내던 때. 그때는 이 장소가 저에게 주어진 전부인 줄 알았다.

흑탑의 세를 불리고, 그 안에서 제 역할을 공고히 하여 유사시 카이휜을 도울 힘을 기르는 것만이 제게 허락된 유일한 권한이자 역할이라 믿었다.

그래서 무의식중에 외면했다. 한 사람이 그의 마음에 들어오는 걸.

제 처지에 감히 소중한 존재를 만드는 것 따위 사치라고 여겼기에, 의식 저편에서 그 사람이 제게 끼치는 영향을 무시하고 부정하고 모른 체했다.

정확히 언제부터 시작됐는지 모를 그 꾸준한 작업은 현재에 이르러 평가해 보면 효과가 꽤 좋았다. 덕분에 시드리온이 이제 와서야 그의 마음 깊이 묻힌 감정을 온전히 들여다보게 되었으니까.

"참, 잘도……."

시드리온이 작게 중얼거렸다.

맑은 호수에 몸을 푹 담갔다가 나온 것처럼 머릿속이 개운하고 마음은 후련했지만, 한편으론 황당하기도 했다.

어떻게 모른 척했지. 이 숨 막히도록 또렷한 감정을. 손을 뻗어서 쥐면 손아귀에 들어오고, 만지려 들면 형태가 느껴질 것 같은데.

그 비유를 실행에 옮길 것처럼 무심코 손을 들어 허공을 움켜쥔 시드리온이 문득 불만스럽게 미간을 좁혔다.

'더 일찍 알 수 있었는데.'

시드리온은 불과 얼마 전까지 그를 괴롭혔던 공허와 허무, 무기력 등을 떠올렸다. 그런 감정은 그가 카이휜에게 이미 빚을 갚았다는 걸 알게 된 직후 찾아왔다.

당시엔 원인을 알 수 없다고만 생각했는데, 돌이켜 보니 이보다 명확할 수 없는 이유가 보였다. 결국 전부 한 사람의 부재가 원인이었다.

더는 그 사람을 향한 감정을 숨기거나 부인하지 않아도 된다는 걸 안 가슴이 간사하게도 솔직하게 굴기 시작했던 것이다. 한마디로 보고 싶은 사람이 있는데 못 봐서 쓸쓸하고 괴로웠던 거다.

진작 알았다면 아낄 수 있었던 시간이 못해도 수개월은…….

'뭐, 됐어.'

아쉬워하던 시드리온이 고개를 저었다.

지난 일에 미련을 둬서 뭐할까. 중요한 건 현재와 미래, 즉 지금부터인데.

재차 어떤 결심을 다지던 시드리온의 눈에 마침 그의 새하얀 옷소매가 들어왔다.

"아."

짧게 탄식을 뱉었다. 작은 깨달음 하나가 새로이 머릿속을 비집고 들어왔다.

시드리온이 흰옷을 고집해 왔던 건 본래 카이휜에게 진 빚을 잊지 않기 위해서였다. 카이휜이 그의 앞에 신전의 명부를 던져줬던 날, 시드리온은 꼭 지금처럼 빌어먹을 하얀 옷을 입고 있었으니까.

그 순간을 기억하려는 의도였다. 본디 그것만이 목적이었다.

그런데 빚이 사라진 지금도 구태여 백색 옷을 고수하고 있는 건……

"시드리온은 흰옷이 무척 잘 어울리는 것 같네요."

바람결에 실린 목소리. 지나가듯 흘러나온 감상이었다. 흑탑에 체류하던 당시, 어쩌면 잠시 몸을 위탁하게 된 곳의 주인에게 예의상 던진 칭찬이었을지도 모르지.

"……"

창을 투과한 햇빛이 시드리온의 촘촘한 속눈썹에 걸렸다.

그때 흑탑의 마법사 중 한 사람이 다가왔다.

"마스터, 시키신 대로 탑을 비운 인원을 제외하고 전부 회의장에 모였습니다."

"그래, 가자."

옷소매를 매만지던 걸 멈춘 시드리온이 성급한 걸음을 재촉했다. 쫓기듯 분주한 걸음걸이에서 한 사람을 향한 갈급한 욕심이 드러났다.

"릴리아나, 괜찮니?"

릴리아나는 수도 저택에 도착하자마자 앓아누웠다. 소르테 백작이 안절부절못하며 큰딸의 침상 곁을 지켰다.

"네…… 괜찮아요."

"어떻게 들어도 전혀 괜찮지 않은 목소리구나."

"열이 조금…… 나는 것뿐인걸요. 금방 나아질 테니…… 걱정하지 마세요."

"이게 다 네가 평소에 몸을 돌보지 않아서 그래. 앞으론 무리하지 마라. 이제 에드워드도 없는데……."

소르테 백작의 목소리에 안타까움이 묻어났다. 릴리아나는 그녀의 부친이 짐작하는 열병의 원인을 굳이 부정하지 않았다.

"실례합니다, 주인님. 페스토 자작께서 1층에서 기다리고 계십니다."

"아, 그래. 지금 가지. 릴리아나, 힘들면 꼭 사람을 부르려무나."

"그럴게요."

곧 침실이 비었다. 고요해진 가운데 릴리아나가 눈을 감았다. 열 때문에 혼몽한 머리가 한 사람을 처음 만나던 순간을 떠올려 냈다.

"시드리온입니다. 편하게 불러주세요."

일레나와 함께 백작저에 방문했던 시드리온은 자신을 그렇게 소개했다. 그러나 이어지는 일레나의 설명 없이도 릴리아나는 한눈에 그의 정체를 알아보았다.

그도 그럴 게, 릴리아나는 사실 어릴 적부터 마법에 관심이 있었다.

워낙 어릴 때고 재능이 없다는 걸 알자마자 바로 마법을 익히는 걸 포기하긴 했지만, 배움을 관뒀다고 해서 흥미까지 떨어진 것은 아니었다.

강하고 뛰어난 마법사만 모였다는 흑탑의 동향을 살피는 건 릴리아나의 오랜 취미였고, 당연히 수장이 교체되는 것도 놓치지 않았다.

젊다고 말할 수준을 넘어 새파랗게 어린 흑탑의 새 수장.

처음 느낀 감정은 질투였다. 그 나이에 그런 성취라니. 역시 하늘은 공평함 따위에 전혀 관심이 없군. 괜한 불평을 하기도 했다.

그러다 차차 호기심이 생겼다.

'어떤 사람일까?'

알아보니 흑탑의 수장 자리에 오르기 전에는 신을 섬기는 사제였다던데. 사제답게 역시 자애롭고, 동정심이 많고, 빈곤한 타인을 위해 기꺼이 제가 가진 것을 희생하는 인물일까?

궁금했지만, 알아볼 길은 없었다. 대뜸 흑탑에 찾아가자니 그럴 만한 명분이 없고.

더군다나 릴리아나는 가족 앞에선 마법에 대한 관심과 미련을 숨기고 있었다. 그건 일종의 전시기도 했다. 난 차기 백작이 되는 것 외에는 어느 무엇에도 관심이 없다는.

이렇다 보니 역시 상대와 마주칠 길은 우연한 만남뿐인데, 그렇게 운 좋은 일이 일어날 리가…….

"흑탑주는 내 호위로 딸려 왔어. 저택에 며칠 같이 머물 거야. 괜찮지?"

……없을 줄 알았는데.

릴리아나는 적잖이 당황했고, 덕분에 감정을 숨기느라 꽤 애를 먹었다. 그래도 제법 잘해냈다. 일레나는 곧잘 본인의 걸출한 연기력에 대해 떠들기 좋아했지만, 사실 가면을 잘 쓰는 건 그녀보단 릴리아나였다. 당황을 숨기고, 동요도 숨겼다. 그녀는 시드리온을 그저 동생의 손님으로서만 담백하게 대했다.

완벽했다.

"시리야, 이리 와."
"이리 와서 여기 좀 앉아 봐."
"시리는 엄청 좋은 사람이야. 친절하고, 상냥하고, 잘생겼고……."

……완벽할 수 있었다.

하루의 막바지에 술을 퍼먹고 저지른 실수만 아니었더라면.

릴리아나는 이튿날 술이 깨자마자 과장 하나 없이 말 그대로 비명을 질렀다. 그러곤 곧장 시드리온을 찾아가 홍당무처럼 붉게 물든 얼굴을 하고 거듭 사과했다.

"괜찮습니다. 원하시면 기억에서 깔끔하게 지워 드리죠."
"……정말 고맙습니다."

할 수만 있다면 쥐구멍을 찾아 들어가고 싶었던 릴리아나는 상대의 관대함에 진정으로 감사했다. 문득 상대가 전직 사제란 사실이 떠올랐다.

과연, 이 넓은 포용력. 절로 수긍이 되었다.

짤막한 해프닝은 그렇게 끝났다. 릴리아나는 그것이 시드리온과 그녀의 마지막 접점일 거라고 생각했다.

한데 그로부터 며칠 후, 예기치 못한 사건이 생겼다. 레베카 마르종이 미지의 힘을 사용하여 일레나를 습격했던 것이다. 릴리아나는 그 자리에 함께 있었고, 분노로 머리가 뜨거워졌다.

그래서 그 '미지의 힘'을 분석하는 작업을 맡은 흑탑에 다짜고짜 쳐들어갔다. 시드리온이고 뭐고, 당시엔 그저 제 동생을 해칠 뻔했던 그 망할 힘이 뭔지 알아야겠다는 생각뿐이었다.

그렇게 릴리아나는 흑탑에 머물렀는데, 체류 기간이 예상했던 것보다 길어졌다. 분석 자체가 퍽 까다로운 일이라 진척이 더뎠던 데다 가만 지켜보니 흑탑에 다른 문제가 많았던 것이다.

"마법사님."

"아, 예. 부르셨습니까?"

"서류 분류 말인데요. 실례지만 일부러 그렇게 하시는 건가요?"

"예? 아니면 달리 어떻게…….”

"……줘보실래요?"

행정 전담 직원을 따로 두지 않았던 흑탑의 업무 체계는 릴리아나의 전문적 손길을 거치며 새롭게 태어났다. 그 업적은 자연히 칭송으로 이어졌고, 릴리아나는 다수의 칭송 속에서 찰나 뿌듯했다가…….

"내가 뭘 하는 거지."

금세 허무해졌다. 이러려고 여기 온 게 아니었는데.

레베카가 사용했던 힘을 해석하는 작업은 여전히 지지부진했다. 하지만 릴리아나가 할 수 있는 건 없었다. 그저 지켜볼 수밖에. 애초에 연구 자체를 이해하기 어려워 간혹 진행 상황을 들어도 기계적으로 고개만 끄덕이고 말 뿐이었다.

'괜히 왔나.'

볕이 강하던 어느 날엔 불쑥 그런 생각이 들었다. 의욕은 꺾이고 마음은 복잡해졌다.

릴리아나는 발 닿는 대로 무작정 흑탑 부지를 거닐었다. 그러다 땅을 침대 삼고 하늘을 지붕 삼아 잠든 시드리온을 발견했다.

……아니, 왜 저기서 저러고 있는 거지.

릴리아나는 주춤했다가 그에게 다가갔다. 쓰러진 게 아니라 자는 거라고 판단한 이유는 상대의 혈색이 제법 멀쩡했기 때문이다. 며칠 새 약간 패인 뺨에서 피로가 느껴지긴 했지만, 그걸 제외하면 평온하게 눈을 감은 얼굴에선 생기가 읽혔다.

릴리아나는 아주 잠깐 갈등한 끝에 시드리온의 곁에 쪼그려 앉았다. 그러곤 지금이 아니면 기회가 없을 거라는 걸 직감한 사람처럼 상대의 얼굴을 요목조목 뜯어 보았다.

황금색 머리카락, 단정한 이마, 얼굴에 그림자를 만들어내는 가지런한 속눈썹, 곧게 뻗은 코, 적당히 도톰한 입술, 턱…….

기억을 되살려 나중에 그림으로 그려낼 수 있을 정도로 자세히 눈에 담다가 새삼 한 가지 사실을 실감했다.

잘생겼다.

너무 당연해서 굳이 언급하기도 우습지만 다시 봐도 정말 놀랄 만큼 잘생겼다. 경국지색이란 표현이 떠올랐고 무심코 고개가 끄덕여졌다.

그래, 만일 내가 한 나라의 왕이고 이런 사람이 유혹한다면…….

유혹한다면…… 이런, 세상에.

터무니없는 상상이 깨달음에 불을 붙였다. 릴리아나가 그 자리에 얼어붙었다.

"……릴리아나 양?"

마침 잠에서 깬 시드리온과 릴리아나의 눈이 마주쳤다. 약간 잠겨 평상시보다 낮은 목소리가 그녀의 이름을 불렀다.

그 시선, 음색이 불붙은 릴리아나의 깨달음에 아예 쐐기를 박았다.

"언제부터 여기 있었…… 릴리아나 양?"

릴리아나가 벌떡 일어섰다. 긴 시간 쪼그려 앉아 있었던 정강이와 발목이 비명을 질렀지만 아랑곳하지 않았다.

그녀는 그대로 뒤돌아 도망치듯 자리를 벗어났다. 목덜미가 뜨거웠다.

맙소사. 아, 맙소사.

'……대체 언제부터였지?'

흑탑 내 그녀의 거처로 돌아온 릴리아나는 당연한 고민을 시작했다. 선연한 감정이 그녀 안에 똬리를 틀었다. 깨달음의 순간이 너무 강렬해 이제 와 모른 체할 수도 없었다.

그래, 좋아. 인정했다. 그런데 언제부터?

그럴 만한…… 계기가 있었나? 언제?

릴리아나는 하루 내도록 칩거하며 고민했고, 날이 밝아서야 자각했다.

첫눈에 반했구나.

감정을 정의하고, 그 정의를 받아들인 릴리아나는 이어 스스로가 퍽 우스워졌다.

첫눈에 끌리는 사랑. 여태 숱한 시, 노래, 연극 등에서 칭송하듯 다뤄 온 소재. 그리고 릴리아나는 그럴 때마다 '대중은 역시 허황한 걸 선 호하는 경향이 있군' 하며 해당 소재의 성행을 비웃어왔다. 설마 이렇게 될 줄은 모르고. 역시 사람 일은 알 수 없는 것이다.

릴리아나는 지난 오만을 후회했고, 더불어 그녀가 저질렀던 한 가지 실수를 이해했다. 시드리온을 처음 만났던 날, 왜 하필 그에게 그런 주 정을 부렸던 건지.

단순히 과음했다는 변명만으론 전부 설명할 수 있던 일이 아니었다. 하긴, 어쩐지 이상하다 했다. '시리야'는 무슨. 언제부터 제게 생판 타인 에게 애칭을 지어주는 술버릇이 있었다고…….

'애칭이래, 제정신인가. 진짜 미치겠네.'

릴리아나는 혼란과 미약한 자괴감에 빠져 며칠을 허비했다. 그 후 그 녀는 흑탑을 떠나 백작저로 돌아왔다.

"생각보다 오래 있었네. 지낼 만했나 봐?"

가족이랍시고 모처럼 에드워드가 마중을 나왔다. 릴리아나는 저택 에 들어가려다 말고 입구에 멈춰 서서 에드워드의 얼굴을 한참 들여다 보았다.

"왜? 오랜만에 보니 반가워?"

"……."

"그래, 알아. 농담이야. 내 얼굴에 뭐 묻었어?"

"……."

"큰 거 묻었나?"

"……."

"……혹시 거기서 무슨 일 있었던 건 아니지?"

약한 빈정거림으로 시작한 상대의 반응이 종내 걱정으로 끝날 때까지 시선을 유지한 릴리아나가 이내 깊게 한숨을 내쉬었다. 복잡한 얼굴 위로 모종의 후련함과 그에 상반되는 쓸쓸함이 나란히 떠올랐다가 흩어졌다.

"역시 아니야. 너한테 넘기기엔 너무 아까워."

"뭐?"

"내가 노력한 시간이 얼만데. 나한테 미안해서라도 그렇겐 안 되지. ……응, 이게 맞아."

"뭔데?"

"에드워드, 널 위해 하는 조언인데 지금이라도 좋은 혼처를 찾아보는 게 어떨까? 내가 백작이 된 후에는 정말 늦을지도 몰라."

"아, 씨! 이럴 줄 알았어!"

릴리아나는 날뛰는 에드워드를 익숙하게 무시하고 저택 안으로 들어섰다. 그러곤 방에 들어가 문을 잠그고 울었다.

아주 잠깐, 삼십 분 정도.

그걸로 끝이었다. 릴리아나는 바로 일상으로 돌아왔고, 누구도 그녀에게서 전과 달라진 점을 찾지 못했다. 한 번 개화를 마친 감정은 여전히 가슴 한쪽에 자리하고 있었으나 드러나지 않았다.

릴리아나는 감정에 매몰되는 일 없이 그럭저럭 잘 지냈다. 그건 흑탑에서의 체류 후 시드리온과 두 번 정도 더 마주쳤을 때도 마찬가지였다.

괜찮았다. 그래, 견딜 만했다.

'그러니 이번에도 괜찮겠지.'

기한제 보모 역할을 위해 찾은 공작성에서 시드리온과 만났을 때, 릴리아나는 그렇게 생각했다. 예기치 못한 조우인 만큼 당황했지만 크게 동요하진 않았다.

해왔던 대로 하면 된다. 마음을 숨기고, 감정을 내리누르고, 충동을 억제하고, 그렇게.

"나와 함께 가줄 수 없습니까?"

그렇게 하면…….

"시드리온이라고 불러주세요."

그렇게…….

"릴리아나 양은 아무렇지 않습니까? 상인이 우릴…… 아니, 아닙니다."

아, 정말이지.

이번 만남은 지난번의 것들하고는 달랐다. 상대가 그녀에게 너무 잔인했다. 왜 이러냐고 묻고 싶었다. 멱살을 쥐고 당신이 지금 내게 무슨 짓을 하는 건지 알긴 아느냐고 따지고픈 심경이었다.

결국 꾹꾹 눌러 참고 또 참은 그 마음은 마지막 날 터졌다.

"지금은 내 앞에 있는 당신 탓 좀 할게요. 아니면 술기운 탓이나."

겁도 없이 취한 나를, 그래서 인내도 자제력도 잃은 나를 따라 나왔겠다. 이렇게 아무도 없는 곳에 함부로 나와 단둘이 있겠다.

그러니 이건 상대방 탓이다. 나 말고, 이 사람이 잘못한 거다.

"나한테 반항하지 말고, 앞으로 벌어질 일에 대해 지금 이후 어떤 말도 하지 마요."

비겁한 조건을 방패로 내세워 훔쳐낸 입술은 달았다.
직감적으로 느꼈다. 평생 잊지 못할 것이다. 오늘을.

"잘 자요. ……그리고 잘 가요. 며칠이지만 같이 있어서 즐거웠어요."

이후로는 어딘지 모든 것이 흐릿했다. 어떤 생각으로 밤을 보내고 무슨 정신으로 백작저에 돌아왔는지 잘 기억나지 않았다. 다만 예고도 없이 그녀를 찾아온 지금의 이 열병만이 선명할 뿐.

'이거 설마 상사병인가……. 아니겠지……?'

열에 들뜬 상태로 릴리아나가 자문했다. 참을 수 없이 헛웃음이 나왔다. 만약 그렇다면, 무덤까지 가져가야 할 비밀을 한 가지 얻게 되는 셈이다.

이런 이야길 누구에게 할 수 있을까.

'말해줘도 안 믿을 것 같긴 하지만.'

평소 주변에 비치는 자신의 이미지가 어떤지 잘 알고 있다. 사실 릴리아나 스스로도 지금 이 상황이 제법 안 믿겼다.

"꼴사나워……."

릴리아나의 짤막한 중얼거림이 멎자 사람을 내보낸 침실은 금세 다시 고요에 휩싸였다.

얼마나 시간이 흘렀을까. 릴리아나는 가물가물한 시야로 문득 흰 직물이 흔들리는 걸 본 것 같다고 생각했다.

'커튼? 아니, 너무 가까운데.'

제 침대 휘장이 저렇게 불투명했던가…….

그때 비현실적인 목소리가 그녀의 귀에 감겼다.

"릴리아나 양."

눈을 크게 든 릴리아나가 바로 몸을 일으켰다. 상체를 가린 이불이 흘러내려 얇은 침의가 고스란히 드러났으나 신경 쓸 정신이 없었다.

"시드리온?"

순백의 의복. 이마 위로 부드럽게 흩어진 금발.

그리고 언제 봐도 화사한 금색 눈동자가 더없이 다정한 빛을 띠고 릴리아나를 응시하고 있었다.

릴리아나는 손만 뻗으면 만질 수 있는 거리에 나타난 상대를 보며 눈을 깜박였다. 그러다 곧 실소를 흘렸다.

"꿈이네."

단정할 만한 몇 가지 근거가 있었다.

우선 몸이 너무 가벼웠다. 벌써 열이 내렸을 리는 없고, 설령 내렸다 해도 몇 시간을 앓은 신체가 이 정도로 가뿐한 건 부자연스럽다.

비슷한 맥락에서 귀에 들리는 그녀의 목소리가 맑은 것도 이상했다. 아까까진 분명 못 들어줄 지경으로 잠겨 있었는데.

그리고 무엇보다 중요한 건······.

"이 사람이 허락도 없이 내 침실에 들어올 리가 없잖아."

릴리아나가 시드리온의 옷깃을 쥐고 세게 잡아당겼다. 상대는 저항하는 기색도 없이 순순히 끌려왔다.

"안 그래? 이 내 상상 속 가짜야."

시드리온은 그 말에 대답하지 않았다. 다만 유혹하듯 눈매를 휘어 웃으며 아찔하게도 상냥한 목소리로 속삭였다.

"나를 드리러 왔습니다, 릴리아나 양. 부디 받아주세요."

릴리아나의 미간이 좁아졌다. 이내 가차 없는 평이 흘러나왔다.

"빈약해."

제 상상력에게 하는 말이었다.

어쩜 대사 수준이······. 그야말로 유치하고, 직설적이고, 뻔했다.

하지만 그만큼 달았다. 인정하기 싫지만 이 순간 그녀가 가장 원하는 바를 담은 발언이기 때문일 것이다.

시드리온이 모든 것을 버리고 그녀에게 오는 것. 저는 차마 제가 가진 걸 놓아버릴 수 없으니, 상대가 대신 그렇게 해주는 것.

"난 이기적이야."

자조적으로 중얼거리며 릴리아나가 시드리온의 목뒤로 팔을 감았다.

꿈인 걸 알지만, 아니, 어쩌면 알기에 더욱 간절한 순간이었다.

언제 그녀를 떠날지 모르는 환상을 단단히 끌어안은 릴리아나가 침대 위로 쓰러졌다.

열병은 꼬박 일주일이 지나서야 릴리아나를 놓아주었다.

지겹도록 길었다. 이렇게까지 오래 고생할 줄이야. 그래도 끝이 오긴 왔으니 다행이었다. 하마터면 다른 의미의 끝과 조우하는 건가 했는데.

릴리아나는 심상하게 생각하며 기력이 하나도 남지 않은 몸으로 침상을 털고 일어났다. 누워 지낸 지난 일주일간 같은 꿈을 몇 번이나 꾸었더라, 세어보려다 그만두었다.

그리고 그로부터 사흘 뒤.

"아가씨!"

백작저의 하녀가 아침 맷바람부터 숨을 헐떡이며 릴리아나를 찾았다.

"왜 그리 야단이니?"

"방에 계실 줄 알았는데 안 계셔서…… 아이고, 숨 차."

릴리아나는 서재에 있었다. 주인 아가씨의 소재를 확인한 하녀가 불만을 숨기지 않고 툴툴거렸다.

"주인님께서 당분간 푹 쉬라고 하셨잖아요. 그런데 또 이 시간부터 여기서 일하고 계시고."

"간단한 서류 정리야. 난 아무것도 안 하는 게 더 괴롭단다. 그보다 무슨 일인데?"

"아, 참."

하녀가 그제야 숨이 차도록 뛴 용건이 떠올랐다는 듯 입을 열었다.

"아가씨를 찾는 손님이 오셨어요."

"손님?"

"그리고 초대장도 도착했고요. 뭐부터 확인하시겠어요?"

"응접실로 가자."

자리를 옮긴 릴리아나를 맞이한 건 다름 아닌 가면 축제에서 영입했던 노점 상인이었다.

"아, 안녕하십니까, 아가씨! 미진한 솜씨이나, 기회를 주신다면 열심히 일하겠습니다."

반신반의하는 기색으로 응접실에 앉아 있던 상인은 정말로 릴리아나가 나타나자 바짝 긴장한 기색이었다.

릴리아나가 짧은 탄식을 입안에서 굴렸다.

참, 그랬지. 그랬다. 그런 일도 있었다.

"반가워, 잘 왔네."

릴리아나는 상인을 주방의 디저트 전문 보조 인력으로 채용했다. 다만 그가 의욕에 차 당장 최상의 과일 사탕을 만들어 대접하겠다는 건 거절했다. 거리에서 쓰던 것보다 질 좋은 설탕과 신선한 과일을 사용한 과일 사탕은 틀림없이 그때보다 훨씬 맛있을 테지만, 딱히 구미가 당기지 않았다. 지금은 입맛이 없었다.

릴리아나는 상인을 채용한 후 하녀가 전달해 준 초대장을 받아 읽었다. 단순한 소규모 파티의 초대였는데, 다만 초대장 하단에 적힌 이름이 범상치 않았다.

'안톤 백작.'

최근 무역 투자에 크게 성공해 이름을 알리기 시작했다. 심지어 그의 아들 중 한 명은 부마 후보에 이름을 올렸다는 소문까지 돌았다. 파티는 당장 오늘 저녁이었다. 릴리아나가 곧장 채비를 시작했다.

"릴리아나, 파티라니! 무리하지 말래도."

"괜찮아요, 아버지. 안톤 백작저는 여기서 가까운 데다, 간소한 파티인걸요."

릴리아나가 그녀의 열병 이후 부쩍 걱정이 늘어난 소르테 백작에게 미소를 지어 보이며 그를 안심시켰다.

"기분 전환 삼아 다녀올게요. 설마 무슨 일이라도 있겠어요?"

약 두 시간 후.

인적 드문 파티장 한쪽, 말쑥하게 차려입은 젊은 남자가 릴리아나의 손목을 강제로 쥐고 위협적으로 목소리를 깔았다.

"언제까지 날 이딴 식으로 무시할 작정이지? 대답해 봐, 릴리아나 소르테."

릴리아나는 손목에 오물이 달라붙은 양 노골적으로 인상을 쓰고 싶은 걸 꾹 참았다.

'하필이면.'

안톤 백작저에 늦지 않게 도착했을 때만 해도 좋았다. 파티장으로 안내받아 입장할 때까지도 아무 문제 없었다. 안톤 백작 부부와 인사와 담소를 나누고, 안면이 있는 다른 귀족들과도 모처럼 안부를 주고받고, 다 좋았는데…….

문제는 댄스 타임이 시작된 이후 생겼다.

파티장에 춤곡이 흘러나오기 시작하자 딱히 춤을 출 마음이 없었던 릴리아나는 플로어 구석으로 물러났다.

그리고 거기서 마주쳤다.

이놈을.

정확히는 푸넌 후작가의 망나니, 지라도 푸넌을.

푸넌 후작의 막내아들인 그는 늦둥이인 탓에 오냐오냐 사랑만 받으며 자랐다. 더불어 인성에 선천적인 결함이 있었다. 그 둘이 더해지면 얼마나 끔찍한 결실이 맺히는지 릴리아나는 이 순간 본의 아니게 생생히 체험하는 중이었다.

"우선 이것 좀 놓아주시죠, 지라도 푸넌 공자님."

"내 말에 대답부터 해."

릴리아나가 치미는 환멸과 짜증을 꾹 눌러 참았다. 지라도가 지금 그녀에게 이러는 이유는 별것이 아니었다.

"오랜만이군, 소르테 영애. 나와 춤 한 곡 추겠나?"

"몸이 좋지 않아서요. 죄송합니다."

춤을 신청하기에 거절했고, 그게 다였다. 그 후 마주 보기 불편할 것 같아 릴리아나가 먼저 자리를 피하려 했는데, 대뜸 손목을 붙잡더니 이런 헛짓거리를 하는 것이다.

"무시한 적이 없는데 언제까지 무시할 거냐고 물으시면, 제가 뭐라고 답해 드려야 할까요?"

"무시한 적이 없다고? 네가? 하."

지라도의 손아귀에 한결 힘이 들어갔다. 손목에서 전해지는 불쾌한 압박감에 릴리아나의 눈썹 사이가 좁아졌다.

이 무식한.

'거기다 왜 자꾸 반말이야.'

지라도나 릴리아나나 아직 작위가 없는 신분이었다. 아니, 설령 지라도가 작위를 지녔다고 해도 이 정도 무례는 용납되지 않는 일이다.

이걸 언제까지 참아줘야 할까.

릴리아나는 그녀의 가문과 푸넌 후작가와의 관계에 대해 두 번 정도 더 생각했다. 그때 지라도가 말을 이었다.

"내가 춤을 신청했을 때 네가 한숨 쉬는 걸 다 봤다. 그랬는데 날 무시한 적 없다고?"

'응?'

그랬던가? 릴리아나가 기억을 되짚어봤다. 곧 어찌 된 영문인지 알 수 있었다.

"마침 현기증이 나서 그랬습니다. 제가 오늘 정말 몸이 안 좋거든요."

진실이었지만 지라도는 마치 어처구니없는 변명이라도 들은 듯 굴었다.

"나를 아주 멍청이로 보는군."

"네?"

그건 사실이지만…….

"그럼 내 구혼장에 매번 묵묵부답이었던 것도 몸이 좋지 않아서인가?"

'뭐?'

뜻밖의 말이었다. 릴리아나가 눈을 동그랗게 떴다.

"대체 언제…….'

"모른 척하겠다고?"

모른 척이 아니라 정말 모른다.

하지만 릴리아나는 곧 그럴 법하단 사실을 상기해 냈다. 지난 수개월 간 그녀는 제 앞으로 온 구혼장을 제대로 확인하지도 않고 전부 버렸다.

그도 그럴 게, 너무 많았다. 더구나 구혼장이 폭발적으로 늘기 시작한 게 카이휜이 왕족으로 인정받은 뒤부터라 목적이 너무 뻔히 읽혔다. 답장하기도 귀찮거니와 그럴 가치도 없다고 생각했다.

그래서 받은 족족 소각했는데…….

'그사이에 푸넌 후작가에서 보낸 게 있었다니.'

그건 예상 못 했다. 심지어 몇 통씩이나.

릴리아나가 말을 골랐다. 다른 건 몰라도 구혼장에 답을 받지 못한 건 무시당했다고 느낄 법했다.

그런데 그 순간, 지라도가 릴리아나에게 생겨난 일말의 가책마저 저 멀리 차버리는 발언을 뱉었다.

"그깟 백작 위 좀 승계하는 게 뭐 그리 대단하다고. 무려 후작가에서 며느리로 맞아주겠다고 하면 고마운 줄 알아야지."

"……방금 뭐라고 하셨나요?"

두 번째 문장은 제대로 들리지도 않았다.

'그깟 백작 위.'

그 세 어절이 릴리아나의 귀를 때렸다.

"넌 네가 아주 대단하다고 생각하지, 릴리아나 소르테? 큰 착각이야. 너는 결코 날 거절할 자격이……."

"사과하세요."

"뭐?"

"그깟 백작 위라고 한 말, 사과하시라고요."

강제로 손목을 붙잡은 것도, 동등한 신분임에도 하대한 것도 봐줄 수 있었다. 그러나 이것만은 아니었다.

그깟? 그깟 백작 위? 그 백작 위를 얻기 위해 내가 어떤 노력을 했는데.

'뭘 포기했는데.'

뭘 단념하고 지금 이 자리에 서 있는데…….

"사과? 하, 이제야 본심을 드러내고 건방지게 구는군. 틀린 말이 아닌데 왜 사과해야 하지?"

"그런가요? 역시 모친께 알랑거려 예쁨받는 것 외엔 아무것도 할 줄 모르는 무능한 삼남다운 사고방식이군요."

"……뭐?"

지라도의 얼굴이 딱딱하게 굳었다.

"지금, 뭐라고…….”

"구혼장 말이죠. 실은 받자마자 얼마나 우스웠는지 몰라요."

릴리아나가 보라는 듯이 조소를 머금었다.

"작위를 이을 첫째, 국경에서 공을 세운 둘째. 하지만 셋째는……?"

사랑받되 기대받지 못하는 자식이 삐뚤어지는 배경에는 대개 열등감과 자격지심 따위가 존재하게 마련이다. 신랄한 목소리가 그 부분을 정확히 겨냥해 갈고리처럼 후벼 팠다.

"가진 것도 없고, 재능도 재주도 변변찮고. 그렇다고 언제까지고 집안에 빌붙을 순 없으니 왕족과 인척인 백작가에 데릴사위로라도 들어가고자 했던 모양인데, 이를 어쩌나."

작게 비웃음 한 번.

"본인에게 그만한 가치조차도 없다는 걸 모르고."

"이 미친년이!"

얼굴이 시뻘겋게 달아오른 지라도가 이성을 잃고 손을 치켜들었다. 릴리아나는 예상했다는 듯 눈을 질끈 감았다.

'그래, 쳐라.'

처음부터 맞으려고 한 말이다. 뺨 한 대 내주고, 그걸 빌미로 무슨 수를 써서든 상대를 사교계에서 치워 버릴 심산이었다.

푸넌 후작가와 다소 척을 지는 결과를 피할 수 없겠지만, 어쩔 수 없지. 그리 이성적인 선택이 아니라는 건 알았으나 이미 저질렀다.

그래, 사람이 어떻게 항상 합리적인 답만 고르며 살까. 어쩌다 한 번씩은 충동과 감정에 따라 움직일 때도 있는 거지.

치아가 흔들리지 않게 이를 꽉 문 릴리아나가 다가올 충격에 대비했다.

그런데 기다려도 각오했던 아픔이 느껴지지 않았다. 이내 의아하게 눈을 뜬 릴리아나의 시야에 보인 건, 그보다 머리 반 개는 큰 남자에게 손목을 잡힌 지라도의 모습이었다.

"뭐, 뭐야? 이거 놔…… 윽!"

"릴리아나 양."

순간 호흡을 멈췄던 릴리아나가 다시 숨을 들이켰다.

어떻게. 왜.

"무례가 아니라면, 이 상황에 대해 조금 더 자세히 설명을 듣고 싶은데요."

……어째서.

"이 자식 뭐야? 내가 누군 줄 알고— 아악!"

지라도가 말을 잇지 못하고 비명을 질렀다. 지라도의 손목을 당장에라도 으스러뜨릴 것처럼 손아귀에 힘을 준 시드리온이 가라앉은 눈으로 그를 바라보았다.

시드리온은 지금 들끓는 화를 겨우 내리누르고 있었다.

"릴리아나 아가씨요? 지금은 저택에 안 계세요. 어디로 가셨냐면……."

백작저에 방문했다가 마침 부재중인 릴리아나의 행선지를 듣고 이곳에 왔다. 그런데 들뜨는 마음을 다잡고 도착한 장소에서 본 건, 웬 놈팡이가 릴리아나를 때리려던 장면이었다.

목격하는 순간 몸이 먼저 움직였다. 상대의 손목을 붙잡아 폭력을 저지한 후 시드리온은 생각했다.

뭐지, 이 개 같은 상황은?

마음 같아선 손에 쥔 뼈를 당장 부러뜨려 버리고 싶었다. 다만 그러지 않고 참는 이유는, 아직 놈팡이와 릴리아나의 관계를 몰랐기 때문이다. 설마하니 가까운 사이에 손찌검하려 했을까 싶긴 했지만 만에 하나, 정말 혹시 모르는 거니까.

릴리아나에게 미움받을 만한 그 어떤 사소한 계기도 만들고 싶지 않다. 그 마음으로 분노와 충동을 잠시 억누른 시드리온이 쓰레기 처단을 유예한 채 릴리아나의 설명을 기다렸다.

그러나 그녀에게선 어떠한 말도 나오지 않았다. 자리에 못 박힌 듯 선 릴리아나는 그저 시드리온만 멍하니 쳐다볼 뿐이었다.

그쯤 슬슬 주변이 소란스러워졌다.

"저 사람은……."

"인상착의를 들어본 적 있어요. 흑탑의 수장 아닌가?"

"흑탑의 마스터가 왜 이런 곳에……."

"옆에 있는 남자는 푸넌 후작가의 막내 영식 아닌가요?"

"여성분은 소르테 백작가의 릴리아나 소르테 영애고요."

"왜 저 세 사람이 같이 있는 걸까요?"

귀족들이 숙덕거렸다. 그러나 누구 하나 적극적으로 끼어들 의향을 보이지 않았다. 그건 오늘 이 파티의 주인인 안톤 백작 부부도 마찬가지였다.

그들은 진작 소란을 인식했으나 침묵했다. 시드리온에게 손목을 잡힌 지라도가 비명을 지르는 것도 들었지만, 굳이 경비병을 움직이지 않고 가만히 있었다.

'흑탑과 푸넌 후작가.'

어느 쪽의 손도 섣불리 들어줄 수 없었다. 그것이 지금 소란을 지켜보는 대다수 귀족들이 방관 중인 이유였다.

멍청하지만 생존에 필요한 최소한의 눈치는 있는 지라도가 파티장의 분위기를 감지했다. 수군거리는 사람들의 말소리 중 일부가 귀에 들어왔다.

'흑탑의 수장이라고?'

지라도의 눈이 시드리온을 위아래로 훑었다. 얼굴만 반반한, 웬 세상 물정 모르는 건방진 놈인가 했더니 뒷배경이 뜻밖에도 무시 못 할 수준이었다. 시드리온에게 붙잡힌 손목은 여전히 끊어질 듯 아팠다.

'쳇.'

신음과 욕지거리를 삼킨 지라도가 말투를 바꿔 부탁했다.

"이보시오. 이것 놓아주시오."

"……."

"보아하니 소르테 영애와 안면이 있는 것 같은데, 난 그녀의 남편 될 뻔했던 사람이오. 이렇게 대해선 안 될 거요."

릴리아나를 살피던 시드리온의 시선이 단박에 지라도에게로 향했다. 지라도는 저를 향한 서늘한 황금색 눈에 잠시 움찔했다.

"남편이 될 뻔했다?"

"그, 그렇소."

구혼장이 받아들여졌다면 빠른 시일 내에 혼인이 성사됐을 테니 틀린 말은 아니다. 지라도가 뻔뻔하게 생각하며 고개를 끄덕거렸다.

시드리온은 굳이 릴리아나에게 사실을 확인하지 않았다. 그녀는 조금 전부터 지척에서 이뤄지는 대화에 집중할 정신조차 없는 것 같았다.

'……그렇다면.'

시드리온이 씩 웃었다. 길고 촘촘한 속눈썹 아래의 눈과 단정한 입술이 만들어내는 호선은 꽤 매혹적인 면이 있어 순간 지라도마저 시선을 빼앗겼다.

그림처럼 예쁘게 웃으며 시드리온이 말했다.

"그렇군. 그런데 어쩌지?"

"……?"

"그쪽은 남편이 '될 뻔했던' 사람이고, 난 남편이 '되려는' 사람인데."

"뭐?"

"아무래도 내가 그쪽보다 우위를 점한 것 같지?"

그 말이 끝이었다. 시드리온이 지라도의 손목을 사정없이 꺾었다.

"끄아악!"

우득. 뼈가 뒤틀리는 살벌한 소리와 함께 손목이 이상한 각도로 꺾인 지라도가 눈이 풀려 바닥에 쓰러졌다. 게거품을 물기 시작한 지라도를 뒤로한 시드리온이 릴리아나와 마주 보고 섰다.

"조용한 곳으로 이동했으면 합니다. 괜찮겠습니까?"

그때쯤 릴리아나는 겨우 정신이 일부 돌아온 듯했다. 그녀가 고개를 끄덕였다. 곧 두 사람의 신형이 파티장 내부에서 사라졌다.

'동요했군. 꼴사납게.'

시드리온은 이동 마법을 사용해 장소를 옮긴 직후 생각했다.

아닌 척했지만, '릴리아나의 남편이 될 뻔했다'라는 상대방의 주장이 제법 충격이었던 모양이다. 파티장 테라스나 정원 등지로 이동할 심산이었는데, 정신을 차려보니 이곳까지 와버린 걸 보면.

선선한 바람이 소르테 백작저를 감싸고 돌았다.

"저, 릴리아나 양."

시드리온이 말을 골랐다. 릴리아나는 '장소를 이동하자'는 말에 동의했지만, 아예 귀가하겠다는 뜻은 아니었을 수도 있었다.

그때, 릴리아나가 시드리온의 말을 기다리지 않고 입을 열었다.

"술 마실래요?"

"예?"

"나는 좀 마셔야겠어요."

잠시 후.

식당에서 와인을 한가득 공수한 릴리아나가 시드리온과 단둘이 서재에 자리를 잡았다. 시드리온은 문득 릴리아나가 전에도 이곳에서 술을 마셨던 것을 떠올렸다. 식사 자리에서 1차로 마시고, 장소를 옮겨서 더 마셨던 것이지만……

"시리야, 이리 와서 여기 좀 앉아봐."

릴리아나의 태연한 목소리가 떠오른 시드리온이 웃음을 머금었다. 서재 창틀의 좁디좁은 여백을 두드리며 릴리아나가 했던 말이 생각났다.

소리 없는 미소가 결국 피식피식 바람 새는 실없는 웃음으로 바뀌었을 때, 릴리아나가 유리잔에 와인을 가득 따라 단번에 들이켰다.

그러더니 갑자기 눈물을 뚝뚝 흘렸다. 시드리온이 웃다 말고 그대로 경직되었다.

"릴, 리아나, 양?"

삐걱삐걱 입을 여는 시드리온의 뇌가 정신없이 굴러갔다.

왜? 뭐지? 무슨 일이지? 뭐가 문제지? 언질 없이 안톤 백작저를 벗어나게 되어서? 아니면 그 놈팽이 놈의 손목을 꺾어서? 혹시 놈팽이에게 맞을 뻔했던 것 때문에?

뭔지는 모르겠지만 어서 원인을 알아내 어떻게든 하고 싶었다. 투명한 눈물이 릴리아나의 눈에서 방울져 떨어질 때마다 시드리온의 심장도 함께 쿵, 쿵 떨어졌다.

"릴리아나 양, 제가 뭔가 잘못한 게 있다면……."

"왜 왔어요?"

"네?"

"내가 어떻게……."

어떻게 잊었는데. 어떻게 열병을 떨쳐냈는데. 어떻게 겨우 반복되던 꿈에서 벗어났는데.

"왜 또 나타났냐고요, 내 앞에."

생각지도 못했던 원망을 들은 시드리온의 입이 달라붙었다.

"조금 전엔 또 뭐예요? 남편이 되려는 사람?"

"아, 그건."

시드리온의 귀가 미미하게 붉어졌다. 놈팡이의 말에 발끈해 그만 상대의 동의도 없이 그런 말을 뱉고 말았다.

시드리온이 이제라도 그의 결심과 그가 거쳐온 과정을 이야기하려 할 때, 릴리아나가 먼저 말했다.

"과한 친절이에요."

"……예?"

"필요 없었다고요, 그런 대처. 지라도에게 면박을 주려 그렇게 말했던 건 알겠지만."

시드리온은 이제야 놈팡이의 이름을 알게 되었다. 중요한 건 아니었다.

"내가 요구한 적 없잖아요. 민폐예요."

시드리온의 표정이 딱딱해졌다. 그가 돌처럼 굳어버린 턱을 겨우 움직였다.

"그래서 우는 겁니까? 내가, 릴리아나 양의 남편이 되겠다는 말을 해서?"

"그래요."

사실 그녀의 눈물에는 좀 더 복잡한 원인 및 감정이 있었지만 릴리아나는 그냥 수긍했다. 시드리온의 눈빛이 가라앉았다.

"왜?"

"왜라뇨."

바랄 수 없는 걸 바라게 하는 잔인한 희망 고문이니까. 진심을 삼킨 릴리아나가 둘러댔다.

"말했잖아요. 바란 적 없는 호의는 민폐일 뿐이라고."

"호의……."

릴리아나의 말을 짧게 중얼거린 시드리온이 헛웃음을 흘렸다. 그는 대단히 황당한 말을 들은 것 같기도, 혹은 더없이 모욕적인 말을 들은 것 같기도 했다.

"내가 했던 말이 단순한 호의로 들렸다는 말이죠. 아니면 그러길 바라는 건가."

혼잣말처럼 읊조린 시드리온이 릴리아나와 시선을 맞췄다. 그가 주먹을 움켜쥐었다.

"나한테 키스했으면서."

"……그 일은, 말하지 않기로 했잖아요."

"릴리아나 양의 일방적 요구였죠. 내가 그러겠다고 대답한 적 있습니까? 기억이 안 나는데요."

담담하고 뻔뻔한 말에 릴리아나의 얼굴이 달아올랐고 결국 언성이 높아졌다.

"분명 내기 조건으로……!"

"날 원한 게 아니었습니까?"

시드리온의 목소리가 릴리아나의 말을 끊었다. 절절한 음성에 릴리아나가 멈칫했다.

"그날, 그리고 함께 지내면서 릴리아나 양이 했던 말들에 대해 몇 번이고 생각했습니다. 날 가지고 싶어 한 게 아니었습니까?"

그와 거리를 둬야 한다는 말. 그러지 않으면 곤란해질 것 같단 덧붙임. 자긴 소유욕이 강해서 가질 거면 전부 가져야 한다는 언급까지.

입맞춤 이후 릴리아나의 그 모든 말은 시드리온에게 마치 하나의 고백처럼 들렸다.

가질 수만 있다면, 너를 가지고 싶다고.

"내가 잘못 생각한 겁니까? 착각이었습니까?"

"……."

"아무 의미 없는 말과 장난…… 같은 행동에 혼자 의미 부여해 지금 릴리아나 양을 곤란하게 하는 겁니까?"

릴리아나의 입술이 달싹였다.

그녀의 본심과 진심을 더욱 공고히 감추고자 한다면, 저 말에 긍정해 야 할 것이다. '그렇다'라고 지금 당장 명백한 거짓을 입에 올려야 옳을 것이다.

하지만 릴리아나는 그렇게 하지 못했다.

시드리온이 너무 상처받은 눈을 하고 있어서일까. 아니면 그녀의 긍 정을 들은 상대의 얼굴에 실망이나 비난, 원망 따위가 서릴 것이 두려워 서일까.

주저하던 릴리아나는 결국 입술을 깨물었다. 약한 체념이 담긴 목소 리가 흘러나왔다.

"……아뇨."

머리를 어지럽히기 시작한 술기운은 그녀가 기만 대신 솔직함을 선택 하는 데 도움을 주었다.

"착각이 아니에요. 맞아요, 난 당신을…… 원했고, 실은 지금도 그 래요."

"그럼-"

"하지만 내가 바라는 건 잠깐의 연인 놀음이나 하다가 헤어지는 게 아 니에요."

"마찬가집니다."

"마찬가지라고요? 글쎄요."

릴리아나가 기대 없는 얼굴로 웃었다. 이 남자는 가장 중요한 것을 놓치고 있다. 그러니 지금 제 앞에 나타나 이처럼 저돌적으로 구는 것이겠지. 마치 지난날의 꿈처럼.

열병에서 해방된 뒤로 다시 꾸지 않게 된 꿈은, 지금도 세세히 떠올릴 수 있을 만큼 선명했다. 그러나 아무리 선명해도 꿈은 꿈일 뿐이다. 릴리아나는 꿈과 현실을 구분할 수 있었다. 그래야만 했고.

"내 말 기억해요? 난 무슨 일이 있어도 백작 위를 포기할 마음이 없고, 향후 내가 다스릴 가문을 절대 떠나지 않을 거예요."

목이 말랐다. 릴리아나가 와인을 더 따르려다 멈칫했다. 독한 와인을 골라 왔다. 이 이상 마셨다간 말을 매끄럽게 잇지 못할 것 같았다.

빈 유리잔만 만지작거리며 그녀가 말을 계속했다.

"내가 모든 걸 포기하고 당신에게 갈 수 없으니, 나와 함께하려면 당신이 내게 와야 해요. 이게 무슨 말인 줄 알아요?"

시야가 아래로 내리깔렸다. 차마 상대를 제대로 응시하지 못하는 시선의 끝이 애꿎은 테이블 모서리를 훑었다.

"손에 쥔 걸 놓지 못하는 나 대신 당신이 가진 걸 통째로 버려야 한단 뜻이에요."

심호흡 한 번. 이후 구체적인 결론이 입에 담겼다.

"그러니까 시드리온, 당신이 더는 흑탑의 수장이 아닌, 그저 백작의 남편이 되어야 한다고요. 그럴 수 있겠어요?"

침묵이 흘렀다.

릴리아나가 시선을 들어 올린 건 귓가에 상대의 한숨이 희미하게 스친 뒤였다.

시드리온은 복잡한 표정을 하고 있었다. 아차 싶은 것 같기도 했고, 약간 얼이 나간 양 보이기도 했다.

이어 그의 입술이 움직였다.

"……실수했군."

실수.

어느 정도 예상했던 범주 내의 말인데도 릴리아나의 가슴이 쿵 내려앉았다.

그래, 실수. 그렇겠지. 그렇게 느껴지겠지. 후회되겠지. 섣불리 그녀에게 마음이 있는 듯 말을 한 스스로가 경솔하게 느껴질 테지.

뭐라고 할 주제도 못 된다. 따지고 들면 '실수'를 저지른 건 그녀가 먼저니까. 공작성에서 함께 보낸 마지막 날, 충동에 사로잡혀 책임지지 못할 짓을 함부로 한 건 이쪽…….

아, 안 되겠다.

릴리아나가 테이블 아래로 주먹을 말아 쥐었다. 아플 정도로 혀를 깨물었다.

눈물이 날 것 같았다. 더 울고 싶지 않은데.

이미 한 번 우는 모습을 보인 걸로 충분했다. 이대로 헤어지면 다시 안 볼 사이라 해도, 꼴사나운 몰골을 굳이 두 번씩이나 보이고 싶지는…….

"제일 처음 이 말부터 했어야 했는데."

그때 시드리온이 릴리아나와 똑바로 눈을 맞추고 입을 열었다.

"릴리아나 양."

부드러운 목소리가 흘러나왔다.

"나는 더 이상 '마스터' 시드리온이 아닙니다."

그러나 그의 말에는 단박에 알아듣기엔 다소 무리가 있는 내용이 담겨 있었다. 릴리아나가 반 템포 느리게 반응했다.

"……네?"

"흑탑의 수장 자리는 현재 공석이지만, 조만간 다른 적임자가 앉게 될 겁니다."

시드리온이 민망한 기색으로 웃었다. 조금 자책하는 것 같았다.

"미안합니다. 더 빨리 이야기하지 않아서."

"아니, 잠깐……."

당혹스러운 얼굴로 릴리아나가 눈을 깜박였다. 속눈썹이 팔랑거릴 때마다 짙은 혼란이 묻어났다.

"지금 뭐라고 했어요? 흑탑의 수장에서 물러났단 말을 하는 거예요? 정말?"

"네."

"마스터 자리를 내려났다고? 진짜로?"

"그렇습니다."

릴리아나가 입을 뻐끔거렸다. 그러다 마지막으로 확인을 구하듯 말했다.

"날 놀리는 건 아니죠?"

시드리온이 절반쯤 비워진 와인 병을 가리켰다.

"맹세컨대 제게 그런 목적이 조금이라도 있다면 지금 당장 이 병으로 제 머리를 때리셔도 좋습니다."

"왜 머리를……."

저도 모르게 시드리온의 발언대로 상상해 보던 릴리아나가 곧 조용해졌다. 그리 길지 않은 정적이 지나간 후 그녀가 손을 들더니 자기 뺨을 꼬집었다.

"하지 마세요. 아픕니다."

시드리온이 그 손을 감싸듯 붙잡아 제지했다. 맞닿은 면적을 타고 전해지는 온기가 생생했다.

"꿈은 아닌 것 같은데."

"꿈이면 저도 곤란합니다. 이제 겨우 릴리아나 양을 만나 이런 고백까지 했는데."

시드리온이 짐짓 미간을 찡그렸다. 릴리아나는 그 모습을 멍하니 보다가 작게 감탄을 삼켰다.

'이게 뭐지.'

상대의 미간에 진 주름마저 대단히 예쁘게 보였다. 그녀는 문득 방금 들은 말을 상기했다.

"흑탑의 수장이 아니라고……."

"……."

"이제 아니라고…… 그렇구나."

"……."

"아하하."

별안간 웃음이 터졌다. 릴리아나는 한참 동안 웃었다. 배를 쥐고 고개를 숙일 정도의 폭소는 지난날의 어느 순간처럼 그녀의 눈꼬리에 눈물이 맺히고 나서야 멎었다.

고개를 든 릴리아나의 얼굴을 본 시드리온이 아주 잠깐 머뭇거리다 손을 뻗었다. 이번에는 지난번과 달리 욕구를 억제하지 않고 손끝으로 눈가의 물기를 훔쳤다.

"……고마워요."

"……아뇨."

한순간에 미묘해진 분위기 속에서 릴리아나가 목을 가다듬고 말했다.

"시드리온."

"네."

"혹시 수장 자리에서 물러나기만 한 게 아니라…… 흑탑을 아예 나온 거예요?"

어쩐지 그런 낌새라 물었더니 사실이었다.

"그렇게 됐습니다."

"궁금한 점이 있는데요."

"예."

"어떻게 나왔어요? 흑탑에서 당신을 놓아주려 하지 않았을 것 같은데."

릴리아나는 흑탑에 체류하면서 관찰했던 마법사들의 면면을 떠올렸다. 한곳에 소속돼 특정 분야만 연구하는 집단이란 대개 고집이 세게 마련이다. 편견이긴 해도 최소한 그녀가 보았던 마법사들은 그 편견에 부합하는 것 같았다.

"그건……."

답하길 주저하던 시드리온이 궁금증 가득한 맑은 눈과 마주하곤 결국 입을 열었다.

"……대결을 통해 결정하자고 제가 제안했습니다."

"대결이요?"

"제가 이기면 탑을 떠나고, 지면 탑에 남는 규칙으로."

"이겼나 봐요? 탑을 나온 걸 보니."

"……그게."

"응?"

"대련이 아닌 대결이니만큼 진 쪽의 목숨을 보장할 수 없단 조건을 걸었더니."

"어?"

"아무도 도전하지 않아서……."

시드리온이 입을 다물었다. 릴리아나가 눈꺼풀을 여닫다가 사실을 지적했다.

"그건 제안이 아니라 협박 아닌가요?"

"흠."

"가로막으면 다 죽여 버리겠다고 하고 나온 거네."

"그 정도까지는."

정확한 요약이었지만 시드리온이 황급히 내숭을 떨었다.

"만일 새 수장이 계속 결정되지 않으면 찾는 걸 돕기로 약속했습니다. 또, 제 맘대로 탑을 나가는 대신 탑의 골칫거리를 하나 해결해 주기로 하기도 했고……."

어쩐지 추가적인 설명이 변명처럼 따라붙었지만 릴리아나는 별로 상관없다고 생각했다. 애초 흑탑의 상황이나 사정은 그녀의 관심 밖이었다. 시드리온에게 다 버리고 제게 오라고 진작 요구하지 않았던 건, 탑을 배려해서가 아니라 상대가 그런 선택을 할 리 없을 거라고 여겼기 때문이다.

하지만 이렇게 되었으니, 뭐.

그리 생각을 하던 릴리아나가 언뜻 물었다.

"그러고 보니, 시드리온을 따라 탑에서 나오겠단 사람들은 없었어요?"

"있었지만……."

"있었지만?"

"대결해서 이긴 사람만 따라오라고 했더니."

저런 게 바로 만능 협박이란 것일까. 폭군의 횡포가 부럽지 않은 활용에 찰나 릴리아나의 말문이 막혔다.

그렇지만 잘된 일이었다. 괜히 인재를 잔뜩 빼 왔다가 탑에 남은 사람들의 적개심이라도 사게 되면 골치 아프니까. 금세 실없는 웃음이 헤실헤실 배어 나온 릴리아나가 턱을 괴고 중얼거렸다.

"정말 몸만 왔네."

당연히 좋다는 의미였다. 그런데 그때 시드리온이 그 말을 부인했다.

"그건 아닙니다."

"아니라고요?"

릴리아나가 턱을 괸 채로 고개를 갸웃했다.

흑탑의 수장? 이제 아니다.

추종하는 마법사들? 탑에 전부 남겨놓고 왔다.

"그럼 몸 말고 뭘 더 가져왔는데요?"

릴리아나가 장난스럽게 물었다.

내심 답변을 유추해 보았다. 사랑, 마음? 뭐 이런 답이 나오는 걸까. 예전이었다면 듣자마자 질색하는 걸 넘어 경멸을 내비쳤겠지만, 말하는 사람이 시드리온이라면 또 느낌이 다를 것 같았다.

그러나 막상 시드리온이 내놓은 답은 그런 말장난과는 거리가 있었다.

"지참금을 좀……."

"지참금이요?"

의외의 답에 놀란 릴리아나가 손을 내리고 상체를 앞으로 기울였다.

그 바람에 둘 사이의 간격이 가까워졌다. 코밑을 스치는 와인 향이 강해졌다.

시드리온이 가까워진 거리를 의식하는 기색으로 말을 이었다.

"탑의 재산 중 일부가 제 개인 소유라, 그걸 처분해서 지참금으로 가져왔습니다."

사실 시드리온은 지난번에 지참금에 대해 일레나에게 질문을 하려다 말았다. '지'로 시작해 거기서 그대로 끝나 버렸던 말.

본래 묻고 싶었던 건 '지참금 액수가 보통 얼마나 되는지 아십니까?'였으나, 마음이 도중에 바뀌는 탓에 뒷부분이 통째로 공중분해되어 사라졌다.

마음이 변한 이유는 간단했다. 한발 늦게 보편적인 지참금 액수가 얼마든 상관없단 생각이 들었기 때문이다.

평균 지참금 액수보다 그의 재산이 많다고 해서 재산을 버릴 것도 아니고, 반대로 적다고 해서 단기간에 불릴 수 있는 것도 아니니……

더구나 지참금의 액수 같은 걸 고민하기엔 시드리온은 한시가 급했다. 솔직히 말해 재산을 처분하는 데 걸렸던 열흘도 얼마나 길게 느껴졌는지 모른다. 실상 반 정도는 날림으로 처분해서 손해도 제법 봤다. 물론 이런 사족까지 이야기할 생각은 없었다.

시드리온은 지참금 고백을 마치고 릴리아나의 눈을 응시했다. 릴리아나는 멍한 얼굴로 그를 보다가 이내 상반신을 바로 세워 입을 가렸다. 그리고 놀랍고 신기하다는 듯 중얼거렸다.

"당신, 나 정말로 좋아하는구나."

시드리온의 얼굴이 살짝 붉어졌다.

"남편이 되려는 사람이라던 말이 사실이었어. 정말 진심이었네."

"……"

"내가 남편으로 안 받아주면 어떡하려고 벌써 지참금을 다 준비했어요?"

"안 받아주실 겁니까?"

"음. 글쎄, 어쩔까."

릴리아나가 입을 가렸던 손으로 테이블을 톡, 톡 두드렸다.

"사실 결혼이 급한 것도 아니고, 마침 내가 바쁘기도 하고……."

"식은 당장 진행하지 않아도 상관없습니다. 그런 것쯤 얼마든지 기다릴 수 있습니다."

"나한테 남편이란 존재가 꼭 필요한가 싶고."

시드리온의 눈이 흔들렸다. 보석 같은 눈동자에 파장이 생겨나는 건 나름 보는 재미가 있었지만, 릴리아나는 이쯤에서 슬슬 좋아하는 사람을 놀리는 걸 그만두기로 했다.

그래, 좋아하는 사람. 이젠 이렇게 말해도 된다. 더는 숨기고, 아닌 척하고, 참을 필요가 없다.

불현듯 행복을 느낀 릴리아나의 눈매가 부드러워졌다. 그사이 어떤 결심을 마친 시드리온이 비장하게 입을 열었다.

"……연인으로라도 평생 함께할 수 있다면."

"농담이에요."

릴리아나가 테이블 위로 시드리온의 손을 잡았다. 온기가 닿았다.

"남편은 필요 없어도, 당신은 필요하니까. 당신이 법적 배우자로 꼼짝없이 내 곁에 묶이는 거, 난 대단히 찬성이에요."

"……"

"나한테 잘 왔어요, 시드리온."

"……."

"잘해줄게요."

두 사람의 손가락이 하나하나 가지런히 얽혔다. 그 과정이 무슨 대단한 의식이나 되는 듯 숨죽여 바라보던 시드리온이 한참 후 말을 꺼냈다.

"지금도 충분합니다."

"내가 잘해주는 게요?"

"네."

"난 부족한데. 더 잘해줄 건데."

"……."

"매일매일 엄청 사랑해 줄 건데, 어떡하지?"

마주 얽힌 시드리온의 손가락에서 열기가 전해졌다. 술을 마신 건 이쪽인데, 왜 남의 체온이 올라가는지.

릴리아나가 소리 죽여 웃었다.

"있잖아요, 시드리온. 나 뭐 하나 물어봐도 돼요?"

"……네, 뭐든."

"언제부터 내가 좋았어요?"

그것도 이렇게 다 버리고 나에게 올 만큼.

"자각한 건 얼마 전 입맞춤…… 했던 날 이후지만."

시드리온이 목을 가다듬고 말을 이었다.

"좋아하기 시작한 건 훨씬 예전입니다. 정확한 건 아니지만 아마……."

"아마?"

"……릴리아나 양이 날 '시리야'라고 불러줬을 때."

"……."

"그때 반했던 게 아닌가 싶습니다. 아마도."

추측성 표현을 썼지만 시드리온은 확신했다. 그게 아니라면 그날의 기억이 마치 머리에 달라붙은 듯 유독 선명하게 남아 있는 이유를 설명할 수 없으니까.

릴리아나는 미묘한 표정으로 들은 말을 곱씹었다.

"그게 계기였다고요?"

"……."

"세상에. 내가 그날의 주정을 살아오면서 가장 잘한 일로 꼽게 될 줄은 몰랐는데."

"그 일이 없, 었어도 분명 결국 좋아하게 됐을 겁니다."

좀 전부터 직설적인 화법을 구사하기 바쁜 릴리아나 탓에 시드리온이 말을 약간 더듬었다. 그러자 릴리아나가 청량한 웃음을 터뜨렸다.

"……나도 궁금합니다. 릴리아나 양은 언제부터 나와 같은 마음이었는지."

"그건 말이죠."

웃음을 그친 릴리아나가 잠시 생각에 빠졌다.

'첫눈에 반했다'라는 쉽고 명확한 결론을 이미 한참 전에 내놓긴 했지만, 최근에 와서 문득 새로운 의문이 생겼다.

만나본 적 없는 사람을 좋아하는 게 가능할까? 본 적은 없어도 그 사람에 대해 듣고, 알아보고, 궁금해하고, 어떤 사람일지 공들여 상상해보다가…….

어느 틈에 사랑에 빠져 버리는 것.

있을 수 있는 일일까? 만약 그런 것이 가능하다고 하면…….

릴리아나가 시드리온을 빤히 응시하다 고갯짓했다. 가까이 오란 의미였다. 용케 알아들은 시드리온이 몸을 앞으로 기울였다. 가까워진 귓가에 대고 그녀가 속삭였다.

"비밀이에요."

나도 정답을 알 수 없게 되었으니, 그냥 비밀인 걸로.

허무한 답변에 시드리온이 멈칫했다. 빚은 듯 수려한 얼굴 위로 억울함이 고스란히 드러나려는 찰나, 릴리아나가 그에게 짧게 입을 맞췄다.

"……!"

"이건 보상. 나만 답을 들었으니까."

"……부족하다고 말하면, 혹시 더 해줍니까?"

적막은 잠깐이었다. 이내 의자가 밀리는 소리가 났다. 와인 병이 넘어져 쏟아진 술이 테이블을 더럽히고 바닥까지 흘렀다.

두 사람은 꽤 오랜 시간 단단히 깍지 껴 얽은 손을 놓지 않았다.

밤이 깊었다.

오늘 막 미래를 함께하기로 약속한 남녀가 한 침실, 같은 침대에 누워 서로를 마주 보았다.

다만 밤과 연인을 떠올렸을 때 흔히 상상하게 마련인 야릇한 분위기는 없었다. 처음부터 다른 목적이 있어서가 아니라, 그저 릴리아나가 하품한 걸 계기로 장소를 옮기게 됐을 뿐이다.

시드리온은 피곤한 데다 술기운에 어지러워 보이는 릴리아나를 침대에 눕혀주고 바로 물러나려 했지만, 그만 그녀의 손에 붙잡혔다.

"조금만 더 이야기하다 가요."

그 결과가 지금이었다.

"시드리온."

"네, 릴리아나."

"혹시 내가 이기적으로 느껴지진 않아요?"

"그게 무슨 말입니까?"

불을 밝히지 않은 침실은 달빛의 보금자리가 되었다. 릴리아나는 시드리온의 얼굴에 진 그림자에 시선을 주었다.

"난 아무것도 포기하지 않고, 결국 당신이 가진 걸 다 버리고 내게 오게 했잖아요."

"글쎄요. 제 선택이니 그런 생각은 해 본 적 없습니다. 그리고……."

"……."

"이기적이면 어떻습니까? 그런 릴리아나 양에게 빠진 건데."

서재에 있을 때와 비교하면 이제 제법 간지러운 말도 곧잘 뻔뻔하게 했다. 침묵을 흘려보낸 릴리아나가 잠시 후 입을 열었다.

그녀의 안에 존재했지만, 지금껏 누구에게도 들려주지 않았던 이야기가 이 순간 처음으로 세상의 공기와 만났다.

"사실, 난 어렸을 때부터 동생을 질투했어요."

"……공작 부인 말입니까?"

"에드워드요."

에드워드와 안면이 있는 시드리온이 당황한 표정을 짓지 않으려 노력했다. 그 반응에 릴리아나가 이해한단 듯이 웃었다.

"솔직히 그 애가 똑똑하진 않죠. 계산이 빠르지도 못하고. 근데……참, 특이한 재주가 있거든요."

릴리아나는 에드워드의 운에 대해 떠올렸다. 아니, 천부적 재능이라고 말하는 게 더 옳을까.

남매가 어렸던 까마득한 예전이었다.

하루는 웬 사내가 사업 제안서를 들고 백작저를 찾았다. 제안서는 무척이나 그럴듯했다. 높은 수익이 기대되는 데다 별달리 문제점도 없어 보였다. 제안서를 몇 번에 걸쳐 검토한 소르테 백작은 그날 사내가 내민 계약서에 서명하려 했다. 마침 우연히 사내를 본 에드워드가 자지러지게 울지만 않았어도, 그렇게 했을 것이다.

"아, 아이고. 도련님께서 갑자기 왜……. 제가 영 험상궂게 생겨먹었나 봅니다, 하하."

사내는 웃어넘기려 했으나 소르테 백작의 반응은 달랐다.

"투자는 없던 일로 하지. 이만 내 저택에서 나가주게."
"예? 그게 무슨 말씀……. 배, 백작님. 잠깐만요, 백작님!"

백작의 태도는 돌변했고, 사내는 항변 한번 못 해 보고 저택에서 쫓겨났다.

당시 여덟 살이었던 릴리아나는 아버지의 결정을 이해할 수 없었다. 저택을 찾은 남자와 아버지의 분위기는 꽤 좋아 보였다. 그런데 왜 아버지는 고작 에드워드가 남자를 보고 울었다는 이유만으로 바로 마음을 바꿔 상대를 저택 밖으로 쫓아낸 것일까? 에드워드는 남자를 보자마자 다짜고짜 울음을 터뜨렸다. 그가 무슨 짓을 저질러서 에드워드를 울린 것이 아니었다는 말이다.

그날 릴리아나가 품었던 의문이 해소된 건, 그로부터 수개월의 시간이 흐른 뒤였다.

"여보, 들었어요? 전에 당신이 저택에서 내쫓았던 사내, 수배 전단이 붙었대요."

"알고 있소. 사업 투자를 빌미로 몇몇 귀족에게 거액의 돈을 받아낸 후 잠적했다지."

"작정하고 찾아온 사기꾼이었네요. 하마터면 우리도……."

"그래, 에드워드 덕에 손해를 면했지. 참 신기한 일이야. 이런 일이 벌써 한두 번이 아니니……. 그보다 날이 차니 산책은 여기까지 하는 게 좋겠소. 몸도 안 좋은 사람이."

"싫어요. 더 있을래요."

"부인."

릴리아나는 우연히 부모님의 대화를 듣다가 정원을 뛰쳐나왔다.

그제야 알 수 있었다. 그날 에드워드의 울음이 아버지에게 어떤 '신호'가 되었던 건지.

"에드워드는 대단히 어릴 때부터 사람을 가릴 줄 알았어요. 도움이 될 사람, 해가 될 사람을 무서울 만큼 정확히 구분했죠."

어린 릴리아나는 그길로 에드워드를 찾아갔다. 그러곤 따져 물었다. 수개월 전 저택을 찾아왔던 남자가 나쁜 사람이라는 걸 알았던 거냐고.

에드워드는 고개를 끄덕였다.

"어떻게 알았는데?"

"몰라."

"똑바로 대답하면 오늘 저녁 내 몫으로 나올 디저트 너 줄게."

"저, 정말 몰라. 그냥 그 아저씨를 보는데 갑자기 기분이 엄청 나빠졌단 말이야. 그게 다야."

"……."

"누나는 안 그랬어?"

에드워드의 말은 당시 여덟 살이었던 릴리아나에게 머리를 얻어맞는 것 같은 깨달음을 주었다.

"어떻게 그러는 건지 본인도 몰랐어요. 단순히 직감이었던 거예요. 타고난 거죠."

또렷하게 존재했다. 그녀에겐 없고, 동생에게는 있는 것이.

릴리아나가 말끝에 미미하게 허탈한 웃음을 섞었다.

아직 완전히 기억에서 사멸되지 않은 그날의 감각과 감정들이 떠올라 부유했다. 여태 아무도 몰랐던, 누구에게도 들킨 적 없는 열등감은 그 순간에 생겨났다.

"처음엔 받아들일 수 없었어요. 난 못 하는 거였으니까. 내가 못 하는 걸 에드워드가 할 수 있다는 걸 믿고 싶지 않았어요."

"……."

"그래서 그때부터 밤낮으로 공부하기 시작했죠. 사람을 파악하는 법, 남의 심리와 사고를 읽어내는 법……."

"……."

"그런데 안 되더라고요."

간혹 어떤 종류의 재능은 후천적인 노력에 따라잡히지 않게 마련이다. 자라면서 에드워드의 감은 조금씩 약해졌지만, 그래도 여전히 일반인이 넘을 수 없는 재능의 벽 같은 것이 있었다.

릴리아나는 머리가 꽤 크고 나서야 비로소 시인했다. 그녀가 그 벽 바깥에 선 일반인이라는 걸.

"아무리 애써도 결과는 비등해지지 않았어요. 나는 한 번씩 실수했지만, 에드워드는 그런 적이 없었거든요."

"……."

"결국 나중엔 내 한계를 인정하고 그 분야에서 에드워드를 이기는 걸 포기했는데……."

그때의 심정을 기억한다.

"그러고 나니 엄청 화가 났어요. 내게 없는 걸 가진 에드워드에게, 그리고 온 힘을 다한 노력으로도 그 부재를 메우지 못한 무능한 내 자신에게."

절망. 분노. 자책. 그리고 이어졌던 하나의 단단한 결심.

"원래도 가주가 되고 싶었지만 절실해진 건 그때예요. 다시는 그 무엇으로도 에드워드에게 지고 싶지 않았거든요."

"……."

"절대……."

강조하듯 중얼거린 말을 끝으로 이야길 마무리한 릴리아나가 곧 조용해졌다.

기분이 이상했다. 아무한테도 말하지 않았던 내용이다. 애초에 말할 필요성을 느끼지 못했다. 그런데 이제 와 이렇게 주절주절 늘어놓은 이유가 뭘까.

어쩌면 상대에게 이런 뜻을 전하고 싶어서일지도 모른다.

난 충분히 당신을 좋아한다고. 백작 위를 단념하고 당신에게 가지 않은 건, 마음이 그만큼 깊지 않아서가 아니라 그럴 만한 오랜 사정이 있었기 때문이라고.

그러니까 다시 말하자면 이건 변명이었다. 릴리아나는 백작 위를 선택하고, 시드리온은 그녀를 선택한 지금 이 상황에 대한.

의도가 전해졌을까? 시드리온은 말없이 릴리아나를 눈에 담고 있었다. 속을 내보인 후라 그런지, 릴리아나는 그 시선이 왠지 모르게 부끄러웠다. 릴리아나가 정적을 견디지 못하고 서둘러 말했다.

"그 탓인지 옛날부터 내가 제일 무서워한 건 에드워드에게 후계 자리를 뺏기는 거였어요."

"……."

"혹시 시드리온도 무서운 것이 있나요?"

"무서운 거라면……."

시드리온이 곰곰이 생각에 잠겼다. 곧 답이 나왔다.

"릴리아나 양이 우는 거요."

"……."

"모를 겁니다. 내가 아까 서재에서 얼마나 겁먹었는지."

"퍽이나 그러셨겠네요."

"진심입니다. 물론 그것만 무서운 건 아니지만."

"또 뭐가 있는데요?"

"릴리아나 양이 나에게 미안해하는 것."

"……."

"부채감 따윌 가지는 것. 내가 희생했다고 생각하는 것."

"……."

"숨 막히게 두렵습니다. 그러니 내게 약속해 줄 수 있겠습니까? 그런 일은 없을 거라고."

"……알겠어요."

릴리아나가 약간 잠긴 목소리로 대답했다.

어떻게 이 남자는, 이토록―

"약속해요. 당신을 무섭게 하지 않겠다고."

강한 충동이 뒤따랐다. 릴리아나는 그 충동에 저항하지 않았다.

시드리온의 얼굴을 끌어당긴 그녀가 입을 맞췄다. 입술을 맞대고 체온을 나누다가 더 따뜻한 품을 찾아 파고들었다. 호흡을 건네주고 상대의 숨을 빼앗아왔다. 열기가 부딪히고 섞일 때마다 솜털이 곤두서고 몸 안쪽이 저릿해졌다.

"응……."

릴리아나가 비음을 흘리며 시드리온의 단단한 가슴에 손을 얹었다. 그때 시드리온이 움찔하더니 황급히 뒤로 물러났다.

"……시드리온?"

어느새 그는 몸을 일으켜 침대 밖까지 물러난 상태였다. 그림자에 가려져 표정이 보이지 않는 시드리온이 조금 횡설수설 말했다.

"밤이 늦었고, 술을 마시기도 했고, 지금은 이성보단 충동이…… 그러니까."

얼굴을 거칠게 쓸어내리고 주먹을 꽉 쥔 그가 말을 이었다.

"……내일 낮에 백작님이 계신 자리에서 정식으로 청혼하겠습니다."

"……."

"그럼 릴리아나 양, 좋은 밤 되길."

"잠깐……."

릴리아나가 침대에서 일어나 손을 뻗었지만 늦었다. 시드리온이 그 자리에서 사라졌다.

그녀는 멍하니 빈 자리를 보다가 입술을 움직였다.

"……술 마시지 말걸!"

진심으로 후회했으나, '백작님', '정식', '청혼' 같은 단어로 미루어보건대 그녀가 취중이 아니었다고 해도 원하는 결과가 나왔을 거란 보장은 없었다.

'안 그렇게 생겨선 굉장히 건실…… 아니, 그렇게 생긴 건가.'

시드리온은 햇빛 아래에서 보면 마치 지상에 강림한 순백의 천사처럼 보였다.

'그래, 내가 천사를 데리고 무슨 생각을…… 어딜 불순하게…….'

그렇지만 타락 천사도 겉모습만은 천사와 같지 않나. 왜 이 사람의 내면은 타락하지 않은 것인가. 어째서!

릴리아나는 진한 아쉬움을 이기지 못하고 시트를 쥐어뜯으며 허전한 침대 위를 굴렀다.

밤이 깊었다.

4권에서 계속…